【文学名家作品集】

梁实秋精选集

梁实秋 —— 著

吉林出版集团股份有限公司
全国百佳图书出版单位

图书在版编目（CIP）数据

梁实秋精选集 / 梁实秋著. -- 长春：吉林出版集团股份有限公司, 2025.1. -- ISBN 978-7-5731-6068-3

Ⅰ. I216.2

中国国家版本馆CIP数据核字第2025EQ3419号

梁实秋精选集
LIANG SHIQIU JINGXUANJI

著　　者：	梁实秋
责任编辑：	李　冬
封面设计：	言　午
出　　版：	吉林出版集团股份有限公司
发　　行：	吉林出版集团青少年书刊发行有限公司
电　　话：	0431-81629808
印　　刷：	德富泰（唐山）印务有限公司
开　　本：	880mm×1230mm　　1/32
字　　数：	320千字
印　　张：	11.25
版　　次：	2025年1月第1版
印　　次：	2025年1月第1次印刷
书　　号：	ISBN 978-7-5731-6068-3
定　　价：	39.80元

如发现印装质量问题，影响阅读，请与印刷厂联系调换。022-58708299

出版说明

中国现当代文学的百年长河,承载着民族精神的觉醒、时代风云的激荡与个体生命的沉思。从五四新文化运动破开的思想冰层,到改革开放后多元思潮的奔涌,再到全球化语境下的文化自觉,一代代作家以笔为舟,在浩瀚的汉语中探索人性的深度、丈量社会的广度。他们的文字既是时代的精神切片,也是超越时空的永恒对话。然而,在信息碎片蚕食深度思考、流量算法重塑阅读习惯的今天,经典文学正面临被稀释为文化符号的危机。为此,我们倾力编纂"文学名家作品集",以系统性、权威性、开放性的编选理念,重新打捞现当代文学星河中的璀璨群星,为当代人构筑一座可触摸、可对话、可传承的精神殿堂。

中国现当代文学的价值,不仅在于记录时代的脉搏,更在于其始终以先锋姿态回应人类生存的根本命题。从启蒙时期对封建桎梏的猛烈批判,到战争年代对人性善恶的深刻拷问,从市场经济浪潮下的欲望书写,到后现代语境中的身份焦虑,作家们以文字为手术刀,解剖社会肌理,也以文学为镜子,映照出每个个体的精神褶皱。在社交媒体制造对立、公共讨论日益极化的当下,现当代文学提供了一种超越非黑即白的"第三种语言"。它用意象容纳矛盾,以复调消解霸权,借荒诞保持清醒。这一系列图书的价值,不仅在于保存文化记忆,更在于为每个困在信息茧房中的现代人,提供破壁的思想工具——当我们重读这些作品,实则是在练习如何用文学的复杂性理解现实的复杂性,用历史的纵深感穿透当下的迷雾。

本系列图书以文学史为经纬，横跨新文学发轫至今的百年历程，汇聚现当代文学史上最具标志性的作家群体。编选作品既注重文学史坐标中的经典地位，亦关注作品穿透时光的艺术生命力——那些在时代浪潮中始终震颤灵魂的语言，那些于个体命运里照见普遍人性的叙事，那些以独特美学重塑汉语表达的创造。每位作家的作品独立成卷，涵盖小说、散文、书信、戏剧等多重文体，既呈现其创作全貌的丰饶，又凸显精神世界的纵深。散文如行云流水，信手拈来，展现作家们对生活的感悟和对人生的思考；小说跌宕起伏，引人入胜，揭示社会现实和人性百态；书信则字里行间流露真情，展现作家们真挚的情感和丰富的内心世界。编纂团队以文献考古的严谨，校勘千万字原始文本，甄选初版本、修订稿、未刊手迹等珍贵材料，辅以创作年表、思想评述、时代语境解析等副文本，构建起立体的阅读生态。在这里，读者不仅能遇见作家最成熟的文学结晶，还能透过书信中的私人絮语、日记里的创作阵痛，触摸文字背后滚烫的生命温度。本系列图书在保留特定时代的语言特色的同时，对入选作品进行现代汉语规范化处理，兼顾历史原貌与当代阅读习惯。中国现代文学处于不断发展变化的动态过程中，新的作家和作品不断涌现。本系列图书将秉持开放包容的态度，不断更新和完善，将更多优秀的作家和作品纳入其中，以展现中国现代文学的整体风貌和发展趋势。

当人工智能开始模拟人类的情感表达，我们更需要确认文学不可替代的真诚与锐利。这并非一次怀旧的文化巡礼，而是一场面向未来的精神播种——让大学生在作家群像中读懂民族心灵的演变，让研究者在多维文献里发现未被言说的历史细节，让普通读者在经典重读中寻获对抗虚无的力量。正如那句箴言所说：“所有伟大的文学，都是对'人为何存在'的永恒回答。”我们期待本系列图书能够成为家庭书架的"文学博物馆"，高校图书馆的"纸上文献库"，更希望它成为连接过去与未来的文化桥梁。当翻开泛着墨香的书页，读者或许能重新发现：文学经典从不是博物馆里的青铜器，而是永远跳动着时代脉搏的生命体。

最后,本系列图书的开放性编选理念,本身便是对文学史书写的反思。它拒绝将"经典"视为权威的钦定,而是将其还原为动态的、可争议的、始终向未来敞开的过程。"我们今天选择的每一部作品,既是终点,也是起点——它终结了某种遗忘,开启了无数新的解读可能。"在这个意义上,"文学名家作品集"的出版,不仅是对过去的致敬,更是对未来的邀约:邀请每一位读者,以自己的目光重新定义经典,以当下的问题意识重启对话,让文学永远保持"在场"的锋芒与温度。

扫码了解

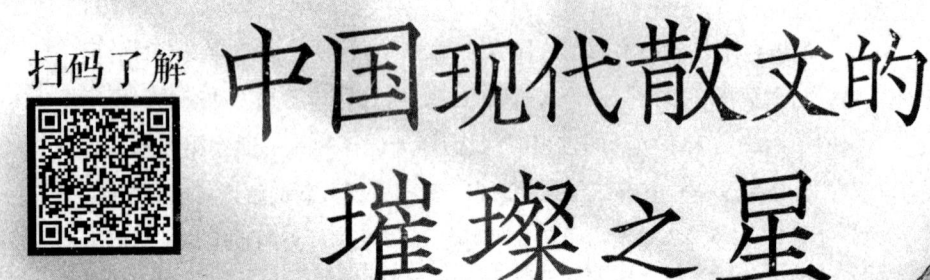

中国现代散文的璀璨之星

🏠 走进作家世界
了解作者,追忆创作历程。

📖 交流阅读感悟
分享思考,享受思想碰撞。

📚 品读文学名著
提炼精华,体悟文字之美。

目 录

雅舍小品 …………………………………… 001
雅舍 / 001 / 孩子 / 003 / 信 / 006 / 女人 / 008 / 男人 / 011 / 洋罪 / 013 / 谦让 / 015 / 衣裳 / 017 / 结婚典礼 / 020 / 病 / 022 / 狗 / 024 / 客 / 026 / 下棋 / 028 / 脸谱 / 030 / 中年 / 033 / 送行 / 035 / 旅行 / 038 / "旁若无人" / 040 / 诗人 / 043 / 讲价 / 046 / 猪 / 048 / 理发 / 050 / 鸟 / 053

雅舍小品续集 …………………………… 056
旧 / 056 / 洗澡 / 058 / 树 / 060 / 牙签 / 063 / 睡 / 064 / 脏 / 067 / 狗 / 069 / 老年 / 072 / 退休 / 074 / 怒 / 076 / 沉默 / 077 / 吃相 / 079 / 雪 / 082 / 猫的故事 / 084 / 滑竿 / 086 / 算命 / 088 / 书 / 091 / 请客 / 093 / 商店礼貌 / 096 / 虐待动物 / 099

雅舍小品三集 …………………………… 102
书房 / 102 / 送礼 / 104 / 排队 / 107 / 喜筵 / 110 / 年龄 / 113 / 讲演 / 115 / 代沟 / 119 / 唐人自何处来 / 122 / 馋 / 124 / 喝茶 / 126 / 饮酒 / 129 / 吸烟 / 131 / 梦 / 134 / 电话 / 137 / 圆桌与筷子 / 139 / 廉 / 142 / 烧饼油条 / 143

雅舍小品四集 …………………………… 147
让 / 147 / 图章 / 149 / 勤 / 152 / 头发 / 153 / 求雨 / 156 / 一只野猫 / 158 / 北平的冬天 / 160 /

001

目录

好汉 / 163 / 风水 / 165 / 礼貌 / 168

秋室杂忆 …………………… 171
我在小学 / 171 / 清华八年 / 179

槐园梦忆 …………………… 205
槐园梦忆 / 205

秋室杂文 …………………… 277
骆驼 / 277 / 晒书记 / 279 / 散步 / 280 / 谈时间 / 282 / 谈友谊 / 285 / 学问与趣味 / 287 / 说俭 / 289 / 谈礼 / 291 / 听戏 / 292 / 放风筝 / 295 / 北平的街道 / 299 / 北平的零食小贩 / 301 / 我的一位国文老师 / 307 / 记张自忠将军 / 310

雅舍散文 …………………… 313
广告 / 313 / 聋 / 316 / 麻将 / 318 / 白猫王子五岁 / 322 / 剽窃 / 324

雅舍散文二集 …………………… 327
胡须 / 327 / 盆景 / 329 / 父母的爱 / 331 / 炸活鱼 / 332

白猫王子及其他 …………………… 335
白猫王子 / 335 / "疲马恋旧秣，羁禽思故栖" / 340 / 哀枫树 / 347

雅舍小品

雅　舍

到四川来，觉得此地人建造房屋最是经济。火烧过的砖，常常用来做柱子，孤零零地砌起四根砖柱，上面盖上一个木头架子，看上去瘦骨嶙嶙，单薄得可怜；但是顶上铺了瓦，四面编了竹篦墙，墙上敷了泥灰，远远地看过去，没有人能说不像是座房子。我现在住的"雅舍"正是这样一座典型的房子。不消说，这房子有砖柱，有竹篦墙，一切特点都应有尽有。讲到住房，我的经验不算少，什么"上支下摘""前廊后厦""一楼一底""三上三下""亭子间""茆草棚""琼楼玉宇"和"摩天大厦"，各式各样，我都尝试过。我不论住在那里，只要住得稍久，对那房子便发生感情，非不得已我还舍不得搬。这"雅舍"，我初来时仅求其能蔽风雨，并不敢存奢望，现在住了两个多月，我的好感油然而生。虽然我已渐渐感觉它是并不能蔽风雨，因为有窗而无玻璃，风来则洞若凉亭，有瓦而空隙不少，雨来则渗如滴漏。纵然不能蔽风雨，"雅舍"还是自有它的个性。有个性就可爱。

"雅舍"的位置在半山腰，下距马路约有七八十层的土阶。前面是阡陌螺旋的稻田。再远望过去是几抹葱翠的远山，旁边有高粱地，有竹林，有水池，有粪坑，后面是荒僻的榛莽未除的土山坡。若说地点荒凉，则月明之夕，或风雨之日，亦常有客到。大抵好友不嫌路远，路远乃见情谊。客来则先爬几十级的土阶，进得屋来仍须上坡，因为屋内地板乃依山势而铺，一面高，一面低，坡度甚大，客来无不惊叹。我则久而安之，每日由书房走到饭厅是上坡，饭后鼓腹而出是下坡，亦不觉有大不便处。

"雅舍"共是六间，我居其二。篦墙不固，门窗不严，故我与邻人彼此均可互通声息。邻人轰饮作乐，咿唔诗章，喁喁细语，以及鼾声、喷嚏声、吮汤声、撕纸声、脱皮鞋声，均随时由门窗户壁的隙处荡漾而来，破我岑寂。入夜则鼠子瞰灯，才一合眼，鼠子便自由行动，或搬核桃在地板上顺坡而下，或吸灯油而推翻烛台，或攀援而上帐顶，或在门框桌脚上磨牙，使得人不得安枕。但是对于鼠子，我很惭愧地承认，我"没有法子"。"没有法子"一语是被外国人常常引用着的，以为这话最足代表中国人的懒惰隐忍的态度。其实我的对付鼠子并不懒惰。窗上糊纸，纸一戳就破；门户关紧，而相鼠有牙，一阵咬便是一个洞洞。试问还有什么法子？洋鬼子住到"雅舍"里，不也是"没有法子"？比鼠子更骚扰的是蚊子。"雅舍"的蚊风之盛，是我前所未见的。"聚蚊成雷"真有其事！每当黄昏时候，满屋里磕头碰脑的全是蚊子，又黑又大，骨骼都像是硬的。在别处蚊子早已肃清的时候，在"雅舍"则格外猖獗，来客偶不留心，则两腿伤处累累隆起如玉蜀黍，但是我仍安之。冬天一到，蚊子自然绝迹，明年夏天——谁知道我还是住在"雅舍"！

"雅舍"最宜月夜——地势较高，得月较先。看山头吐月，红盘乍涌，一霎间，清光四射，天空皎洁，四野无声，微闻犬吠，坐客无不悄然！舍前有两株梨树，等到月升中天，清光从树间筛洒而下，地上阴影斑斓，此时尤为幽绝。直到兴阑人散，归房就寝，月光仍然逼进窗来，助我凄凉。细雨蒙蒙之际，"雅舍"亦复有趣。推窗展望，俨然米氏章法，若云若雾，一片弥漫。但若大雨滂沱，我就又惶悚不安了。屋顶湿印到处都有，起初如碗大，俄而扩大如盆，继则滴水乃不绝，终乃屋顶灰泥突然崩裂，如奇葩初绽，砉然一声而泥水下注，此刻满室狼藉，抢救无及。此种经验，已数见不鲜。

"雅舍"之陈设，只当得简朴二字，但洒扫拂拭，不使有纤尘。我非显要,故名公巨卿之照片不得入我室;我非牙医,故无博士文凭张挂壁间;我不业理发,故丝织西湖十景以及电影明星之照片亦均不能张我四壁。我有一几一椅一榻,酣睡写读,均已有着,我亦不复他求。但是陈设虽简,我却喜欢翻新布置。西人常常讥笑妇人喜欢变更桌椅位置,以为这是妇人天性喜变之一证。诬否且不论,我是喜欢改变的。中国旧式家庭,陈设千篇一律,正厅上是一条案,前面一张八仙桌,一边一把靠椅,两旁是两把靠椅夹一只茶几。我以为陈设宜求疏落参差之致,最忌排偶。"雅舍"所有,毫无新奇,但一物一事之安排布置俱不从俗。人人我室,即知此是我室。笠翁《闲情偶寄》之所论,正合我意。

"雅舍"非我所有,我仅是房客之一。但思"天地者万物之逆旅",人生本来如寄,我住"雅舍"一日,"雅舍"即一日为我所有。即使此一日亦不能算是我有,至少此一日"雅舍"所能给予之苦辣酸甜,我实躬受亲尝。刘克庄词:"客里似家家似寄。"我此时此刻卜居"雅舍","雅舍"即似我家。其实似家似寄,我亦分辨不清。

长日无俚,写作自遣,随想随写,不拘篇章,冠以"雅舍小品"四字,以示写作所在,且志因缘。

孩　子

兰姆是终身未娶的,他没有孩子,所以他有一篇《未婚者的怨言》收在他的《伊利亚随笔》里。他说孩子没有什么稀奇,等于阴沟里的老鼠一样,到处都有,所以有孩子的人不必在他面前炫耀。他的话无论是怎样中肯,但在骨子里有一点酸——葡萄酸。

我一向不信孩子是未来世界的主人翁,因为我亲见孩子到处在做现在的主人翁。孩子活动的主要范围是家庭,而现代家庭很少不是以孩子为中心的。一夫一妻不能成为家,没有孩子的家像是一株不结果实的树,总缺点什么;必定等到小宝贝呱呱坠地,家庭的柱石才算放稳,男人开始做父亲，女人开始做母亲，大家才算找到各自的岗位。我问过一个并非"神童"的孩子："你妈妈是做什么的？"他说："给我缝衣的。""你爸爸呢？"小宝贝翻翻白眼："爸爸是看报的！"但是他随即更正说："是给我们挣钱的。"孩子的回答全对。爹妈全是在为孩子服务。母亲早晨喝稀饭，买鸡蛋给孩子吃；父亲早晨吃鸡蛋，买鱼肝油精给孩子吃。最好的东西都要献呈给孩子，否则，做父母的心里便起惶恐，像是做了什么大逆不道的事一般。孩子的健康及其舒适，成为家庭一切设施的一个主要先决问题。这种风气，自古已然，于今为烈。自有小家庭制以来，孩子的地位顿形提高。以前的"孝子"是孝顺其父母之子，今之所谓"孝子"，乃是孝顺其孩子之父母。孩子是一家之主，父母都要孝他！

"孝子"之说，并不偏激。我看见过不少的孩子，鼓噪起来能像一营兵；动起武来能像械斗；吃起东西来能像饿虎扑食；对于尊长宾客有如生番；不如意时撒泼打滚有如羊痫；玩得高兴时能把家具什物狼藉满室，有如惨遭洗劫……但是"孝子"式的父母则处之泰然，视若无睹，顶多皱起眉头，但皱不过三四秒钟仍复堆下笑容；危及父母的生存和体面的时候，也许要狠心咒骂几声，但那咒骂大部分是哀怨乞怜的性质，其中也许带一点威吓，但那威吓只能得到孩子的讪笑，因为那威吓是向来没有兑现过的。"孟懿子问孝，子曰：'无违。'"今之"孝子"深韪是说。凡是孩子的意志，为父母者宜多方体贴，勿使稍受挫阻。近代儿童教育心理学者又有"发展个性"之说，与"无违"之说正相符合。

体罚之制早已被人唾弃，以其不合儿童心理健康之故。我想起一个外国的故事：

一个母亲带孩子到百货商店。经过玩具部，看见一匹木马，孩子一跃而上，前摇后摆，踌躇满志，再也不肯下来。那木马不是为出售的，是商店的陈设。店员们叫孩子下来，孩子不听；母亲叫他下来，加倍不听；母亲说带他吃冰淇淋去，依然不听；买朱古力糖去，格外不听。任凭许下什么愿，总是还你一个不听。当时演成僵局，顿成胶着状态。最后一位聪明的店员建议说:"我们何妨把百货商店特聘的儿童心理学专家请来解围呢?"众谋金同,于是把一位天生成有教授面孔的专家从八层楼请了下来。专家问明原委,轻轻走到孩子身边,附耳低声说了一句话,那孩子便像触电一般,滚鞍落马,牵着母亲的衣裙,仓皇遁去。事后有人问那专家到底对孩子说的是什么话,那专家说:"我说的是:'你若不下马,我打碎你的脑壳!'"

这专家真不愧为专家,但是颇有不孝之嫌。这孩子假如平常受惯了不兑现的体罚、威吓,则这专家亦将无所施其技了。约翰孙博士主张不废体罚,他以为体罚的妙处在于直截了当,然而约翰孙博士是十八世纪的人,不合时代潮流!

哈代有一首小诗,写孩子初生,大家誉为珍珠宝贝,稍长都夸做玉树临风,长成则为非作歹,终至于陈尸绞架。这老头子未免过于悲观。但是"幼有神童之誉,少怀大志,长而无闻,终乃与草木同朽"——这确是个可以普遍应用的公式。"小时聪明,大时未必了了。"究竟是知言,然而为父母者多属乐观。孩子才能骑木马,父母便幻想他将来指挥十万貔貅时之马上雄姿;孩子才把一曲抗战小歌哼得上口,父母便幻想着他将来喉声一啭彩声雷动时的光景;孩子偶然拨动算盘,父母便暗中揣想他将来或能掌握财政大权,同时兼营投机买卖……这种乐观往往形诸言语,成为炫耀,使旁观者有说不出的感想。曾见一幅漫画:一个孩子跪在他父亲的膝头用他的玩具敲打他父亲的头,父亲眯着眼在笑,那表情像是在宣告:"看看!我的孩子!多么活泼,多么可爱!"旁边坐着一位客人咧着大嘴做傻笑状,表示他在看着,而且感觉兴趣。这幅画的标题是《演剧术》。一个客人看着别人家的孩子而能表示感觉兴趣,这真确实需要良好的"演剧术"。兰姆显然是不欢喜演这样的戏。

孩子中之比较最蠢、最懒、最刁、最泼、最丑、最弱、最不讨人欢喜的,往往最得父母的钟爱。此事似颇费解,其实我们应该记得《西游记》中唐僧为什么偏偏欢喜猪八戒。

谚云:"树大自直。"意思是说孩子不需管教,小时恣肆些,大了自然会好。可是弯曲的小树,长大是否会直呢?我不敢说。

信

早起最快意的一件事,莫过于在案上发现一大堆信——平、快、挂,七长八短的一大堆。明知其间未必有多少令人欢喜的资料,大概总是说穷诉苦、琐屑累人的居多,常常令人终日寡欢,但是仍希望有一大堆信来。Marcus Aurelius 曾经说:"每天早晨离家时,我对我自己说:'我今天将要遇见一个傲慢的人,一个忘恩负义的人,一个说话太多的人。这些人之所以如此,乃是自然而且必要的,所以不要惊讶。'"我每天早晨拆阅来信,亦先具同样心理,不但不存奢望,而且预先料到我今天将要接到几封催命符式的讨债信,生活比我优裕而反来向我告贷的信,以及看了不能令人喜欢的喜柬、不能令人不喜欢的讣闻等。世界上是有此等人、此等事,所以我当然也要接得此等信,不必惊讶。最难堪的,是遥望绿衣人来,总是过门不入,那才是莫可名状的凄凉,仿佛有被人遗弃之感。

有一种人把自己的文字润格订得极高,颇有一字千金之概,轻易是不肯写信的。你写信给他,永远是石沉大海。假如忽然间朵云遥颁,而且多半是又挂又快,隔着信封摸上去,沉甸甸的,又厚又重——放心,里面第一页必是抄自尺牍大全,"自违雅教,时切遐思,比维起居清泰为颂为祷"这么一套,正文自第二页开始,末尾于顿首之后,必定还要标明"鹄候回音"四个大字,外加三个密圈,此外必不可少的是另附恭楷履历硬卡片一张。这种信也有用处,至少可以令我们知道此人依然健在,此种信不可不复,复时以"……俟有机缘,定当驰告"这么一套为最得体。

另一种人,好以纸笔代喉舌,不惜工本,写信较勤。刊物的编者大抵是以写信为其主要职务之一,所以不在话下。因误会而恋爱的情人们,见面时眼睛都要迸出火星,一旦隔离,焉能不情急智生,烦邮差来传书递简？Herrick有句云："嘴唇只有在不能接吻时才肯歌唱。"同样的，情人们只有在不能喁喁私语时才要写信。情书是一种紧急救济，所以亦不在话下。我所说的爱写信的人，是指家人朋友之间聚散匆匆，睽违之后，有所见，有所闻，有所忆，有所感，不愿独秘，愿人分享，则乘兴奋笔，借通情愫。写信者并无所求，受信者但觉情谊翕如，趣味盎然，不禁色起神往。在这种心情之下，朋友的信可作为宋元人的小简读，家书亦不妨当作社会新闻看。看信之乐，莫过于此。

写信如谈话。痛快人写信，大概总是开门见山。若是开门见雾，模模糊糊，不知所云，则其人谈话亦必是丈八罗汉，令人摸不着头脑。我又尝接得另外一种信，突如其来，内容是讲学论道，洋洋洒洒，作者虽未要我代为保存，我则觉得责任太大，万一庋藏不慎，岂不就要湮没名文。老实讲，我是有收藏信件的癖好的，但亦略有抉择：多年老友，误入仕途，使用书记代笔者，不收；讨论人生观一类大题目者，不收；正文自第二页开始者，不收；用钢笔写在宣纸上，有如在吸墨纸上写字者，不收；横写或在左边写起者，不收；有加新式标点之必要者，不收；没有加新式标点之可能者亦不收；恭楷者，不收；潦草者，亦不收；作者未归道山，即可公开发表者，不收；如果作者已归道山，而仍不可公开发表者，亦不收！……因为有这样多的限制，所以收藏不富。

信里面的称呼最足以见人情世态。有一位业教授的朋友告诉我，他常接到许多信件，开端如果是"夫子大人函丈"或"××老师钧鉴"，写信者必定是刚刚毕业或失业的学生，甚而至于并不是同时同院系的学生，其内容泰半是请求提携的意思。如果机缘凑巧，真个提携了他，以后他来信时便改称"××先生"了。若是机缘再凑巧，再加上铨叙合格，连米贴房贴算在一起足够两个教授的薪水，他写起信来便干干脆脆地称兄道弟了！我的朋友言下不胜欷歔，其实是他所见不广。师生关系，原属雇佣性质，焉能不受阶级升黜的影响？

书信写作西人尝称之为"最温柔的艺术"，其亲切细腻仅次于日记。

我国尺牍，尤多精粹之作。但居今之世，心头萦绕者尽是米价涨落问题，一袋袋的邮件之中要拣出几篇雅丽可诵的文章来，谈何容易！

女　人

　　有人说女人喜欢说谎，假如女人所捏撰的故事都能抽取版税，便很容易致富。这问题在什么叫做说谎。若是运用小小的机智，打破眼前小小的窘僵，获取精神上小小的胜利，因而牺牲一点点真理，这也可以算是说谎，那么，女人确是比较的富于说谎的天才。有具体的例证。你没有陪过女人买东西吗？尤其是买衣料，她从不干干脆脆地说要做什么衣，要买什么料，准备出多少钱；她必定要东挑西拣，翻天覆地，同时口中念念有词，不是嫌这匹料子太薄，就是怪那匹料子花样太旧，这个不禁洗，那个不禁晒，这个缩头大，那个门面窄，批评得人家一文不值。其实，满不是这么一回事，她只是嫌价码太贵而已！如果价钱便宜，其他的缺点全都不成问题，而且本来不要买的也要购储起来。一个女人若是因为炭贵而不生炭盆，她必定对人解释说："冬天生炭盆最不卫生，到春天容易喉咙痛！"屋顶渗漏，塌下盆大的灰泥，在未修补之前，女人便会向人这样解释："我预备在这地方安装电灯。"自己上街买菜的女人，常常只承认散步和呼吸新鲜空气是她上市的唯一理由。艳羡汽车的女人常常表示她最厌恶汽油的臭味。坐在中排看戏的女人常常说前排的头等座位最不舒适。一个女人馈赠别人，必说："实在买不到什么好的……"其实这东西根本不是她买的，是别人送给她的。一个女人表示愿意陪你去上街走走，其实是她顺便要买东西。总之，女人总欢喜拐弯抹角的，放一个小小的烟幕，无伤大雅，颇占体面。这也是艺术，王尔德不是说过"艺术即是说谎"么？这些例证还只是一些并无版权的谎话而已。

　　女人善变，多少总有些哈姆雷特式，拿不定主意。问题大者如离婚结婚，问题小者如换衣换鞋，都往往在心中经过一读二读三读，决议之后再复议，复议之后再否决。女人决定一件事之后，还能随时做一百八十度的大转弯，做出那与决定完全相反的事，使人无法追随。因为变得急速，所以容易给人以"脆弱"的印象。莎士比亚有一名句："'脆弱'呀，你的名字叫做'女人'！"但这脆弱，并不永远使女人吃亏。越是柔韧的东西越不易摧折。女人不仅在决断上善变，即便是一个小小的别针位置也常变，午前在领扣上，午后就许移到了头发上。三张沙发，能摆出若干阵势；几根头发，能梳出无数花头。讲到服装，其变化之多，常达到荒谬的程度。外国女子的帽子，可以是一根鸡毛，可以是半只铁锅，或是一个畚箕。中国女人的袍子，变化也就够多，领子高的时候可以使她像一只长颈鹿，袖子短的时候恨不得使两腋生风，至于纽扣盘花、滚边镶绣，则更加是变幻莫测。"上帝给她一张脸，她能另造一张出来"，"女人是水做的"，是活水，不是止水。

女人善哭。从一方面看，哭常是女人的武器，很少人能抵抗她这泪的洗礼。俗语说"一哭二闹三上吊"，这一哭确实其势难当。但从另一方面看，哭也常是女人的内心的"安全瓣"。女人的忍耐的力量是伟大的，她为了男人，为了小孩，能忍受难堪的委屈。女人对于自己的享受方面，总是属于"斯多亚派"的居多。男人不在家时，她能立刻变成为素食主义者，火炉里能爬出老鼠，开电灯怕费电，再关上又怕费开关。平素既已极端刻苦，一旦精神上再受刺激，便忍无可忍，一腔悲怨天然地化作一把把的鼻涕眼泪，从"安全瓣"中汨汨而出，腾出空虚的心房，再来接受更多的委屈。女人很少破口骂人（骂街便成泼妇，其实甚少），很少揎袖挥拳，但泪腺就比较发达。善哭的也就常常善笑，迷迷地笑，吃吃地笑，格格地笑，哈哈地笑，笑是常驻在女人脸上的，这笑脸常常成为最有效的护照。女人最像小孩，她能为了一个滑稽的姿态而笑得前仰后合、肚皮痛、淌眼泪，以至于翻筋斗！哀与乐都像是常川有备，一触即发。

女人的嘴，大概是用在说话方面的时候多。女孩子从小就往往口齿伶俐，就是学外国语也容易朗朗上口，不像嘴里含着一个大舌头。等到长大之后，三五成群，说长道短，声音脆，嗓门高，如蝉噪，如蛙鸣，真当得好几部鼓吹！等到年事再长，万一堕入"长舌"型，则东家长，西家短，飞短流长，搬弄多少是非，惹出无数口舌；万一堕入"喷壶嘴"型，则琐碎繁杂，絮聒唠叨，一件事要说多少回，一句话要说多少遍，如喷壶下注，万流齐发，当者披靡，不可向迩！一个人给他的妻子买一件皮大衣，朋友问他："你是为使她舒适吗？"那人回答说："不是，为使她少说些话！"

女人胆小，看见一只老鼠而当场昏厥，在外国不算是奇闻。中国女人胆小不至如此，但是一声霹雷使得她拉紧两个老妈子的手而仍战栗不止，倒是确有其事。这并不是做作，并不是故意在男人面前作态，使他有机会挺起胸脯说："不要怕，有我在！"她是真怕。在黑暗中或荒僻处，没有人，她怕；万一有人，她更怕！屠牛宰羊，固然不是女人的事，杀鸡宰鱼，也不是不费手脚。胆小的缘故，大概主要是体力不济。女人的体温似乎较低一些，有许多女人怕发胖而食无求饱，营养不足，再加上怕臃肿而衣裳单薄，到冬天瑟瑟打战，袜薄如蝉翼，把小腿冻得作"浆米藕"色，两只脚放在被里一夜也暖不过来，双手捧热水袋，从八月捧起，捧到明年五月，还不忍释手。抵抗饥寒之不暇，焉能望其胆大。

女人的聪明，有许多不可及处，一根棉线，一下子就能穿入针孔，然后一下子就能在线的尽头处打上一个结子，然后扯直了线在牙齿上砰砰两声，针尖在头发上擦抹两下，便能开始解决许多在人生中并不算小的苦恼，例如缝上衬衣的扣子，补上袜子的破洞之类。至于几根篾棍，一上一下地编出多少样物事，更是令人叫绝。有学问的女人，创辟"沙龙"，对任何问题能继续谈论至半小时以上，不但不令人入睡，而且令人疑心她是内行。

男　人

　　男人令人首先感到的印象是脏！当然，男人当中亦不乏刷洗干净洁身自好的，甚至还有油头粉面衣冠楚楚的，但大体讲来，男人消耗肥皂和水的数量要比较少些。某一男校，对于学生洗澡是强迫的，入浴签名，每周计核，对于不曾入浴的初步惩罚是宣布姓名，最后的断然处置是定期强迫入浴，并派员监视，然而日久玩生，签名簿中尚不无浮冒情事。有些男人，西装裤尽管挺直，他的耳后脖根，土壤肥沃，常常宜于种麦！袜子手绢不知随时洗涤，常常日积月累，到处塞藏，等到无可使用时，再从那一堆污垢存货当中拣选比较干净的去应急。有些男人的手绢，拿出来硬像是土灰面制的百果糕，黑乎乎黏成一团，而且内容丰富。男人的一双脚，多半好像是天然的具有泡菜霉干菜再加糖蒜的味道，所谓"濯足万里流"是有道理的，小小的一盆水确是无济于事，然而多少男人却连这一盆水都吝而不用，怕伤元气。两脚既然如此之脏，偏偏有些"逐臭之夫"喜于脚上藏垢纳污之处往复挖掘，然后嗅其手指，引以为乐！多少男人洗脸都是专洗本部，边疆一概不理，洗脸完毕，手背可以不湿。有的男人是在结婚后才开始刷牙。"扪虱而谈"的是男人。还有更甚于此者，曾有人当众搔背，结果是从袖口里面摔出一只老鼠！除了不可挽救的脏相之外，男人的脏大概是由于懒。

　　对了！男人懒。他可以懒洋洋坐在旋椅上，五官四肢，连同他的脑筋（假如有），一概停止活动，像呆鸟一般；"不闻夫博弈者乎……"那段话是专对男人说的。他若是上街买东西，很少时候能令他的妻子满意，他总是不肯多问几家，怕跑腿，怕费话，怕讲价钱。什么事他都嫌麻烦，除了指使别人替他做的事之外，他像残废人一样，对于什么事都愿坐享其成，而名之曰"室家之乐"。他提前养老，至少提前三二十年。

　　紧毗连着"懒"的是"馋"。男人大概有好胃口的居多。他的嘴，用在吃的方面的时候多，他吃饭时总要在菜碟里发现至少一英寸见方半英寸厚的肉,才能算是没有吃素。几天不见肉,他就喊:"嘴里要淡出鸟儿来!"若真个三月不知肉味,怕不要淡出毒蛇猛兽来!有一个人半年没有吃鸡,看见了鸡毛帚就流涎三尺。一餐盛馔之后,他的人生观都能改变,对于什么都乐观起来。一个男人在吃一顿好饭的时候,他脸上的表情硬是在感谢上天待人不薄;他饭后衔着一根牙签,红光满面,硬是觉得可以骄人。主中馈的是女人,修食谱的是男人。

男人多半自私。他的人生观中有一基本认识,即宇宙一切均是为了他的舒适而安排下来的。除了在做事赚钱的时候不得不忍气吞声地向人奴膝婢颜外,他总是要做出一副老爷相。他的家便是他的国度,他在家里称王。他除了为赚钱而吃苦努力外,他是一个"伊比鸠派",他要享受。他高兴的时候,孩子可以骑在他的颈上,他引颈受骑,他可以像狗似的满地爬;他不高兴时,他看着谁都不顺眼,在外面受了闷气,回到家里来加倍地发作。他不知道女人的苦处。女人对于他的殷勤委屈,在他看来,就如同犬守户、鸡司晨一样的稀松平常,都是自然现象。他说他爱女人,其实他不是爱,是享受女人。他不问他给了别人多少,但是他要在别人身上尽量榨取。他觉得他对女人最大的恩惠,便是把赚来的钱全部或一部分拿回家来;但是当他把一卷卷的钞票从衣袋里掏出来的时候,他的脸上的表情是骄傲的成分多,亲爱的成分少,好像是在说:"看我!你行么?我这样待你,你多幸运!"他若是感觉到这家不复是他的乐园,他便有多样的借口不回到家里来。他到处云游,他另辟乐园。他有聚餐会,他有酒会,他有桥会,他有书会画会棋会,他有夜会,最不济的还有个茶馆。他的享乐的方法太多。假如轮回之说不假,下世侥幸依然投胎为人,很少男人情愿下世做女人的。他总觉得这一世生为男身,而享受未足,下一世要继续努力。

"群居终日,言不及义",原是人的通病,但是言谈的内容,却男女有别。女人谈的往往是"我们家的小妹又病了!""你们家每月开销多少?"之类。男人的是另一套,普通的方式,男人的谈话,最后不谈到女人身上便不会散场。这一个题目对男人最有兴味。如果有一个桃色案，他们唯恐其和解得太快。他们好议论人家的隐私，好批评别人的妻子的性格相貌。"长舌男"是到处有的，不知为什么这名词尚不甚流行。

洋　罪

有些人，大概是觉得生活还不够丰富，于顽固的礼教、愚昧的陋俗、野蛮的禁忌之外，还介绍许多外国的风俗习惯，甘心情愿地受那份洋罪。

例如：宴集茶会之类偶然恰是十三人之数，原是稀松平常之事，但往往就有人把事态扩大，认为情形严重，好像人数一到十三，其中必将有谁虽欲"寿终正寝"而不可得的样子。在这种场合，必定有先知先觉者托故逃席，或临时加添一位，打破这个凶数，又好像只要破了十三，其中人人必然"寿终正寝"的样子。对于十三的恐怖，在某种人中间近已颇为流行。据说，它的来源是外国的。耶稣基督被他的使徒犹大所卖，最后晚餐时便是十三人同席。因此十三成为不吉利的数目。在外国，听说不但宴集之类要避免十三，就是旅馆的号数也常以十二A来代替十三。这种近于迷信而且无聊的风俗，移到中国来，则于迷信与无聊之外，还应该加上一个可嗤！

再例如：划火柴给人点纸烟，点到第三人的纸烟时，则必有热心者迫不及待地从旁嘘一口大气，把你的火柴吹熄。一根火柴不准点三支纸烟。据博闻者说，这风俗也是外国的。好像这风俗还不怎样古，就在上次大战的时候，夜晚战壕里的士兵抽烟，如果火柴的亮光延续到能点燃三支纸烟那么久，则敌人的枪弹炮弹必定一齐飞来。这风俗虽"与抗战有关"，但在敌人枪炮射程以外的地方，若不加解释，则仍容易被人目为近于庸人自扰。

又例如：朋辈对饮，常见有碰杯之举，把酒杯碰得当一声响，然后同时仰着脖子往下灌，咕噜咕噜地灌下去，点头咂嘴，踌躇满志。为什么要碰那一下子呢？这又是外国规矩。据说在相当古的时候，而人心即已不古，于揖让酬应之间，就许在酒杯里下毒药，所以主人为表明心迹起见，不得不与客人喝个"交杯酒"，交杯之际，当的一声是难免的。到后来，去古日远，而人心反倒古起来了，酒杯里下毒药的事情渐不多见，主客对饮只须做交杯状，听那当然一响，便可以放心大胆地喝酒了。碰杯之起源，大概如此。在"安全第一"的原则之下，喝交杯酒是未可厚非的。如果碰一下杯，能令我们警惕戒惧，不致忘记了以酒肉相饷的人同时也有投毒的可能，而同时酒杯质料相当坚牢不致磕裂碰碎，那么，碰杯的风俗却也不能说是一定要不得。

大概风俗习惯总是慢慢养成，所以能在社会通行。如果生吞活剥地把外国的风俗习惯移植到我们的社会里来，则必窒碍难行，其故在不服水土。讲到这里我也有一个具体的而且极端的例子：

四月一日，打开报纸一看，皇皇启事一则如下："某某某与某某某今得某某某与某某某先生之介绍及双方家长之同意，订于四月一日在某某处行结婚礼，国难期间一切从简，特此敬告诸亲友。"结婚只是男女两人的事，与别人无关，而别人偏偏最感兴趣。启事一出，好事者奔走相告，更好事者议论纷纷，尤好事者拍电致贺。

四月二日报纸上有更皇皇的启事一则如下："某某某启事，昨为西俗万愚节，友人某某某先生遂假借名义，代登结婚启事一则以资戏弄，此事概属乌有，诚恐淆乱听闻，特此郑重声明。"好事者嗒然若丧，更好事者引为谈助，尤好事者则去翻查百科全书，寻找万愚节之源起。

四月一日为万愚节，西人相绐以为乐。其是否为陋俗，我们管不着，其是否把终身大事也划在相绐的范围以内，我们亦不得知。我只觉得这种风俗习惯，在我们这国度里，似嫌不合国情。我觉得我们几乎是天天在过万愚节。舞文弄墨之辈，专作欺人之谈，且按下不表，单说市井习见之事，即可见我们平日颇不缺乏相绐之乐。有些店铺高高悬起"言无二价""童叟无欺"的招牌，这就是反映着一般的诳价欺骗的现象。凡是约期取件的商店，如成衣店、洗衣店、照相馆之类，因爽约而使我们徒劳往返的事是很平常的，然对外国人则不然，与外国人约甚少爽约之事。我想这原因大概就是外国人只有在四月一日那一天才肯以相给为乐，而在我们则一年三百六十五天，随便那一天都无妨定为万愚节。

万愚节的风俗，在我个人，并不觉得生疏，我不幸从小就进洋习甚深的学校，到四月一日总有人伪造文书诈欺取乐，而受愚者亦不以为忤。现在年事稍长，看破骗局甚多，更觉谑浪取笑无伤大雅。不过一定要仿西人所为，在四月一日这一天把说谎普遍化、合理化，而同时在其余的三百六十多天又并不仿西人所为，仍然随时随地地言而无信互相欺诈，我终觉得大可不必。

外国的风俗习惯永远是有趣的，因为异国情调总是新奇的居多。新奇就有趣。不过若把异国情调生吞活剥地搬到自己家里来，身体力行，则新奇往往变成为桎梏，有趣往往变成为肉麻。基于这种道理，很有些人至今喝茶并不加白糖与牛奶。

谦　让

谦让仿佛是一种美德，若想在眼前的实际生活里寻一个具体的例证，却不容易。类似谦让的事情近来似很难得发生一次。就我个人的经验说，在一般宴会里，客人入席之际，我们最容易看见类似谦让的事情。

一群客人挤在客厅里，谁也不肯先坐，谁也不肯坐首座，好像"常常登上座，渐渐入祠堂"的道理是人人所不能忘的。于是你推我让，人声鼎沸。辈分小的，官职低的，垂着手远远地立在屋角，听候调遣。自以为有占首座或次座资格的人，无不攘臂而前，拉拉扯扯，不肯放过他们表现谦让的美德的机会。有的说："我们叙齿，你年长！"有的说："我常来，你是稀客！"有的说："今天非你上座不可！"事实固然是为让座，但是当时的声浪和唾沫星子却都表示像在争座。主人觑着一张笑脸，偶然插一两句嘴,作鹭鸶笑。这场纷扰,要直到大家的兴致均已低落,该说的话差不多都已说完,然后急转直下,突然平息,本就该坐上座的人便去就了上座,并无苦恼之相,而往往是显着踌躇满志顾盼自雄的样子。

我每次遇到这样谦让的场合,便首先想起《聊斋》上的一个故事:一伙人在热烈地让座,有一位扯着另一位的袖子,硬往上拉,被拉的人硬往后躲,双方势均力敌,突然间拉着袖子的手一松,被拉的那只胳臂猛然向后一缩,胳臂肘尖正撞在后面站着的一位驼背朋友的两只特别凸出的大门牙上,喀吱一声,双牙落地!我每忆起这个乐极生悲的故事,为明哲保身起见,在让座时我总躲得远远的。等风波过后,剩下的位置是我的,首座也可以,坐上去并不头晕,末座亦无妨,我也并不因此少吃一嘴。我不谦让。

考让座之风之所以如此的盛行,其故有二。第一,让来让去,每人总有一个位置,所以一面谦让,一面稳有把握。假如主人宣布,位置只有十二个,客人却有十四位,那便没有让座之事了。第二,所让者是个虚荣,本来无关宏旨,凡是半径都是一般长,所以坐在任何位置(假如是圆桌)都可以享受同样的利益。假如明文规定,凡坐过首席若干次者,在铨叙上特别有利,我想让座的事情也就少了。我从不曾看见,在长途公共汽车车站售票的地方,如果没有木制的长栅栏,而还能够保留一点谦让之风!因此我发现了一般人处世的一条道理,那便是:可以无须让的时候,则无妨谦让一番,于人无利,于己无损;在该让的时候,则不谦让,以免损己;在应该不让的时候,则必定谦让,于己有利,于人无损。

小时候读到孔融让梨的故事,觉得实在难能可贵,自愧弗如。一只梨的大小,虽然是微屑不足道,但对于一个四五岁的孩子,其重要或者并不下于一个公务员之心理盘算简、荐、委。有人猜想,孔融那几天也许肚皮不好,怕吃生冷,乐得谦让一番。我不敢这样妄加揣测。不过我们要承认,利之所在,可以使人忘形,谦让不是一件容易的事。孔融让梨的故事，发扬光大起来，确有教育价值，可惜并未发生多少实际的效果：今之孔融，并不多见。

谦让作为一种仪式，并不是坏事。谦让的仪式行久了之后，也许对于人心有潜移默化之功，使人在争权夺利奋不顾身之际，不知不觉地也举行起谦让的仪式。可惜我们人类的文明史尚短，潜移默化尚未能奏大效，露出原始人的狰狞面目的时候要比雍雍穆穆地举行谦让仪式的时候多些。我每次从公共汽车售票处杀进杀出，心里就想先王以礼治天下，实在有理。

衣　裳

莎士比亚有一句名言："衣裳常常显示人品。"又有一句："如果我们沉默不语，我们的衣裳与体态也会泄露我们过去的经历。"可是我不记得是谁了，他曾说过更彻底的话："我们平常以为英雄豪杰之士，其仪表堂堂确是与众不同，其实，那多半是衣裳装扮起来的，我们在画像中见到的华盛顿和拿破仑，固然是奕奕赫赫，但如果我们在澡堂里遇见二公，赤条条一丝不挂，我们会有异样的感觉，会觉得脱光了大家全是一样。"这话虽然有点玩世不恭，确有至理。

中国旧式士子出而问世必须具备四个条件：一团和气，两句歪诗，三斤黄酒，四季衣裳。可见衣裳是要紧的。我的一位朋友，人品很高，就是衣裳"普罗"一些，曾随着一伙人在上海最华贵的饭店里开了一个房间，后来走出饭店，便再也不得进去，司阍的巡捕不准他进去，理由是此处不施舍。无论怎样解释也不得要领，结果是巡捕引他从后门进去，穿过厨房，到账房内去理论。这不能怪那巡捕，我们几曾看见过看家的狗咬过衣冠楚楚的客人？

衣裳穿得合适，煞费周章，所以内政部礼俗司虽然绘定了各种服装的式样，也并不曾推行。幸而没有推行！自从我们剪了小辫儿以来，衣裳就没有了体制，绝对自由，中西合璧的服装也不算违警，这时候若再推行"国装"，只是于错杂纷歧之中更加重些纷扰罢了。

李鸿章出使外国的时候，袍褂顶戴，完全是"满大人"的服装。我虽无爱于满清章制，但对于他的不穿西装，确实是很佩服的。可是西装的势力毕竟太大了，到如今理发匠都是穿西装的居多。我忆起了二十年前我穿西装的一幕。那时候西装还是一件比较新奇的事物，总觉得有点"机械化"，其构成必相当复杂。一班几十人要出洋，于是西装逼人而来。试穿之日，适值严冬，或缺皮带，或无领结，或衬衣未备，或外套未成，但零件虽然不齐，吉期不可延误，所以一阵骚动，胡乱穿起，有的宽衣博带如稻草人，有的细腰窄袖如马戏丑，大体是赤着身体穿一层薄薄的西装裤，冻得涕泗交流，双膝打战。那时的情景足当得起"沐猴而冠"四个字。当然后来技术渐渐精进，有的把裤脚管烫得笔直，视如第二生命，有的在衣袋里插一块和领结花色相同的手绢，俨然是一个绅士，猛然一看，国籍都要发生问题。

西装是有一定的标准的。譬如，做裤子的材料要厚，可是我看见过有人在光天化日之下穿夏布西装裤，光线透穿，真是骇人！衣服的颜色要朴素沉重，可是我见过著名自诩讲究穿衣裳的男子们，他们穿的是色彩刺目的宽格大条的材料，颜色惊人的衬衣，如火如荼的领结，那样子只有在外国杂耍场的台上才偶然看得见！大概西装破烂，固然不雅，但若崭新而俗恶则更不可当。所谓洋场恶少，其气味最下。

中国的四季衣裳，恐怕要比西装更麻烦些。固然西装讲究起来也是不得了的，历史上著名的一例，詹姆斯第一的朋友白金翰爵士有衣服一千六百二十五套。普通人有十套八套的就算很好了。中装比较的花样要多些，虽然终年一两件长袍也能度日。中装有一件好处，舒适。中装像是变形虫，没有一定的形式，随着穿的人身体变。不像西装，肩膀上不用填麻布使你冒充宽肩膀，脖子上不用戴枷系索，裤子里面有的是"生存空间"，而且冷暖平均，不像西装咽喉下面一块只是一层薄衬衣，容易着凉，裤子两边插手袋处却又厚至三层，特别郁热！中国长袍还有一点妙处，马彬和先生（英国人入我国籍）曾为文论之。他说这钟形长袍是没有差别的、平等的，一律遮掩了贫富贤愚。马先生自己就是穿一件蓝长袍，他简直崇拜长袍。据他看，长袍不势利，没有阶级性。可是在中国，长袍同志也自成阶级，虽然四川有些抬轿的也穿长袍。中装固然比较随便，但亦不可太随便，例如脖子底下的纽扣，在西装可以不扣，长袍便非扣不可，否则便不合于"新生活"。再例如即便在蚊虫甚多的地方，裤脚管亦不可放进袜筒里去，做绍兴师爷状。

男女服装之最大不同处，便是男装之遮盖身体无微不至，仅仅露出一张脸和两只手可以吸取日光紫外线，女装的趋势，则求遮盖愈少愈好。现在所谓旗袍，实际上只是大坎肩，因为两臂已经齐根划出。两腿尽管细直如竹筷，扭曲如松根，也往往一双双地摆在外面。袖不蔽肘，赤足裸腿，从前在某处都曾悬为厉禁，在某一种意义上，我们并不惋惜。还有一点可以指出，男子的衣服，经若干年的演化，已达到一个固定的阶段，式样色彩大概是千篇一律的了，某一种人一定穿某一种衣服，身体丑也好，美也好，总是要罩上那么一套。女子的衣裳则颇多个人的差异，仍保留大量的装饰的动机，其间大有自由创造的余地。既是创造，便有失败，也有成功。成功者便是把身体的优点表彰出来，把劣点遮盖起来；失败者便是把劣点显示出来，优点根本没有。我每次从街上走回来，就觉得我们除了优生学外，还缺乏妇女服装杂志。不要以为妇女服装是琐细小事，法朗士说得好："如果我死后还能在无数出版书籍当中有所选择，你想我将选什么呢？……在这未来的群籍之中我不想选小说，亦不选历史，历史若有兴味亦无非小说。我的朋友，我仅要选一本时装杂志，看我死后一世纪中妇女如何装束。妇女装束之能告诉我未来的人文，胜过一切哲学家、小说家、预言家及学者。"

衣裳是文化中很灿烂的一部分。所以，裸体运动除了在必要的时候之外（如洗澡等等），我总不大赞成。

结婚典礼

结婚这件事，只要成年的一男一女两相情愿就成，并不需要而且不可以有第三者的参加。但是《民法》第八百九十二条规定要有公开仪式，再加上社会的陋俗（大部分似"野蛮的遗留"），以及爱受洋罪者的参酌西法，遂形成了近年来通行于中上阶级之所谓结婚典礼，又名"文明结婚"，犹戏中之有"文明新戏"。婚姻大事，不可潦草，单凭父母之命媒妁之言就把一对无辜男女捏合起来，这不叫做潦草；只因一时冲动而遂盲目地订下偕老之约，这也不叫潦草；唯有不请亲戚朋友街坊四邻来胡吃乱叫，或不当众提出结婚人来验明正身，则谓之曰潦草，又名不隆重。假如人生本来像戏，结婚典礼便似"戏中戏"，越隆重则越像。这出戏定期开演，先贴海报，风雨无阻，"撒网"敛钱，鼎惠不辞；届时悬灯结彩，到处猩红；在音乐方面则或用乞丐兼任的吹鼓手，或用卖仁丹游街或绸缎店大减价的铜乐队，或钢琴或风琴或口琴；少不了的是与演员打成一片的广大观众，内中包括该回家去养老的，该寻正当娱乐的，该受别种社会教育以及平时就该摄取营养的……演员的服装，或买或借或赁，常见的是蓝袍马褂及与环境全然不调和的一身西装大礼服，高冠燕尾，还有那短得像一件斗篷而还特烦两位小朋友牵着的那一橛子粉红纱！那出戏的尾声是，主人的腿子累得发麻，客人醉翻三五辈，门外的车夫一片叫嚣。评剧家曰："很热闹！"

这戏的开始照例是证婚人致词。证婚人照例是新郎的上司，或新娘家中比较拿得出来最像样的贵戚。他的身份等于"跳加官"，但他自己不知道，常常误会他是在做主席，或是礼拜堂里的牧师，因此他的职务成为善颂善祷，和那些在门口高叫"正念喜，抬头观，空中来了福禄寿三仙……"的叫化子是异曲而同工！他若是身通"国学"，诗云子曰的一来，那就不得了，在讲《易经》阴阳乾坤的时候，牵纱的小朋友们就非坐在地上不可，而在人丛后面伸长颈子的那位客人，一定也会把其颈项慢慢缩回去了。我们应该容忍他，让他毕其词，甚而至于违着良心地报之以稀稀拉拉的掌声。放心，他将得意不了几次！

介绍人要两个，仿佛从前的一男媒一女媒，其实是为站在证婚人身旁时一边一个，较有对称之美。介绍人宜于是面团团一团和气，谁见了他都会被他撮合似的。所以常害胃病的，专吃平价米的都不该入选。许多荣任介绍人的常喜欢当众宣布他们只是名义上的介绍人，新郎新娘是早已就……好像是生恐将来打离婚官司时要受连累，所以特先自首似的。其实是他多虑。所谓介绍，是指介绍结婚，这是婚书上写得明明白白的，并不曾要他介绍新郎新娘认识或恋爱，所以以前的因误会而恋爱和以后的因失望而反目，其责任他原是不负的。从前俗语说："新娘搀上床，媒人扔过墙。"现在的介绍人则毋须等待新娘上床便已解除职务了。

新郎新娘的"台步"是值得注意的，从这里可以看出导演者的手法。新郎应该像是一只木鸡，由两个傧相挟之而至；应该脸上微露苦相，好像做下什么坏事现在败露了要受裁判的样子，这才和身份相称。新娘走出来要像蜗牛，要像日移花影，只见她的位置移动，而不见她行走，头要垂下来，但又不可太垂，要表示出头和颈子还是连着的，扶着两个煞费苦心才寻到的不比自己美的傧相，随着一派乐声，在众目睽睽之下，由大家尽量端详。礼毕，新娘要准备迎接一阵"天雨粟"，也有羼杂粮的，也有带干果的，像冰雹似的没头没脸地打过来。有在额角上被命中一颗核桃的，登时皮肉隆起如舍利子。如果有人扫拢来，无疑可以熬一大锅"腊八粥"。还有人抛掷彩色纸条，想把新娘做成一个茧子。客人对于新娘的种种行为，由品头论足以至大闹新房，其实在《刑法》上都可以构成诽谤、侮辱、伤害、侵入私宅和有伤风化等等罪名的，但是在隆重的结婚典礼里，这些丑态是属于"撑场面"一类，应该容许！

曾有人把结婚比作"蛤蟆跳井"——可以得水，但是永世不得出来。现代人不把婚姻看得如此严重，法律也给现代人预先开了方便的后门或太平梯之类，所以典礼的隆重并不发生任何担保的价值。没有结过婚的人，把结婚后幻想成为神仙的乐境，因此便以结婚为得意事，甘愿铺张，唯恐人家不知，更恐人家不来，所以往往一面登报"一切从简"，一面却是倾家荡产地"敬治喜筵"，以为诱饵。来观婚礼的客人，除了真有友谊的外，是来签到，出钱看戏，或真是双肩承一喙地前来就食！

我们能否有一种简便的节俭的合理的愉快的结婚仪式呢？这件事需要未婚者来细想一下，已婚者就不必多费心了。

病

鲁迅曾幻想到吐半口血扶两个丫鬟到阶前看秋海棠，以为那是雅事。其实天下雅事尽多，唯有生病不能算雅。没有福分扶丫鬟看秋海棠的人，当然觉得那是可羡的，但是加上"吐半口血"这样一个条件，那可羡的情形也就不怎样可羡，似乎还不如独自一个硬硬朗朗到菜圃看一畦萝卜白菜。

最近看见有人写文章，将女人怀孕写作"生理变态"，我觉得这人倒有点"心理变态"。病才是生理变态。病人的一张脸就够瞧的，有的黄得像讣闻纸，有的青得像新出土的古铜器，比髑髅多一张皮，比面具多几个眨眼。病是变态，由活人变成死人的一条必经之路。因为病是变态，所以病是丑的。西子捧心蹙颦，人以为美，我想这也是私人癖好，想想海上还有逐臭之夫，这也就不足为奇。

我由于一场病，在医院住了很久。我觉得我们中国人最不适宜于住医院。在不病的时候，每个人在家里都可以做土皇帝，佣仆不消说是用钱雇来的奴隶，妻子只是供膳宿的奴隶，父母是志愿的奴隶，平日养尊处优惯了，一旦他老人家欠安违和，抬进医院，恨不得把整个的家（连厨房在内）都搬进去！病人到了医院，就好像是到了自己的别墅似的，忽而买西瓜，忽而冲藕粉，忽而打洗脸水，忽而灌暖水壶。与其说医院家庭化，毋宁说医院旅馆化，最像旅馆的一点，便是人声嘈杂。四号病人快要咽气，这并不妨碍五号病房的客人的高谈阔论；六号病人刚吞下两包安眠药，这也不能阻止七号病房里扯着嗓子喊黄嫂。医院是生与死的决斗场，呻吟号啕以及欢呼叫嚣之声，当然都是人情之所不能已，圣人弗禁；所苦者是把医院当做养病之所的人。

但是有一次我对于我隔壁病房所发的声音，是能加以原谅的。是夜半，是女人声音，先是摇铃随后是喊"小姐"，然后一声铃间一声喊，由元板到流水板，愈来愈促，愈来愈高，我想医院里的人除了住了太平间的之外大概谁都听到了，然而没有人送给她所要用的那件东西。呼声渐变成号声，情急渐变成哀恳，等到那件东西等因奉此的辗转送到时，已经过了时效，不复成为有用的了。

旧式讣闻喜用"寿终正寝"字样，不是没有道理的。在家里养病，除了病不容易治好之外，不会为病以外的事情着急。如果病重不治必须寿终，则寿终正寝是值得提出来傲人的一件事，表示死者死得舒服。

人在大病时，人生观都要改变。我在奄奄一息的时候，就感觉人生无常，对一切不免要多加一些宽恕。例如对于一个冒领米贴的人，平时绝不稍予假借，但在自己连打几次强心针之后，再看着那个人贸贸然来，也就不禁心软，认为他究竟也还可以算做一个圆颅方趾的人。鲁迅死前遗言"不饶恕人，也不求人饶恕"，那种态度当然也可备一格。不似鲁迅那般伟大的人，便在体力不济时和人类容易妥协。我僵卧了许多天之后，看着每个人都有人性，觉得这世界还是可留恋的。不过我在体温脉搏都快恢复正常时，又故态复萌，眼睛里揉不进沙子了。

弱者才需要同情，同情要在人弱时施给，才能容易使人认识那份同情。一个人病得吃东西都需要喂的时候，如果有人来探视，那一点同情就像甘露滴在干土上一般，立刻被吸收了进去。病人会觉得人类当中彼此还有联系，人对人究竟比兽对人要温和得多。不过探视病人是一种艺术，和新闻记者的访问不同，和吊丧又不同。我最近一次病，病情相当曲折，叙述起来要半小时，如用欧化语体来说半小时还不够；而来看我的人是如此诚恳,问起我的病状便不能不详为报告,而讲述到三十次以上时,便感觉像一位老教授年年在讲台上开话匣片子那样单调而且惭愧。我的办法是,对于远路来的人我讲得要稍为扩大一些,而且要强调病的危险,为的是叫他感觉此行不虚,不使过于失望;对于邻近的朋友们则不免一切从简诸希矜宥!有些异常热心的人,如果不给我一点什么帮助,一定不肯走开,即使走开也一定不会愉快。我为使他愉快起见,口虽不渴也要请他倒过一杯水来,自己做"扶起娇无力"状。有些道貌岸然的朋友,看见我就要脱离苦海,不免悟出许多佛门大道理,脸上愈发严重,一言不发,愁眉苦脸。对于这朋友我将来特别要借重,因为我想他于探病之外还适于守尸。

狗

我初到重庆,住在一间湫隘的小室里,窗外还有两三棵肥硕的芭蕉,屋里益发显得阴森森的。每逢夜雨,凄惨欲绝。但凄凉中毕竟有些诗意。旅中得此,尚复何求?我所最感苦恼的乃是房门外的那一只狗。

我的房门外是一间穿堂,亦即房东一家老小用膳之地,餐桌底下永远卧着一条脑满肠肥的大狗。主人从来没有扫过地,每餐的残羹剩饭、骨屑稀粥,以及小儿便溺,全都在地上星罗棋布着,由那只大狗来舐得一干二净。如果有生人走进,狗便不免有所误会,以为是要和它争食,于是声色俱厉地猛扑过去。在这一家里,狗完全担负了"洒扫应对"的责任。

"君子有三畏",狰犬其一也。我知道性命并无危险,但是每次出来进去总要经过它的防次,言语不通,思想亦异,每次都要引起摩擦,酿成冲突,日久之后真觉厌烦之至。其间曾经谋求种种对策,一度投以饵饼,期收绥靖之效,不料饵饼尚未啖完,乘我返身开锁之际,无警告地向我的腿部偷袭过来;又一度改取"进攻乃最好之防御"的方法,转取主动，见头打头，见尾打尾，虽无挫衄，然积小胜终不能成大胜，且转战之余，血脉偾张，亦大失体统。因此外出即怵回家，回到房里又不敢多饮茶。不过使我最难堪的还不是狗，而是它的主人的态度。

狗从桌底下向我扑过来的时候，如果主人在场，我心里是存着一种奢望的：我觉得狗虽然也是高等动物、脊椎动物哺乳类，然而，究竟，至少在外形上，主人和我是属于较近似的一类，我希望他给我一些援助或同情。但是我错了，主客异势，亲疏有别，主人和狗站在同一立场。我并不是说主人也帮着狗狺狺然来对付我，他们尚不至于这样合群；我是说主人对我并不解救，看着我的狼狈而哄然噱笑，泛起一种得意之色，面带着笑容对狗嗔骂几声："小花！你昏了？连×先生你都不认识了！"骂的是狗，用的是让我所能听懂的语言。那弦外之音是："我已尽了管束之责了，你如果被狗吃掉莫要怪我。"然后他就像是在罗马剧场里看基督徒被猛兽扑食似的作壁上观。俗语说："打狗看主人。"我觉得不看主人还好，看了主人我倒要狠狠地再打狗几棍。

后来我疏散下乡，遂脱离了这恶犬之家。听说继续住那间房的是一位军人，他也遭遇了狗的同样的待遇，也遭遇了狗的主人同样的待遇，但是他比我有办法，他拔出枪来把狗当场格毙了。我于称快之余，想起那位主人的悲怆，又不能不付予同情了。特别是，残茶剩饭丢在地下无人舐，主人势必躬亲洒扫，其凄凉是可想而知的。

在乡下不是没有犬厄。没有背景的野犬是容易应付的，除了菜花黄时的疯犬不计外，普通的野犬都是些不修边幅的夹尾巴的可怜的东西，就是汪汪地叫起来也是有气无力的，不像人家豢养的狗那样振振有词自成系统。有些人家在门口挂着牌示"内有恶犬"，我觉得这比门里埋伏恶犬的人家要忠厚得多。我遇见过埋伏，往往猝不及防，惊惶大呼。主人闻声搴帘而出，嫣然而笑，肃客入座，从容相告狗在最近咬伤了多少人。这是一种有效的安慰，因为我之未及于难是比较可庆幸的事了。但是我终不明白，他为什么不索性养一只虎？来一个吃一个，来两个吃一双，岂不是更为体面么？

这道理我终于明白了。雅舍无围墙，而盗风炽，于是添置了一只狗。一日邮差贸贸然来，狗大声咆哮，邮差且战且走，蹒跚而逸，主人拊掌大笑。我顿有所悟。别人的狼狈永远是一件可笑的事，被狗所困的人是和踏在香蕉皮上面跌跤的人同样可笑。养狗的目的就要它咬人，至少做吃人状。这就是等于养鸡是为要它生蛋一样，假如一只狗像一只猫一样，整天晒太阳睡觉，客人来便咪咪叫两声，然后逡巡而去，我想不但主人惭愧，客人也要惊讶。所以狗咬客人，在主人方面认为狗是克尽厥职，表面上尽管对客抱歉，内心里是有一种愉快，觉得我的这只狗并非挂名差事，它守在岗位上发挥了作用，所以对狗一面诃责，一面也还要嘉勉；因此脸上才泛出那一层得意之色。还有衣冠楚楚的人，狗是不大咬的，这在主人也不能不有"先获我心"之感。所可遗憾者，有些主人并不以衣裳取人，亦并不以衣裳废人，而这种道理无法通知门上，有时不免要慢待嘉宾。不过就大体论，狗的眼力总是和它的主人差不了多少。所以，有这样多的人家都养狗。

客

"只有上帝和野兽才喜欢孤独。"上帝吾不得而知之，至于野兽，则据说成群结党者多，真正孤独者少。我们凡人，如果身心健全，大概没有不好客的。以欢喜幽独著名的 Thoureau，他在树林里也将来客安排得舒舒贴贴。我常幻想着"风雨故人来"的境界，在风飒飒、雨霏霏的时候，心情枯寂百无聊赖，忽然有客款扉，把握言欢，莫逆于心。来客不必如何风雅，但至少第一不谈物价升降，第二不谈宦海浮沉，第三不劝我保险，第四不劝我信教，乘兴而来，兴尽即返，这真是人生一乐。但是我们为客所苦的时候也颇不少。

很少的人家有门房，更少的人家有拒人千里之外的阍者，门禁既不森严，来客当然无阻，所以私人居处，等于日夜开放。有时主人方在厕上，客人已经升堂入室，回避不及，应接无术，主人鞠躬如也，客人呆若木鸡；有时主人方在用饭，而高轩贲止，便不能不效周公之"一饭三吐哺"，但是来客并无归心，只好等送客出门之后再补充些残羹剩饭；有时主人已经就枕，而不能不倒屣相迎。一天二十四小时之内，不知客人何时入侵，主动在客，防不胜防。

在西洋，所谓客者是很希罕的东西，因为他们办公有办公的地点，娱乐有娱乐的场所，住家专做住家之用。我们的风俗稍为不同一些，办公、打牌、吃茶、聊天都可以在人家的客厅里随时举行。主人既不能在座位上遍置针毡，客人便常有如归之乐。从前官场习惯，有所谓端茶送客之说。主人觉得客人应该告退的时候，便举起盖碗请茶；那时节一位训练有素的豪仆在旁一眼瞥见，便大叫一声："送客！"另有人把门帘高高打起。客人除了告辞之外，别无他法。可惜这种经济时间的良好习俗，今已不复存在，而且这种办法也只限于官场，如果我在我的小小客厅之内端起茶碗，由荆妻稚子在旁嘤然一声"送客"，我想客人会要疑心我一家都发疯了。

客人久坐不去，驱攘至为不易。如果你枯坐不语，他也许发表长篇独白，像个垃圾口袋一样，一碰就泄出一大堆；也许一根一根的纸烟不断地吸着，静听挂钟嘀嗒嘀嗒地响。如果你暗示你有事要走，他也许表示愿意陪你一道走。如果你问他有无其他的事情见教，他也许干脆告诉你来此只为闲聊天。如果你表示正在为了什么事情忙，他会劝你多休息一下。如果你一遍一遍地给他斟茶，他也许就一碗一碗地喝下去而连声说"主人别客气"。乡间迷信，恶客盘踞不去时，家人可在门后置一扫帚，用针频频刺之，客人便会觉得有刺股之痛，坐立不安而去。此法有人曾经实验，据云无效。

"茶，泡茶，泡好茶；坐，请坐，请上坐。"出家人犹如此势利，在家人更可想而知。但是为了常遭客灾的主人设想，茶与座二者常常因客而异,盖亦有说。凤好牛饮之客,自不便奉以"水仙""云雾",而精研《茶经》之士,又断不肯尝试那"高末""茶砖"。茶卤加开水,浑浑满满一大盅,上面泛着白沫如啤酒,或漂着油彩如汽油,这固然令人恶心;但是如果名茶一盏,而客人并不欣赏,轻呷一口,盅缘上并不留下芬芳,留之无用,弃之可惜,这也是非常讨厌之事。所以客人常被分为若干流品,有能启用平素主人自己舍不得饮用的好茶者;有能享受主人自己日常享受的中上茶者;有能大量取用茶卤冲开水者,餂以"玻璃"者是为未入流。至于座处,自以直入主人的书房绣闼者为上宾,因为屋内零星物件必定甚多,而主人略无防闲之意,于亲密之中尚含有若干敬意,做客至此,毫无遗憾;次焉者廊前檐下随处接见,所谓班荆道故,了无痕迹;最下者则肃入客厅,屋内只有桌椅板凳,别无长物,主人着长袍而出,寒暄就座,主客均客气之至;在厨房后门伫立而谈者是为未入流。我想此种差别待遇,是无可如何之事,我不相信孟尝门客三千而待遇平等。

人是永远不知足的。无客时嫌岑寂,有客时嫌烦嚣,客走后扫地抹桌又另有一番冷落空虚之感。问题的症结全在于客的素质。如果素质好,则未来时想他来,既来了想他不走,既走想他再来;如果素质不好,未来时怕他来,既来了怕他不走,既走怕他再来。虽说物以类聚,但不速之客甚难预防。"夜半待客客不至,闲敲棋子落灯花",那种境界我觉得最足令人低徊。

下　　棋

有一种人我最不喜欢和他下棋,那便是太有涵养的人。杀死他一大块,或是抽了他一个车,他神色自若,不动火,不生气,好像是无关痛痒,使得你觉得索然寡味。君子无所争,下棋却是要争的。当你给对方一个严重威胁的时候,对方的头上青筋暴露,黄豆般的汗珠一颗颗地在额上陈列出来，或哭丧着脸作惨笑，或咕嘟着嘴做吃屎状，或抓耳挠腮，或大叫一声，或长吁短叹，或自怨自艾口中念念有词，或一串串的嘻嗝打个不休，或红头涨脸如关公，种种现象，不一而足，这时节你"行有余力"便可以点起一支烟，或啜一碗茶，静静地欣赏对方的苦闷的象征。我想猎人困逐一只野兔的时候，其愉快大概略相仿佛。因此我悟出一点道理，和人下棋的时候，如果有机会使对方受窘，当然无所不用其极，如果被对方所窘，便努力做出不介意状，因为既不能积极地给对方以苦痛，只好消极地减少对方的乐趣。

自古博弈并称，全是属于赌的一类，而且只是比"饱食终日无所用心"略胜一筹而已。不过弈虽小术，亦可以观人。相传有慢性人，见对方走当头炮，便左思右想，不知是跳左边的马好，还是跳右边的马好，想了半个钟头而迟迟不决，急得对方拱手认输。是有这样的慢性人，每一着都要考虑，而且是加慢的考虑。我常想这种人如加入龟兔竞赛，也必定可以获胜。也有性急的人，下棋如赛跑，噼噼啪啪，草草了事，这仍旧是饱食终日无所用心的一贯作风。下棋不能无争，争的范围有大有小，有斤斤计较而因小失大者，有不拘小节而眼观全局者，有短兵相接作生死斗者，有各自为战而旗鼓相当者，有赶尽杀绝一步不让者，有好勇斗狠同归于尽者，有一面下棋一面诮骂者，但最不幸的是争的范围超出了棋盘而拳足交加。有下象棋者，久而无声响，排闼视之，阒不见人，原来他们是在门后角里扭作一团，一个人骑在另一个人的身上，在他的口里挖车呢。被挖者不敢出声，出声则口张，口张则车被挖回，挖回则必悔棋，悔棋则不得胜，这种认真的态度憨得可爱。我曾见过二人手谈，起先是坐着，神情潇洒，望之如神仙中人，俄而棋势吃紧，两人都站起来了，剑拔弩张，如斗鹌鹑，最后到了生死关头，两个人跳到桌上去了！

笠翁《闲情偶寄》说弈棋不如观棋，因观者无得失心，观棋是有趣的事，如看斗牛、斗鸡、斗蟋蟀一般。但是观棋也有难过处，观棋不语是一种痛苦，喉间硬是痒得出奇，思一吐为快。看见一个人要入陷阱而不作声是几乎不可能的事。如果说得中肯，其中一个人要厌恨你，暗暗地骂一声："多嘴驴！"另一个人也不感激你，心想："难道我还不晓得这样走！"如果说得不中肯，两个人要一齐嗤之以鼻："无见识奴！"如果根本不说，憋在心里，受病。所以有人于挨了一个耳光之后还要抚着热辣辣的嘴巴大呼："要抽车，要抽车！"

下棋只是为了消遣，其所以能使这样多人嗜此不疲者，是因为它颇合于人类好斗的本能，这是一种"斗智不斗力"的游戏。所以瓜棚豆架之下，与世无争的村夫野老不免一枰相对，消此永昼；闹市茶寮之中，常有有闲阶级的人士下棋消遣，"不为无益之事，何以遣此有涯之生？"宦海里翻过身最后退隐东山的大人先生们，髀肉复生而英雄无用武之地，也只好闲来对弈，了此残生，下棋全是"剩余精力"的发泄。人总是要斗的，总是要钩心斗角地和人争逐的。与其和人争权夺利，还不如在棋盘上多占几个官；与其招摇撞骗，还不如在棋盘上抽上一车。宋人笔记曾载有一段故事："李讷仆射，性卞急，酷好弈棋，每下子安详，极于宽缓。往往躁怒作，家人辈则密以弈具陈于前。讷睹，便忻然改容，以取其子布弄，都忘其恚矣。"（《南部新书》）下棋，有没有这样陶冶性情之功，我不敢说，不过有人下起棋来确实是把性命都可置诸度外。我有两个朋友下棋，警报作，不动声色。俄而弹落，棋子被震得在盘上跳荡，屋瓦乱飞。其中一位棋瘾较小者变色而起，被对方一把拉住，"你走？那就算是你输了。"此公深得棋中之趣。

脸　　谱

我要说的脸谱不是旧剧里的所谓"整脸""碎脸""三块瓦"之类，也不是麻衣相法里所谓观人八法"威、厚、清、古、孤、薄、恶、俗"之类。我要谈的脸谱乃是每天都要映入我们眼帘的形形色色的活人的脸。

旧戏脸谱和麻衣相法的脸谱，那乃是一些聪明人从无数活人脸中归纳出来的几个类型公式，都是第二手的资料，可以不管。

古人云："人心不同，各如其面。"那意思承认人面不同是不成问题的。我们不能不叹服人类创造者的技巧的神奇，差不多的五官七窍，但是部位配合，变化无穷，比七巧板复杂多了。对于什么事都讲究"统一""标准化"的人，看见人的脸如此复杂离奇，恐怕也无法训练改造，只好由它自然发展罢？假使每一个人的脸都像是从一个模子里翻出来的，一律的浓眉大眼，一律的虎额龙隼，在排起队来检阅的时候固然甚为壮观整齐，但不便之处必定太多，那是不可想象的。

人的脸究竟是同中有异，异中有同，否则也就无所谓谱。就粗浅的经验说，人的脸大别为二种，一种是令人愉快的，一种是令人不愉快的。凡是常态的、健康的、活泼的脸，都是令人愉快的，这样的脸并不多见。令人不愉快的脸，心里有一点或很多不痛快的事，很自然地把脸拉长一尺，或是罩上一层阴霾，但是这张脸立刻形成人与人之间的隔阂，立刻把这周围的气氛变得阴沉。假如，在可能范围之内，努力把脸上的筋肉松弛一下，嘴角上挂出一个微笑，自己费力不多，而给予人的快感甚大，可以使得这人生更值得留恋一些。我永不能忘记那永长不大的孩子潘彼得，他嘴角上永远挂着一颗微笑，那是永恒的象征。一个成年人若是完全保持一张孩子脸，那也并不是理想的事，除了给"婴儿自己药片"做商标之外，也不见得有什么用处。不过赤子之天真，如在脸上还保留一点痕迹，这张脸对于人类的幸福是有贡献的。令人愉快的脸，其本身是愉快的，这与老幼妍媸无关。丑一点，黑一点，下巴长一点，鼻梁塌一点，都没有关系，只要上面漾着充沛的活力，便能辐射出神奇的光彩，不但有光，还有热。这样的脸能使满室生春，带给人们兴奋、光明、调谐、希望、欢欣。一张眉清目秀的脸，如果恹恹无生气，我们也只好当做石膏像来看待了。

我觉得那是一个很好的游戏：早起出门，留心观察眼前活动的脸，看看其中有多少类型，有几张使你看了一眼之后还想再看？

不要以为一个人只有一张脸。女人不必说，常常"上帝给她一张脸，她自己另造一张"。不涂脂粉的男人的脸，也有"卷帘"一格，外面摆着一副面孔，在适当的时候呱嗒一声如帘子一般卷起，另露出一副面孔。《杰克博士与海德先生》(*Dr. Jekyll and Mr. Hyde*)，那不是寓言。误入仕途的人往往养成这一套本领。对下司道貌岸然，或是面部无表情，像一张白纸似的，使你无从观色，莫测高深；或是面皮绷得像一张皮鼓，脸拉得驴般长，使你在他面前觉得矮好几尺！但是他一旦见到上司，驴脸得立刻缩短，再往瘪里一缩，马上变成柿饼脸，堆下笑容，直线条全变成曲线条；如果见到更高的上司，连笑容都凝结得堆不下来，未开言嘴唇要抖上好大一阵，脸上做出十足的诚惶诚恐之状。帘子脸是傲下媚上的主要工具，对于某一种人是少不得的。

不要以为脸和身体其他部分一样地受之父母，自己负不得责。不，在相当范围内，自己可以负责的。大概人的脸生来都是和善的，因为从婴儿的脸看来，不必一定都是颜如渥丹，但是大概都是天真无邪，令人看了喜欢的。我还没见过一个孩子带着一副不得善终的脸。脸都是后来自己作践坏了的。人们多半不体会自己的脸对于别人发生多大的影响。脸是到处都有的。在送殡的行列中偶然发现的哭丧脸，作讣闻纸色，眼睛肿得桃儿似的，固然难看；一行行的囚首垢面的人，如稻草人，如丧家犬，脸上作黄蜡色，像是才从牢狱里出来，又像是要到牢狱里去，凸着两只没有神的大眼睛，看着也令人心酸；还有一大群心地不够薄脸皮不够厚的人，满脸泛着平价米色，嘴角上也许还沾着一点平价油，身穿着一件平价布，一脸的愁苦，没有一丝的笑容，这样的脸是颇令人不快的。但这些贫病愁苦的脸还不算是最令人不愉快，因为只是消极得令人心里堵得慌，而且稍微增加一些营养（如肉糜之类）或改善一些环境，脸上的神情还可以渐渐恢复常态。最令人不快的是一些本来吃得饱、睡得着、红光满面的脸，偏偏带着一股肃杀之气，冷森森地拒人千里之外，看你的时候眼皮都不抬,嘴撇得瓢儿似的,冷不防抬起眼皮给你一个白眼,黑眼球不知翻到那里去了,脖梗子发硬,脑壳朝天,眉头皱出好几道熨斗都熨不平的深沟——这样的神情最容易在官办的业务机关的柜台后面出现。遇见这样的人,我就觉得惶惑:这个人是不是昨天赌了一夜以致睡眠不足,或是接连着腹泻了三天,或是新近遭遇了什么闵凶,否则何以乖戾至此,连一张脸的常态都不能维持了呢?

中　年

钟表上的时针是在慢慢地移动着的,移动得如此之慢,使你几乎不感觉到它的移动。人的年纪也是这样的,一年又一年,总有一天会蓦然一惊,已经到了中年。到这时候大概有两件事使你不能不注意:讣闻不断地来,有些性急的朋友已经先走一步,很煞风景,同时又会忽然觉得一大批一大批的青年小伙子在眼前出现,从前也不知是在什么地方藏着的,如今一齐在你眼前摇晃,磕头碰脑的尽是些昂然阔步满面春风的角色,都像是要去吃喜酒的样子。自己的伙伴一个个地都入蛰了,把世界交给了青年人。所谓"耳畔频闻故人死,眼前但见少年多",正是一般人中年的写照。

从前杂志背面常有"韦廉士红色补丸"的广告,画着一个憔悴的人,弓着身子,手拊在腰上,旁边注着"图中寓意"四字。那寓意对于青年人是相当深奥的。可是这幅图画却常在一般中年人的脑里涌现,虽然他不一定想吃"红色补丸",那点寓意他是明白的了。一根黄松的柱子,都有弯曲倾斜的时候,何况是二十六块碎骨头拼凑成的一条脊椎?年轻人没有不好照镜子的,在店铺的大玻璃窗前照一下都是好的,总觉得大致上还有几分姿色。这顾影自怜的习惯逐渐消失,以至于有一天偶然揽镜,突然发现额上刻了横纹,那线条是显明而有力,像是吴道子的"莼菜描",心想那是抬头纹,可是低头也还是那样。再一细看头顶上的头发有搬家到腮旁颔下的趋势,而最令人触目惊心的是,鬓角上发现几根白发。这一惊非同小可,平素一毛不拔的人到这时候也不免要狠心地把它拔去,拔毛连茹,头发根上还许带着一颗鲜亮的肉珠。但是没有用,岁月不饶人!

一般的女人到了中年,更着急。那个年轻女子不是饱满丰润得像一颗牛奶葡萄,一弹就破的样子?那个年轻女子不是玲珑矫健得像一只燕子,跳动得那么轻灵?到了中年,全变了。曲线都还存在,但满不是那么回事,该凹入的部分变成了凸出,该凸出的部分变成了凹入,牛奶葡萄要变成金丝蜜枣,燕子要变鹌鹑。最暴露在外面的是一张脸,从"鱼尾"起皱纹撒出一面网,纵横辐辏,疏而不漏,把脸逐渐织成一幅铁路线最发达的地图。脸上的皱纹已经不是熨斗所能烫得平的,同时也不知怎么在皱纹之外还常常加上那么多的苍蝇屎。所以脂粉不可少。除非粪土之墙,没有不可圬的道理。在原有的一张脸上再罩上一张脸,本是最简便的事。不过在上妆之前下妆之后,容易令人联想起《聊斋志异》的那一篇《画皮》而已。女人的肉好像最禁不起地心的吸力,一到中年便一齐松懈下来往下堆摊,成堆的肉挂在脸上,挂在腰边,挂在踝际。听说有许多西洋女子用擀面杖似的一根棒子早晚浑身乱搓,希望把浮肿的肉压得结实一点,又有些人干脆忌食脂肪忌食淀粉,扎紧裤带,活生生地把自己"饿"回青春去。有多少效果,我不知道。

别以为人到中年就算完事,不,譬如登临,人到中年像是攀跻到了最高峰。回头看看,一串串的小伙子正在"头也不回呀汗也不揩"地往上爬。再仔细看看,路上有好多块绊脚石,曾把自己磕碰得鼻青脸肿,有好多处陷阱,使自己做了若干年的井底蛙。回想从前,自己做过扑灯蛾,惹火焚身,自己做过撞窗户纸的苍蝇,一心想奔光明,结果落在粘苍蝇的胶纸上!这种种景象的观察,只有站在最高峰上才有可能。向前看,前面是下坡路,好走得多。

施耐庵《水浒》序云:"人生三十未娶,不应再娶;四十未仕,不应再仕。"其实"娶""仕"都是小事，不娶不仕也罢，只是这种说法有点中途弃权的意味，西谚云："人的生活在四十才开始。"好像四十以前，不过是几出配戏，好戏都在后面。我想这与健康有关。吃窝头米糕长大的人，拖到中年就算不易，生命力已经蒸发殆尽。这样的人焉能再娶？何必再仕？服"维他赐保命"都嫌来不及了。我看见过一些得天独厚的男男女女，年轻的时候愣头愣脑的，浓眉大眼，生僵挺硬，像是一些又青又涩的毛桃子，上面还带着挺长的一层毛。他们是未经琢磨过的璞石。可是到了中年，他们变得润泽了，容光焕发，脚底下像是有了弹簧，一看就知道是内容充实的。他们的生活像是在饮窖藏多年的陈酿，浓而芳冽！对于他们，中年没有悲哀。

四十开始生活，不算晚，问题在"生活"二字如何诠释。如果年届不惑，再学习溜冰踢毽子放风筝，"偷闲学少年"，那自然有如秋行春令，有点勉强。半老徐娘，留着刘海，躲在茅房里穿高跟鞋当做踩高跷般地练习走路，那也是惨事。中年的妙趣，在于相当地认识人生，认识自己，从而做自己所能做的事，享受自己所能享受的生活。科班的童伶宜于唱全本的大武戏，中年的演员才能担得起大出的轴子戏，只因他到中年才能真懂得戏的内容。

送　　行

"黯然销魂者，别而已矣。"遥想古人送别，也是一种雅人深致。古时交通不便，一去不知多久，再见不知何年，所以南浦唱支骊歌，灞桥折条杨柳，甚至在阳关敬一杯酒，都有意味。李白的船刚要启碇，汪伦老远地在岸上踏歌而来，那幅情景真是历历如在目前。其妙处在于纯朴真挚，出之以潇洒自然。平素莫逆于心，临别难分难舍。如果平常我看着你面目可憎，你觉得我语言无味，一旦远离，那是最好不过，只恨世界太小，唯恐将来又要碰头，何必送行？

在现代人的生活里，送行是和拜寿送殡等等一样地成为应酬的礼节之一。"揪着公鸡尾巴"起个大早，迷迷糊糊地赶到车站码头，挤在乱哄哄的人群里面，找到你的对象，扯几句淡话，好容易耗到汽笛一叫，然后鸟兽散，吐一口轻松气，噘着大嘴回家。这叫做周到。在被送的那一方面，觉得热闹，人缘好，没白混，而且体面，有这么多人舍不得我走，斜眼看着旁边的没人送的旅客，相形之下，尤其容易起一种优越之感，不禁精神抖擞，恨不得对每一个送行的人要握八次手，道十回谢。死人出殡，都讲究要有多少亲友执绋，表示恋恋不舍，何况活人？行色不可不壮。

悄然而行似是不大舒服，如果别的旅客在你身旁耀武扬威地与送行的话别，那会增加旅中的寂寞。这种情形，中外皆然。Max Beerbohm 写过一篇《谈送行》，他说他在车站上遇见一位以演剧为业的老朋友在送一位女客，始而喁喁情话，俄而泪湿双颊，终乃汽笛一声，勉强抑止哽咽，向女郎频频挥手，目送良久而别。原来这位演员是在做戏，他并不认识那位女郎，他是属于"送行会"的一个职员。凡是旅客孤身在外而愿有人到站相送的，都可以到"送行会"去雇人来送。这位演员出身的人当然是送行的高手，他能放进感情，表演逼真。客人纳费无多，在精神上受惠不浅。尤其是美国旅客，用金钱在国外可以购买一切，如果"送行会"真的普遍设立起来，送行的人也不虞缺乏了。

送行既是人生中所不可少的一桩事，送行的技术也便不可不注意到。如果送行只限于到车站码头报到，握手而别，那么问题就简单，但是我们中国的一切礼节都把"吃"列为最重要的一个项目。一个朋友远别，生怕他饿着走，饯行是不可少的，恨不得把若干天的营养都一次囤积在他肚里。我想任何人都有这种经验，如有远行而消息外露（多半还是自己宣扬），他有理由期望着饯行的帖子纷至沓来，短期间家里可以不必开伙。还有些思虑更周到的人，把食物携在手上，亲自送到车上船上，好像是你在半路上会要挨饿的样子。

我永远不能忘记最悲惨的一幕送行。一个严寒的冬夜，车站上并不热闹，客人和送客的人大都在车厢里取暖，但是在长得没有止境的月台上却有黑查查的一堆送行的人，有的围着斗篷，有的戴着风帽，有的脚尖在洋灰地上敲鼓似的乱动。我走近一看，全是熟人，都是来送一位太太的。车快开了，不见她的踪影，原来在这一晚她还有几处饯行的宴会。在最后的一分钟，她来了。送行的人们觉得是在接一个人，不是在送一个人，一见她来到大家都表示喜欢，所有惜别之意都来不及表现了。她手上抱着一个孩子，吓得直哭，另一只手扯着一个孩子，连跑带拖；她的头发蓬松着，嘴里喷着热气，像是冬天载重的骡子；她顾不得和送行的人周旋，三步两步地就跳上了车。这时候车已在蠕动。送行的人大部分都手里提着一点东西，无法交付，可巧我站在离车门最近的地方，大家把礼物都交给了我："请您偏劳给送上去罢！"我好像是一个圣诞老人，抱着一大堆礼物。我一个箭步蹿上了车，我来不及致辞，把东西往她身上一扔，回头就走。从车上跳下来的时候，打了几个转才立定脚跟。事后我接到她一封信，她说：

那些送行的都是谁？你丢给我那一堆东西，到底是谁送的？我在车上整理了好半天，才把那堆东西聚拢起来打成一个大包袱。朋友们的盛情算是给我添了一件行李。我愿意知道那一件东西是那一位送的，你既是代表送上车的，你当然知道，盼速见告。

计开：水果三筐，泰康罐头四个，果露两瓶，蜜饯四盒，饼干四罐，豆腐乳四罐，蛋糕四盒，西点八盒，纸烟八听，信纸、信封一匣，丝袜两双，香水一瓶，烟灰碟一套，小钟一具，衣料两块，酱菜四篓，绣花拖鞋一双，大面包四个，咖啡一听，小宝剑两把……

这问题我无法答复，至今是个悬案。

我不愿送人，亦不愿人送我，对于自己真正舍不得离开的人，离别的那一刹那像是开刀。凡是开刀的场合照例是应该先用麻醉剂，使病人在迷蒙中度过那场痛苦，所以离别的苦痛最好避免。一个朋友说："你走，我不送你；你来，无论多大风多大雨，我要去接你。"我最赏识那种心情。

旅　　行

我们中国人是最怕旅行的一个民族。闹饥荒的时候都不肯轻易逃荒，宁愿在家乡吃青草啃树皮吞观音土，生怕离乡背井之后，在旅行中流为饿莩，失掉最后的权益——寿终正寝。至于席丰履厚的人更不愿轻举妄动，墙上挂一张图画，看看就可以当"卧游"，所谓"一动不如一静"。说穿了，"太阳下没有新鲜事物"。号称山川形胜，还不是几堆石头一汪子水？我记得做小学生的时候，郊外踏青，是一桩心跳的事，多早就筹备，起个大早，排成队伍，擎着校旗，鼓乐前导，事后下星期还得作一篇《远足记》，才算功德圆满。旅行一次是如此庄严！我的外祖母，一生住在杭州城内，八十多岁，没有逛过一次西湖，最后总算去了一次，但是自己不能行走，抬到了西湖，就没有再回来——葬在湖边山上。

古人云："一生能着几两屐？"这是劝人及时行乐，莫怕多费几双鞋。但是旅行果然是一桩乐事吗？其中是否含着有多少苦恼的成分呢？

出门要带行李，那一个几十斤重的五花大绑的铺盖卷儿便是旅行者的第一道难关。要捆得紧，要捆得俏，要四四方方，要见棱见角，与稀松露馅的大包袱要迥异其趣，这已经就不是一个手无缚鸡之力的人所能胜任的了。关卡上偏有好奇人要打开看看，看完之后便很难得再复原。"乘兴而来，兴尽而返。"很多人在打完铺盖卷儿之后就觉得游兴已尽了。在某些国度里，旅行是不需要携带铺盖的，好像凡是有床的地方就有被褥，有被褥的地方就有随时洗换的被单——旅客可以无牵无挂，不必像蜗牛似的顶着安身的家伙走路。携带铺盖究竟还容易办得到，但是没听说过带着床旅行的，天下的床很少没有臭虫设备的。我很怀疑一个人于整夜输血之后，第二天还有多少精神游山逛水。我有一个朋友发明了一种服装，按着他的头躯四肢的尺寸做了一件天衣无缝的睡衣，人钻在睡衣里面，只留眼前两个窟窿，和外界完全隔绝——只是那样子有些像是KKK，夜晚出来曾经几乎吓死一个人！

原始的交通工具，并不足为旅客之苦。我觉得"滑竿""架子车"都比飞机有趣。"御风而行，泠然善也"，那是神仙生涯。在尘世旅行，还是以脚能着地为原则。我们要看朵朵的白云，但并不想在云隙里钻出钻进；我们要"横看成岭侧成峰，远近高低各不同"，但并不想把世界缩小成假山石一般玩物似的来欣赏。我惋惜米尔顿所称述的中土有"挂帆之车"尚不曾坐过。交通工具之原始不是病，病在于舟车之不易得，车夫舟子之不易缠，"衣帽自看"固不待言，还要提防青纱帐起。刘伶"死便埋我"，也不是准备横死。

旅行虽然夹杂着苦恼，究竟有很大的乐趣在。旅行是一种逃避——逃避人间的丑恶。"大隐藏人海"，我们不是大隐，在人海里藏不住。岂但人海里安不得身，在家园也不容易遁迹。成年的圈在四合房里，不必仰屋就要兴叹；成年的看着家里的那一张脸，不必牛衣也要对泣。家里面所能看见的那一块青天，只有那么一大块。取之不尽用之不竭的清风明月，在家里都不能充分享受，要放风筝需要举着竹竿爬上房脊，要看日升月落需要左右邻居没有遮拦。走在街上，熙熙攘攘，磕头碰脑的不是人面兽，就是可怜虫。在这种情形之下，我们虽无勇气披发入山，至少为什么不带着一把牙刷捆起铺盖出去旅行几天呢？在旅行中，少不了风吹雨打，然后倦飞知还，觉得"在家千日好，出门一时难"，这样便可以把那不可容忍的家变成为暂时可以容忍的了。下次忍耐不住的时候，再出去旅行一次。如此折腾几回，这一生也就差不多了。

旅行中没有不感觉枯寂的，枯寂也是一种趣味。哈兹利特（Hazlitt）主张在旅行时不要伴侣，因为，"如果你说路那边的一片豆田有股香味，你的伴侣也许闻不见。如果你指着远处的一件东西，你的伴侣也许是近视的，还得戴上眼镜看。"一个不合意的伴侣，当然是累赘。但人是个奇怪的动物，人太多了嫌闹，没人陪着嫌闷；耳边嘈杂怕吵，整天咕嘟着嘴又怕口臭。旅行是享受清福的时候，但是也还想拉上个伴。只有神仙和野兽才受得住孤独。在社会里我们觉得面目可憎语言无味的人居多，避之唯恐或晚，在大自然里又觉得人与人之间是亲切的。到美国落基山上旅行过的人告诉我，在山上若是遇见另一个旅客，不分男女老幼，一律脱帽招呼，寒暄一两句。这是很有意味的一个习惯。大概只有在旷野里我们才容易感觉到人与人是属于一门一类的动物，平常我们太注意人与人的差别了。

真正理想的伴侣是不易得的，客厅里的好朋友不见得即是旅行的好伴侣。理想的伴侣须具备许多条件，不能太脏，如嵇叔夜"头面常一月十五日不洗，不太闷痒不能沐"，也不能有洁癖，什么东西都要用火酒揩；不能如泥塑木雕，如死鱼之不张嘴，也不能终日喋喋不休，整夜鼾声不已；不能油头滑脑，也不能蠢头呆脑。要有说有笑，有动有静，静时能一声不响地陪着你看行云、听夜雨，动时能在草地上打滚像一条活鱼！这样的伴侣那里去找？

"旁若无人"

在电影院里，我们大概都常遇到一种不愉快的经验。在你聚精会神地静坐着看电影的时候，会忽然觉得身下坐着的椅子颤动起来，动得很匀，不至于把你从座位里掀出去，动得很促，不至于把你颠摇入睡，颤动之快慢急徐，恰好令你觉得他讨厌。大概是轻微地震罢？左右探察震源，忽然又不颤动了。在你刚收起心来继续看电影的时候，颤动又来了。

如果下决心寻找震源，不久就可以发现，毛病大概是出在附近的一位先生的大腿上。他的足尖踏在前排椅撑上，绷足了劲，利用腿筋的弹性，很优游地在那里发抖。如果这拘挛性的动作是由于羊癫风一类的病症的暴发，我们要原谅他，但是不像，他嘴里并不吐白沫。看样子也不像是神经衰弱，他的动作是能收能发的，时作时歇，指挥如意。若说他是有意使前后左右两排座客不得安生，却也不然。全是陌生人无仇无恨，我们站在被害人的立场上看，这种变态行为只有一种解释，那便是他的意志过于集中，忘记旁边还有别人，换言之，便是"旁若无人"的态度。

"旁若无人"的精神表现在日常行为上者不只一端。例如欠伸，原是常事，"气乏则欠，体倦则伸"。但是在稠人广众之中，张开血盆巨口，做吃人状，把口里的獠牙显露出来，再加上伸胳臂伸腿如演太极，那样子就不免吓人。有人打哈欠还带音乐的，其声呜呜然，如吹号角，如鸣警报，如猿啼，如鹤唳，音容并茂。《礼记》："侍坐于君子，君子欠伸，撰杖屦，视日蚤莫，侍坐者请出矣。"是欠伸合于古礼，但亦以"君子"为限，平民岂可援引！对人伸胳臂张嘴，纵不吓人，至少令人觉得你是在逐客，或是表示你自己不能管制你自己的肢体。

邻居有叟，平常不大回家，每次归来必令我闻知。清晨有三声喷嚏，不只是清脆，而且洪亮，中气充沛。根据那声音之响我揣测必有异物入鼻，或是有人插入纸捻，那声音撞击在脸盆之上有金石声！随后是大排场的漱口，真是排山倒海，犹如骨鲠在喉，又似苍蝇下咽。再随后是三餐的饱嗝，一串串的咯声，像是下水道不甚畅通的样子。可惜隔着墙没能看见他剔牙，否则那一份刮垢磨光的钻探工程，场面也不会太小。

这一切"旁若无人"的表演究竟是偶然突发事件，经常令人困扰的乃是高声谈话。在喊"救命"的时候，声音当然不嫌其大，除非是脖子被人踩在脚底下，但是普通的谈话似乎可以令人听见为度，而无需一定要力竭声嘶地去振聋发聩。生理学家告诉我们，发音的器官是很复杂的，说话一分钟要有九百个动作，有一百块筋肉在弛张；但是大多数人似乎还嫌不足，恨不得嘴上再长一个扩大器。有个外国人疑心我们国人的耳鼓生得异样，那层膜许是特别厚，非扯着脖子喊不能听见，所以说话总是像打架。这批评有多少真理，我不知道。不过我们国人会嚷的本领，是谁也不能否认的。电影场里电灯初灭的时候，总有几声："哎哟，小三儿，你在那儿呢？"在戏院里，演员像是演哑剧，大锣大鼓之声依稀可闻，主要的声音是观众鼎沸，令人感觉好像是置身蛙塘。在旅馆里，好像前后左右都是庙会，不到夜深休想安眠，安眠之后难免没有响皮底的大皮靴，毫无惭愧地在你门前踱来踱去。天未大亮，又有各种市声前来侵扰。一个人大声说话，是本能；小声说话，是文明。以动物而论，狮吼、狼嗥、虎啸、驴鸣、犬吠，即是小如促织、蚯蚓，声音都不算小，都不会像人似的有时候也会低声说话。大概文明程度愈高，说话愈不以声大见长。群居的习惯愈久，愈不容易存留"旁若无人"的幻觉。我们以农立国，乡间地旷人稀，畎亩阡陌之间，低声说一句"早安"是不济事的，必得扯长了脖子喊一声："你吃过饭啦？"可怪的是，在人烟稠密的所在，人的喉咙还是不能缩小。更可异的是，纸驴嗓、破锣嗓、喇叭嗓、公鸡嗓，并不被一般地认为是缺陷，而且麻衣相法还公然地说，声音洪亮者主贵！

叔本华有一段寓言：

一群豪猪在一个寒冷的冬天挤在一起取暖，但是他们的刺毛开始互相击刺，于是不得不分散开。可是寒冷又把他们驱在一起，于是同样的事故又发生了。最后，经过几番的聚散，他们发现最好是彼此保持相当的距离。同样地，群居的需要使得人形的豪猪聚在一起，只是他们本性中的带刺的令人不快的刺毛使得彼此厌恶。他们最后发现的使彼此可以相安的那个距离，便是那一套礼貌；凡违犯礼貌者便要受严词警告——用英语来说——请保持相当距离。用这方法，彼此取暖的需要得到相当的满足了，可是彼此可以不至互刺。自己有些暖气的人情愿走得远远的，既不刺人，又可不受人刺。

逃避不是办法。我们只是希望人形的豪猪时常提醒自己：这世界上除了自己还有别人，人形的豪猪既不止我一个，最好是把自己的大大小小的刺毛收敛一下，不必像孔雀开屏似的把自己的刺毛都尽量地伸张。

诗　人

有人说："在历史里一个诗人似乎是神圣的，但一个诗人在隔壁便是个笑话。"这话不错。看看古代诗人画像，一个个的都是宽衣博带，飘飘欲仙，好像不食人间烟火的样子。《辋川图》里的人物，弈棋饮酒，投壶流觞，一个个都是儒冠羽衣，意态萧然。我们只觉得摩诘当年，千古风流，而他在苦吟时堕入醋瓮里的那副尴尬相，并没有人给他写画流传。我们凭吊浣花溪畔的工部草堂，遥想杜陵野老典衣易酒、卜居茅茨之状，吟哦沧浪，主管风骚，而他在耒阳狂啖牛炙、白酒胀饫而死的景象，却不雅观。我们对于死人，照例是隐恶扬善，何况是古代诗人，篇章遗传，好像是痰唾珠玑，纵然有些小小乖僻，自当加以美化，更可资为谈助。王摩诘堕入醋瓮，是他自己的醋瓮，不是我们家的水缸；杜工部旅中困顿，累的是耒阳知县，不是向我家叨扰。一般人读诗，犹如观剧，只是在前台欣赏，并无须侧身后台打听优伶身世，即使刺听得多少奇闻轶事，也只合作为梨园掌故而已。

假如一个诗人住在隔壁，便不同了。虽然几乎家家门口都写着"诗书继世长"，懂得诗的人并不多。如果我是一个名利中人，而隔壁住着一个诗人，他的大作永远不会给我看，我看了也必以为不值一文钱；他会给我以白眼，我看看他一定也不顺眼。诗人没有常光顾理发店的，他的头发做飞蓬状，做狮子狗状，做艺术家状。他如果是穿中装的，一定像是算命瞎子，两脚泥；他如果是穿西装的，一定是像卖毛毯子的白俄，一身灰。他游手好闲；他白昼做梦；他无病呻吟；他有时深居简出，闭门谢客；他有时终年流浪，到处为家；他哭笑无常；他饮食无度；他有时贫无立锥；他有时挥金似土。如果是个女诗人，她口里可以衔支大雪茄；如果是男的，他向各形各色的女人去膜拜。他喜欢烟、酒、小孩、花草、小动物——他看见一只老鼠可以作一首诗，他在胸口上摸出一只虱子也会作成一首诗。他的生活习惯有许多与人不同的地方。有一个人告诉我，他曾和一个诗人比邻。有一次同出远游，诗人未带牙刷，据云留在家里为太太使用。问之曰："你们原来共用一把么？"诗人大惊曰："难道你们是各用一把么？"

诗人住在隔壁，是个怪物，走在街上尤易引起误会。伯朗宁有一首诗《当代人对诗人的观感》，描写一个西班牙的诗人性好观察社会人生，以致被人误认为是一个特务。这是何等讥讽！他穿的是一身破旧的黑衣服，手杖敲着地，后面跟着一条秃瞎老狗，看着鞋匠修理皮鞋，看人切柠檬片放在饮料里，看焙咖啡的火盆，用半只眼睛看书摊，谁虐打牲畜谁咒骂女人都逃不了他的注意——所以他大概是个特务，把观察所得呈报国王。看他那个模样儿，上了点年纪，那两道眉毛，亏他的眼睛在下面住着！鼻子的形状和颜色都像鹰爪。某甲遇难，某乙失踪，某丙得到他的情妇——还不都是他干下的事？他费这样大的心机，也不知得多少报酬。大家都说他回家用晚膳的时候，灯火辉煌，墙上挂着四张名画，二十名裸体女人给他捧盘换盏。其实，这可怜的人过的乃是另一种生活。他就住在桥边第三家，新油刷的一幢房子，全街的人都可以看见他交叉着腿，把脚放在狗背上，和他的女仆在打纸牌，吃的是酪饼水果，十点钟就上床睡了。他死的时候还穿着那件破大衣，没膝的泥，吃的是面包壳，脏得像一条熏鱼！

这位西班牙的诗人还算是幸运的，被人当做特务。在另一个国度里，这样一个形迹可疑的诗人可能成为特务的对象。

变戏法的总要念几句咒，故弄玄虚，增加他的神秘。诗人也不免几分江湖气，不是谪仙，就是鬼才，再不就是梦笔生花，总有几分阴阳怪气。外国诗人更厉害，作诗时能直接地祷求神助，好像是仙灵附体的样子。

一颗沙里看出一个世界，
一朵野花里看出一个天堂。
把无限抓在你的手掌里，
把永恒放进一刹那的时光。

若是没有一点慧根的人，能说出这样的鬼话么？你不懂？你是蠢材！你说你懂，你便可跻身于风雅之林。你究竟懂不懂，天知道。

大概每个人都曾经有过做诗人的一段经验。在"怨黄莺儿作对，怪粉蝶儿成双"的时节，看花谢也心惊，听猫叫也难过，诗就会来了，如枝头舒叶那么自然。但是入世稍深，渐渐煎熬成为一颗"煮硬了的蛋"，散文从门口进来，诗从窗户出去了。"嘴唇在不能亲吻的时候才肯唱歌。"一个人如果达到相当年龄，还不失赤子之心，经风吹雨打，方寸间还能诗意盎然，他是得天独厚，他是诗人。

诗不能卖钱。一首新诗，如抾断数根须即能脱稿，那成本还是轻的；怕的是像牡蛎肚里的一颗明珠，那本是一块病，经过多久的滋润涵养才能磨炼孕育成功，写出来到那里去找顾主？诗不能给富人客厅里摆设作装潢，诗不能给广大的读者以娱乐。富人要的是字画珍玩，大众要的是小说戏剧。诗，短短一橛，充篇幅都不中用。诗是这样无用的东西，所以以诗为业的诗人，如果住在你的隔壁，自然是个笑话，将来在历史上能否成为神圣，也很渺茫。

讲　价

　　韩康采药名山，卖于长安市，三十余年，口不二价。这并不是说三十余年物价没有波动，这是说他三十余年没有讲过一次谎。就凭这一点怪脾气，他的大名便入了《后汉书》的《逸民列传》。这并不证明买卖东西无须讲价是我们古已有之的固有道德，这只是证明自古以来买卖东西就得要价还价，出了一位韩康，便是人瑞，便可以名垂青史了。韩康不但在历史上留下了佳话，在当时也是颇为著名的。一个女子向他买药，他守价不移，硬是没得少。女子大怒，说："难道你是韩康，一个钱没得少？"韩康本欲避名，现在小女子都知道他的大名，吓得披发入山。卖东西不讲价，自古以来是多么难得！我们还不要忘记韩康"家世著姓"，本不是商人，如果是个"逐什一之利"的，有机会能得什二什三时岂不更妙？

　　从前有些店铺讲究货真价实，"言不二价""童叟无欺"的金字招牌偶然还可以很骄傲地悬挂起来，不必大减价雇吹鼓手，主顾自然上门。这种事似乎渐渐少了。童叟根本也不见得好欺侮，而且买卖大半是流动的，无所谓主顾，不讲价还是不过瘾，不七折八扣显着买卖不和气，交易一成买者就又会觉得上当。在尔虞我诈的情形之下，讲价便成为交易的必经阶段，反正是"漫天要价，就地还钱"，看看谁有本事谁讨便宜。

　　我买东西很少的时候能不比别人的贵。世界上有一种人，喜欢到人家里面调查物价，看看你家里有什么东西都要打听一下是用什么价钱买的，除非你在每一事物上都粘上一个纸签标明价格，否则将不胜其啰唣。最扫兴的是，我已经把真的价钱瞒起，自欺欺人地只说了一半的价钱来搪塞他，他有时还会把头摇得像个拨浪鼓似的，表示你上了弥天的大当！我承认，有些人特别善于讲价，他有政治家的脸皮，外交家的嘴巴，杀人的胆量，钓鱼的耐心，坚如铁石，韧似牛皮，所以他能压倒那待价而沽的商人。我尝虚心请教，大概归纳起来讲价的艺术不外下列诸端：

第一，要不动声色。进得店来，看准了他没有什么你就要什么，使得他显得寒伧，先有几分惭愧，然后无精打采地道出你所真心要买的东西。伙计于气馁之余，自然欢天喜地地捧出他的货色，价钱根本不会太高。如果偶然发现一项心爱的东西，也不可失声大叫，如获异宝，必要行若无事，淡然处之，于打听许多种物价之后，随意问询及之，否则你打草惊蛇，他便奇货可居了。

第二，要无情地批评。甘瓜苦蒂，天下物无全美。你把货物捧在手里，不忙鉴赏，先求其疵缪之所在，不厌其详地批评一番，尽量地道出它的缺点。有些物事，本是无懈可击的，但是"嗜好不能争辩"，你这东西是红的，我偏喜欢白的，你这东西是大的，我偏喜欢小的。总之，要把东西褒贬得一文不值缺点百出，这时候伙计的脸上也许要一块红一块白的不大好看，但是他的心里软了，价钱上自然有了商量的余地，我在委曲迁就的情形之下来买东西，你在价钱上还能不让步么？

第三，要狠心还价。先假设，自从韩康入山之后每个商人都是说谎的。不管价钱多高，拦腰一砍。这需要一点胆量，狠得下心，说得出口，要准备看一副嘴脸。人的脸是最容易变的，用不了加多少钱，那副愁云惨雾的苦脸立刻开霁，露出一缕春风。但这是最紧要的时候，这是耐心的比赛，谁性急谁失败，他一文一文地减，你就一文一文地加。

第四，要有反顾的勇气。交易实在不成，只好掉头而去，也许走不了多远，他会请你回来，如果他不请你回来，你自己要有回来的勇气，不能负气，不能讲究"义不反顾，计不旋踵"。讲价到了这个地步，也就山穷水尽了。

这一套讲价的秘诀，知易行难，所以我始终未能运用。我怕费工夫，我怕伤和气，如果我粗脖子红脸，我身体受伤，如果他粗脖子红脸，我精神上难过。我聊以解嘲的方法是记起郑板桥爱写的那四个大字："难得糊涂"。

《淮南子》明明记载着"东方有君子之国"，但是我在地图上却找不到。《山海经》里也记载着"君子国衣冠带剑，其人好让不争"，但只有《镜花缘》给君子国透露了一点消息。买物的人说："老兄如此高货，却讨恁般贱价，教小弟买去，如何能安？务求将价加增，方好遵教。若再过谦，那是有意不肯赏光交易了。"卖物的人说："既承照顾，敢不仰体？但适才妄讨大价，已觉厚颜，不意老兄反说货高价贱，岂不更教小弟惭愧？况敝货并非'言无二价'，其中颇有虚头。"照这样讲来，君子国交易并非言无二价，也还是要讲价的，也并非不争，也还有要费口舌唾液的。什么样的国家才能买东西不讲价呢？我想与其讲价而为对方争利，不如讲价而为自己争利，比较合于人类本能。

有人传授给我在街头雇车的秘诀：街头孤零零的一辆车，车夫红光满面鼓腹而游的样子，切莫睬他；如果三五成群鸠形鹄面，你一声吆喝便会蜂拥而来，竞相延揽，车价会特别低廉。在这里我们发现人性的一面——残忍。

猪

猪没有什么模样儿，笨拙臃肿，漆黑一团，四川猪是白的，但是也并不俊俏，像是遍体白癜风，像是"天佬儿"，好像还没有黑色来得比较可以遮丑。俗话说："三年不见女人，看见一只老母猪，也觉得它眉清目秀。"一般人似尚不至如此，老母猪离眉清目秀的境界似乎远。只看看它那个嘴巴，尽管有些近于帝王之相，究竟占面部面积过多，作为武器固未尝不可，作为五官之一就嫌不称。它那两扇鼓动生风的耳轮，细细的两根脚杆，辫子似的一条尾巴，陷在肉坑里的一对小眼和那快擦着地的膨亨大腹，相形之下，全不成比例。当然，如果它能竖起来行走，大腹便便也并不妨事，脑满肠肥的一副相说不定还许能赢得许多人的尊敬，脸上的肉叠成褶，也许还能讨若干人的欢喜。可惜它只能四脚着地，辜负了那一身肉，只好谥之曰"猪猡"。

任何事物不可以貌相,并且相貌的丑俊也不是自己所能主宰的。上天造物是有那么多的变化,有蠢的,有俏的。可恼的是猪儿除了那不招人爱的模样之外,它的举止动作也全没有一点风度。它好睡,睡无睡相。人讲究"坐如钟,睡如弓",猪不足以语此。它睡起来是四脚直挺,倒头便睡,而且很快就鼾声雷动,那鼾声是咯嗒噜苏的,很少悦耳的成分。一经睡着,天大的事休想能惊醒它,打它一棒它能翻过身再睡,除非是一桶猪食哗啦一声倒在食槽里。这时节它会连爬带滚地争先恐后地奔向食槽,随吃随挤,随咽随呕,嚼菜根则嘎嘎作响,吸豆渣则呼呼有声,吃得嘴脸狼藉,可以说没有一点"新生活"。动物的叫声无论是哀也好,凶也好,没有像猪叫那样讨厌的,平常没有事的时候,只会在嗓子眼儿里呦呦嚅嚅,没有一点痛快,等到大限将至被人揪住耳朵提着尾巴的时候,便放声大叫,既不惹人怜,更不使人怕,只是使人听了刺耳。它走路的时候,踯躅蹒跚,活泼的时候,盲目乱窜,没有一点规矩。

　　虽然如此,猪的人缘还是很好。我在乡间居住的时候,女佣不断地要求养猪。她常年吃素,并不希冀吃肉,更不希冀赚钱,她只是觉得家里没有几只猪儿便不像是个家,虽然有了猫、狗和孩子,还是不够。我终于买了两只小猪。她立刻眉开眼笑,于抚抱之余给了小猪我所梦想不到的一个字的评语曰:"乖!"孟子曰:"食而弗爱,豕交之也;爱而不敬,兽畜之也。"我看我们的女佣在喂猪的时候是兼爱敬而有之。她根据"食不厌精,脍不厌细"的道理,对于猪食是细切久煮、敬谨用事的,一日三餐,从不误时,伺候猪食之后倒是没有忘记过给主人做饭。天朗气清、惠风和畅的时候,她坐在屋檐下补袜子,一对小猪伏在她的腿上打瞌睡。等到"架子"长成"催肥"的时候来到,她加倍努力地供应,像灌溉一株花草一般小心翼翼。它越努力加餐,她越心里欢喜,她俯在圈栏上看着猪儿进膳,没有偏疼,没有愠意,一片慈祥。有一天,猪儿高卧不起,见了食物也无动于心,似有违和之意,她急得烧香焚纸,再进一步就是在猪耳根上放一点血,烧红一块铁在猪脚上烙一下,最后一着是一服万金油拌生鸡蛋。年关将届，她噙着眼泪烧一大锅开水，给猪洗第一次也是最后一次的热水澡。猪圈不能空着，紧接着下一代又继承了上来。

看猪的一生，好像很是无聊，大半时间都被关在圈里，如待决之囚，足迹不出栅门，也不能接见亲属，而且很早就被阉割，大欲就先去了一半，浑浑噩噩地度过一生，临了还不免冰凉的一刀。但是它也有它的庸福。它不用愁吃，到时候只消饭来张口；它不用劳力，它有的是闲暇。除了它最后不得善终好像是不无遗憾以外，一生的经过比起任何养尊处优的高级动物也并无愧色。"闻其声不忍食其肉"，是君子，但是我常以为猪叫的声音不容易动人的不忍之心。有一个时期，我的居处与屠场为邻，黎明就被惊醒，其鸣也不哀，随后是血流如注的声音，叫声顿止，继之以一声叹气，最后的一口气，再听便只有屋檐滴雨一般的沥血的声音，滴滴答答地落在桶里。我觉得猪经过这番洗礼，将超升成为一种有用的东西，无负于豢养它的人，是一件公道而可喜的事。

仓颉造字，天雨粟、鬼夜哭，虽是神话，也颇有一点意思。"家"字是屋子底下一口猪。屋子底下一个人，岂不简捷了当？难道猪才是家里主要的一员？有人说豕居引申而为人居，有人引《曲礼》"问庶人之富，数畜以对"之义，以为豕是主要的家畜。我养过几年猪之后，顿有所悟。猪在圈里的工作，主要的是"吃、喝、拉、撒、睡"，此外便没有什么。圈里是脏的，顶好的卫生设备也会弄得一塌糊涂。吃了睡，睡了吃，毫无顾忌，便当无比。这不活像一个家么？在什么地方"吃喝拉撒睡"比在家里更方便？人在家里的生活比在什么地方更像一只猪？仓颉泄露天机倒未必然，他洞彻人生，却是真的，怪不得天雨粟、鬼夜哭。

理　　发

理发不是一件愉快事。让牙医拔过牙的人，望见理发的那张椅子就会怵怵不安，两种椅子很有点相像。我们并不希望理发店的椅子都是檀木螺钿，或是路易十四式，但至少不应该那样丑，方不方圆不圆的，死橛橛硬邦邦的，使你感觉到坐上去就要受人割宰的样子。门口担挑的剃头挑儿，更吓人，竖着的一根小小的旗杆，那原是为挂人头的。

但是理发是一种必不可免的麻烦。"君子整其衣冠，尊其瞻视，何必蓬头垢面，然后为贤？"理发亦是观瞻所系。印度锡克族，向来是不剪发不剃须的，那是"受诸父母，不敢毁伤"的意思，所以一个个的都是满头满脸毛氄氄的，滔滔皆是，不以为怪。在我们的社会里就不行了，如果你蓬松着头发，就会有人疑心你是在丁忧，或是才从监狱里出来。髭须是更讨厌的东西，如果蓄留起来，七根朝上八根朝下都没有关系，嘴上有毛受人尊敬，如果刮得光光的露出一块青皮，也行，也受人尊敬，唯独不长不短的三两分长的髭须，如鬅鬙，如刺猬，如刘后的稻秆，看起来令人不敢亲近。鲁智深"腮边新剃，暴长短须，戗戗的好惨濑人"，所以人先有五分怕他。钟馗须髯如戟，是一副唬鬼之相。我们既不想吓人，又不欲唬鬼，而且不敢不以君子自勉，如何能不常到理发店去？

理发匠并没有令人应该不敬重的地方，和刽子手屠户同样的是一种为人群服务的职业，而且理发匠特别显得高尚，那一身西装便可以说是高等华人的标识。如果你交一个刽子手朋友，他一见到你就会相度你的脖颈，何处下刀相宜，这是他的职业使然。理发匠俟你坐定之后，便伸胳臂挽袖相度你那一脑袋的毛发，对于毛发所依附的人并无兴趣。一块白绸布往你身上一罩，不见得是新洗的，往往是斑斑点点的如虎皮宣。随后是一根布条在咽喉处一勒。当然不会致命，不过箍得也就够紧，如果是自己的颈子大概舍不得用那样大的力。头发是以剪为原则，但是附带着生薅硬拔的却也不免，最适当的抗议是对着那面镜子狞眉皱眼地做个鬼脸，而且希望他能看见。人的头生在颈上，本来是可以相当地旋转自如的，但是也有几个角度是不大方便的。理发匠似乎不大顾虑到这一点，他总觉得你的脑袋的姿势不对，把你的头扳过来扭过去，以求适合他的刀剪。我疑心理发匠许都是孔武有力的，不然腕臂间怎有那样大的力气？

椅子前面竖起一面大镜子是颇有道理的，倒不是为了可以顾影自怜，其妙在可以知道理发匠是在怎样收拾你的脑袋，人对于自己的脑袋没有不关心的。戴眼镜的朋友摘下眼镜，一片模糊，所见亦属有限，尤其是在刀剪晃动之际，呆坐如僵尸，轻易不敢动弹，对于左右坐着的邻客无从瞻仰，是一憾事。左边客人在挺着身子刮脸，声如割草，你以为必是一个大汉，其实未必然，也许是个女客；右边客人在喷香水擦雪花，你以为必是佳丽，其实亦未必然，也许是个男子。所以不看也罢，看了怪不舒服。最好是废然枯坐。

其中比较愉快的一段经验是洗头。浓厚的肥皂汁滴在头上，如醍醐灌顶，用十指在头上搔抓，虽然不是麻姑，却也手似鸟爪。令人着急的是头皮已然搔得清痛，而东南角上一块最痒的地方始终不曾搔到。用水冲洗的时候，难免不泛滥入耳，但念平素盥洗大概是以脸上本部为限，边远陬隅辄弗能届，如今痛加涤荡，亦是难得的盛举。电器吹风，却不好受，时而凉风习习，时而夹上一股热流，热不可当，好像是一种刑罚。

最令人难堪的是刮脸。一把大刀锋利无比，在你的喉头上、眼皮上、耳边上滑来滑去，你只能瞑目屏息，捏一把汗。Robert Lynd 写过一篇《关于刮脸》的讲道，他说：

> 当剃刀触到我的脸上，我不免有这样的念头："假使理发匠忽然疯狂了呢？"很幸运地，理发匠从未发疯狂过，但我遭遇过别种差不多的危险。例如，有一个矮小的法国理发匠在雷雨中给我刮脸，电光一闪，他就跳得老高。还有一个喝醉了的理发匠，举着剃刀找我的脸，像个醉汉的样子伸手去一摸却扑了个空。最后把剃刀落在我的脸上了，他却靠在那里镇定一下，靠得太重了些，居然把我的下颊右方刮下了一块胡须，刀还在我的皮上，我连抗议一声都不敢。就是小声说一句，我觉得，都

会使他丧胆而失去平衡，我的颈静脉也许要在他不知不觉间被他割断。后来剃刀暂时离开我的脸了，大概就是法国人所谓Reculer pour mieu xsauter（退回去以便再向前扑），我趁势立刻用梦魇的声音叫起来："别刮了，别刮了，够了，谢谢你。"……

这样的怕人的经验并不多有。不过任何人都要心悸，如果在刮脸时想起相声里的那段笑话，据说理发匠学徒的时候是用一个带茸毛的冬瓜来做试验的，有事走开的时候便把刀向瓜上一剁，后来出师服务，常常错认人头仍是那个冬瓜。刮脸的危险还在其次，最可恶的是他在刮后用手毫无忌惮地在你脸上摸，摸完之后你还得给他钱！

鸟

我爱鸟。

从前我常见提笼架鸟的人，清早在街上溜达（现在这样有闲的人少了）。我感觉兴味的不是那人的悠闲，却是那鸟的苦闷。胳膊上架着的鹰，有时头上蒙着一块皮子，羽翮不整地蜷伏着不动，那里有半点瞵视昂藏的神气？笼子里的鸟更不用说，常年地关在栅栏里，饮啄倒是方便，冬天还有遮风的棉罩，十分"优待"，但是如果想要"抟扶摇而直上"，便要撞头碰壁。鸟到了这种地步，我想它的苦闷，大概是仅次于黏在胶纸上的苍蝇，它的快乐，大概是仅优于在标本室里住着罢？

我开始欣赏鸟是在四川。黎明时，窗外是一片鸟啭，不是吱吱喳喳的麻雀，不是呱呱噪啼的乌鸦，那一片声音是清脆的，是嘹亮的，有的一声长叫，包括着六七个音阶，有的只是一个声音，圆润而不觉其单调，有时是独奏，有时是合唱，简直是一派和谐的交响乐。不知有多少个春天的早晨，这样的鸟声把我从梦境唤起。等到旭日高升，市声鼎沸，鸟就沉默了，不知到那里去了。一直等到夜晚，才又听到杜鹃叫，由远叫到近,由近叫到远,一声急似一声,竟是凄绝的哀乐。客夜闻此,说不出的酸楚!

在白昼,听不到鸟鸣,但是看得见鸟的形体。世界上的生物,没有比鸟更俊俏的。多少样不知名的小鸟,在枝头跳跃,有的曳着长长的尾巴,有的翘着尖尖的长喙,有的是胸襟上带着一块照眼的颜色,有的是飞起来的时候才闪露一下斑斓的花彩。几乎没有例外的,鸟的身躯都是玲珑饱满的,细瘦而不干瘪,丰腴而不臃肿,真是减一分则太瘦,增一分则太肥那样的秾纤合度,跳荡得那样轻灵,脚上像是有弹簧。看它高踞枝头,临风顾盼——好锐利的喜悦刺上我的心头。不知是什么东西惊动它了,它倏地振翅飞去,它不回顾,它不悲哀,它像虹似的一下就消逝了,它留下的是无限的迷惘。有时候稻田里伫立着一只白鹭,蜷着一条腿,缩着颈子,有时候"一行白鹭上青天",背后还衬着黛青的山色和釉绿的梯田。就是抓小鸡的鸢鹰,啾啾地叫着,在天空盘旋,也有令人喜悦的一种雄姿。

我爱鸟的声音、鸟的形体,这爱好是很单纯的,我对鸟并不存任何幻想。有人初闻杜鹃,兴奋得一夜不能睡,一时想到"杜宇""望帝",一时又想到啼血,想到客愁,觉得有无限诗意。我曾告诉他事实上全不是这样的。杜鹃原是很健壮的一种鸟,比一般的鸟魁梧得多,扁嘴大口,并不特别美,而且自己不知构巢,依仗体壮力大,硬把卵下在别个的巢里,如果巢里已有了够多的卵,便不客气地给挤落下去,孵育的责任由别个代负了,孵出来之后,羽毛渐丰,就可把巢据为己有。那人听了我的话之后,对于这豪横无情的鸟,再也不能幻出什么诗意出来了。我想济慈的《夜莺》、雪莱的《云雀》,还不都是诗人自我的幻想,与鸟何干?

鸟并不永久地给人喜悦,有时也给人悲苦。诗人哈代在一首诗里说,他在圣诞的前夕,炉里燃着熊熊的火,满室生春,桌上摆着丰盛的筵席,准备着过一个普天同庆的夜晚,蓦然看见在窗外一片美丽的雪景当中,有一只小鸟踡局缩缩地在寒枝的梢头踞立,正在啄食一颗残余的僵冻的果儿,禁不住那料峭的寒风,栽倒在地上死了,滚成一个雪团!诗人感喟曰:"鸟!你连这一个快乐的夜晚都不给我!"我也有过一次类似的经验,在东北的一间双重玻璃窗的屋里,忽然看见枝头有一只麻雀,战栗地跳动抖擞着,在啄食一块干枯的叶子。但是我发现那麻雀的羽毛特别长,而且是蓬松戟张着的:像是披着一件蓑衣,立刻使人联想到那垃圾堆上的大群褴褛而臃肿的人,那形容是一模一样的。那孤苦伶仃的麻雀,也就不暇令人哀了。

自从离开四川以后,不再容易看见那样多型类的鸟的跳荡,也不再容易听到那样悦耳的鸟鸣。只是清早遇到烟突冒烟的时候,一群麻雀挤在檐下的烟突旁边取暖,隔着窗纸有时还能看见伏在窗棂上的雀儿的映影。喜鹊不知逃到那里去了。带哨子的鸽子也很少看见在天空打旋。黄昏时偶尔还听见寒鸦在古木上鼓噪,入夜也还能听见那像哭又像笑的鸱鸮的怪叫。再令人触目的就是那些偶然一见的囚在笼里的小鸟儿了,但是我不忍看。

雅舍小品续集

旧

"我爱一切旧的东西——老朋友、旧时代、旧习惯、古书、陈酿;而且我相信,陶乐赛,你一定也承认我一向是很喜欢一位老妻。"这是高尔斯密的名剧《委曲求全》(*She Stoops to Conquer*)中那位守旧的老头儿哈德卡索先生说的话。他的夫人陶乐赛听了这句话,心里有一点高兴,这风流的老头子还是喜欢她,但也不是没有一点愠意,因为这一句话的后半段说穿了她的老。这句话的前半段没有毛病,他个人有此癖好,干别人什么事?而且事实上有很多人颇具同感,也觉得一切东西都是旧的好,除了朋友、时代、习惯、书、酒之外,有数不尽的事物都是越老越古越旧越陈越好。所以有人把这半句名言用花体正楷字母抄了下来,装在玻璃框里,挂在墙上,那意思好像是在向喜欢除旧布新的人挑战。

俗语说:"人不如故,衣不如新。"其实,衣着之类还是旧的舒适。新装上身之后,东也不敢坐,西也不敢靠,战战兢兢。我看见过有人全神贯注在他的新西装裤管上的那一条直线,坐下之后第一桩事便是用手在膝盖处提动几下,生恐膝部把他的笔直的裤管撑得变成了口袋。人生至此,还有什么趣味可说!看见过爱因斯坦的小照么?他总是披着那一件敞着领口胸怀的松松大大的破夹克,上面少不了烟灰烧出的小洞,更不会没有一片片的汗斑、油渍,但是他在这件破旧衣裳遮盖之下,优哉游哉地神游于太虚之表。《世说新语》记载着:"桓车骑不好着新衣,浴后妇故进新衣与，车骑大怒，催使持去。妇更持还，传语云：'衣不经新，何由得故？'桓公大笑着之。"桓冲真是好说话，他应该说："有旧衣可着，何用新为？"也许他是为了保持阃内安宁，所以才一笑置之。"杀头而便冠"的事情，我还没有见过；但是"削足而适履"的行为，则颇多类似的例证。一般人穿的鞋，其制作、设计很少有顾到一只脚是有五个指头的，穿这样的鞋虽然无须"削"足，但是我敢说五个脚趾绝对缺乏生存空间。有人硬是觉得，新鞋不好穿，敝屣不可弃。

"新屋落成"，金圣叹列为"不亦快哉"之一，快哉尽管快哉，随后那"树小墙新"的一段暴发气象却是令人难堪。"欲存老盖千年意，为觅霜根数寸栽"，但是需要等待多久！一栋建筑要等到相当破旧，才能有"树林阴翳，鸟声上下"之趣，才能有"苔痕上阶绿，草色入帘青"之乐。西洋的庭园，不时地要剪草，要修树，要打扮得新鲜耀眼，我们的园艺的标准显然有些不同，即使是帝王之家的园囿，也要在亭阁楼台、画栋雕梁之外安排一个"濠濮间""谐趣园"，表示一点点陈旧古老的萧瑟之气。至于讲学的上庠，要是墙上没有多年蔓生的常春藤，基脚上没有远年积留的苔藓，那还能算是第一流么？

旧的事物之所以可爱，往往是因为它有内容，能唤起人的回忆。例如阳历尽管是我们正式采用的历法，在民间则阴历仍不能废，每年要过两个新年，而且只有在旧年才肯"新桃换旧符"。明知地处亚热带，仍然未能免俗要烟熏火燎地制造常常带有尸味的腊肉。端午节的龙舟粽子是不可少的，有几个人想到那"露才扬己，怨怼沉江"的屈大夫？还不是旧俗相因，虚应故事？中秋赏月，重九登高，永远一年一度地引起人们的不可磨灭的兴味。甚至腊八的那一锅粥，都有人难以忘怀。至于供个人赏玩的东西，当然是越旧越有意义。一把宜兴砂壶，上面有陈曼生制铭镌句，纵然破旧，气味自然高雅。"菖蒲锦背元人画，金粟笺装宋版书"，更是足以使人超然远举，与古人游。我有古钱一枚，"临安府行用，准参百文省"，把玩之余不能不联想到南渡诸公之观赏西湖歌舞。我有胡桃一对，祖父常常放在手里揉动，噶咯噶咯地作响；后来又在我父亲手里揉动，也噶咯噶咯地响了几十年，圆滑红润，有如玉髓，真是先人手泽；现在轮到我手里噶咯噶咯地响了，好几次险些儿被我的儿孙辈敲碎取出桃仁来吃！每一个破落户都可以拿出几件旧东西来，这是不足为奇的事。国家亦然。多少衰败的古国都有不少的古物，可以令人惊羡、欣赏、感慨、唏嘘！

旧的东西之可留恋的地方固然很多，人生之应该日新又新的地方亦复不少。对于旧日的典章文物，我们尽管欢喜赞叹，可是我们不能永远盘桓在美好的记忆境界里，我们还是要回到这个现实的地面上来。在博物馆里我们面对商周的吉金、宋元明的书画瓷器，可是遛酸双腿走出门外，便立刻要面对挤死人的公共汽车、丑恶的市招和各种饮料一律通用的玻璃杯！

旧的东西大抵可爱，唯旧病不可复发。诸如夜郎自大的脾气、奴隶制度的残余、懒惰自私的恶习、蝇营狗苟的丑态、畸形病态的审美观念，以及罄竹难书的诸般病症，皆以早去为宜。旧病才去，可能新病又来，然而总比旧疴新恙一时并发要好一些。最可怕的是，倡言守旧，其实只是迷恋骸骨；唯新是骛，其实只是撷拾皮毛，那便是新旧之间两俱失之了。

洗　　澡

谁没有洗过澡！生下来第三天，就有"洗儿会"，热腾腾的一盆香汤，还有果子彩钱，亲朋围绕着看你洗澡。"洗三"的滋味如何，没有人能够记得。被杨贵妃用锦绣大襁褓裹起来的安禄山也许能体会一点点"洗三"的滋味，不过我想当时禄儿必定别有心事在。

稍为长大一点，被母亲按在盆里洗澡永远是终生不忘的经验。越怕肥皂水流进眼里，肥皂水越爱往眼角里钻；胳肢窝怕痒，两肋也怕痒，脖子底下尤其怕痒，如果咯咯大笑把身子弄成扭股糖似的，就会顺手一巴掌没头没脸地拍了下来，有时候还真有一点痛。

成年之后，应该知道澡雪垢滓乃人生一乐，但亦不尽然。我读中学的时候，学校有洗澡的设备，虽是因陋就简，冷热水却甚充分。但是学校仍须严格规定，至少每三天必须洗澡一次。这规定比起汉律"吏五日得一休沐"意义大不相同。五日一休沐，是放假一天，沐不沐还不是在你自己。学校规定三日一洗澡是强迫性的，而且还有惩罚的办法，洗澡室备有签到簿，三次不洗澡者公布名单，仍不悛悔者则指定时间派员监视强制执行。以我所知，不洗澡而签名者大有人在，俨如伪造文书；从未见有名单公布，更未见有人在众目睽睽之下袒裼裸裎，法令徒成具文。

我们中国人一向是把洗澡当做一件大事的，自古就有沐浴而朝、斋戒沐浴以祀上帝的说法。曾点的生平快事是"浴于沂"。唯因其为大事，似乎未能视为日常生活的一部分。到了唐朝，还有人"居丧毁慕，三年不澡沐"。晋朝的王猛扪虱而谈，更是经常不洗澡的明证。白居易诗"今朝一澡濯，衰瘦颇有余"，洗一回澡居然有诗以纪之的价值。

旧式人家，尽管是深宅大院，很少有特辟浴室的。一只大木盆，能蹲踞其中，把浴汤泼溅满地，便可以称心如意了。在北平，街上有的是"金鸡未唱汤先热，红日东升客满堂"的澡堂，也有所谓高级一些的如"西升平"，但是很多人都不敢问津，倒不一定是如米芾之"好洁成癖至不与人同巾器"，也不是怕进去被人偷走了裤子，实在是因为医药费用太大。"早晨皮包水，晚上水包皮"，怕的是水不仅包皮，还可能有点什么东西进入皮里面去。明知道有些城市的澡堂里面可以搓澡、敲背、捏足、修脚、理发、吃东西、高枕而眠，甚而至于不仅是高枕而眠，一律都非常方便，有些胆小的人还是望望然去之，宁可回到家里去蹲踞在那一只大木盆里将就将就。

近代的家庭洗澡间当然是令人称便，可惜颇有"西化"之嫌，非我国之所固有。不过我们也无须过于自馁，西洋人之早雨浴晚雨浴一天溮洗两回,也只是很晚近的事。罗马皇帝喀拉凯拉之广造宏丽的公共浴室,容纳一万六千人同时入浴,那只是历史上的美谈;那些浴室早已由于蛮人入侵而沦为废墟。早期基督教的禁欲趋向又把沐浴的美德破坏无遗。在中古期间的僧侣,是不大注意他们的肉体上的清洁的。"与其澡于水,宁澡于德"(傅玄《澡盘铭》),大概是他们所信奉的道理。欧洲近代的修女学校还留有一些中古遗风,女生们隔两个星期才能洗澡一次,而且在洗的时候还要携带一件长达膝部以下的长袍作为浴衣,脱衣服的时候还有一套特殊技术,不可使自己看到自己的身体!英国维多利亚时代之"星期六晚的洗澡"是一般人民经常有的生活项目之一。平常的日子大概都是"不宜沐浴"。

我国的佛教僧侣也有关于沐浴的规定,请看《百丈清规·六》:"展浴袱取出浴具于一边,解上衣,未卸直裰,先脱下面裙裳,以脚布围身,方可系浴裙,将裈袴卷折纳袱内。"虽未明言隔多久洗一次,看那脱衣层次规定之严,其用心与中古基督教会殆异曲同工。

在某些情形之下裸体运动是有其必要的,洗澡即其一也。在短短一段时间内,在一个适当的地方,即使于洗濯之余观赏一下原来属于自己的肉体,亦无伤大雅。若说赤身裸体便是邪恶,那么衣冠禽兽又好在那里?

《礼·儒行》云:"儒有澡身而浴德。"我看人的身与心应该都保持清洁,而且并行不悖。

树

北平的人家,差不多家家都有几棵相当大的树。前院一棵大槐树是很平常的。槐荫满庭,槐影临窗,到了六七月间槐黄满树,使得家像一个家,虽然树上不时地由一根细丝吊下一条绿颜色的肉虫子,不当心就要黏得满头满脸。槐树寿命很长,有人说唐槐到现在还有生存在世上的。

这种树的树干就有一种纠绕蟠屈的姿态,自有一股老丑而并不自嫌的神气,有这样一棵矗立在前庭,至少可以把"树小墙新画不古"的讥诮免除三分之一。后院照例应该有一棵榆树,榆与余同音,示有余之意。否则榆树没有什么特别值得令人喜爱的地方,成年的往下洒落五颜六色的毛毛虫,榆钱做糕也并不好吃。至于边旁跨院里,则只有枣树的份,"叶小如鼠耳",到处生些怪模怪样的能刺伤人的小毛虫。枣实只合做枣泥馅子,生吃在肚里就要拉枣酱,所以左邻右舍的孩子、老妪任意扑打也就算了。院子中央的四盆石榴树,那是给天棚鱼缸做陪衬的。

我家里还有些别的树。东院里有一棵柿子树,每年结一二百个高庄柿子,还有一棵黑枣。垂花门前有四棵西府海棠,艳丽到极点。西院有四棵紫丁香,占了半个院子。后院有一棵香椿和一棵胡椒,椿芽、椒芽成了烧黄鱼和拌豆腐的最好的佐料。榆树底下有一个葡萄架,年年在树根左近要埋一只死猫(如果有死猫可得)。在从前的一处家园里,还有更多的树,桃、李、胡桃、杏、梨、藤萝、松、柳,无不具备。因此,我从小就对于树存有偏爱。我尝面对着树生出许多非非之想,觉得树虽不能言、不解语,可是它也有生老病死,它也有荣枯,它也晓得传宗接代,它也应该算是"有情"。

树的姿态各个不同。亭亭玉立者有之,矮墩墩的有之,有张牙舞爪者,有佝偻其背者,有戟剑森森者,有摇曳生姿者,各极其致。我想树沐浴在熏风之中,抽芽放蕊,它必有一番愉快的心情。等到花簇簇、锦簇簇,满枝头红红绿绿的时候,招蜂引蝶,自又有一番得意。落英缤纷的时候可能有一点伤感,结实累累的时候又会有一点迟暮之思。我又揣想,蚂蚁在树干上爬,可能会觉得痒痒出溜的;蝉在枝叶间高歌,也可能会觉得聒噪不堪。总之,树是活的,只是不会走路,根扎在那里便住在那里,永远没有颠沛流离之苦。

小时候听"名人演讲",有一次是一位什么"都督"之类的角色讲演"人生哲学",我只记得其中一点点,他说:"植物的根是向下伸,兽畜的头是和身躯平的,人是立起来的,他的头是在最上端。"我当时觉得这是一大发现,也许是生物进化论的又一崭新的说法。怪不得人为万物之灵,原来他和树比较起来是本末倒置的。人的头高高在上,所以"清气上升,浊气下降"。有道行的人,有坐禅,有立禅,不肯倒头大睡,最后还要讲究坐化。

可是历来有不少诗人并不这样想,他们一点也不鄙视树。美国的佛洛斯特有一首诗,名《我的窗前树》,他说他看出树与人早晚是同一命运的,都要倒下去,只有一点不同,树担心的是外在的险恶,人烦虑的是内心的风波。又有一位诗人名 Kilmer,他有一首著名的小诗《树》,有人批评说那首诗是"坏诗",我倒不觉得怎样坏,相反地,"诗是像我这样的傻瓜做的,只有上帝才能造出一棵树",这两行诗颇有一点意思。人没有什么了不起,侈言创造,你能造出一棵树来么?树和人,都是上帝的创造。最近我到阿里山去游玩,路边见到那株"神木",据说有三千年了,比起庄子所说的"以八千岁为春,以八千岁为秋"的上古大椿还差一大截子,总算有一把年纪,可是看那一副形容枯槁的样子,只是一具枯骸,何神之有!我不相信"枯树生华"那一套。我只能生出"树犹如此,人何以堪"的感想。

我看见阿里山上的原始森林,一片片、黑压压,全是参天大树,郁郁葱葱。但与我从前在别处所见的树木气象不同。北平公园大庙里的柏,以及梓橦道上的所谓"张飞柏",号称"翠云廊",都没有这里的树那么直、那么高。像黄山的迎客松,屈铁交柯,就更不用提,那简直是放大了的盆景。这里的树大部分是桧木,全是笔直的,上好的电线杆子材料。姿态是谈不到,可是自有一种榛莽未除、入眼荒寒的原始山林的意境。局促在城市里的人走到原始森林里来,可以嗅到"高贵的野蛮人"的味道,令人精神上得到解放。

牙　签

施耐庵《水浒传》序有"进盘飧，嚼杨木"一语，所谓"嚼杨木"就是饭后用牙签剔牙的意思。晋高僧法显求法西域，著《佛国记》，有云："沙祇国南门道东佛在此嚼杨枝，刺土中即生……"这个"嚼"字当做"削"解。"嚼杨木"当然不是把一根杨木放在嘴里咀嚼。饭后嚼一块槟榔还可以，谁也不会吃饱了之后嚼木头。"嚼杨木"是借用"嚼杨枝"语，谓取一根牙签剔牙。杨枝净齿是西域风俗，所以中文里也借用佛书上的名词。《隋书·真腊传》："每旦澡洗，以杨枝净齿，读诵经咒。又澡洒，乃食，食罢，还用杨枝净齿，又读经咒。"可见他们的规矩在念经前和食后都要杨枝净齿。

为了好奇，翻阅赛珍珠女士译的《水浒传》，她的这一句的译文甚为奇特："take food, Chew a bit of this or that."我们若是把这句译文还原，便成了："进食，嚼一点这个又嚼一点那个。"衡以信、达、雅之义，显然不信。

牙缝里塞上一丝肉、一根刺，或任何残膏剩馥，我们都会自动地本能地思除之而后快。我不了解为什么这净齿的工具须要等到五世纪中由西域发明然后才得传入中土。我们发明了罗盘、火药、印刷术，没能发明用牙签剔牙！

西洋人使用牙签更是晚近的事。英国到了十六世纪末年还把牙签当做一件希奇的东西，只有在海外游历过的花花大少才口里衔着一根牙签招摇过市，行人为之侧目。大概牙签是从意大利传入英国的，而追究根源，又是从亚洲传到意大利的，想来是贸易商人由威尼斯到近东以至远东，把这净齿之具带到欧洲。莎士比亚的《无事自扰》有这样的句子："我愿从亚洲之最远的地带给你取一根牙签。"此外在其他三四出戏里也都提到牙签，认为那是"旅行家"的标记。以描述人物著名的散文家Overbury，也是莎士比亚同时代的人，在他的一篇《旅行家》里也说：

"他的牙签乃是他的一项主要的特点。"可见三百年前西洋的平常人是不剔牙的。藏垢纳污到了饱和点之后也就不成问题。倒是饭后在齿颊之间横剔竖抉的人,显着矫揉造作、自命不凡!

  人自谦年长曰"马齿徒增",其实人不如马,人到了年纪便要齿牙摇落,至少也是齿牙之间发生罅隙,有如一把烂牌,不是一三五,就是二四六,中间仅是嵌张!这时节便需要牙签。有象牙质的,有银质的,有尖的,有扁的,还有带弯钩的,都中看不中用。普通的是竹质的,质坚而锐,易折,易伤牙龈。我个人经验中所使用过的牙签,最理想的莫过于从前北平致美斋路西雅座所预备的那种牙签。北平饭馆的规矩,饭后照例有一碟槟榔豆蔻,外带牙签,这是由堂倌预备的,与柜上无涉。致美斋的牙签是特制的,其特点第一是长,约有自来水笔那样长,拿在手中可以摆出搦毛笔管的姿势,在口腔里到处探钻,无远弗届,第二是质韧,是真正最好的杨柳枝做的,拐弯抹角的地方都可以照顾得到,有刚柔相济之妙。现在台湾也有一种白柳木的牙签,但嫌其不够长,头上不够尖。如今想起致美斋的牙签,尤其想起当初在致美斋做堂倌后来做了大掌柜的初仁义先生(他常常送一大包牙签给我),不胜惆怅!

  有些事是人人都做的,但不可当着人的面前公然做之。这当然也是要看各国的风俗习惯。例如牙签的使用,其状不雅,咧着血盆大口,狞眉皱眼,擿之,抠之,攒之,抉之,使旁观的人不快。纵然手搭凉棚放在嘴边,仍是欲盖弥彰,减少不了多少丑态。至于已经剔牙竣事而仍然叼着一根牙签昂然迈步于大庭广众之间者,我们只能佩服他的天真。

睡

  我们每天睡眠八小时,便占去一天的三分之一,一生之中三分之一的时间于"一枕黑甜"之中度过,睡不能不算是人生一件大事。可是人在筋骨疲劳之后,眼皮一垂,枕中自有乾坤,其事乃如食色一般自然,好像是不需措意。

豪杰之士有"闻午夜荒鸡起舞"者,说起来令人神往;但是五代时之陈希夷,居然隐于睡,据说"小则亘月,大则几年,方一觉",没有人疑其为有睡病,而且传为美谈。这样的大量睡眠,非常人之所能。我们的传统的看法,大抵是不鼓励人多睡觉。昼寝的人早已被孔老夫子斥为不可造就,使得我们居住在亚热带的人午后小憩(西班牙人所谓"Siesta")时内心不免惭愧。后汉时有一位边孝先,也是为了睡觉受他的弟子们的嘲笑:"边孝先,腹便便,懒读书,但欲眠。"佛说在家戒法,特别指出"贪睡眠乐"为"精进波罗密"之一障。大概倒头便睡,等着太阳晒屁股,其事甚易,而掀起被衾,跳出软暖,至少在肉体上做"顶天立地"状,其事较难。

其实睡眠还是需要适量。我看倒是睡眠不足危害较大。"睡眠是自然的第二道菜",亦即最丰盛的主菜之谓。多少身心的疲惫都在一阵"装死"之中涤除净尽。车祸的发生时常因为驾车的人在打瞌睡。衙门机构一些人员之一张铁青的脸,傲气凌人,也往往是由于睡眠不足,头昏脑涨,一肚皮的怨气无处发泄,如何能在脸上绽出人类所特有的笑容?至于在高位者,他们的睡眠更为重要,一夜失眠,不知要造成多少纰漏。

睡眠是自然的安排,而我们往往不能享受。以"天知地知我知子知"闻名的杨震,我想他睡觉没有困难,至少不会失眠,因为他光明磊落。心有恐惧,心有挂碍,心有忮求,倒下去只好辗转反侧,人尚未死而已先不能瞑目。庄子所谓"至人无梦",《楞严经》所谓"梦想消灭,寝寐恒一",都是说心里本来平安,睡时也自然踏实。劳苦分子,生活简单,日入而息,日出而作,不容易失眠。听说有许多治疗失眠的偏方,或教人计算数目字,或教人想象中描绘人体轮廓,其用意无非是要人收敛他的颠倒妄想,忘怀一切,但不知有多少实效。愈失眠愈焦急,愈焦急愈失眠,恶性循环,只好瞪着大眼睛,不觉东方之既白。

睡眠不能无床。古人席地而坐卧,我由"榻榻米"体验之,觉得不是滋味。后来北方的土炕、砖炕，即较胜一筹。近代之床，实为一大进步。床宜大，不宜小。今之所谓双人床，阔不过四五尺，仅足供单人翻覆，还说什么"被底鸳鸯"？

莎士比亚《第十二夜》提到一张大床，英国 Ware 地方某旅舍有大床，七尺六寸高，十尺九寸阔，雕刻甚工，可睡十二人云。尺寸足够大了，但是睡上一打，其去沙丁鱼也几希，并不令人羡慕。讲到规模，还是要推我们上国的衣冠文物。我家在北平即藏有一旧床，杭州制，竹篾为绷，宽九尺余，深六尺余，床架高八尺，三面隔扇，下面左右床柜，俨然一间小屋，最可人处是床里横放架板一条，图书、盖碗、桌灯、四干四鲜，均可陈列其上，助我枕上之功。洋人的弹簧床，睡上去如落在棉花堆里，冬日犹可，夏日燠不可当。而且洋人的那种铺被的方法，将身体放在两层被单之间，把毯子裹在床垫之上，一翻身肩膀透风，一伸腿脚趾戳被，并不舒服。佛家的八戒，其中之一是"不坐高广大床"，和我的理想正好相反，我至今还想念我老家里的那张高广大床。

睡觉的姿态人各不同，亦无长久保持"睡如弓"的姿态之可能与必要。王右军那样的东床坦腹，不失为潇洒。即使佝偻着，如死蚯蚓，匍匐着，如癞蛤蟆，也不干谁的事。北方有些地方的人士，无论严寒酷暑，入睡时必脱得一丝不挂，在被窝之内实行天体运动，亦无伤风化。唯有鼾声雷鸣，最使不得。宋张端义《贵耳集》载一条奇闻："刘垂范往见羽士寇朝，其徒告以睡。刘坐寝外闻鼻鼾之声，雄美可听，曰：'寇先生睡有乐，乃华胥调。'"所谓"华胥调"见陈希夷故事，据《仙佛奇踪》："陈抟居华山，有一客过访，适值其睡。旁有一异人，听其息声，以墨笔记之。客怪而问之，其人曰：'此先生华胥调混沌谱也。'"华胥氏之国不曾游过，华胥调当然亦无从欣赏，若以鼾声而论，我所能辨识出来的谱调顶多是近于"爵士新声"，其中可能真有"雄美可听"者。不过睡还是以不奏乐为宜。

睡也可以是一种逃避现实的手段。在这个世界活得不耐烦而又不肯自行退休的人，大可以掉头而去，高枕而眠，或竟曲肱而枕，眼前一黑，看不惯的事和看不入眼的人都可以暂时撇在一边，像鸵鸟一般，眼不见为净。明陈继儒《珍珠船》记载着："徐光溥为相，喜论事，大为李昪等所嫉。光溥后不言，每聚议，但假寐而已，时号'睡相'。"一个做到首相地位的人，开会不说话，一味假寐，真是懂得明哲保身之道，比危行言逊还要更进一步。这种功夫现代似乎尚未失传。

脏

普天之下以那一个民族为最脏，这个问题不是见闻不广的人所能回答的。约在半个世纪以前，蔡元培先生说："华人素以不洁闻于世界：体不常浴，衣不时浣，咯痰于地，拭涕以袖，道路不加洒扫，厕所任其熏蒸，饮用之水不经渗漉，传染之病不知隔离。"这样说来，脏的冠军我们华人实至名归、当之无愧。这些年来，此项冠军是否一直保持，是否业已拱手让人，则很难说。

蔡先生一面要我们以尚洁互相劝勉，一面又鳃鳃过虑生怕我们"因太洁而费时"，又怕我们因"太洁而使人难堪"。其实有洁癖的人在历史上并不多见，数来数去也不过南宋何佟之，元倪瓒，南齐王思远、庾炳之，宋米芾数人而已。而其中的米芾"不与人共巾器"，从现代眼光看来，好像也不算是"使人难堪"。所谓巾器，就是手巾、脸盆之类的东西，本来不好共用。从前戏园里有"毛巾把儿"供应，热腾腾、香喷喷的手巾把儿从戏园的一角掷到另一角，也算是绝活之一。纵然有人认为这是一大享受，甚且认为这是国剧艺术中不可或缺的节目之一，我一看享受手巾把儿的朋友们之恶狠狠地使用它，从耳根脖后以至于绕弯抹角地擦到两腋生风而后已，我就不寒而栗，宁可步米元章的后尘而"使人难堪"。现代号称观光的车上也有冷冰冰、香喷喷的小方块毛巾敬客，也有人深通物尽其用的道理，抹脸揩头，细吹细打，最后可能擤上一摊鼻涕。若是让米元章看到，怕不当场昏厥！如果大家都多多少少地染上一点洁癖，"使人难堪"的该是那些邋遢鬼。

人的身体本来就脏，佛家所谓"不净观"，特别提醒我们人的"九孔"无一不是藏垢纳污之处，经常像臭沟似的渗泄秽流。真是一涉九想，欲念全消。我们又何必自己作践自己，特别做出一副腌臜相，长发披头，于思满面，招人恶心，而自鸣得意？也许有人要指出，"蓬首垢面而谈诗书"，贤者不免，"扪虱而言"，无愧名士，"头面常一月十五日不洗，不太闷痒不能沐"，也正是风流适意。诚然，这种古已有之的流风遗韵，一直到了晚近尚未断绝，在民初还有所谓什么大师之流，于将近耳顺之年，因为续弦，才接受对方条件而开始刷牙。在这些固有的榜样之外，若是再加上西洋的堕落时髦，这份不洁之名不但闻于世界，且将永垂青史。

无论是家庭、学校、餐厅、旅馆、衙门，最值得参观的是厕所。古时厕所干净到什么地步，不得而知，我只知道豪富如石崇，厕所里侍列着丽服藻饰的婢女十余位，置甲煎粉、沉香汁之属。王敦府上厕所有漆箱盛干枣，用以塞鼻。这些设备好像都是消极的措施。恶臭熏蒸，羼上甲煎粉、沉香汁的香气，恐未必佳；至于鼻孔里塞干枣，只好张口呼吸，当亦于事无补。我们的文化虽然悠久，对于这一问题好像未曾措意，西学东渐之后才开始慢慢地想要"迎头赶上"。"全盘西化"是要不得的，所以洋式的卫生设备纵然安设在最高学府里，也不免要加以中式的处理——任其溃污、阻塞、泛滥、溃决。脏与教育程度有时没有关系，小学的厕所令人望而却步，上庠的厕所也一样不可向迩。衙门里也有人坐在马桶上把一口一口的浓痰唾到墙上，欣赏那像蜗牛爬过似的一条条亮晶晶的痕迹。看样子，公共的厕所都需要编制，设所长一人，属员若干，严加考绩，甚至卖票收费亦无不可。

离厕所近的是厨房。在家庭里大概都是建在边边沿沿不惹人注意的地方，地基较正房要低下半尺一尺的，屋顶多半是平台。我们的烹饪常用旺油爆炒，油烟熏渍，四壁当然黶黳无光。其中无数的蟋蟀、蚂蚁、蟑螂之类的小动物昼伏夜出，大量繁衍，与人和平共处，主客翕然。在有些餐厅里，为了空间经济，厨房、厕所干脆不大分开，大师傅汗淋淋地赤膊站在灶前掌勺，白案子上的师傅叼着烟卷在旁边揉面，墙角上就赫然列着大桶供客方便。多少人称赞中国的菜肴天下独步，如果他在餐前净手，看看厨房的那一份脏，他的胃口可能要差一点。有一位回国的观光客，他选择餐馆的重要标准之一是看那里的厨房脏到什么程度，其次才考虑那里有什么拿手菜。结果选来选去，时常还是回到自己的寓所吃家常饭。

菜市场才是脏的集大成的地方。杀鸡、宰鸭、剖鱼，全在这里举行，血迹模糊，污水四溅。青菜在臭水沟里已经涮洗过，犹恐失去新鲜，要不时地洒上清水，斤两上也可讨些便宜。死翘翘的鱼虾不能没有冰镇，冰化成水，水流在地。这地方，地窄人稠，阳光罕至，泥泞久不得干，脚踏车、摩托车横冲直撞没有人管，地上大小水坑星罗棋布，买菜的人没有不陷入泥淖的，没有人不溅一腿泥的。妙在鲍鱼之肆，久而不觉其臭，在这种地方天天打滚的人，久之亦不觉其苦：怕踩水，可以穿一双雨鞋；怕溅泥，可以罩一件外衣；嫌弄一手油，可以顺便把手在任何柱子、台子上抹两抹——不要紧的，大家都这样。有人倡议改善，想把洋人的超级市场翻版，当然这又是犯了一下子"全盘西化"的毛病，病在不合国情。吃如此这般的菜，就有如此这般的厨房，就有如此这般的菜市场，天造地设。

其实，脏一点无伤大雅，从来没有听说过哪一个国家因脏而亡。一个个的纵然衣冠齐整望之岸然，到处一尘不染，假使内心里不大干净，一肚皮男盗女娼，我看那也不妙。

狗

《五代史·四夷》附录："狗国，人身狗首，长毛不衣，手搏猛兽，语为犬嗥。其妻皆人，能汉语，生男为狗，女为人，自相婚嫁。穴居食生，而妻女人食。"语出正史，不相信也只好姑妄听之。我倒是希望在什么地方真有这么一个古国，让我们前去观光。妻女能汉语，对观光客便利不少。人身狗首，虽然不及人面狮身那样雄奇，也算另一种上帝的杰作，我们不可怀有种族偏见，何况在我们人群中，獐头鼠目而昂首上骧者也比比皆是。可惜史籍记载太欠详尽，使人无从问津。

我们的人口膨胀，狗的繁殖好像也很快。我从前在清晨时分曳杖街头，偶然看见一两只癞狗在人家门前蜷卧，或是在垃圾箱里从事发掘，我走我的路，各不相扰。如今则不然，常常遇见又高又大的狼犬，有时气咻咻地伸着大舌头从我背后赶来，原来是狗主人在训练它捡取东西。也常常遇到大耳披头的小猎犬，到小腿边嗅一下，摇头晃脑而去。更常看到三五只土狗在街心乱窜，是相扑为戏还是争风动武，我也无从知道。遇到这样的场面，我只好退避三舍，绕道而行。

不要以为我极不喜欢狗。马克·吐温说过："狗与人不同。一只丧家犬，你把他迎到家里，喂他，喂得他生出一层亮晶晶的新毛，他以后不会咬你。"我相信，所谓义犬，古今中外皆有之。《搜神记》记载着一桩义犬救主的故事，明人戏曲也有过一篇《义犬记》。养狗不一定望报，单看他默默地厮守着你的样子，就觉得他是可人。树倒猢狲散，猢狲与人同属于灵长类，树倒焉有不散之理，狗则不嫌家贫，他知道恋旧。不过狗咬主人的事也不是没有发生过。那是狗患了恐水病，他咬了别人，也咬了主人，他自己是不负责任的，犹之乎一个"心神丧失"的儿子杀死爸爸也会被判为无罪一样。（不过疯犬本身必无生理，无论有罪无罪，都不能再俯仰天地之间而克享天年。）印度外道戒，有一种狗戒，要人过狗一般的生活，真个吃人粪便，《大智度论》批评说："如是等戒，智所不赞，痛苦无善报。"其实狗也有他的长处，大有值得我们人效法者在，吃粪是大可不必的，纵然二十四孝里也列为一项孝行。

狗与人类打交道，由来已久。周有犬人，汉有狗监，都是帝王近侍，可见在犬马声色之娱中间老早就占了重要的地位。犬为六畜之一，孟子说："鸡豚狗彘之畜，无失其时，七十者可以食肉矣。"老人有吃狗肉的权利，聂政屠狗养亲，没有人说他的不是。许多人不吃香肉，想想狗所吃的东西便很难欣赏狗肉之甘脆。我不相信及时进补之说，虽然那些先天不足、后天亏损的人是很值得同情的。但是有人说吃狗肉是虐待动物，是野蛮行为，这种说法就很令人惊异。《三字经》是近来有人提倡读的，里面就说"马牛羊，鸡犬豕，此六畜，人所饲"，人饲了他是为了什么？历来许多地方小规模的祭祀，不用太牢，便用狗。何以单单杀狗便是野蛮？法国人吃大蜗牛，无害于他们的文明。我看见过广州菜市场上的菜狗，胖胖嘟嘟的，一笼一笼的，虽然不是喂罐头长大的，想来决不会经常服用"人中黄"，清洁又好像不成问题。

狗的数目日增，也许是一件好事。"狗吠深巷中，鸡鸣桑树颠"，鸡犬之声相闻，是农村不可或缺的一种点缀。都市里的狗又是一番气象，真是"鸡鸣天上，犬吠云中"，身价不同。我清晨散步时所遇见的狗，大部分都是系出名门，而且所受的都是新式的自由的教育，横冲直撞，为所欲为。电线杆子本来天生地宜于贴标语，狗当然不肯放过在这上面做标识的机会。有些狗脖子上挂着牌子，表示他已纳过税，纳过税当然就有使用大街小巷的权利，也许其中还包含随地便溺的自由。我听一些犬人、狗监一类的人士说，早晨放狗，目的之一便是让他在自己家门之外排泄。想想我们人类也颇常有"脚向墙头八字开"的时候，于狗又何尤？说实在话，狗主人也偶尔有几个思想顽固的，居然给狗戴上口罩，使得他虽欲"在人腿上吃饭"而不可得，或是系上一根皮带加以遥远控制。不过这种反常的情形是很少有的，通常是放狗自由，如入无人之境。

门上"内有恶犬"的警告牌示已少见，将来代之而兴的可能是"内无恶犬"。警告牌少见的缘故之一是其必需性业已消失。黑鼻尖黑嘴圈的狼狗，脸上七棱八瓣的牛头狗，尖嘴白毛的狐狸狗，都常在门底下露出一部分嘴脸，那已经发生够多的吓阻力量。朱门蓬户，都各有其身份相当的狗居住其间。如果狗都关在门内，主人豢之饲之爱之宠之，与人无涉；如果放他出门，而没有任何防范，则一旦咬人固是小事一端，他自己却也有在香肉店寻得归宿的可能。屠宰名犬进补，实在煞风景。可是这责任不该由香肉店负。

老　年

　　时间走得很均匀，说快不快，说慢不慢。不知从什么时候起在宴会中总是有人簇拥着你登上座，你自然明白这是离入祠堂之日已不太远。上下台阶的时候常有人在你肘腋处狠狠地搀扶一把，这是提醒你，你已到达了杖乡杖国的高龄，怕你一跤跌下去，摔成好几截。黄口小儿一晃的工夫就蹿高好多，在你眼前跌跌跄跄地跑来跑去，喊着阿公阿婆，这显然是在催你老。

　　其实人之老也，不需人家提示。自己照照镜子，也就应该心里有数。乌溜溜、毛氄氄的头发那里去了？由黑而黄，而灰，而斑，而毵毵然，而稀稀落落，而牛山濯濯，活像一只秃鹫。瓠犀一般的牙齿那里去了？不是熏得焦黄，就是咧着罅隙，再不就是露出七零八落的豁口。脸上的肉七棱八瓣，而且平添无数雀斑，有时排列有序如星座，这个像大熊，那个像天蝎。下巴颏儿底下的垂肉变成了空口袋，捏着一揪，两层松皮久久不能恢复原状。两道浓眉之间有毫毛秀出，像是麦芒，又像是兔须。眼睛无端淌泪，有时眼角上还会分泌出一堆堆的桃胶凝聚在那里。总之，老与丑是不可分的。《尔雅》："黄发、齯齿、鲐背、耇老，寿也。"寿自管寿，丑还是丑。

　　老的征象还多的是。还没有喝忘川水，就先善忘。文字过目不旋踵就飞到九霄云外，再翻寻有如海底捞针。老友几年不见，觌面说不出他的姓名，只觉得他好生面善。要办事超过三件以上，需要结绳，又怕忘了那一个结代表那一桩事，如果笔之于书，又可能忘记备忘录放在何处。

大概是脑髓用得太久，难免漫漶，印象当然模糊。目视茫茫，眼镜整天价戴上又摘下，摘下又戴上。两耳聋聩，无以与乎钟鼓之声，倒也罢了，最难堪是人家说东你说西。齿牙动摇，咀嚼的时候像反刍，而且有时候还需要戴围嘴。至于登高腿软，久坐腰酸，睡一夜浑身关节滞涩，而且睁着大眼睛等天亮，种种现象不一而足。

老不必叹，更不必讳。花有开有谢，树有荣有枯。桓温看到他"种柳皆已十围，慨然曰：'木犹如此，人何以堪！'攀枝执条，泫然流泪"。桓公是一个豪迈的人，似乎不该如此。人吃到老，活到老，经过多少狂风暴雨、惊涛骇浪，还能双肩承一橐，俯仰天地间，应该算是幸事。荣启期说："人生有不见日月不免襁褓者。"所以他行年九十，认为是人生一乐。叹也无用，乐也无妨，生、老、病、死，原是一回事。有人讳言老，算起岁数来斤斤计较按外国算法还是按中国算法，好像从中可以讨到一年便宜。更有人老不歇心，怕以皤皤华首见人，偏要染成黑头。半老徐娘，驻颜无术，乃乞灵于整容郎中、化妆师，隆鼻隼，抽脂肪，扫青黛眉，眼眶涂成两个黑窟窿。"物老为妖，人老成精"，人老也就罢了，何苦成精？

老年人该做老年事，冬行春令实是不祥。西塞罗说："人无论怎样老，总是以为自己还可以再活一年。"是的，这愿望不算太奢。种种方面的人欠欠人，正好及时作个了结。贤者识其大，不贤者识其小，各有各的算盘，大主意自己拿。最低限度，别自寻烦恼，别碍人事，别讨人嫌。"有人问莎孚克利斯，年老之后还有没有恋爱的事，他回答得好：'上天不准！我好容易逃开了那种事，如逃开凶恶的主人一般。'"这是说，老年人不再追求那花前月下的旖旎风光，并不是说老年人就一定如槁木死灰一般枯寂。人生如游山。年轻的男男女女携着手儿陟彼高冈，沿途有无限的赏心乐事，兴会淋漓，也可能遇到一些挫沮，歧路彷徨，不过等到日云暮矣，互相扶持着走下山冈，却正别有一番情趣。白居易《睡觉》诗："老眠早觉常残夜，病力先衰不待年。五欲已销诸念息，世间无境可勾牵。"话是很洒脱，未免凄凉一些。五欲指财、色、名、饮食、睡眠。五欲全销，并非易事，人生总还有可留恋的在。江州司马泪湿青衫之后，不是也还未能忘情于诗酒么？

退　休

退休的制度，我们古已有之。《礼记·曲礼》："大夫七十而致事。""致事"就是致仕，言致其所掌之事于君而告老，也就是我们如今所谓的退休。礼，应该遵守，不过也有人觉得未尝不可不遵守。"礼，岂为我辈设哉？"尤其是七十的人，随心所欲不逾矩，好像是大可为所欲为。普通七十的人，多少总有些昏聩，不过也有不少得天独厚的幸运儿，耄耋之年依然矍铄，犹能开会剪彩，必欲令其退休，未免有违笃念勋耆之至意。年轻的一辈，劝你们少安毋躁，棒子早晚会交出来，不要抱怨"我在，久压公等"也。

该退休而不退休，这种风气好像我们也是古已有之。白居易有一首诗《不致仕》：

　　七十而致仕，礼法有明文。
　　何乃贪荣者，斯言如不闻？
　　可怜八九十，齿堕双眸昏。
　　朝露贪名利，夕阳忧子孙。
　　挂冠顾翠绥，悬车惜朱轮。
　　金章腰不胜，伛偻入君门。
　　谁不爱富贵？谁不恋君恩？
　　年高须告老，名遂合退身。
　　少时共嗤诮，晚岁多因循。
　　贤哉汉二疏，彼独是何人？

寂寞东门路，无人继去尘！

　　汉朝的疏广及其兄子疏受位至太子太傅、少傅，同时致仕，当时的"公卿大夫、故人邑子设祖道，供张东都门外，送者车数百辆。辞决而去。道路观者皆曰：'贤哉二大夫！'或叹息为之下泣"。这就是白居易所谓的"汉二疏"。乞骸骨居然造成这样的轰动，可见这不是常见的事，常见的是"伛偻入君门"的"爱富贵""恋君恩"的人。白居易"无人继去尘"之叹，也说明了二疏的故事以后没有重演过。

　　从前读书人十载寒窗，所指望的就是有一朝能春风得意，纡青拖紫，那时节踌躇满志，纵然案牍劳形，以至于龙钟老朽，仍难免有恋栈之情，谁舍得随随便便地就挂冠悬车？真正老骥伏枥、志在千里的人是少而又少的，大部分还不是舍不得放弃那五斗米、千钟禄、万石食？无官一身轻的道理是人人知道的，但是身轻之后，囊橐也跟着要轻，那就诸多不便了。何况一旦投闲置散，一呼百诺的烜赫的声势固然不可复得，甚至于进入了"出无车"的状态，变成了匹夫徒步之士，在街头巷尾低着头逡巡疾走不敢见人，那情形有多么惨。一向由庶务人员自动供应的冬季炭盆所需的白炭，四时陈设的花卉盆景，乃至于琐屑如卫生纸，不消说都要突告来源断绝，那又情何以堪？所以一个人要想致仕，不能不三思，三思之后恐怕还是一动不如一静了。

　　如今退休制度不限于仕宦一途，坐拥皋比的人到了粉笔屑快要塞满他的气管的时候也要引退。不一定是怕他春风风人之际忽然一口气上不来，是要他腾出位子给别人尝尝人之患的滋味。在一般人心目中，冷板凳本来没有什么可留恋的，平素吃不饱饿不死，但是申请退休的人一旦公开表明要撤绛帐，他的亲戚朋友又会一窝蜂地皇皇然、戚戚然，几乎要垂泣而道地劝告说他："何必退休？你的头发还没有白多少，你的脊背还没有弯，你的两手也不哆嗦，你的两脚也还能走路……"言外之意好像是等到你头发全部雪白，腰弯得像是"？"一样，患上了帕金森症，走路就地擦，那时候再申请退休也还不迟。是的，是有人到了易箦之际，朋友们才急急忙忙地为他赶办退休手续，生怕公文尚在旅行而他老先生沉不住气，弄到无休可退，那就只好鼎惠恳辞了。更有一些知心的抱有远见的朋友们，会慷慨陈词："千万不可退休，退休之后的生活是一片空虚，那时候闲居无聊，闷得发慌，终日彷徨，悒悒寡欢。"把退休后生活形容得如此凄凉，不是没有原因的，因为平素上班是以"喝喝茶、签签到、聊聊天、看看报"为主，一旦失去喝茶、签到、聊天、看报的场所，那是会要感觉无比枯寂的。

理想的退休生活就是真正的退休，完全摆脱赖以糊口的职务，做自己衷心所愿意做的事。有人八十岁才开始学画，也有人五十岁才开始写小说，都有惊人的成就。"狗永远不会老得到了不能学新把戏的地步。"何以人而不如狗乎？退休不一定要远离尘嚣，遁迹山林，也无须大隐藏人海，杜门谢客——一个人真正退休之后，门前自然车马稀。如果已经退休的人而还偶然被认为有剩余价值，那就苦了。

怒

一个人在发怒的时候，最难看。纵然他平素面似莲花，一旦怒而变青变白，甚至面色如土，再加上满脸的筋肉扭曲，眦裂发指，那副面目实在不仅是可憎而已。俗语说："怒从心上起，恶向胆边生。"怒是心理的也是生理的一种变化。人逢不如意事，很少不勃然变色的。年少气盛，一言不合，怒气相加，但是许多年事已长的人，往往一样地火发暴躁。我有一位姻长，已到杖朝之年，并且半身瘫痪，每晨必阅报纸，戴上老花镜，打开报纸，不久就要把桌子拍得山响，吹胡瞪眼，破口大骂。报上的记载，他看不顺眼。不看不行，看了怄气。这时候大家躲他远远的，谁也不愿逢彼之怒。过一阵雨过天晴，他的怒气消了。

《诗》云："君子如怒，乱庶遄沮；君子如祉，乱庶遄已。"这是说有地位的人，赫然震怒，就可以收拨乱反正之效。一般人还是以少发脾气少惹麻烦为上。盛怒之下，体内血球不知道要伤损多少，血压不知道要升高几许，总之是不卫生。而且血气沸腾之际，理智不大清醒，言行容易逾分，于人于己都不相宜。希腊哲学家哀皮克蒂特斯说："计算一下你有多少天不曾生气。在从前，我每天生气；有时每隔一天生气一次；后来每隔三四天生气一次；如果你一连三十天没有生气，就应该向上帝献祭表示感谢。"减少生气的次数便是修养的结果。修养的方法，说起来好难。另一位同属于斯多亚派的哲学家罗马的玛可斯·奥瑞利阿斯这样说："你因为一个人的无耻而愤怒的时候，要这样问你自己：'那个无耻的人能不在这世界存在么？'那是不能的。不可能的事不必要求。"坏人不是不需要制裁，只是我们不必愤怒。如果非愤怒不可，也要控制那愤怒，使发而中节。佛家把"嗔"列为三毒之一，"嗔心甚于猛火"，克服嗔恚是修持的基本功夫之一。《燕丹子》说："血勇之人，怒而面赤；脉勇之人，怒而面青；骨勇之人，怒而面白；神勇之人，怒而色不变。"我想那神勇是从苦行修炼中得来的。生而喜怒不形于色，那天赋实在太厚了。

清朝初叶有一位李绂，著《穆堂类稿》，内有一篇《无怒轩记》，他说："吾年逾四十，无涵养性情之学，无变化气质之功，因怒得过，旋悔旋犯，惧终于忿戾而已，因以'无怒'名轩。"是一篇好文章，而其戒谨恐惧之情溢于言表，不失读书人的本色。

沉　默

我有一位沉默寡言的朋友。有一回他来看我，嘴边绽出微笑，我知道那就是相见礼，我肃客入座，他欣然就席。我有意要考验他的定力，看他能沉默多久，于是我也打破我的习惯，我也守口如瓶。二人默对，不交一语，壁上的时钟嘀嗒嘀嗒的声音特别响。我忍耐不住，打开一听香烟递过去，他便一支接一支地抽了起来，吧嗒吧嗒之声可闻。我献上一杯茶,他便一口一口地翕呷,左右顾盼,意态萧然。等到茶尽三碗,烟罄半听,主人并未欠伸,客人兴起告辞,自始至终没有一句话。这位朋友,现在已归道山,这一回无言造访,我至今不忘。想不到"闻所闻而来,见所见而去"的那种六朝人的风度,于今之世,尚得见之。

明张鼎思《琅邪代醉编》有一段记载:"刘器之待制对客多默坐,往往不交一谈,至于终日。客意甚倦,或谓去,辄不听,至留之再三。有问之者,曰:'人能终日危坐,而不欠伸欹侧,盖百无一二,其能之者必贵人也。'以其言试之,人皆验。"可见对客默坐之事,过去亦不乏其例。不过所谓"主贵"之说,倒颇耐人寻味。所谓贵,一定要有一副高不可攀的神情,纵然不拒人千里之外,至少也要令人生莫测高深之感,所以处大居贵之士多半有一种特殊的本领,两眼望天,面部无表情,纵然你问他一句话,他也能听若无闻,不置可否。这样的人,如何能不贵?因为深沉的外貌,正好掩饰内部的空虚,这样的人最宜于摆在庙堂之上。《孔子家语》明明地写着,孔子"入太祖后稷之庙,庙堂右阶之前有金人焉,三缄其口,而铭其背曰:'古之慎言人也。'"这庙堂右阶的金人,不是为市井细民做榜样的。

謇谔之臣,骨鲠在喉,一吐为快,其实他是根本负有诤谏之责,并不是图一时之快。鸡鸣犬吠,各有所司,若有言官而钳口结舌,宁不有愧于鸡犬?至于一般的仁人君子,没有不愤世忧时的,其中大部分悯默无言,但间或也有"宁鸣而死,不默而生"的人,这样的人可使当世的人为之感喟,为之古节,他不能全名养寿,他只能在将来历史上享受他应得的清誉罢了。在有"不发言的自由"的时候而甘愿放弃这一项自由,这也是个人的自由。在如今这个时代,沉默是最后的一项自由。

有道之士,对于尘劳烦恼早已不放在心上,自然更能欣赏沉默的境界。这种沉默,不是话到嘴边再咽下去,是根本没话可说,所谓"知者不言,言者不知"。世尊在灵山会上,拈华示众,众皆寂然,唯迦叶破颜微笑,这会心微笑胜似千言万语。莲池大师说得好:"世间酽醯醇醴,藏之弥久而弥美者，皆繇封锢牢密不泄气故。古人云：'二十年不开口说话，向后佛也奈何你不得。'旨哉言乎！"二十年不开口说话，也许要把口闷臭，但是语言道断之后，性水澄清，心珠自现，没有饶舌的必要。基督教 Carthusian 教派也是以沉默静居为修行法门，经常彼此不许说话。"此中有真意，欲辩已忘言"。

庄子说："吾安得夫忘言之人，而与之言哉？"现在想找真正懂得沉默的朋友，也不容易了。

吃　　相

一位外国朋友告诉我，他旅游西南某地的时候，偶于餐馆进食，忽闻壁板砰砰作响，其声清脆，密集如连珠炮，向人打听才知道是邻座食客正在大啖其糖醋排骨。这一道菜是这餐馆的拿手菜，顾客欣赏这个美味之余，顺嘴把骨头往旁边喷吐，你也吐，我也吐，所以把壁板打得叮叮当当响。不但顾客为之快意，店主人听了也觉得脸上光彩，认为这是大家为他捧场。这位外国朋友问我这是不是国内各地普遍的风俗，我告诉他我走过十几省还不曾遇见过这样的场面，而且当场若无壁板设备，或是顾客嘴部筋肉不够发达，此种盛况即不易发生。可是我心中暗想，天下之大，无奇不有，这样的事恐怕亦不无发生的可能。

《礼记》有"毋啮骨"之诫，大概包括啃骨头的举动在内。糖醋排骨的肉与骨是比较容易脱离的，大块的骨头上所连带着的肉若是用牙齿咬断下来，那龇牙咧嘴的样子便觉不大雅观。所以"割不正不食""席不正不食"都是对于在桌面上进膳的人而言，啮骨应该是桌底下另外一种动物所做的事。不要以为我们一部分人把排骨吐得噼啪响便断定我们的吃相不佳。各地有各地的风俗习惯。世界上至今还有不少地方是用手抓食的。听说他们是用右手取食，左手则专供做另一种肮脏的事，不可混用，可见也还注重清洁。我不知道像咖喱鸡饭一类黏乎乎的东西如何用手指往嘴里送。用手取食，原是古已有之的老法。罗马皇帝尼禄大宴群臣，他从一只硕大无比的烤鹅身上扯下一条大腿，手举着"鼓槌"，歪着脖子啃而食之，那副贪得无厌的饕餮相我们可于想象中得之。罗马的光荣不过尔尔，等而下之不必论了。欧洲中古时代，餐桌上的刀叉是奢侈品，从十一世纪到十五世纪不曾被普遍使用，有些人自备刀叉随身携带，这种作风一直延至十八世纪还偶尔可见。据说在酷嗜通心粉的国度里，市廛道旁随处都有贩卖通心粉（与不通心粉）的摊子，食客都是伸出右手像是五股钢叉一般把粉条一卷就送到口里，干净利落。

不要耻笑西方风俗鄙陋，我们泱泱大国自古以来也是双手万能。《礼记》："共饭不泽手。"吕氏注曰："不泽手者，古之饭者以手，与人共饭，摩手而有汗泽，人将恶之而难言。"饭前把手洗洗揩揩也就是了。樊哙把一块生猪肘子放在铁盾上拔剑而啖之，那是鸿门宴上的精彩节目，可是那个吃相也就很可观了。我们不愿意在餐桌上挥刀舞叉，我们的吃饭工具主要的是筷子，筷子即箸，古称饭颊。细细的两根竹筷，搦在手上，运动自如，能戳、能夹、能撮、能扒，神乎其技。不过我们至今也还有用手进食的地方，像从兰州到新疆，"抓饭""抓肉"都是很驰名的。我们即使运用筷子，也不能不有相当的约束。若是频频夹取如金鸡乱点头，或挑肥拣瘦地在盘碗里翻翻弄弄如拨草寻蛇，就不雅观。

餐桌礼仪，中西都有一套。外国的餐前祈祷，兰姆的描写可谓淋漓尽致。家长在那里低头闭眼，口中念念有词，孩子们很少不在那里做鬼脸的。我们幸而极少宗教观念，小时候不敢在碗里留下饭粒，是怕长大了娶麻子媳妇，不敢把饭粒落在地上，是怕天打雷劈。喝汤而不准吮吸出声是外国规矩，我想这规矩不算太苛，因为外国的汤盆很浅，好像都是狐狸请鹭鸶吃饭时所使用的器皿，一盆汤端到桌上不可能是烫嘴热的，慢一点灌进嘴里去就可以不至于出声。若是喝一口我们的所谓"天下第一菜"口蘑锅巴汤而不出一点声音，岂不强人所难？从前我在北方家居，邻户是一个治安机关，隔着一堵墙，墙那边经常有几十口子在院子里进膳，我可以清晰地听到"呼噜，呼噜，呼——噜"的声响，然后是"咔嚓"一声。他们是在吃炸酱面，于猛吸面条之后咬一口生蒜瓣。

餐桌的礼仪要重视，不要太重视。外国人吃饭不但要席正，而且挺直腰板，把食物送到嘴边。我们"食不厌精，脍不厌细"，要维持那种姿式便不容易。我见过一位女士，她的嘴并不比一般人小多少，但是她喝汤的时候真能把上下唇撮成一颗樱桃那样大，然后以匙尖触到口边徐徐吮饮之。这和把整个调羹送到嘴里面的人比较起来，又近于矫枉过正了。人生贵适意，在环境许可的时候是不妨稍为放肆一点。吃饭而能充分享受，没有什么太多礼法的约束，细嚼烂咽，或风卷残云，均无不可，吃的时候怡然自得，吃完之后抹抹嘴鼓腹而游，像这样的乐事并不常见。我看见过两次真正痛快淋漓的吃，印象至今犹新。一次在北京的"灶温"，那是一爿道地的北京小吃馆。棉帘启处，进来了一位赶车的，即是赶轿车的车夫，辫子盘在额上，衣襟掀起塞在褡布底下，大摇大摆，手里托着菜叶裹着的生猪肉一块，提着一根马兰系着的一撮韭黄，把食物往柜台上一拍："掌柜的，烙一斤饼！再来一碗炖肉！"等一下，肉丝炒韭黄端上来了，两张家常饼一碗炖肉也端上来了。他把菜肴分为两份，一份倒在一张饼上，把饼一卷，比拳头要粗，两手扶着矗立在盘子上，张开血盆巨口，左一口，右一口，中间一口！不大的工夫，一张饼下肚，又一张也不见了，直吃得他青筋暴露、满脸大汗，挺起腰身连打两个大饱嗝。又一次，我在青岛寓所的后山坡上看见一群石匠在凿山造房，晌午歇工，有人送饭，打开笼屉热气腾腾，里面是半尺来长的酸面蒸饺，工人蜂拥而上，每人拍拍手掌便抓起饺子来咬，饺子里面露出绿韭菜馅。又有人挑来一桶开水，上面漂着一个瓢，一个个红光满面围着桶舀水吃。这时候又有挑着大葱的小贩赶来兜售那像甘蔗一般粗细的大葱，登时又人手一截，像是饭后进水果一般。上面这两个景象，我久久不能忘，他们都是自食其力的人，心里坦荡荡的，饥来吃饭，取其充腹，管什么吃相！

雪

李白句："燕山雪花大如席。"这话靠不住，诗人夸张，犹"白发三千丈"之类。据科学的报道，雪花的结成视当时当地的气温状况而异，最大者直径三至四英寸。大如席，岂不一片雪花就可以把整个人盖住？雪，是越下得大越好，只要是不成灾。雨雪霏霏，像空中撒盐，像柳絮飞舞，缓缓然下，真是有趣，没有人不喜欢。有人喜雨，有人苦雨，不曾听说谁厌恶雪。就是在冰天雪地的地方，因纽特人也还利用雪块砌成圆顶小屋，住进去暖和得很。

赏雪，须先肚中不饿。否则雪虐风号之际，饥寒交迫，就许一口气上不来，焉有闲情逸致去细数"一片一片又一片……飞入梅花都不见"？后汉有一位袁安，大雪塞门，无有行路，人谓已死。洛阳令令人除雪，发现他在屋里僵卧，问他为什么不出来，他说："大雪人皆饿，不宜干人。"此公憨得可爱，自己饿，料想别人也饿。我相信袁安僵卧的时候一定吟不出"风吹雪片似花落"之类的句子。晋王子猷居山阴，夜雪初霁，月色清朗，忽然想起远在剡的朋友戴安道，即便夜乘小舟就之，经宿方至，造门不前而返。假如没有那一场大雪，他固然不会发此奇兴，假如他自己馕粥不继，他也不会风雅到夜乘小船去空走一遭。至于谢安石一门风雅，寒雪之日与儿女吟诗，更是富贵人家事。

一片雪花含有无数的结晶，一粒结晶又有好多好多的面，每个面都反射着光，所以雪才显得那样洁白。我年轻时候听说从前有烹雪论茗的故事，一时好奇，便到院里就新降的积雪掬起表面的一层，放在瓶里融成水，煮沸，走七步，用小宜兴壶，沏大红袍，倒在小茶盅里，细细品啜之，举起喝干了的杯子就鼻端猛嗅三两下——我一点也不觉得两腋生风，反而觉得舌本闲强。我再检视那剩余的雪水，好像有用矾打的必要！空气污染，雪亦不能保持其清白。有一年，我在汴洛道上行役，途中车坏，时值大雪，前不巴村后不着店，饥肠辘辘，乃就路边草棚买食，主人飨我以挂面，我大喜过望。但是煮面无水，主人取洗脸盆，舀路旁积雪，以混沌沌的雪水下面。虽说饥者易为食，这样的清汤挂面也不是顶容易下咽的。从此我对于雪，觉得只可远观，不可亵玩。苏武饥吞毡渴饮雪，那另当别论。

雪的可爱处在于它的广被大地，覆盖一切，没有差别。冬夜拥被而眠，觉寒气袭人，蜷缩不敢动，凌晨张开眼皮，窗棂窗帘隙处有强光闪映大异往日，起来推窗一看——啊！白茫茫一片银世界。竹枝松叶顶着一堆堆的白雪，杈芽老树也都镶了银边。朱门与蓬户同样地蒙受它的沾被，雕栏玉砌与瓮牖桑枢没有差别待遇。地面上的坑穴洼溜，冰面上的枯枝断梗，路面上的残骸败屑，全都罩在天公抛下的一件鹤氅之下。雪就是这样大公无私，装点了美好的事物，也遮掩了一切的芜秽，虽然不能遮掩太久。

雪最有益于人之处是在农事方面。我们靠天吃饭，自古以来就看上天的脸色："上天同云，雨雪雰雰……既沾既足，生我百谷。"俗语所说"瑞雪兆丰年"，即今冬积雪，明年将丰之谓。不必"天大雪，至于牛目"，盈尺就可成为足够的宿泽。还有人说雪宜麦而辟蝗，因为蝗遗子于地，雪深一尺则入地一丈，连虫害都包治了。我自己也有过一点类似的经验，堂前有芍药两栏，书房檐下有玉簪一畦，冬日几场大雪扫积起来，堆在花栏花圃上面，不但可以使花根保暖，而且来春雪融成了天然的润溉，大地回苏的时候果然新苗怒发，长得十分茁壮，花团锦簇。我当时觉得比堆雪人更有意义。

据说有一位枭雄吟过一首《咏雪》的诗："黄狗身上白，白狗身上肿。出门一啊喝，天下大一统。"俗话说："官大好吟诗。"何况一位枭雄在夤缘际会、踌躇满志的时候？这首诗不是没有一点巧思，只是趣味粗犷得可笑，这大概和出身与气质有关。相传法国皇帝路易十四写了一首三节联韵诗，自鸣得意，征求诗人、批评家布洼娄的意见。布洼娄说："陛下无所不能，陛下欲作一首歪诗，果然作成功了。"我们这位枭雄的《咏雪》，也应该算是很出色的一首歪诗。

猫的故事

　　猫很乖，喜欢偎傍着人；有时又爱蹭人的腿，闻人的脚。唯有冬尽春来的时候，猫叫春的声音颇不悦耳，呜呜地一声一声地吼，然后突然的哇咬之声大作，稀里哗啦的，铿天地而动神祇。这时候你休想安睡。所以有人不惜昏夜，起床持大竹竿而追逐之。相传有一位和尚作过这样的一首诗："猫叫春来猫叫春，听他愈叫愈精神。老僧亦有猫儿意，不敢人前叫一声。"这位师父富同情心，想来不至于抡大竹竿子去赶猫。

　　我的家在北平的一个深巷里。有一天，冬夜荒寒，卖水萝卜的、卖硬面饽饽的，都过去了，除了值更的梆子遥远的响声，可以说是万籁俱寂。这时候屋瓦上嗥的一声猫叫了起来，时而如怨如诉，时而如诟如詈，然后一阵跳踉，窜到另外一间房上去了，往返跳跃，搅得一家不安。如是者数日。

　　北平的窗子是糊纸的，窗棂不宽不窄正好容一只猫儿出入，只消他用爪一划，即可通往无阻。在春暖时节，有一夜，我在睡梦中好像听到小院书房的窗纸响，第二天发现窗棂上果然撕破了一个洞，显然是有野猫钻了进去。大概是饿极了，进去捉老鼠。我把窗纸补好。不料第二天猫又来，仍从原处出入，这就使我有些不耐烦，一之已甚，岂可再乎？第三天又发生同样情形，而且把书桌、书架都弄得凌乱不堪，书桌上印了无数的梅花印，我按捺不住。我家的厨师是一个足智多谋的人，除了调和鼎鼐之外还贯通不少的左道旁门，他因为厨房里的肉常常被猫拖拉到灶下，鱼常被猫叼着上了墙头，怀恨于心，于是殚智竭力，发明了一个简单而有效的捕猫方法。他用铁丝一根，在窗棂上猫经常出入之处钉一个铁钉，铁丝一端系牢在铁钉之上，另一端在铁丝上做一活扣，使铁丝作圆箍形，把圆箍伸缩到适度放在窗棂上，便诸事完备，静待活捉。

猫窜进屋的时候前腿伸入之后身躯势必触到铁丝圆箍，于是正好套在身上，活生生悬在半空，愈挣扎则圆箍愈紧。厨师看我为猫所苦无计可施，遂自告奋勇为我在书房窗上装置了这么一个机关。我对他起初并无信心，姑妄从之。但是当天夜里居然有了动静。早晨起来一看，一只瘦猫奄奄一息地赫然挂在那里！

厨师对于捉到的猫向来执法如山，不稍宽假，我看了猫的那副可怜相，直为她缓颊。结果是从轻发落予以开释。但是厨师坚持不能不稍予膺惩，即在猫身上原来的铁丝系上一只空罐头，开启街门放她一条生路。只见猫一溜烟似的稀里哗啦地拖着罐头绝尘而去，像是新婚夫妇的汽车之离教堂去度蜜月。跑得愈快，罐头响声愈大，猫受惊乃跑得更快，惊动了好几条野狗在后面追赶，黄尘滚滚，一瞬间出了巷口往北而去。她以后的遭遇如何我不知道，我心想她吃了这个苦头以后绝对不会再光顾我的书房。窗户纸重新糊好，我准备高枕而眠。

当天夜里，听见铁罐响，起初是在后院砖地上哗啷哗啷地响，随后像是有东西提着铁罐猱升跨院的枣树，终乃在我的屋瓦上作响。屋瓦是一垄一垄的，中有小沟，所以铁罐越过瓦垄的声音是格登格登的清晰可辨。我打了一个冷战，难道是那只猫的阴魂不散？她拖着铁罐子跑了一天，藏躲在什么地方，终于夤夜又复光临寒舍？我家究竟有什么东西值得使她这样念念不忘？

哗啷一声，铁罐坠地，显然是铁丝断了。几乎同时，噗的一声，猫顺着我窗前的丁香树也落了地。她低声地呻吟了一声，好像是初释重负后的一声叹息。随后我的书房窗纸又撕破了——历史重演。

这一回我下了决心，我如果再度把她活捉，要用重典，不是系一个铁罐就能了事。我先到书房里去查看现场，情况有一些异样，大书架接近顶棚最高的一格有几本书洒落在地上。倾耳细听，书架上有呼噜呼噜的声音。怎么猫找到了这个地方来酣睡？我搬了高凳爬上去窥视，吓我一大跳，原来是那只瘦猫拥着四只小猫在喂奶！

四只小猫是黑白花的,咕咕哝哝地在猫的怀里乱挤,好像眼睛还没有睁开,显然是出生不久。在车船上遇到有妇人生产,照例被视为喜事,母子好像都可以享受好多的优待。我的书房里如今喜事临门,而且一胎四个,原来的一腔怒火消去了不少。天地之大德曰生,这道理本该普及于一切有情。猫为了她的四只小猫,不顾一切地冒着危险回来喂奶,伟大的母爱实在是无以复加!

猫的秘密被我发现,感觉安全受了威胁,一夜的工夫她把四只小猫都叼离书房,不知运到什么地方去了。

滑　竿

从前在学校读英国诗人米尔顿的《失乐园》,读到第三卷第四三七行:

……在中国的荒原上
中国人驾驶着
挂帆的轻便的藤车?

教授抬起头来往下面扫视,看见只有一个人是黑头发黄面孔的,便问道:"你们贵国是真有这样张帆的车子么?"我告诉他说,敝国地方很大,各地风俗不同,我到过的地方有限,没有看见过也没有听说过车上挂帆。教授的结论是,无论如何,车上挂帆是一个很好的办法。

过了好几十年,我才有机会听人讲起我们西南一带确有帆车,台湾的电影上也有帆车在海滩上飞驰的外景,自己的见闻之简陋实在是无话可说。米尔顿博学多识,对于我们文明古国当然不胜其景仰了;可是他还没有看见过我们的滑竿。

滑竿是两人抬的一种轿子,其简单轻便到了无以复加的程度。两根长长的竹竿，往两个人的肩膀上一架，就是交通工具。有人说抬轿的人之所以称为轿夫，是因为那"夫"字是象形的，像一个人肩膀上放两根竿。两竿之间吊起一块麻布，自成一个软兜，活像外国的帆布吊床。乘客往上一躺，软乎乎的一点也不硌得慌，怕两只脚没交代，前面有系着的一根竹篾，正好把脚放上去，天造地设。根本没有零件，所以永远没有修理的问题。有客来，往肩上一搭；没有生意，一个人把两根竹竿并在一起，往腋下一夹就可以走路。停放的地方么？那更简便了，竖着在墙边一靠，不占空间。

小时候到杭州外婆家去，母亲嘱咐我，下了火车要坐轿子，千万不可以动弹，否则有翻落之虞。我心想八人大轿抬着，焉有翻落之理。到了杭州，才知道所谓轿子竟是那样寒伧的东西，像是一个黑油篓，细细高高，头重脚轻，前后一共只有两个人抬，没有人坐进去也好像是摇摇欲坠。滑竿比较稳当多了，坐在软兜里想挣脱出来都不大容易。只是坐滑竿必须用半卧的姿式，直挺挺地抬着招摇过市，纵不似异尸行殡，也像是伤患病残，样子不大雅观。从前皇帝出行，"乘肩辇，具威仪"，必定不是躺着的。可是滑竿在上山下山的时候就非常方便，例如登好汉坡，坐在滑竿上可能微有倒悬之感，但腹内的东西决不至于呕了出来，下来的时候也不会一头栽了下去。而峰回路转，左弯右旋，无不夷犹如意。登山喝道的八人大轿反倒觉得笨重难行了。

滑竿夫太苦。有人坐人力车犹嫌其不人道，但车下究竟有轮，轮子就是机械，那是人类文明史上的一大里程碑。滑竿也利用上了杠杆原理，并不算是太原始，不过简单得多。一个人的重量由四个肩膀承之，问题在那一个人的重量究竟有多少。三五个人雇乘滑竿，其中若有一位是"五百斤油"，那几个滑竿夫要发生一阵骚乱，谁都想避重就轻，不幸的那一对一路上要哎哎不休。这也怪不得他们，看看他们的脚杆，细得像是秫秸，任重而道远。坐滑竿的人是"人上人"，不会听不到滑竿夫的咻咻的喘息，以及脚后跟走在石板上通通的响，不会看不到他们腿上网状的静脉瘤，以及肩膀上摩擦出来的厚厚的茧。

　　滑竿夫没有不是鸠形鹄面的，他们一排靠在墙根上站着，像是风干了的人，像是传说中辰州赶尸的人夜晚宿店时所遗弃在路边的货色！可是他们每人一袭蓝布长衫，还少不了一顶布缠头。多半是伶牙俐齿，能言善道。腰间横系着一根褡布，斜插着一根短烟管，挂着一只烟荷包。除了烟草之外，当然还有更能提神解乏的东西，精神兴奋的时候，议论风生。有一回我到四川北碚的缙云山，一路上听滑竿夫边走边说一些唱和的俚语：

　　　　甲："前面靠得紧！"

　　　　乙："后面摆得开。"

　　　　甲："亮光光！"

　　　　乙："水波浪。"

　　　　甲："滑得很！"

　　　　乙："踩得稳。"

　　　　甲："远看一枝花。"

　　　　乙："走近看是她！"

　　　　甲："教我的儿喊她妈。"

唱到这里，路边的那"一枝花"红头涨脸地啐他一口。滑竿夫们胜利地笑了起来，脚底下格外有力，精神抖擞，飞步上山。

算　命

　　从前在北平，午后巷里有镗镗的敲鼓声，那是算命先生。深宅大院的老爷太太们，有时候对于耍猴子的、耍耗子的、跑旱船的……觉得腻烦了，便半认真半消遣地把算命先生请进来。"卜以决疑，不疑何卜？"人生那能没有疑虑之事,算算流年,问问妻财子禄,不愁没有话说。

算命先生全是盲人。大概是盲于目者不盲于心,所以大家都愿意求道于盲。算命先生被唤住之后,就有人过去拉起他手中的马竿:"上台阶,迈门坎,下台阶,好,好,您请坐。"先生在条凳上落座之后,少不了孩子们过来啰唣,看着他的"孤月浪中翻"的眼睛,和他脚下敷满一层尘垢的破鞋,便不住地挤眉弄眼咯咯地笑。大人们叱走孩童,提高嗓门向先生请教。请教什么呢?老年人心里最嘀咕的莫过于什么时候福寿全归,因为眼看着大限将至而不能预测究竟在那一天呼出最后一口气,以致许多事都不能作适当的安排,这是最尴尬的事。"死生有命",正好请先生算一算命。先生干咳一声,清一清喉咙,眨一眨眼睛,按照出生的年月日时的干支八字,配合阴阳五行相生相克之理,掐指一算,口中念念有词,然后不惜泄露天机说明你的寿数。"六十六,不死掉块肉;过了这一关口,就要到七十三,过一关。这一关若是过得去,无灾无病一路往西行。"这几句话说得好,老人听得入耳。六十六,死不为夭,而且不一定就此了结。有人按算命先生的指点,到了这一年买块瘦猪肉贴在背上,教儿女用切菜刀把那块肉从背上剔下来,就算是应验了掉块肉之说而可以免去一死。如果没到七十三就撒手人寰,那很简单,没能过去这一关;如果过了七十三依然健在,那也很简单,关口已过,正在一路往西行。以后如何,就看你的脚步的快慢了。而且无灾无病最快人意,因为谁也怕受床前罪,落个无疾而终岂非福气到家?《长生殿·进果》:"瞎先生,真圣灵,叫一下赛神仙来算命。"瞎先生赛神仙,由来久矣。

据说有一个摆摊卖卜的人能测知任何人的父母存亡,对任何人都能断定其为"父在母先亡",百无一失。因为父母存亡共有六种可能变化:(一)父在,而母已先亡;(二)父在母之前而亡;(三)椿萱并茂,则终有一天父在而母将先亡;(四)椿萱并茂,则终有一天父将在母之前而亡;(五)父母双亡,父在母之前而亡;(六)父母双亡,父仍在之时母已先亡。关键在未加标点,所以任何情况均可适用。这可能是捏造的笑话,不过占卜吉凶其事本来甚易,用不着搬弄三奇八门的奇门遁甲,用不着诸葛的马前时课,非吉即凶,非凶即吉,颜之推所谓"凡射奇偶,自然半收",犹之抛起一枚硬币,非阴即阳,非阳即阴,百分之五十的准确早已在握,算而中,那便是赛神仙,算而不中,也就罢了,谁还去讨回卦金不成?何况卜筮不灵犹有不少遁词可说,命之外还有运。

韩文公文起八代之衰,以道统自任,但是他给李虚中所作的墓志铭有这样的话:"李君名虚中,最深于五行书,以人之始生年月日所值日辰干支,相生胜衰死王相,斟酌推人寿夭贵贱利不利,辄先处其年时,百不失一二……"言人之休咎,百不失一二,即是准确度到了百分之九十八九,那还了得?这准确的记录究竟是谁供给的?那时候不会有统计测验,韩文公虽然博学多闻,也未必有闲工夫去打听一百个算过命的人的寿夭贵贱。恐怕还是谀墓金的数目和李虚中的算命准确度成正比例吧?李虚中不是等闲之辈,撰有命书三种,进士出身,韩文公也就不惜摇笔一谀了。人天生地有好事的毛病,喜欢有枝添叶地传播谣言,可供谈助,无伤大雅,"子不语",我偏要语!所以至今还有什么张铁嘴、李半仙之类的传奇人物崛起江湖,据说不需你开口就能知晓你的家世职业,活龙活现,真是神仙再世!可惜全是展转传说,人嘴两张皮,信不信由你。

瞎子算命先生满街跑,不瞎的就更有办法,命相馆问心处公然出现在市廛之中,谀吉问卜,随时候教。有一对热恋的青年男女,私订终身,但是家长还要坚持"纳吉"的手续,算命先生折腾了半天,闭目摇头,说:"哎呀,这婚姻怕不成。乾造属虎,坤造属龙,'虎掷龙拏不相存,当年会此赌乾坤'……"居然有诗为证,把婚姻事比作了楚汉争。前来问卜的人同情那一对小男女,从容进言:"先生,请捏合一下,卦金加倍。"先生笑逐颜开地说:"别忙,我再细算一下。龙从火里出,虎向水中生。龙骧虎跃,大吉大利。"这位先生说谎了么?没有,始终没有。这一对男女结婚之后,梁孟齐眉,白头偕老。

如果算命是我们的国粹，外国也有他们的类似的国粹。手相之术，柏拉图、亚里士多德亦不讳言之。罗马设有卜官，正合于我们的大汉官仪。所谓Sortes抽卜法，将《圣经》、荷马或魏吉尔的诗篇随意翻开，首先触目之句即为卜辞，此法盛行希腊、罗马，和我们的测字好像是同样方便。英国自一八二四年公布《取缔流浪法案》，即禁止算命这一行业的存在；美国也是把职业的算命先生列入扰乱社会的分子一类。倒是我们泱泱大国，大人先生们升官发财之余还可以揣骨看相细批流年，看看自己的生辰八字是否"蝴蝶双飞格"，以便窥察此后升发的消息。在这一方面，我们保障人民自由，好像比西方要宽大得多。

书

从前的人喜欢夸耀门第，纵不必家世贵显，至少也要是书香人家，才能算是相当的门望。书而曰香，盖亦有说。从前的书，所用纸张不外毛边、连史之类，加上松烟油墨，天长日久密不通风，自然生出一股气味，似沉檀非沉檀，更不是桂馥兰熏，并不沁人脾胃，亦不特别触鼻，无以名之，名之曰书香。书斋门窗紧闭，乍一进去，书香特别浓，以后也就不大觉得。现代的西装书，纸墨不同，好像有股煤油味，不好说是书香了。

不管香不香，开卷总是有益。所以世界上有那么多有书癖的人，读书种子是不会断绝的。买书就是一乐。旧日北平琉璃厂、隆福寺街的书肆最是诱人，你迈进门去向柜台上的伙计点点头便直趋后堂，掌柜的出门迎客，分宾主落座，慢慢地谈生意。不要小觑那位书贾，关于目录、版本之学他可能比你精。搜访图书的任务，他代你负担，只要他摸清楚了你的路数，一有所获，立刻专人把样函送到府上，合意留下翻看，不合意他拿走，和和气气。书价么，过节再说。在这样情形之下，一个读书人很难不染上"书淫"的毛病，等到四面卷轴盈满，连坐的地方都不容易匀让出来，那时候便可以顾盼自雄，酸溜溜地自叹："丈夫拥书万卷，何假南面百城？"现代我们买书比较方便，但是搜访的乐趣，搜访而偶有所获的快感，都相当地减少了。挤在书肆里浏览图书，本来应该是像牛吃嫩草，不慌不忙的，可是若有店伙眼睛紧盯着你，生怕你是一名雅贼，你也就不会怎样的从容，还是早些离开这是非之地好些。更有些书不裁毛边，干脆拒绝翻阅。

"郝隆七月七日，出日中仰卧。人问其故，曰：'我晒书。'"（见《世说新语》）郝先生满腹诗书，晒书和日光浴不妨同时举行。恐怕那时候的书在数量上也比较少，可以装进肚里去。司马温公也是很爱惜书的，他告诫儿子说："吾每岁以上伏及重阳间视天气晴明日，即净几案于当日所，侧群书其上以晒其脑。所以年月虽深，从不损动。"书脑即是书的装订之处，翻叶之处则曰书口。司马温公看书也有考究，他说："至于启卷，必先几案洁净，借以茵褥，然后端坐看之。或欲行看，即承以方版，未曾敢空手捧之，非惟手污渍及，亦虑触动其脑。每至看竟一版，即侧右手大指面衬其沿，随覆以次指面，捻而夹过，故得不至揉熟其纸。每见汝辈多以指爪撮起，甚非吾意。"（见《宋稗类钞》）我们如今的图书不这样名贵，并且装订技术进步，不像宋朝的"蝴蝶装"那样娇嫩，但是读书人通常还是爱惜他的书，新书到手先裹上一个包皮，要晒，要揭，要保管。我也看见过名副其实的收藏家，爱书爱到根本不去读它的程度，中国书则锦函牙签，外国书则皮面金字，庋置柜橱，满室琳琅，真好像是琅嬛福地，书变成了陈设、古董。

有人说："借书一痴，还书一痴。"有人分得更细："借书一痴，惜书二痴，索书三痴，还书四痴。"大概都是有感于书之有借无还。书也应该深藏若虚，不可慢藏诲盗。最可恼的是全书一套借去一本，久假不归，全书成了残本。明人谢肇淛编《五杂俎》，记载一位"虞参政藏书数万卷，贮之一楼，在池中央，小木为彴，夜则去之。榜其门曰：'楼不延客，书不借人。'"这倒是好办法，可惜一般人难得有此设备。

读书乐,所以有人一卷在手,往往废寝忘食。但是也有人一看见书就哈欠连连,以看书为最好的治疗失眠的方法。黄庭坚说:"人不读书,则尘俗生其间,照镜则面目可憎,对人则语言无味。"这也要看所读的是些什么书。如果读的尽是一些猥屑的东西,其人如何能有书卷气之可言?宋真宗皇帝的《劝学文》,实在令人难以入耳:"富家不用买良田,书中自有千钟粟。安居不用架高堂,书中自有黄金屋。出门莫恨无人随,书中车马多如簇。娶妻莫恨无良媒,书中自有颜如玉。男儿欲遂平生志,六经勤向窗前读。"不过是把书当做敲门砖以遂平生之志,勤读六经,考场求售而已。十载寒窗,其中只是苦,而且吃尽苦中苦,未必就能进入佳境。倒是英国十九世纪的罗斯金,在他的《芝麻与白百合》第一讲里,劝人读书尚友古人,那一番道理不失雅人深致。古圣先贤,成群的名世的作家,一年四季地排起队来立在书架上面等候你来点唤,呼之即来挥之即去;行吟泽畔的屈大夫,一邀就到;饭颗山头的李白、杜甫也会连袂而来;想看外国戏,环球剧院的拿手好戏都随时承接堂会;亚里士多德可以把他逍遥廊下的讲词对你重述一遍。这真是读书乐。

我们国内某一处的人最好赌博,所以讳言"书",因为"书"与"输"同音,"读书"曰"读胜"。基于同一理由,许多地方的赌桌旁边忌人在身后读书。人生如博弈,全副精神去应付,还未必能操胜算。如果沾染书癖,势必呆头呆脑,变成书呆,这样的人在人生的战场之上怎能不大败亏输?所以我们要钻书窟,也还要从书窟钻出来。朱晦庵有句:"书册埋头何日了,不如抛却去寻春。"是见道语,也是老实话。

请　　客

常听人说:"若要一天不得安,请客;若要一年不得安,盖房;若要一辈子不得安,娶姨太太。"请客只有一天不得安,为害不算太大,所以人人都觉得不妨偶一为之。

所谓请客,是指自己家里邀集朋友便餐小酌。至于在酒楼饭店"铺筵席,陈尊俎",呼朋引类,飞觞醉月,享用的是金樽清酒、玉盘珍馐,最后一哄而散,由经手人员造账报销,那种宴会只能算是一种病狂或是罪孽,不提也罢。

妇主中馈,所以要请客必须先归而谋诸妇。这一谋,有分教,非十天半月不能获致结论,因为问题牵涉太广,不能一言而决。

首先要考虑的是请什么人。主客当然早已内定,陪客的甄选大费酌量。眼睛生在眉毛上边的宦场中人,吃不饱饿不死的教书匠,一身铜臭的大腹贾,小头锐面的浮华少年……若是聚在一个桌上吃饭,便有些像是鸡兔同笼,非常勉强。把夙未谋面的人拘在一起,要他们有说有笑,同时食物都能顺利地从咽门下去,也未免强人所难。主人从中调处,殷勤了这一位,怠慢了那一位,想找一些大家都有兴趣的话题亦非易事。所以客人需要分类,不能鱼龙混杂。客的数目视设备而定,若是能把所有该请的客人一网打尽,自然是经济算盘,但是算盘亦不可打得太精。再大的圆桌面也不过能坐十三四个体态中型的人。说来奇怪,客人单身者少,大概都有宝眷,一请就是一对,一桌只好当半桌用。有人请客宽发笺帖,心想总有几位心领谢谢,万想不到人人惠然肯来,而且还有一位特别要好的带来一个七八岁的小宝宝!主人慌忙添座,客人谦让:"孩子坐我腿上!"大家挤挤攘攘,其中还不乏中年发福之士,把圆桌围得密不通风,上菜需飞越人头,斟酒要从耳边下注,前排客满,主人在二排敬陪。

拟菜单也不简单。任何家庭都有它的招牌菜,可惜很少人肯用其所长,大概是以平素见过的饭馆酒席的局面作为蓝图。家里有厨师厨娘,自然一声吩咐,不再劳心,否则主妇势必亲自下厨操动刀俎。主人多半是擅长理论,真让他切葱剥蒜都未必能够胜任。所以拟订菜单,需要自知之明,临时"钻锅"翻看食谱未必有济于事。四冷荤、四热炒、四压桌,外加两道点心,似乎是无可再减,大鱼大肉,水陆杂陈,若不能使客人连串地打饱嗝,不能算是尽兴。菜单拟订的原则是把客人一个个地填得嘴角冒油。而客人所希冀的也往往是一场牙祭。有人以水饺宴客,馅子是猪肉菠菜,客人咬了一口,大叫:"哟,里面怎么净是青菜!"一般人还是欣赏肥肉厚酒,管它是不是烂肠之食!

宴客的吉日近了,主妇忙着上菜市,挑挑拣拣,拣拣挑挑,又要物美又要价廉,装满两个篮子,半途休憩好几次才能气喘汗流地回到家。泡的、洗的、剥的、切的,闹哄一两天,然后丑媳妇怕见公婆也不行,吉日到了。客人早已折简相邀,难道还会不肯枉驾?不,守时不是我们的传统。准时到达,岂不像是"头如穹庐咽细如针"的饿鬼?要让主人干着急,等他一催请再催请,然后徐徐命驾,姗姗来迟,这才像是大家风范。当然朋友也有特别性急而提早莅临的,那也使得主人措手不及,慌成一团。客人的性格不一样,有人进门就选一个比较最好的座位,两脚高架案上,真是宾至如归;也有人寒暄两句便一头扎进厨房,声称要给主妇帮忙,系着围裙伸着两只油手的主妇连忙谦谢不迭。等到客人到齐,无不饥肠辘辘。

落座之前还少不了你推我让的一幕。主人指定座位,时常无效,除非事前摆好名牌,而且写上官衔,分层排列,秩序井然。敬酒按说是主人的责任,但是也时常有热心人士代为执壶,而且见杯即斟,每斟必满。不知是什么时候什么人兴出来的陋习,几乎每个客人都会双手举杯齐眉,对着在座的每一位客人敬酒,一霎间敬完一圈,但见杯起杯落,如"兔儿爷捣碓"。不喝酒的也要把汽水杯子高高举起,虚应故事,喝酒的也多半是狞眉皱眼地抿那么一小口。一大盘热乎乎的东西端上来了,像翅羹,又像糨糊,一人一勺子,盘底花纹隐约可见,上面撒着的一层芫荽不知被那一位像芟除毒草似的拨到了盘下,又不知被那一位从盘下夹到嘴里吃了。还有人坚持海味非蘸醋不可,高呼要醋,等到一碟"忌讳"送上台面,海味早已不见了。菜是一道一道地上,上一道客人喊一次"太丰富,太丰富",然后埋头大嚼,不敢后人。主人照例谦称:"不成敬意，家常便饭。"心直口快的客人就许提出疑问："这样的家常便饭，怕不要吃穷了？"主人也只好扑哧一笑而罢。将近尾声的时候，大概总有一位要先走一步，因为还有好几处应酬。这时候主妇踱了进来，红头涨脸，额角上还有几颗没揩干净的汗珠。客人举起空杯向她表示慰劳之意，她坐下胡乱吃一些残羹剩炙。

席终，香茗、水果伺候，客人靠在椅子上剔牙，这时节应该是客去主人安了。但是不，大家雅兴不浅，谈锋尚健，饭后磕牙，海阔天空，谁也不愿首先言辞，致败人意。最后大概是主人打了一个哈欠而忘了掩口，这才有人提议散会。天下无不散之筵席，奈何奈何？不要以为席终人散，立即功德圆满，地上有无数的瓜子皮、纸烟灰，桌上杯碟狼藉，厨房里有堆成山的盘碗锅勺，等着你办理善后！

商店礼貌

常听人说起北平商店的伙计接待客人如何彬彬有礼、一团和气，并且举出许多实例以证明其言之不虚。我是北平人，应知北平事，这一番夸奖的话的确不算是过誉，不过"北平"二字最好改为"北京"，因为大约自从北京改称北平那年以后，北平商店也渐渐起了变化，向若干沿海通商大埠的作风慢慢地看齐了。

到瑞蚨祥买绸缎，一进门就可以如入无人之境，照直地往里闯，见楼梯就上，上面自有人点头哈腰，奉茶献烟，陪着聊两句闲天，然后依照主顾的吩咐，支使徒弟东搬一块锦缎，西搬一块丝绒，抖擞满一大台面。任你褒贬挑剔，把嘴撇得瓢儿似的，店伙在一旁只是赔笑脸，不吭一口大气。多买少买，甚至不买，都没有关系，客人扬长而去，伙计恭送如仪。凡是殷实的正派的商店，所用的伙计都是科班学徒出身，从端尿盆捧夜壶起，学习至少三年，才有资格出任艰巨，更磨炼一段时间才能站在柜台后面应付顾客，最后方能晃来晃去地招待来宾。那"和气生财"的作风是后天的慢慢熏陶出来的。若是临时招聘的职员,他们的个性自然比较发达,谁还肯承认顾客至上?

从前饭馆的伙计也是训练有素的,大概都是山东人,不是烟台的就是济南的。一进门口就有人起立迎迓:"二爷来啦!""三爷来啦!"客人排行第几,他都记得,因为这个古城流动户口很少,而且饭馆顾客喜欢贲临他所习惯去的地方。点菜的时候,跑堂的会插嘴:"二爷,别吃虾仁,虾仁不新鲜!"他会提供情报:"鲫鱼是才打包的,一斤多重。"一阵磋商之后,恰到好处的菜单拟好了。等菜不来,客人不耐烦拿起筷子敲盘叮咣声,在从前这是极严重的事,这表示招待不周。执事先生一听见敲盘声就要亲自出面道歉,随后有人打起门帘让客人看看那位值班跑堂的扛着铺盖走出大门——被辞退了。事实上他是从大门出去又从后门回来了。客人要用什么样的酒,不需开口,跑堂早打了电话给客人平素有交往的酒店:"×××街的×二爷在我们这里,送三斤酒来。"二爷惯用的那种多少钱一斤的酒就送来了,没有错。客人临去的时候,由堂口直到账房,一路有人喝送客,像是官府喝道一般。到了后来才有高呼小账若干若干的习惯,不是为客人听了脸上光彩,是为了小账目公开预备聚在一起大家均分,防止私弊。以后世风日下,如果小账太少,堂倌怪声怪调地报告数目,那就是有意地挖苦了,那里还有半点礼貌?

不消说,最讲礼貌的是桅厂,桅厂即是制售棺木的商店。给老人家预订寿材,不失为有备无患之举,虽然不是愉快的事,交易的气氛却是愉快之极。掌柜的一团和气,领客去看木板,楠木的、杉木十三圆的,一副一副地看,他不劝你买,不催你买,更不怂恿你多看几具,也不张罗着给你送到府上,只是一味地随和。这真是模范商店!这种商店后来是否也沾染了时代的潮流,是否伙计也是直眉竖眼、冷若冰霜、拒人千里之外就不得而知了。

同仁堂丸散膏丹天下闻名,柜台前永远是里三层外三层地挤满顾客,只消远远地把购药单高高举起,店伙看到单子上密密麻麻,便争着伸手来抢——因为他们的店规是伙计们按照实绩提成计酬。用不着排队,无所谓先来后到,大主顾先伺候,小生意慢慢来,也不是全无秩序。可怜挤在柜台前面的,尽是些闻名而来的乡巴佬!

买东西的人并不希冀什么礼遇,交易而来,成交而返,只要不遭白眼不惹闲气。逐什一之利的人也不必镇日价堆着笑脸,除非他是天生的笑面虎。北平几度沧桑,往日的生活方式早已不可复见。我一听起有人谈到北平人的礼貌,便不免有今昔之感。

礼失而求诸野。在"野"的地方我倒是常受到礼貌的待遇。到银行去取款,行员一个个的都是盛装,男的打着领结,女的花枝招展,点头问讯,如遇故旧。把折子还给你,是用双手拿着递给你,不是老远地像掷铁环似的飞抛给你。如果是星期五,临去时还会祝你有一个快乐的周末,这一声祝语有好大的效力,真能使你有一个快乐的周末,还可能不止一个!有一次在一家杂货店给孩子买一只手表,半月后秒针脱落,不费任何唇舌就换了一只回来,而且店员连声道歉,说明如再出毛病仍可再换或是退款,一点也没有伤了和气。还有一回在超级市场买一个南瓜馅饼,回来切开一看却是苹果馅,也就胡乱吃了下去。过了一个月,又见标签为南瓜的馅饼,便叮问店员是否名副其实的南瓜馅饼,具以过去经验告之。店员不但没有愠意,而且大喜过望,自承以前的确有过一次张冠李戴的误失,只是标签贴错无法查明改正:"你是第二个前来指正我们的顾客,无以为敬,谨以这个南瓜馅饼奉赠。"相与呵呵大笑。这样的事随时随处皆可遇到,不算是好人好事,也不算是模范店员,没有人表扬。

为什么在野的地方一般人的表现反倒不野?我想没有方法可以解释,除非是他们的牛奶喝得多,睡觉睡得足。《管子》曰:"仓廪实则知礼节,衣食足则知荣辱。"这道理我们早就懂得。

虐待动物

一八二四年英国人成立了一个"防止虐待动物协会"。四十二年后美国也成立了这样的一个协会,目前美国约有六百个这样的组织。全世界现在都有类似的会社,其宗旨是防止有意地把不必要的痛苦加在动物身上。蔼然仁者之所用心,泽及禽兽。香港禁止鸡鸭贩子把几只鸡鸭系在一起倒挂在脚踏车的把手上,或是把过多的鸡鸭塞在小小的笼子里,那意思是要那些扁毛畜牲在那最后血光之灾以前能活得舒适一点,不能不说是菩萨心肠。我看见过广州的菜市里的鱼贩,指着盆里二尺来长的一条活鱼问你要买那一块,你说要背上那一块,他便飕地抽出一把牛耳尖刀,在鱼背上血淋淋地切下一块给你,那条缺了半个背的鱼依旧还放到水盆里去,等到别的主顾来再零刀碎剐。许多地方的市场里,卖鱼的都是不先开膛就生批逆鳞,只见鳞片乱飞,鱼不住地打挺。卖田鸡的更绝,唰的一下子把整张的皮剥下来,剥出白生生的田鸡乱蹦乱跳。站在旁边看着都心惊胆战。

我小时候,家里有两辆"轿车",其中一辆交由小张驾御,骡子的草料及一应给养都由他包办。小张深谙官场习惯,经手三分肥,克扣草料。骡子吃不饱,就跑不动,瘦骨嶙峋的,真正的是驽骀之乘,但是到了通衢大道之上又非腾骧一阵不可,小张就从袖里取出一把锥子,仿照苏秦引锥刺股的故事,在骡子的臀部上猛攮一下,骡子一惊,飞驰而前,鲜血顺着大腿滴流而下。这事不久就被发现,小张当然也立即另寻高就去了。我从小就很诧异一个人心肠何以硬得这样可怕,但是当时以为世界上仅有小张一个人是这样狠。

一个人不可以有意地把"不必要的"痛苦加在动物身上,想来"必要的"痛苦则不在此限。北平烤鸭是中外驰名的美味,它的制法特殊——这是濒临运河的通州人的拿手,用特备的拌好的食粮搓成一根根的橛子,比香肠还要粗长一些,劈开鸭子的嘴巴硬往里塞,然后用手顺着鸭脖往下一捋，再塞一根，再捋一下。接连七八根塞下去了，鸭子连叫唤的力气都没有了，只剩下奄奄一息。这时候不能放它回到河里去，要丢到特建的一间小屋里，百八十只挤在里面绝对没有动弹的余地，只喝水，只准养尊处优地在里面安息，慢慢地蹲膘。每天这样饱餐两次，过个把月便可出而问世，在闷炉里一吊，香，肥，脆，嫩，此之谓"填鸭"。这过程颇为痛苦，可是有此必要，否则饕餮之士便无法大快朵颐。现在回想起来，小张锥攮骡臀，也不是没有必要，因为不如此他无法一面克扣粮食一面交代差事。为了自私的享受而不惜制造痛苦，这只是显示人性之恶的一面，"必要"云乎哉。

最残酷的事莫过于屠杀。所以说："仁者不杀。"真要不使动物受不必要的痛苦，则人曷不蔬食，在植物方面寻求蛋白质。半世纪前我参观过芝加哥的屠宰场，千百头的牛、猪、羊，不是头上捶一钉，便是胸口挨一刀，不大工夫而拔毛、剥皮、去骨、切块之事毕，如今技术当更进步。那么多的生命毁于一旦，实在惊心动魄。我最不能了解的是，人类文明演进，何以如今还有人自命绅士而返回到渔猎时代？兔、狐、鹿、凫雁、野猪、鱼鳖，无害于人，而如莲池大师所谓"网于山，罟于渊，多方掩取，曲而钩，直而矢，百计搜罗"？可笑的是，枪杀禽兽，电毙鳞鱼，挟科学利器屠害生灵，恃强凌弱而得意扬扬。禽兽被放在动物园里，等于是无期徒刑，比死刑稍次一等。有些动物学家说，不要以为栏里的动物如处囹圄，实际是它在栏后饶有安全之感，觉得你在栏外不会骚扰到它。我看见过巨熊在栏里晃来晃去，它还是想出来。又有人说，狩猎是必需的，因为动物没有家庭计划，繁殖得太快，食物供给不足，将有饿死之虞。假使你的邻人一家食指浩繁，无以为生，你是不是也可以走过去杀掉他的三男两女以减少他的负担？

动物含义甚广，应该把人类也包括进去。防止虐待动物，曷不亲亲而仁仁，先从防止虐待人类始？有时候人虐待人，无所不用其极，我们古时刑法就有许多是不必要的令人痛苦。《周礼·秋官·五刑之法》："墨罪五百，剕罪五百，宫罪五百，刖罪五百，杀罪五百。"究竟还是明文规定的法则，像纣所作的炮烙之刑，是以酷刑兼为取乐之资。肥胖的董卓死后，守尸的人在他肚脐里面插上灯捻，点燃起来，光照数日。幸而这是死后，生前若是落在这人手里，必定有更难堪的处置。外国人的残虐，也不让人。加尔各答的威廉堡有一间小室，十八呎宽，十四呎长，仅有两个小窗，东印度公司的守军一百四十六人被叛军禁闭在里面，一夜之间渴热难当，仅有二十三人幸免于死，时在一七五六年六月，是历史上有名的所谓"黑洞"事件。

没有什么事情比战争更残酷更不必要，偏偏有那么许多人好战，所求不遂，便挥动干戈，使得爱和平的也不能不起来自卫。约翰孙博士有一篇文章（《闲游者》第二十二期）借兀鹰的对话写人类的愚蠢，人类是唯一的一种动物：大规模地互相残杀并不把对方的肉吃下去，只是抛在战场上白白地喂兀鹰，不知那是所为何来。防止虐待动物而不防止人类的互相厮杀，不晓得为什么要这样厚于彼而薄于此！

雅舍小品三集

书　房

　　书房，多么典雅的一个名词！很容易令人联想到一个书香人家。书香是与铜臭相对待的。其实书未必香，铜亦未必臭。周彝商鼎，古色斑斓，终日摩挲亦不觉其臭，铸成钱币才沾染市侩味，可是不复流通的布泉刀错又常为高人赏玩之资。书之所以为香，大概是指松烟油墨印上了毛边连史，从不大通风的书房里散发出来的那一股怪味，不是桂馥兰熏，也不是霉烂馊臭，是一股混合的难以形容的怪味。这种怪味只有书房里才有，而只有士大夫家才有书房。书香人家之得名大概是以此。

　　寒窗之下苦读的学子多半是没有书房，囊萤凿壁的就更不用说。所以对于寒苦的读书人，书房是可望而不可即的豪华神仙世界。伊士珍《琅嬛记》："张华游于洞宫，遇一人引至一处，别是天地，每室各有奇书，华历观诸室书，皆汉以前事，多所未闻者，问其地，曰：'琅嬛福地也。'"这是一位读书人希求冥想一个理想的读书之所，乃托之于神仙梦境。其实除了赤贫的人饔飧不继谈不到书房外，一般的读书人，如果肯要一个书房，还是可以好好布置出一个来的。有人分出一间房子养来亨鸡，也有人分出一间房子养狗，就是匀不出一间做书房。我还见过一位富有的知识分子，他不但没有书房，也没有书桌，我亲见他的公子趴在地板上读书，他的女公子用块木板在沙发上写字。

　　一个正常的良好的人家，每个孩子应该拥有一个书桌，主人应该拥有一间书房。书房的用途是庋藏图书并可读书写作于其间，不是用以公开展览借以骄人的。"丈夫拥有万卷书，何假南面百城！"这种话好像是很潇洒而狂傲，其实是心尚未安无可奈何的解嘲语，徒见其不丈夫。书房不在大，亦不在设备佳，适合自己的需要便是，局促在几尺宽的走廊一角，只要放得下一张书桌，依然可以作为一个读书写作的工厂，大量出货。光线要好，空气要流通，红袖添香是不必要的，既没有香，"素碗举，红袖长"反倒会令人心有别注。书房的大小好坏，和一个读书写作的成绩之多少高低，往往不成正比例。有好多著名作品是在监狱里写的。

我看见过的考究的书房当推宋春舫先生的褐木庐为第一，在青岛的一个小小的山头上，这书房并不与其寓邸相连，是单独的一栋。环境清幽，只有鸟语花香，没有尘嚣市扰。《太平清话》："李德茂环积坟籍，名曰书城。"我想那书城未必能和褐木庐相比。在这里，所有的图书都是放在玻璃柜里，柜比人高，但不及栋。我记得藏书是以法文戏剧为主。所有的书都精装，不全是 buckram（胶硬粗布），有些是真的小牛皮装订（half calf, ooze calf, etc.），烫金的字在书脊上排着队闪闪发亮。也许这已经超过了书房的标准，微近于藏书楼的性质，因为他还有一册精印的书目，普通的读书人谁也不会把他书房里的图书编目。

周作人先生在北平八道湾的书房，原名苦雨斋，后改为苦茶庵，不离苦的味道。小小的一幅横额是沈尹默写的。是北平式的平房，书房占据了里院上房三间，两明一暗。里面一间是知堂老人读书写作之处，偶然也延客品茗。几净窗明，一尘不染。书桌上文房四宝井然有致。外面两间像是书库，有十个八个书架立在中间，图书中西兼备，日文书数量很大。真不明白苦茶庵的老和尚怎么会掉进了泥淖一辈子洗不清！

闻一多的书房，和"闻一多先生的书桌"一样，充实、有趣而乱。他的书全是中文书，而且几乎全是线装书。在青岛的时候，他仿效青岛大学图书馆庋藏中文图书的办法，给成套的中文书装制蓝布面，用白粉写上宋体字的书名，直立在书架上。这样的装备应该是很整齐可观，但是主人要作考证，东一部西一部的图书便要从书架上取下来参加獭祭的行列了，其结果是短榻上、地板上，唯一的一把木根雕制的太师椅上，全都是书。那把太师椅玲珑邦硬，可以入画，不宜坐人，其实亦不宜于堆书，却是他书斋中最惹眼的一个点缀。

潘光旦在清华南院的书房另有一种情趣。他是以优生学专家的素养来从事我国谱牒学研究的学者，他的书房收藏这类图书极富。他喜欢用书护，那就是用两块木板将一套书夹起来，立在书架上。他在每套书系上一根竹制的书签，签上写着书名。这种书签实在很别致，不知杜工部《将赴草堂途中有作》所谓"书签药裹封尘网"的书签是否即系此物。光旦一直在北平，失去了学术研究的自由，晚年丧偶，又复失明，想来他书房中那些书签早已封尘网了！

汗牛充栋，未必是福。丧乱之中，牛将安觅？多少爱书的人士都把他们苦心聚集的图书抛弃了，而且再也鼓不起勇气重建一个像样的书房。藏书而充栋，确有其必要，例如从前我家有一部小字本的图书集成，摆满上与梁齐的靠着整垛山墙的书架，取上层的书须用梯子，爬上爬下很不方便，可是充栋的书架有时仍是不可少。我来台湾后，一时兴起，兴建了一个连在墙上的大书架，邻居绸缎商来参观，叹曰："造这样大的木架有什么用，给我摆列绸缎尺头倒还合用。"他的话是不错的，书不能令人致富。书还给人带来麻烦，能像郝隆那样七月七日在太阳底下晒肚子就好，否则不堪衣鱼之扰，真不如尽量地把图书塞入腹笥，晒起来方便，运起来也方便。如果图书都能作成"显微胶片"纳入腹中，或者放映在脑子里，则书房就成为不必要的了。

送　礼

俗语说："官不打送礼的。"此语甚妙。因为从前的官不是等闲人，他是可以随便打人的，所以有人怕见官，见了官便不由得有三分惧怕，而送礼的人则必定是有求于人,唯恐人家不肯赏收,必定是卑躬屈膝春风满面、点头哈腰老半天,谁还狠得下心打笑脸人?至于礼之厚薄,倒无关宏旨,好歹是进账,细大不蠲,收下再说。

不过送礼的人也确实有些是该打屁股的。

送礼这件事,在送的这一方面是很苦恼的一个节目,尤其是逢时按节的例行送礼。前例既开,欲罢不能。如果是个什么机构之类,有人可以支使采办,倒还省事。采办的人在其中可以大显身手。礼讲究四色,其中少不得一篮应时水果,篮子硕大无朋,红绳缎带,五花大绑,一张塑胶纸绷罩在上面,绷得紧,系得牢,要打开还很费手脚。打开之后,时常令人叫绝。原来篮子之中有草纸一堆坟然隆起,上面盖着一层光艳照人的苹果、梨、柑之类,一部分水果的下面是黑烂发霉的。四色之中可能还有金华火腿一只,使得这一份礼物益发高贵而隆重。死尸可以冷藏而不腐,火腿则必须在适当温度中长期腌制,而亚热带天气只适宜促成其速朽。我就收到过不止一只金玉其外的火腿,纸包得又俊又俏,绳子捆得紧紧的,露在外面的爪尖干干净净,红色门票上还有金字。有一天打开一看,嘿!就像医师开刀发现内部癌瘤已经溃散赶紧缝起创口了事一般,我也赶快把它原封包起。原来里面万头攒动着又白又胖的蛆虫,而且不需用竹筷贯刺就有一股浓厚的尸臭中人欲呕。我有意把这只金华火腿送走,使它物还原主,又真怕伤了他的自尊,而且西谚有云:"不要扒开人家赠你的一匹马的嘴巴看。"其意是对礼物不可挑剔。无可奈何之中,想起了平剧中有"人头挂高杆"之说,于是乘黄昏时候,蹑手蹑脚地把这只火腿挂在大门外的电线杆上,自门隙窥伺之,果见有人施施然来,睹物一惊,驻足逡巡,然后四顾无人迅速出手,挟之而去,这只火腿的最后下落如何我就不知道了。送水果、送火腿的人,那份隆情盛意,我当然是领受了。

英文里有个名词"白象"(white elephant),意为相当名贵而无实用并且难于处置的东西。试想有人送你一头白象,你把它安顿在那里?你一天需要饲喂它多少食粮？它病了你怎么办？它发脾气你怎么办？我相信一旦白象到门，你会手足无措。事实上我们收到的礼物偶然也是近似白象，令人啼笑皆非。我收到一项礼物，瓶状的电桌灯一盏，立在地面上就几乎与我齐眉，若是放在太和殿里当然不嫌其大，可惜蜗居逼仄，虽不至于仅可容膝，这样的庞然巨制放在桌上实在不称，万一头重脚轻倒栽下来，说不定会砸死人。居然有客人来，欣赏其体制之雄伟，说它壮观，我立即举以相赠，请他把白象牵了出去，后遂不知其所终。

生日礼物，顺理成章的是一块蛋糕。问题在，你送一块，他也送一块，一下子收到二块、二十块大蛋糕，其中还可能有两个人抬着拿进来的超大号的，虽说"好的东西不嫌多"，真的多了起来也是一患。我亲见有一位宦场中人，他生日那天收到三十块以上的蛋糕，陈列在走廊上，洋洋大观。最后筵席散了，主人央客各自携带一块蛋糕回家，这样才得收疏散之效。客人各自提着像帽盒似的一个纸匣子，鱼贯而出，煞是好看。照理说，蛋糕是好东西，或细而软，或糙而松，各有其风味，唯独上面糊着的一层雪白的"蜡油"实在令人难以入口。偶然也有使用搅打过的鲜奶油的，但不常见，常见的硬是"蜡油"。我曾亲见一个任性的孩子，一次罄了一个直径一尺以上的蜡油蛋糕，父母不拦阻他，因为他府上蛋糕实在太多正苦没有销场，结果是那个孩子倒在床上呻吟呕吐，黄澄澄一橛一橛地从嘴里吐出来，那样子好难看！

有些人家是很讲究禁忌的。大概，最忌的是送钟，因为"钟"与"终"二字同音。送钟来，拒受则失礼，往往当即回敬一圆钱，象征其是买而非送，即足以破除其不祥。其实自始即有终，此乃自然之道。何况大限未至，即有人先来预约执绋，料想将来局面不致冷冷清清，也正是好事。有人在生日的时候，收到一份奇特的礼物——半匹粗白布。这种东西不是没有实用，将来不定为了谁而遵礼成服的时候，为经、为带均无不可，只是不知要收藏多久。主妇灵机一动，把布染成粉红色，剪裁加缝，做成很出色的成套的沙发罩布，化乖戾为吉祥。有人忌讳朋友送书给他,生怕因此而赌输。我从不赌博,因此最欢迎有人送书给我,未读之书太多,开卷总归有益,但是朋友总是怕我坏了手气,只有很少的几位肯以书见贻,真所谓:"知我者,二三子!"

送礼给人,当然是应该投其所好。除非是存心怄气,像诸葛孔明之送巾帼给司马仲达。所以送礼之前,势必要先通过大脑思量一番。如果对方是和尚,送篦子就不大相宜,虽然也有"金篦刮眼"之说。如果对方患消渴,则再好的巧克力糖也难以使他衷心喜悦。如果对方已经老掉了牙,铁蚕豆就不可以请他尝试。诸如此类,不必细举。再说礼物轻重也该有个斟酌,轻了固然寒伧,重了也容易启人疑窦,以为你有什么分外的企图。从前旧俗,家家有一本礼簿,往来户头均有记录,逢年过节或红白喜事均有例可循,或送现金,或送席票。如果向无往来,新开户头,则看下次遇到机会对方有无还礼,有则继续下去,无则不再往来,这不失为公平合理的办法。现在时代不同,人口流动,应酬频繁,粉红炸弹与白色讣闻满天飞,送礼变成了灾害,如果逃不掉躲不开,则只好虚应故事,投以一篮鲜花或是一端幛子,而没有其他多少选择了。

排　队

《民权初步》讲的是一般开会的法则,如果有人撰一续编,应该是讲排队。

如果你起个大早,赶到邮局烧头炷香,柜台前即使只有你一个人,你也休想能从容办事,因为柜台里面的先生小姐忙着开柜子、取邮票文件、调整邮戳,这时候就有顾客陆续进来,说不定一位站在你左边,一位站在你右边,也许是衣冠楚楚的,也许是破衣邋遢的,总之是会把你夹在中间。夹在中间的人未必有优先权,所以,三个人就挤得很紧,胳膊粗、个子大、脚跟稳的占便宜。夹在中间的人也未必轮到第二名,因为说不定又有人附在你的背上,像长臂猿似的伸出一只胳膊,越过你的头部拿着钱要买邮票。人越聚越多,最后像是橄榄球赛似的挤成一团,你想钻出来也不容易。

三人曰众,古有明训。所以三个人聚在一起就要挤成一堆。排队是洋玩意儿,我们所谓"鱼贯而行"都是在极不得已的情形之下所做的动作。《晋书·范汪传》:"玄冬之月,沔汉干涸,皆当鱼贯而行,推排而进。"水不干涸谁肯循序而进,虽然鱼贯,仍不免于推排。我小时候,在北平有过一段经验,过年父亲常带我逛厂甸,进入海王村,里面有旧书铺、古玩铺、玉器摊,以及临时搭起的几个茶座儿。我父亲如入宝山,图书、古董都是他所爱好的,盘旋许久,乐此不疲,可是人潮汹涌,越聚越多。等到我们兴尽欲返的时候,大门口已经壅塞了。门口只有一个,进也是它,出也是它,而且谁也不理会应靠左边行,于是大门变成瓶颈,人人自由行动,卡成一团。也有不少人故意起哄,那里人多往那里挤,因为里面有的是大姑娘、小媳妇。父亲手里抱了好几包书,顾不了我。为了免于被人践踏,我由一位身材高大的警察抱着挤了出来。我从此没再去过厂甸,直到我自己长大有资格抱着我自己的孩子冲出杀进。

中国地方大,按说用不着挤,可是挤也有挤的趣味。逛隆福寺、护国寺,若是冷清清的凄凄惨惨戚戚,那多没有味儿!不过时代变了,人几乎天天到处要像是逛庙赶集。长年挤下去实在受不了,于是排队这洋玩意儿应运而兴。奇怪的是,这洋玩意儿兴了这么多年,至今还没有蔚成风气。长一辈的人在人多的地方横冲直撞,孩子们当然认为这是生存技能之一。学校不能负起教导的责任,因为教师就有许多是不守秩序的好手。法律无排队之明文规定,警察管不了这么多。大家自由活动,也能活下去。

不要以为不守秩序、不排队是我们民族性,生活习惯是可以改的。抗战胜利后我回到北平,家人告诉我许多敌伪横行霸道的事迹,其中之一是在前门火车站票房前面常有一名日本警察手持竹鞭来回巡视,遇到不排队就抢先买票的人,就一声不响高高举起竹鞭飕的一声着着实实地抽在他的背上。挨了一鞭之后，他一声不响地排在队尾了。前门车站的秩序从此改良许多。我对此事的感想很复杂。不排队的人是应该挨一鞭子，只是不应该由日本人来执行。拿着鞭子打我们的人，我真想抽他十鞭子！但是，我们自己人就没有人肯对不排队的人下那个毒手！好像是基于同胞爱，开始是劝，继而还是劝，不听劝也就算了，大家不伤和气。谁也不肯扬起鞭子去取缔，觍颜说是"于法无据"。一条街定为单行道、一个路口不准向左转，又何所据？法是人定的，要什么样的生活方式便应该有什么样的法。

洋人排队另有一套，他们是不拘什么地方都要排队。邮局、银行、剧院无论矣，就是到餐厅进膳，也常要排队听候指引——入座。人多了要排队，两三个人也要排队。有一次要吃皮萨饼，看门口队伍很长，只好另觅食处。为了看古物展览，我参加过一次二千人左右的长龙，我到场的时候才有千把人，顺着龙头往下走，拐弯抹角，走了半天才找到龙尾，立定脚跟，不久回头一看，龙尾又不知伸展到何处去了。我仔细观察发现了一个秘密：洋人排队，浪费空间，他们排队占用一哩，由我们来排队大概半哩就足够。因为他们每个人与另一个人之间通常保持相当距离，没有肌肤之亲，也没有摩肩接踵之事。我们排队就亲热得多，紧迫钉人，唯恐脱节，前面人的胳膊肘会戳你的肋骨，后面人喷出的热气会轻拂你的脖梗。其缘故之一，大概是我们的人丁太旺而场地太窄。以我们的超级市场而论，实在不够超级，往往近于迷你，遇上八折的日子，付款处的长龙摆到货架里面去，行不得也。洋人的税捐处很会优待主顾，设备充分，偶然有七八个人排队，排得松松的，龙头走到柜台也有五步六步之遥。办起事来无左右受夹之烦，也无后顾催迫之感，从从容容，可以减少纳税人胸中许多戾气。

我们是礼义之邦，君子无所争，从来没有鼓励人争先恐后之说。很多地方我们都讲究揖让，尤其是几个朋友走出门口的时候，常不免于拉拉扯扯礼让半天，其实鱼贯而行也就够了。我不太明白为什么到了陌生人聚集在一起的时候，便不肯排队，而一定要奋不顾身。

我小时候只知道上兵操时才排队。曾路过大栅栏同仁堂，柜台占两间门面，顾客经常是里三层外三层挤得水泄不通，多半是仰慕同仁堂丸散膏丹的大名而来办货的乡巴佬。他们不知排队犹可说也。奈何数十年后，工业已经起飞，都市人还不懂得这生活方式中极为重要的一个项目，难道真需要那一条鞭子才行么？

喜筵

清梁晋竹《两般秋雨庵随笔》有这样一段：

> 湖南麻阳县，某镇，凡红白事，戚友不送套礼，只送份金，始于一钱而极于七钱，盖一阳之数也。主人必设宴相待，一钱者食一菜，三钱者三菜，五钱者遍觳，七钱者加笾。故宾客虽一时满堂，少选，一菜进，则堂隅有人击小钲而高唱曰："一钱之客请退！"于是纷然而散者若干人。三菜进，则又唱："三钱之客请退！"于是纷然而散者又若干人。五钱以上不击，而客已寥寥矣。

我初看几乎不敢相信有此等事。"夫礼，禁乱之所由生。"所以我们礼义之邦最重礼防。"名位不同，礼亦异数。"所以礼数亦不能人人平等。但是麻阳县某镇安排喜筵的方式，纵然秩序井然，公平交易，那一钱、三钱之客奉命退席，究竟脸上无光，心中难免惭恧，就是五钱、七钱之客，怕也未必觉得坦然。乡曲陋俗，不足为训。我后来遇到一位朋友，他来自江苏江阴乡下，据他说他的家乡之治喜筵亦大致如此，不过略有改良。喜筵备齐之后，司仪高声喊叫："一元的客人入席！"一批人纷纷就座，本来菜数简单，一时风卷残云，鼓腹而退。随后布置停当，二元的客人大摇大摆地应声入席。最后是三元、四元的客人入座，那就是贵宾了。这分批入座的办法，比分别退席的办法要稍体面一些。

我小时候在北平也见过不少大张喜筵的局面。喜庆丧事往来，家家都有个礼簿。投桃报李，自有往例可循。簿上未列记录者，彼此根本不需理会。礼簿上分别注明，"过堂客"与"不过堂客"，堂客即是女眷之谓。所以永远不会有出人意外的阃第光临之事发生。送礼大概不外份金与席票二种。所谓席票，即是饭庄的礼券，最少两元，最多六元、八元不等。这种礼券当然可以随时兑取筵席，不过大部分的人都是把它收藏起来，将来转送出去。有时候送来送去，饭庄或者早已歇业。有时候持票兑取筵席，业者会报以白眼。北平的餐馆业分两种：一种是饭馆，大小不一，口味各异，乃普通饮宴之处；一种是饭庄，比较大亦比较旧，一律是山东菜，例如福寿堂、庆寿堂、天福堂等等，通常是称堂，有宽大的院落，甚至还有戏台。办红白事的人家可以借用其地，如果自己家里宽绰，也可令饭庄外会承办酒席。那时候用的是八仙桌，二人条凳，一桌坐六个人，因为有一面是敞着的，为的是便利主人敬酒、堂倌上菜。有时人多座少，也可以临时添个条凳打横。男女分座，男的那边固然是杯盘狼藉叫嚣震天，女的那边也不示弱，另有一番热闹。席上的菜数不外是四干、四鲜、四冷荤、四盘、四碗、四大件。大量生产的酒席，按说没有细活，一定偷工减料，但是不，上等饭庄的师傅们驾轻就熟，老于此道，普普通通的烩虾仁、溜鱼片、南煎丸子、烩两鸡丝……做得有滋有味，无懈可击。四大件一上桌，趴烂肘子、黄焖鸭子之类，可以把每个人都喂得嘴角流油。堂客就席，比较斯文，虽然她的额下照例都挂上一块精致美观的围巾，像小儿的涎布一样，好像来者不善的样子，其实都很彬彬有礼。只是每位堂客身后照例有一位健仆，三河县的老妈儿，个个见多识广，眼明手快，主人敬酒之后，客人不动声色，老妈儿立刻采取行动，四干四鲜登时就如放抢一般抓进预备好的口袋，手法利落，疾如鹰隼。那时尚无塑胶袋之类，否则连汤连水的东西一齐可以纳入怀内。这一阵骚动之后，正菜上桌，老妈各为其主，代为夹菜，每人面前碟子乱七八糟地堆成一个小丘，同时还有多礼的客人相互布菜。趴烂肘子、黄焖鸭之类的大块文章，上桌亮相几秒钟就会被堂倌撤下，扬言代客拆碎，其实是换上一盘碎拼的剩菜充数，这是主人与饭庄预先约定的一着。如果运气好，一盘原装大菜可以亮相好几次。假如客人恶作剧，不容分说，对准了鸭子、肘子就是一筷子，主人也没有办法，只好暗道苦也苦也。

如今办喜事的又是一番气象。喜帖满天飞，按照职员录、同学录照抄不误，所以喜筵动辄二三十桌。我常看见客人站在收礼台前从荷包里抽出一叠钞票，一五一十地数着，往台上一丢，心安理得地进去吃喜酒了，连红封包裹的一层手续也省却了。好简便的一场交易。

前面正中有一桌，铺着一块红桌布，大家最好躲远一些。礼成之后，观众入席，事实上大批观众早已入席，有的是熟人旧识呼朋引类霸占一方，有的是各色人等杂拼硬凑。那红桌布是为新郎新娘而设，高居首座，家长与证婚人等则末座相陪。长幼尊卑之序此时无效。新娘是不吃东西的，象征性地进食亦偶尔一见。她不久就要离座，到后台去换行头，忽而红妆，遍体锦绣，忽而绿袄，浑身亮片，足折腾一气，一鼓作气，再而衰，三而竭，换上三套衣服之后来源竭矣。客人忙着吃喝，难得有人肯停下箸子瞥她一眼。那几套衣服恐怕此生此世永远不会再见天日。时装展览之后，新娘新郎又忙着逐桌敬酒，酒壶里也许装的是茶，没有人问，绕场一匝，虚应故事。可是这时节，客人有机会仔细瞻仰新人的风采，新娘的脸上敷了多厚的一层粉，眼窝涂得是否像是黑煤球，大家心里有数了。这时候，喜筵已近尾声，尽管鱼虾之类已接近败坏的程度，每桌上总有几位嗅觉不大灵敏而又有不择食的美德。只要不集体中毒，喜筵就算是十分顺利了。

年　龄

从前看人作序，或是题画，或是写匾，在署名的时候往往特别注明"时年七十有二""时年八十有五"或是"时年九十有三"，我就肃然起敬。春秋时人荣启期以为行年九十是人生一乐，我想拥有一大把年纪的人大概是有一种可以在人前夸耀的乐趣。只是当时我离那耄耋之年还差一大截子，不知自己何年何月才有资格在署名的时候也写上年龄。我揣想署名之际写上自己的年龄，那时心情必定是扬扬得意，好像是在宣告："小子们，你们这些黄口小儿，乳臭未干，虽然幸离襁褓，能否达到老夫这样的年龄恐怕尚未可知哩。"须知得意不可忘形，在夸示高龄的时候，未来的岁月已所余无几了。俗语有一句话说："棺材是装死人的，不是装老人的。"话是不错，不过你试把棺盖揭开看看，里面躺着的究竟是以老年人为多。年轻的人将来的岁月尚多，所以我们称他为富于年。人生以年龄计算，多活一年即是少了一年，人到了年促之时，何可夸之有？我现在不复年轻，看人署名附带声明时年若干若干，不再有艳羡之情了。倒是看了富于年的英俊，有时不胜羡慕之至。

裸子植物和双子叶植物，其茎部的细胞因春夏成长秋冬停顿之故而形成所谓年轮，我们从而可以测知其年龄。人没有年轮，而且也不便横切开来察验。人年纪大了常自谦为马齿徒增，也没有人掰开他的嘴巴去看他的牙齿。眼角生出鱼尾纹，脸上遍洒黑斑点，都不一定是老朽的征象。头发的黑白更不足为凭。有人春秋鼎盛而已皓首皤皤，有人已到黄耇之年而顶上犹有"不白之冤"，这都是习见之事。不过岁月不饶人，冒充少年究竟不是容易事。地心的吸力谁也抵抗不住。脸上、颈上、腰上、踝上，连皮带肉地往下坠，虽不至于"载跋其胡"，那副龙钟的样子是瞒不了人的。别的部分还可以遮盖起来，面部经常暴露在外，经过几番风雨，多少回风霜，总会留下一些痕迹。

好像有些女人对于脸上的情况较为敏感。眼窝底下挂着两个泡囊，其状实在不雅，必剔除其中的脂肪而后快。两颊松懈，一条条的沟痕直垂到脖子上，下巴底下更是一层层的皮肉堆累，那就只好开刀，把整张的脸皮揪扯上去，像国剧一些演员化装那样，眉毛眼睛一齐上挑，两腮变得较为光滑平坦，皱纹似乎全不见了。此之谓美容、整容，俗称之为拉皮。行拉皮手术的人，都秘不告人，而且讳言其事。所以在饮宴席上，如有面无皱纹的年高名婆在座，不妨含混地称赞她驻颜有术，但是在点菜的时候不宜高声地要鸡丝拉皮。

其实自古以来也有不少男士热衷于驻颜。南朝宋颜延之《庭诰文》："炼形之家，必就深旷，友飞灵，糇丹石，粒精英，所以还年却老，延华驻采。"道家炼形养元，可以尸解升天，岂止延华驻采？这都是一些姑妄言之的神话。贵为天子的人才真的想要还年却老，千方百计地求那不老的仙丹。看来只有晋孝武帝比较通达事理，他饮酒举杯属长星（即彗星）："长星，劝尔一杯酒，自古何时有万岁天子？"可是一般的天子或近似天子的人都喜欢听人高呼万岁无疆！

除了将要诹吉纳采交换庚帖之外，对于别人的真实年龄根本没有多加探讨的必要。但是我们的习俗，于请教"贵姓""大名""府上"之后，有时就会问起"贵庚""高寿"。有人问我多大年纪，我据实相告："七十八岁了。"他把我上下打量，摇摇头说："不像，不像，很健康的样子，顶多五十。"好像他比我自己知道得更清楚。那是言不由衷的恭维话，我知道，但是他有意无意地提醒了我刚忘记了的人生四苦。能不能不提年龄，说一些别的，如今天天气之类？

女人的年龄是一大禁忌，不许别人问的。有一位女士很旷达，人问其芳龄，她据实以告："三十以上，八十以下。"其实人的年龄不大容易隐秘，下一番考证功夫，就能找出线索，虽不中亦不远矣。这样做，除了满足好奇心以外，没有多少意义。可是人就是好奇。有一位男士在咖啡厅里邂逅一位女士，在暗暗的灯光之下他实在摸不清对方的年龄，他用臂肘触了我一下，偷偷地在桌下伸出一只巴掌，戟张着五指，低声问我有没有这个数目，我吓了一跳，以为他要借五万块钱，原来他是打听对方芳龄有无半百。我用四个字回答他："干卿底事？"有一位道行很高的和尚，涅槃的时候据说有一百好几十岁，考证起来聚讼纷纷。据我看，估量女士的年龄不妨从宽，七折八折优待。计算高僧的年腊也不妨从宽，多加三成五成。

人到了迟暮，如石火风灯，命在须臾，但是仍不喜欢别人预言他的大限。丘吉尔八十岁过生日，一位冒失的新闻记者有意讨好地说："丘吉尔先生，我今天非常高兴，希望我能再来参加你的九十岁的生日宴。"丘吉尔耸了一下眉毛说："小伙子，我看你身体满健康的，没有理由不能来参加我九十岁的宴会。"胡适之先生素来善于言辞，有时也不免说溜了嘴，他六十八岁时候来台湾，在一次欢宴中遇到长他十几岁的齐如山先生，没话找话地说："齐先生，我看你活到九十岁决无问题。"齐先生愣了一下说："我倒有个故事，有一位矍铄老叟，人家恭维他可以活到一百岁，忿然作色曰：'我又不吃你的饭，你为什么限制我的寿数？'"胡先生急忙道歉："我说错了话。"

讲　演

生平听过无数次讲演，能高高兴兴地去听，听得入耳，中途不打呵欠不打瞌睡者，却没有几次。听完之后，回味无穷，印象长留，历久弥新者，就更难得一遇了。

小时候在学校里，每逢星期五下午四时，奉召齐集礼堂听演讲，大部分是请校外名人莅校演讲，名之曰"伦理演讲"，事前也不宣布讲题，因为，学校当局也不知道他要讲什么。也很可能他自己也不知要讲什么。总之，把学生们教训一顿就行。所谓名人，包括青年会总干事、外交部的职业外交家、从前做过国务总理的、做过督军什么的，还有孔教会会长等等，不消说都是可敬的人物。他们说的话也许偶尔有些值得令人服膺弗失的,可是我一律"只作耳边风"。大概我从小就是不属于孺子可教的一类。每逢讲演,我把心一横,心想我卖给你一个钟头时间做你的听众之一便是。难道说我根本不想一瞻名人风采?那倒也不。人总是好奇,动物园里猴子吃花生,都有人围着观看。何况盛名之下世人所瞻的人物?闻名不如见面,不过也时常是见面不如闻名罢了。

给我印象最深的两次演讲,事隔数十年未能忘怀。一次是听梁启超先生讲《中国文学里表现的情感》。时在民国十二年春,地点是清华学校高等科楼上一间大教室。主席是我班上的一位同学。一连讲了三四次,每次听者踊跃,座无虚席。听讲的人大半是想一瞻风采,可是听他讲得痛快淋漓,无不为之动容。我当时所得的印象是:中等身材,微露秃顶,风神潇散,声如洪钟。一口的广东官话,铿锵有致。他的讲演是有底稿的,用毛笔写在宣纸稿纸上,整整齐齐一大叠,后来发表在《饮冰室文集》。不过他讲时不大看底稿,有时略翻一下,更时常顺口添加资料。他长篇大段地凭记忆引诵诗词,有时候记不起来,愣在台上良久良久,然后用手指敲头三两击,猛然记起,便笑容可掬地朗诵下去。讲起《桃花扇》,诵到"高皇帝,在九天,也不管他孝子贤孙,变成了飘蓬断梗……"竟涔涔泪下,听者愀然危坐,那景况感人极了。他讲得认真吃力,渴了便喝一口开水,掏出大块毛巾揩脸上的汗,不时地呼唤他坐在前排的儿子:"思成,黑板擦擦!"梁思成便跳上台去把黑板擦干净。每次钟响,他讲不完,总要拖几分钟,然后他于掌声雷动中大摇大摆地徐徐步出教室。听众守在座位上,没有一个敢先离席。

又一次是民国二十年夏,胡适之先生由沪赴平,路过青岛,我们在青岛的几个朋友招待他小住数日,顺便请他在青岛大学讲演一次。他事前无准备,只得临时"抓哏",讲题是《山东在中国文化上的地位》。他凭他平时的素养,旁征博引,由"齐一变至于鲁,鲁一变至于道",讲到山东一般的对于学术思想文学的种种贡献,好像是中国文化的起源与发扬尽于是。听者全校师生绝大部分是山东人,直听得如醍醐灌顶,乐不可支,掌声不绝,真是好像要把屋顶震塌下来。胡先生雅擅言词,而且善于恭维人,国语虽不标准,而表情非常凝重,说到沉痛处,辄咬牙切齿地一个字一个字地吐出来,令听者不由得不信服他所说的话语。他曾对我说,他是得力的圣经传道的作风,无论是为文或言语,一定要出之于绝对的自信,然后才能使人信。他又有一次演讲,一九六〇年七月他在西雅图"中美文化关系讨论会"用英文发表的一篇演说,题为《中国传统的未来》。他面对一些所谓汉学家,于一个多小时之内,缕述中国文化变迁的大势,从而推断其辉煌的未来,旁征博引,气盛言宜,赢得全场起立鼓掌。有一位汉学家对我说:"这是一篇丘吉尔式(churchillian)的演讲!"其实一篇言中有物的演讲,岂只是丘吉尔式而已哉?

一般人常常有一种误会,以为有名的人,其言论必定高明;又以为官做得大者,其演讲必定动听。一个人能有多少学问上的心得,处理事务的真知灼见,或是独特的经验,值得兴师动众,令大家屏息静坐以听?爱因斯坦,在某大学餐宴之后被邀致词,他站起来说:"我今晚没有什么话好说,等我有话说的时候会再来领教。"说完他就坐下去了。过了些天他果然自动请求来校,发表了一篇精彩的演说。这个故事,知道的人很多,肯效法仿行的人太少。据说有一位名人搭飞机到远处演讲,言中无物,废话连篇,听者连连欠伸,冗长的演讲过后,他问听众有何问题提出,听众没有反应,只有一人缓缓起立问曰:"你回家的飞机几时起飞?"

我们中国士大夫最忌讳谈金钱报酬,一谈到阿堵物,便显着俗。司马相如的一篇《长门赋》得到孝武皇帝、陈皇后的酬劳黄金百斤,那是文人异数。韩文公为人作墓碑铭文,其笔润也是数以斤计的黄金,招来谀墓的讥诮。郑板桥的书画润例自订,有话直说,一贯的玩世不恭。一般人的润单,常常不好意思自己开口,要请名流好友代为拟订。演讲其实也是吃开口饭的行当中的一种,即使是学富五车,事前总要准备,到时候面对黑压压的一片，即使能侃侃而谈，个把钟头下来，大概没有不口燥舌干的。凭这一份辛劳，也应该有一份报酬，但是邀请人来演讲的主人往往不作如是想。给你的邀请函不是已经极尽恭维奉承之能事，把你形容得真像是一个万流景仰而渴欲一瞻丰采的人物了么？你还不觉得踌躇满志？没有观众，戏是唱不成的。我们为你纠合这么大一批听众来听你说话，并不收取你任何费用，你好意思反过来向我们索酬？在你眉飞色舞唾星四溅的时候，我们不是没有恭恭敬敬地给你送上一杯不冷不烫的白开水，喝不喝在你。讲完之后，我们不是没有给你猛敲肉梆子；你打道回府的时候，我们不是没有恭送如仪，鞠躬如也地一直送到你登车绝尘而去。我们仁至义尽，你尚何怨之有？

天下不公平之事，往往如是，越不能讲演的人，偏偏有人要他上台说话；越想登台致词的人，偏偏很少机会过瘾。我就认识一个人，他略有小名，邀他讲演的人太多，使他不胜其烦。有一天（1980.3.17）他在报上看到一则新闻《邱永汉先生访问记》，有这样的一段：

> 邱先生在日本各地演讲，每两小时报酬一百万圆，折合台币十五万。想创业的年轻人向他请益需挂号排队，面授机宜的时间每分钟一万圆。记者向他采访也照行情计算，每半小时两万圆。借阅资料每件五千圆。他太太教中国菜让电视台录影，也是照这行情。从三月初起，日本职业作家一齐印成采访价目一览表，寄往各报社，价格随石油物价的变动又有新的调整。

他看了灵机一动，何妨依样葫芦？于是敷陈楮墨，奋笔疾书，自订润格曰："老夫精神日损，讲演邀请频繁。深闭固拒，有伤和气。舌敝唇焦，无补稻粱。爱订润例，稍事限制。各方友好，幸垂察焉。市区以内，每小时讲演五万圆，市区以外倍之。约宜早订，款请先惠……"稿尚未成，友辈来访，见之大惊，咸以为不可。都说此举不合国情，而且后果堪虞。他一想这话也对，不可造次，其事遂寝。

代　沟

代沟是翻译过来的一个比较新的名词，但这个东西是我们古已有之的。自从人有老少之分，老一代与少一代之间就有一道沟，可能是难以飞渡的深沟天堑，也可能是一步迈过的小渎阴沟，总之是其间有个界限。沟这边的人看沟那边的人不顺眼，沟那边的人看沟这边的人不像话，也许吹胡子瞪眼，也许拍桌子卷袖子，也许口出恶声，也许真个的闹出命案，看双方的气质和修养而定。

《尚书·无逸》："相小人，厥父母勤劳稼穑，厥子乃不知稼穑之艰难，乃逸乃谚既诞。否则侮厥父母曰：'昔之人，无闻知。'"这几句话很生动，大概是我们最古的代沟之说的一个例证。大意是说：请看一般小民，做父母的辛苦耕稼，年轻一代不知生活艰难，只知享受放荡，再不就是张口顶撞父母说："你们这些落伍的人，根本不懂事！"活画出一条沟的两边的人对峙的心理。小孩子嘛，总是贪玩。好逸恶劳，人之天性，只有饱尝艰苦的人，才知道以无逸为戒。做父母的人当初也是少不更事的孩子，代代相仍，历史重演。一代留下一沟，像树身上的年轮一般。

虽说一代一沟，腌臜的情形难免，然大体上相安无事。这就是因为有所谓传统者，把人的某一些观念胶着在一套固定的范畴里。"不以规矩不能成方圆。"大家都守规矩，尤其是年轻的一代。"鞋大鞋小，别走了样子！"小的一代自然不免要憋一肚皮委屈，但是，别忙，"多年的媳妇熬成婆，多年的道路走成河"，转眼间黄口小儿变成鲐背耇老，又轮到自己唉声叹气，抱怨一肚皮不合时宜了。

我记得我小的时候，早起要跟着姐姐哥哥排队到上房给祖父母请安，像早朝一样地肃穆而紧张，在大柜前面两张两人凳上并排坐下，腿短不能触地，往往甩腿，这是犯大忌的，虽然我始终不知是犯了什么忌。祖父母的眼睛瞪得圆圆的，手指着我们的前后摆动的小腿说："怎么，一点样子都没有！"吓得我们的小腿立刻停摆，我的母亲觉得很没有面子，回到房里着实地数落了我们一番，祖孙之间隔着两条沟，心理上的隔阂如何得免？当时，我心里纳闷，我甩腿，干卿底事。我十岁的时候，进了陶氏学堂，领到一身体操时穿的白帆布制服，有亮晶的铜纽扣，裤边还镶贴两条红带，现在回想起来有点滑稽，好像是卖仁丹游街宣传的乐队，那时却扬扬自得，满心欢喜地回家，没想到赢得的是一头雾水："好呀！我还没死，就先穿起孝衣来了！"我触了白色的禁忌。出殡的时候，灵前是有两排穿白衣的"孝男儿"，口里模仿嚎丧的哇哇叫。此后每逢体操课后回家，先在门口脱衣，换上长褂，卷起裤筒。稍后，我进了清华，看见有人穿白帆布橡皮底的网球鞋，心羡不已，于是也从天津邮购了一双，但是始终没敢穿了回家。只求平安少生事，莫在代沟之内起风波。

大家庭制度下，公婆儿媳之间的代沟是最鲜明也最凄惨的。儿子自外归来，不能一头扎进闺房，那样做不但公婆瞪眼，所有的人都要竖起眉毛。他一定要先到上房请安，说说笑笑好一大阵，然后公婆（多半是婆）开恩发话："你回屋里歇歇去吧。"儿子奉旨回到闺闱。媳妇不能随后跟进，还要在公婆面前周旋一下，然后公婆再度开恩："你也去吧。"媳妇才能走，慢慢地走。如果媳妇正在院里浣洗衣服，儿子过去帮一下忙，到后院井里用柳罐汲取一两桶水，送过去备用，结果也会招致一顿长辈的唾骂："你走开，这不是你做的事。"我记得半个多世纪以前，有一对大家庭中的小夫妻，十分恩爱。夫暴病死，妻觉得在那样家庭中了无生趣，竟服毒以殉。殡殓后，追悼之日政府颁赠匾额曰"彤管扬芬"，女家致送的白布横披曰"看我门楣"！我们可以听得见代沟的冤魂哭泣，虽然代沟另一边的人还在逞强。

以上说的是六七十年前的事。代沟中有小风波，但没有大泛滥。张公艺九代同居，靠了一百多个忍字。其实九代之间就有八条沟，沟下有沟，一代压一代，那一百多个忍字还不是一面倒，多半由下面一代承当？

古有明训，能忍自安。

五四运动实乃一大变局。新一代的人要造反，不再忍了。有人要"整理国故"，管他什么三坟五典八索九丘，都要揪出来重新交付审判，礼教被控吃人，孔家店遭受捣毁的威胁，世世代代留下来的沟，要彻底翻腾一下，这下子可把旧一代的人吓坏了。有人提倡读经，有人竭力卫道，但是，不是远水不救近火，便是只手难挽狂澜，代沟总崩溃，新一代的人如脱缰之马，一直旁出斜逸奔放驰骤到如今。旧一代的人则按照自然法则一批一批地凋谢，填入时代的沟壑。

代沟虽然永久存在，不过其现象可能随时变化。人生的麻烦事，千端万绪，要言之，不外财色两项。关于钱财，年长的一辈多少有一点吝啬的倾向。吝啬并不一定全是缺点。"称财多寡而节用之，富无金藏，贫不假贷，谓之啬。积多不能分人，而厚自养，谓之吝。不能分人，又不能自养，谓之爱。"这是《晏子春秋》的说法。所谓爱，就是守财奴。是有人好像是把孔方兄一个个地穿挂在他的肋骨上，取下一个都是血丝糊拉的。英文俚语，勉强拿出一块钱，叫做"咳出一块钱"，大概也是表示钱是深藏于肺腑，需要用力咳才能跳出来。年轻一代看了这种情形，老大的不以为然，心里想："这真是'昔之人，无闻知'，有钱不用，害得大家受苦，忘记了'一个钱也带不了棺材里去'。"心里有这样的愤懑蕴积，有时候就要发泄。所以，曾经有一个儿子向父亲要五十元零用钱，其父靳而不予，由冷言恶语而拖拖拉拉，儿子比较身手矫健，一把揪住父亲的领带（唉，领带真误事），领带越揪越紧，父亲一口气上不来，一翻白眼，死了。这件案子，按理应剐，基于"心神丧失"的理由，没有剐，在代沟的历史里留下一个悲惨的记录。

人到成年，嘤嘤求偶，这时节不但自己着急，家长更是担心，可是所谓代沟出现了，一方面说这是我的事，你少管，另一方说传宗接代的大事如何能不过问。一个人究竟是姣好还是寝陋，是端庄还是阴鸷，本来难有定评。"看那样子，长头发、牛仔裤、嬉游浪荡、好吃懒做，大概不是善类。""爬山、露营、打球、跳舞,都是青年的娱乐,难道要我们天天匀出工夫来晨昏定省,膝下承欢?"南辕北辙,越说越远。其实"养儿防老""我养你小,你养我老"的观念,现代的人大部分早已不再坚持。羽毛既丰,各奔前程,上下两代能保持朋友一般的关系,可疏可密,岁时存问,相待以礼,岂不甚妙?谁也无须剑拔弩张,放任自己,而诿过于代沟。沟是死的,人是活的!代沟需要沟通,不能像希腊神话中的亚力山大以利剑砍难解之绳结那样容易的一刀两断,因为人终归是人。

唐人自何处来

我二十二岁清华学校毕业,是年夏,全班数十同学搭"杰克孙总统"号由沪出发,于九月一日抵达美国西雅图。登陆后,暂息于青年会宿舍,一大部分立即乘火车东行,只有极少数的同学留下另行候车。预备到科罗拉多泉的有王国华、赵敏恒、陈肇彰、盛斯民和我几个人。赵敏恒和我被派在一间寝室里休息。寝室里有一张大床,但是光溜溜的没有被褥,我们二人就在床上闷坐,离乡背井,心里很是酸楚。时已夜晚,寒气袭人。突然间孙清波冲入室内,大声地说:

"我方才到街上走了一趟,我发现满街上全是黄发碧眼的人,没有一个黄脸的中国人了!"

赵敏恒听了之后,哀从中来,哇的一声大哭,趴在床上抽噎。孙清波回头就走。我看了赵敏恒哭的样子,也觉得有一股凄凉之感。二十几岁的人,不算是小孩子,但是初到异乡异地,那份感受是够刺激的。午夜过后,有人喊我们出发去搭火车,在车站看见黑人车侍提着煤油灯摇摇晃晃地喊着:"全都上车啊!全都上车啊!"

车过夏安,那是怀欧明州的都会,四通八达,算是一大站。从此换车南下便直达丹佛和科罗拉多泉了。我们在国内受到过警告,在美国火车上不可到餐车上用膳,因为价钱很贵,动辄数元,最好是沿站购买零食或下车小吃。在夏安要停留很久,我们就相偕下车,遥见小馆便去推门而入。我们选了一个桌子坐下,侍者送过菜单,我们拣价廉的菜色各自点了一份。在等饭的时候,偷眼看过去,见柜台后面坐着一位老者,黄脸黑发,像是中国人,又像是日本人。他不理我们,我们也不理他。

我们刚吃过了饭,那位老者踱过来了。他从耳朵上取下半截长的一支铅笔,在一张报纸的边上写道:

"唐人自何处来?"

果然,他是中国人,而且他也看出我们是中国人。他一定是广东台山来的老华侨。显然他不会说国语,大概是也不肯说英语,所以开始和我们笔谈。

我接过了铅笔,写道:"自中国来。"

他的眼睛瞪大了,而且脸上泛起一丝笑容。他继续写道:"来此何为?"

我写道:"读书。"

这下子,他眼睛瞪得更大了,他收敛起笑容,严肃地向我们翘起了他的大拇指,然后他又踱回到柜台后面他的座位上。

我们到柜台边去付账。他摇摇头,摆摆手,好像是不肯收费,他说了一句话好像是:"统统是唐人呀!"

我们称谢之后刚要出门,他又喂喂地把我们喊住,从柜台下面拿出一把雪茄烟,送我们每人一支。

我回到车上,点燃了那支雪茄。在吞烟吐雾之中,我心里纳闷,这位老者为什么不收餐费?为什么奉送雪茄?大概他在夏安开个小餐馆,很久没看到中国人,很久没看到一群中国青年,更很久没看到来读书的中国青年人。我们的出现点燃了他的同胞之爱。事隔数十年,我不能忘记和我们作简短笔谈的那位唐人。

馋

馋,在英文里找不到一个十分适当的字。罗马暴君尼禄,以至于英国的亨利八世,在大宴群臣的时候,常见其撕下一根根又粗又壮的鸡腿,举起来大嚼,旁若无人,好一副饕餮相!但那不是馋。埃及废王法鲁克,据说每天早餐一口气吃二十个荷包蛋,也不是馋,只是放肆,只是没有吃相。对某一种食物有所偏好,于是大量地吃,这是贪得无厌。馋,则着重在食物的质,最需要满足的是品味。上天生人,在他嘴里安放一条舌,舌上还有无数的味蕾,教人焉得不馋?馋,基于生理的要求,也可以发展成为近于艺术的趣味。

也许我们中国人特别馋一些。馋字从食,毚声。毚音谗,本义是狡兔,善于奔走,人为了口腹之欲,不惜多方奔走以膏馋吻,所谓"为了一张嘴,跑断两条腿"。真正的馋人,为了吃,决不懒。我有一位亲戚,属汉军旗,又穷又馋。一日傍晚,大风雪,老头子缩头缩脑偎着小煤炉子取暖。他的儿子下班回家,顺路市得四只鸭梨,以一只奉其父。父得梨,大喜,当即啃了半只,随后就披衣戴帽,拿着一只小碗,冲出门外,在风雪交加中不见了人影。他的儿子只听得大门哐啷一声响,追已无及。越一小时,老头子托着小碗回来了,原来他是要吃温桲拌梨丝!从前酒席,一上来就是四干、四鲜、四蜜饯,温桲、鸭梨是现成的,饭后一盘温桲拌梨丝别有风味(没有鸭梨的时候白菜心也能代替)。这老头子吃剩半个梨,突然想起此味,乃不惜于风雪之中奔走一小时。这就是馋。

人之最馋的时候是在想吃一样东西而又不可得的那一段时间。希腊神话中之谭塔勒斯,水深及颚而不得饮,果实当前而不得食,饿火中烧,痛苦万状,他的感觉不是馋,是求生不成求死不得。馋没有这样严重。人之犯馋,是在饱暖之余,眼看着、回想起或是谈论到某一美味,喉头像是有馋虫搔抓作痒,只好干咽唾沫。一旦得遂所愿,恣情享受,浑身通泰。抗战七八年,我在后方,真想吃故都的食物,人就是这个样子,对于家乡风味总是念念不忘,其实"千里莼羹,末下盐豉"也不见得像传说的那样迷人。我曾痴想北平羊头肉的风味,想了七八年;胜利还乡之后,一个冬夜,听得深巷卖羊头肉小贩的吆喝声,立即从被窝里爬出来,把小贩唤进门洞,我坐在懒凳上看着他于暗淡的油灯照明之下,抽出一把雪亮的薄刀,横着刀刃片羊脸子,片得飞薄,然后取出一只蒙着纱布的羊角,撒上一些椒盐。我托着一盘羊头肉,重复钻进被窝,在枕上一片一片的羊头肉放进嘴里,不知不觉地进入了睡乡,十分满足地解了馋瘾。但是,老实讲,滋味虽好,总不及在痴想时所想象的香。我小时候,早晨跟我哥哥步行到大鹁鸽市陶氏学堂上学,校门口有个小吃摊贩,切下一片片的东西放在碟子上,撒上红糖汁、玫瑰木樨,淡紫色,样子实在令人馋涎欲滴。走近看,知道是糯米藕。一问价钱,要四个铜板,而我们早点费每天只有两个铜板,我们当下决定,饿一天,明天就可以一尝异味。所付代价太大,所以也不能常吃。糯米藕一直在我心中留下不可磨灭的印象。后来成家立业,想吃糯米藕不费吹灰之力,餐馆里有时也有供应,不过浅尝辄止,不复有当年之馋。

馋与阶级无关。豪富人家,日食万钱,犹云无下箸处,是因为他这种所谓饮食之人放纵过度,连馋的本能和机会都被剥夺了,他不是不馋,也不是太馋,他麻木了,所以他就要千方百计地在食物方面寻求新的材料、新的刺激。我有一位朋友,湖南桂东县人,他那偏僻小县却因乳猪而著名,他告我说每年某巨公派人前去采购乳猪,搭飞机运走,充实他的郇厨。烤乳猪,何地无之?何必远求?我还记得有人治寿筵,客有专诚献"烤方"者,选尺余见方的细皮嫩肉的猪臀一整块,用铁钩挂在架上,以炭肉燔炙,时而武火,时而文火,烤数小时而皮焦肉熟。上桌时,先是一盘脆皮,随后是大薄片的白肉,其味绝美,与广东的烤猪或北平的炉肉风味不同,使得一桌的珍馐相形见绌。可见天下之口有同嗜,普通的一块上好的猪肉,苟处理得法,即快朵颐。像世说所谓,王武子家的烝豚,乃是以人乳喂养的,实在觉得多此一举,怪不得魏武未终席而去。人是肉食动物,不必等到"七十者可以食肉矣",平素有一些肉类佐餐,也就可以满足了。

北平人馋,可是也没听说有谁真个馋死,或是为了馋而倾家荡产。大抵好吃的东西都有个季节,逢时按节地享受一番,会因自然调节而不逾矩。开春吃春饼,随后黄花鱼上市,紧接着大头鱼也来了,恰巧这时候后院花椒树发芽,正好掐下来烹鱼。鱼季过后,青蛤当令。紫藤花开,吃藤萝饼,玫瑰花开,吃玫瑰饼;还有枣泥大花糕。到了夏季,"老鸡头才上河哟",紧接着是菱角、莲蓬、藕、豌豆糕、驴打滚、爱窝窝,一起出现。席上常见水晶肘,坊间唱卖烧羊肉,这时候嫩黄瓜、新蒜头应时而至。秋风一起,先闻到糖炒栗子的气味,然后就是炰烤涮羊肉,还有七尖八团的大螃蟹。"老婆老婆你别馋,过了腊八就是年。"过年前后,食物的丰盛就更不必细说。一年四季地馋,周而复始地吃。

馋非罪,反而是胃口好、健康的现象,比食而不知其味要好得多。

喝　茶

我不善品茶,不通茶经,更不懂什么茶道,从无两腋之下习习生风的经验。但是,数十年来,喝过不少茶,北平的双窨、天津的大叶、西湖的龙井、六安的瓜片、四川的沱茶、云南的普洱、洞庭湖的君山茶、武夷山的岩茶,甚至不登大雅之堂的茶叶梗与满天星随壶净的高末儿,都尝试过。茶是我们中国人的饮料,口干解渴,唯茶是尚。茶字,形近于荼,声近于槚,来源甚古,流传海外,凡是有中国人的地方就有茶。人无贵贱,谁都有份,上焉者细啜名种,下焉者牛饮茶汤,甚至路边埂畔还有人奉茶。北人早起,路上相逢,辄问讯:"喝茶未?"茶是开门七件事之一,乃人生必需品。

孩提时,屋里有一把大茶壶,坐在一个有棉衬垫的藤箱里,相当保温,要喝茶自己斟。我们用的是绿豆碗,这种碗大号的是饭碗,小号的是茶碗，作绿豆色，粗糙耐用，当然和宋瓷不能比，和江西瓷不能比，和洋瓷也不能比，可是有一股朴实厚重的风貌，现在这种碗早已绝迹，我很怀念。这种碗打破了不值几文钱，脑勺子上也不至于挨巴掌。银托白瓷小盖碗是祖父母专用的，我们看着并不羡慕。看那小小的一盏，两口就喝光，泡两三回就得换茶叶，多麻烦。如今盖碗很少见了，除非是到故宫博物院拜会蒋院长，他那大客厅里总是会端出盖碗茶敬客。再不就是在电视剧中也常看见有盖碗茶，可是演员一手执盖一手执碗缩着脖子啜茶那副狼狈相，令人发噱，因为他不知道喝盖碗茶应该是怎样的喝法。他平素自己喝茶大概一直是用玻璃杯、保温杯之类。如今，我们此地见到的盖碗，多半是近年来本地制造的"万寿无疆"的那种样式，瓷厚了一些；日本制的盖碗，样式微有不同，总觉得有些怪怪的。近有人回大陆，顺便探视我的旧居，带来我三十多年前天天使用的一只瓷盖碗，原是十二套，只剩此一套了，碗沿还有一点磕损，睹此旧物，勾起往日的心情，不禁黯然。盖碗究竟是最好的茶具。

  茶叶品种繁多，各有擅场。有友来自徽州，同学清华，徽州产茶胜地，但是他看到我用一撮茶叶放在壶里沏茶，表示惊讶，因为他只知道茶叶是烘干打包捆载上船沿江运到沪杭求售，剩下来的茶梗才是家人饮用之物。恰如北人所谓"卖席的睡凉炕"。我平素喝茶，不是香片就是龙井，多次到大栅栏东鸿记或西鸿记去买茶叶，在柜台前面一站，徒弟搬来凳子让座，看伙计称茶叶，分成若干小包，包得见棱见角，那份手艺只有药铺伙计可以媲美。茉莉花窨过的茶叶，临卖的时候再抓一把鲜茉莉花放在表面上，所以叫做双窨。于是茶店里经常是茶香花香，郁郁菲菲。父执有名玉贵者，旗人，精于饮馔，居恒以一半香片一半龙井混合沏之，有香片之浓馥，兼龙井之苦清。吾家效而行之，无不称善。茶以人名，乃径呼此茶为"玉贵"，私家秘传，外人无由得知。

  其实，清茶最为风雅。抗战前造访知堂老人于苦茶庵，主客相对总是有清茶一盂，淡淡的、涩涩的、绿绿的。我曾屡侍先君游西子湖，从不忘记品尝当地的龙井，不需要攀登南高峰凤篁岭，近处平湖秋月就有上好的龙井茶，开水现冲，风味绝佳。茶后进藕粉一碗，四美俱矣。正是"穿牖而来，夏日清风冬日日；卷帘相见，前山明月后山山"（骆成骧联）。有朋自六安来，贻我瓜片少许，叶大而绿，饮之有荒野的气息扑鼻。其中西瓜茶一种，真有西瓜风味。我曾过洞庭，舟泊岳阳楼下，购得君山茶一盒。沸水沏之，每片茶叶均如针状直立漂浮，良久始舒展下沉，品味清香不俗。

初来台湾，粗茶淡饭，颇想倾阮囊之所有在饮茶一端偶作豪华之享受。一日过某茶店，索上好龙井，店主将我上下打量，取八元一斤之茶叶以应，余示不满，乃更以十二元者奉上，余仍不满，店主勃然色变，厉声曰："买东西，看货色，不能专以价钱定上下。提高价格，自欺欺人耳！先生奈何不察？"我爱其憨直。现在此茶店门庭若市，已成为业中之翘楚。此后我饮茶，但论品味，不问价钱。

茶之以浓酽胜者莫过于功夫茶。《潮嘉风月记》说功夫茶要细炭初沸连壶带碗泼浇，斟而细呷之，气味芳烈，较嚼梅花更为清绝。我没嚼过梅花，不过我旅居青岛时有一位潮州澄海朋友，每次聚饮酕醄，辄相偕走访一潮州帮巨商于其店肆。肆后有密室，烟具、茶具均极考究，小壶小盅有如玩具。更有娈婉孌童伺候煮茶、烧烟，因此经常饱吃功夫茶，诸如铁观音、大红袍，吃了之后还携带几匣回家。不知是否故弄玄虚，谓炉火与茶具相距以七步为度，沸水之温度方合标准。举小盅而饮之，若饮罢径自返盅于盘，则主人不悦，须举盅至鼻头猛嗅两下。这茶最有解酒之功，如嚼橄榄，舌根微涩，数巡之后，好像是越喝越渴，欲罢不能。喝功夫茶，要有工夫，细呷细品，要有设备，要人服侍，如今乱糟糟的社会里谁有那么多的工夫？红泥小火炉那里去找？伺候茶汤的人更无论矣。普洱茶，漆黑一团，据说也有绿色者，泡烹出来黑不溜秋，粤人喜之。在北平，我只在正阳楼看人吃烤肉，吃得口滑肚子膨脖不得动弹，才高呼堂倌泡普洱茶。四川的沱茶亦不恶，唯一般茶馆应市者非上品。台湾的乌龙，名震中外，大量生产，佳者不易得。处处标榜冻顶，事实上那里有那么多的冻顶？

喝茶，喝好茶，往事如烟。提起喝茶的艺术，现在好像谈不到了，不提也罢。

饮　酒

酒实在很妙。几杯落肚之后就会觉得飘飘然、醺醺然。平素道貌岸然的人，也会绽出笑脸；一向沉默寡言的人，也会议论风生。再灌下几杯之后，所有的苦闷烦恼全都忘了，酒酣耳热，只觉得意气飞扬，不可一世，若不及时知止，可就难免玉山颓欹，剧吐纵横，甚至撒疯骂座，以及种种的酒失酒过全部呈现出来。莎士比亚的《暴风雨》里的卡力班，那个象征原始人的怪物，初尝酒味，觉得妙不可言，以为把酒给他喝的那个人是自天而降，以为酒是甘露琼浆，不是人间所有物。美洲印第安人初与白人接触，就是被酒所倾倒，往往不惜举土地畀人以换一些酒浆。印第安人的衰灭，至少一部分是由于他们的荒腆于酒。

我们中国人饮酒，历史久远。发明酒者，一说是仪狄，又说是杜康。仪狄夏朝人，杜康周朝人，相距很远，总之是无可稽考。也许制酿的原料不同、方法不同，所以仪狄的酒未必就是杜康的酒。《尚书》有《酒诰》之篇，谆谆以酒为戒，一再地说"祀兹酒"（停止这样的喝酒），"无彝酒"（勿常饮酒），想见古人饮酒早已相习成风，而且到了"大乱丧德"的地步。三代以上的事多不可考，不过从汉起就有酒榷之说，以后各代因之，都是课税以裕国帑，并没有寓禁于征的意思。酒很难禁绝，美国一九二〇年起实施酒禁，雷厉风行，依然到处都有酒喝。当时笔者道出纽约，有一天友人邀我食于某中国餐馆，入门直趋后室，索五加皮，开怀畅饮。忽警察闯入，友人止予勿惊。这位警察徐徐就座，解手枪，铿然置于桌上，索五加皮独酌，不久即伏案酣睡。一九三三年酒禁废，直如一场儿戏。民之所好，非政令所能强制。在我们中国，汉萧何造律："三人以上无故群饮，罚金四两。"此律不曾彻底实行。事实上，酒楼妓馆处处笙歌，无时不飞觞醉月。文人雅士水边修禊，山上登高，一向离不开酒。名士风流，以为持螯把酒，便足了一生，甚至于酗饮无度，扬言"死便埋我"，好像大量饮酒不是什么不很体面的事，真所谓"酗于酒德"。

　　对于酒，我有过多年的体验。第一次醉是在六岁的时候，侍先君饭于致美斋（北平煤市街路西）楼上雅座，窗外有一棵不知名的大叶树，随时簌簌作响。连喝几盅之后，微有醉意，先君禁我再喝，我一声不响站立在椅子上舀了一匙高汤，泼在他的一件两截衫上。随后我就倒在旁边的小木炕上呼呼大睡。回家之后才醒。我的父母都喜欢酒，所以我一直都有喝酒的机会。"酒有别肠，不必长大"，语见《十国春秋》，意思是说酒量的大小与身体的大小不必成正比例，壮健者未必能饮，瘦小者也许能鲸吸。我小时候就是瘦弱如一根绿豆芽。酒量是可以慢慢磨炼出来的，不过有其极限。我的酒量不大，我也没有亲见过一般人所艳称的那种所谓海量。古代传说"文王饮酒千钟，孔子百觚"，王充《论衡·语增篇》就大加驳斥，他说："文王之身如防风之君，孔子之体如长狄之人，乃能堪之。"且"文王孔子率礼之人也"，何至于醉酗乱身？就我孤陋的见闻所及，无论是"青州从事"或"平原督邮"，大抵白酒一斤或黄酒三五斤即足以令任何人头昏目眩粘牙倒齿。唯酒无量，以不及于乱为度，看各人自制力如何耳。不为酒困，便是高手。

　　酒不能解忧，只是令人在由兴奋到麻醉的过程中暂时忘怀一切。即刘伶所谓"无思无虑，其乐陶陶"。可是酒醒之后，所谓"忧心如醒"，那份病酒的滋味很不好受，所付代价也不算小。我在青岛居住的时候，那地方背山面海，风景如绘，在很多人心目中是最理想的卜居之所，唯一缺憾是很少文化背景，没有古迹耐人寻味，也没有适当的娱乐。看山观海，久了也会腻烦，于是呼朋聚饮，三日一小饮，五日一大宴，豁拳行令，三十斤花雕一坛，一夕而罄。七名酒徒加上一位女史，正好八仙之数，乃自命为酒中八仙。有时且结伙远征，近则济南，远则南京、北京，不自谦抑，狂言"酒压胶济一带，拳打南北二京"，高自期许，俨然豪气干云的样子。当时作践了身体，这笔账日后要算。一日，胡适之先生过青岛小憩，在宴席上看到八仙过海的盛况大吃一惊，急忙取出他太太给他的一个金戒指，上面镌有"戒"字，戴在手上，表示免战。过后不久，胡先生就写信给我说："看你们喝酒的样子，就知道青岛不宜久居，还是到北京来吧！"我就到北京去了。现在回想当年酗酒，那里算得是勇，直是狂。

酒能削弱人的自制力，所以有人酒后狂笑不置，也有人痛哭不已，更有人口吐洋语滔滔不绝，也许会把平素不敢告人之事吐露一二，甚至把别人的阴私而当众抖露出来。最令人难堪的是强人饮酒，或单挑，或围剿，或投下井之石，千方百计要把别人灌醉，有人诉诸武力，捏着人家的鼻子灌酒！这也许是人类长久压抑下的一部分兽性之发泄，企图获取胜利的满足，比拿起石棒给人迎头一击要文明一些而已。那咄咄逼人的声嘶力竭的豁拳，在赢拳的时候，那一声拖长了的绝叫，也是表示内心的一种满足。在别处得不到满足，就让他们在聚饮的时候如愿以偿吧！只是这种闹饮，以在有隔音设备的房间里举行为宜，免得侵扰他人。

《菜根谭》所谓"花看半开，酒饮微醺"的趣味，才是最令人低徊的境界。

吸　烟

烟，也就是菸，译音曰淡巴菰。这种毒草，原产于中南美洲，遍传世界各地。到明朝，才传进中土，利马窦在明万历年间以鼻烟入贡，后来鼻烟就风靡了朝野。在欧洲，鼻烟是放在精美的小盒里，随身携带。吸时，以指端蘸鼻烟少许，向鼻孔一抹，猛吸之，怡然自得。我幼时常见我祖父辈的朋友不时地在鼻孔处抹鼻烟，抹得鼻孔和上唇都染上焦黄的颜色。据说能明目祛疾，谁知道？我祖父不吸鼻烟，可是备有"十三太保"，十二个小瓶环绕一个大瓶，瓶口紧包着一块黄褐色的布。各瓶品味不同，放在一个圆盘里，捧献在客人面前。我们中国人比欧人考究，随身携带鼻烟壶，玉的、翠的、玛瑙的、水晶的，精雕细镂，形状百出。有的山水图画是从透明的壶里面画的，真是鬼斧神工，不知是如何下笔的。壶有盖，盖下有小勺匙，以勺匙取鼻烟置一小玉垫上，然后用指端蘸而吸之。我家藏鼻烟壶数十，丧乱中只带出了一个翡翠盖的白玉壶，里面还存了小半壶鼻烟，百余年后，烈味未除，试嗅一小勺，立刻连打喷嚏不能止。

我祖父抽旱烟，一尺多长的烟管，翡翠的烟嘴，白铜的烟袋锅（烟袋锅子是塾师敲打学生脑壳的利器，有过经验的人不会忘记），著名的关东烟的烟叶子贮在一个绣花的红缎子葫芦形的荷包里。有些旱烟管四五尺长，若要点燃烟袋锅子里的烟草，则人非长臂猿，相当吃力，一时无人伺候则只好自己划一根火柴插在烟袋锅里，然后急速掉过头来抽吸。普通的旱烟管不那么长，那样长的不容易清洗。烟袋锅子里积的烟油，常用以塞进壁虎的嘴巴置之于死。

我祖母抽水烟。水烟袋仿自阿拉伯人的水烟筒（hookah），不过我们中国制造的白铜水烟袋，形状乖巧得多。每天需要上下抖动地冲洗，呱哒呱哒地响。有一种特制的烟丝，兰州产，比较柔软。用表心纸揉纸媒儿，常是动员大人孩子一齐动手，成为一种乐事。经常保持一两只水烟袋作敬客之用。我记得每逢家里有病人，延请名医周立桐来看病，这位飘着胡须的老者总是昂首登堂直就后炕的上座，这时候送上盖碗茶和水烟袋，老人拿起水烟袋，装上烟草，突的一声吹燃了纸媒儿，呼噜呼噜抽上三两口，然后抽出烟袋管，把里面烧过的烟烬吹落在他的手心里，再投入面前的痰盂，而且投得准。这一套手法干净利落。抽过三五袋之后，呷一口茶，才开始说话："怎么？又是那一位不舒服啦？"每次如此，活龙活现。

我父亲是饭后照例一支雪茄，随时补充纸烟，纸烟的铁罐打开来，嘶的一声响，先在里面的纸签上写启用的日期，借以察考每日消耗数量不使过高，雪茄形似飞艇，尖端上打个洞，叼在嘴里真不雅观，可是气味芬芳。纸烟中高级者都是舶来品，中下级者如"强盗"牌在民初左右风行一时，稍后如白锡包、粉包，国产的"联珠""前门"等等，皆为一般人所乐用。就中以粉包为特受欢迎的一种，因其烟支之粗细松紧正合吸海洛英者打"高射炮"之用。儿童最喜欢收集纸烟包中附置的彩色画片。好像是前门牌吧，附置的画片是《水浒传》一百零八条好汉的画像，如有人能搜集全套，可得什么什么的奖品，一时儿童们趋之若鹜。可怜那些热心的收集者，枉费心机，等了多久多久，那位及时雨宋公明就是不肯亮相！是否有人集得全套，只有天知道了。

常言道，"烟酒不分家"，抽烟的人总是桌上放一罐烟，客来则敬烟，这是最起码的礼貌。可是到了抗战时期，这情形稍有改变。在后方，物资艰难，只有特殊人物才能从怀里掏出"幸运""骆驼""三五""毛利斯"在侪辈面前炫耀一番，只有豪门仕女才能双指夹着一支细长的红嘴的"法蒂玛"忸怩作态。一般人吸的是"双喜"，等而下之的便要数"狗屁牌"（Cupid）香烟了。这渎亵爱神名义的纸烟，气味如何自不待言，奇的是卷烟纸上有涂抹不匀的硝，吸的时候会像儿童玩的烟火"滴滴金"，噼噼啪啪地作响、冒火星，令人吓一跳。饶是烟质不美，瘾君子还是不可一日无此君，而且通常是人各一包深藏在衣袋里面，不愿人知是何牌，要吸时便伸手入袋，暗中摸索，然后突的抽出一支，点燃之后自得其乐。一听烟放在桌上任人取吸，那种场面不可复见。直到如今，大家元气稍复，敬烟之事已很寻常，但是开放式的一罐香烟经常放在桌上，仍不多见。

我吸纸烟始自留学时期，独身在外，无人禁制，而天涯羁旅，心绪如麻，看见别人吞云吐雾，自己也就效颦起来。此后若干年，由一日一包,而一日两包,而一日一听。约在二十年前,有一天心血来潮,我想试一试自己有多少克己的力量,不妨先从戒烟做起。马克·吐温说过:"戒烟是很容易的事,我一生戒过好几十次了。"我没有选择黄道吉日,也没有谘访室人,闷声不响地把剩余的纸烟,一古脑儿丢在垃圾堆里,留下烟嘴、烟斗、烟包、打火机,以后分别赠给别人,只是烟灰缸没有抛弃。"冷火鸡"的戒烟法不大好受,一时间手足失措,六神无主,但是工作实在太忙,要发烟瘾没有工夫,实在熬不过就吃一块巧克力。巧克力尚未吃完一盒,又实在腻味,于是把巧克力也戒掉了。说来惭愧,我戒烟只此一遭,以后一直没有再戒过。

吸烟无益,可是很多人都说:"不为无益之事,何以遣有涯之生?"而且无益之事有很多是有甚于吸烟者,所以吸烟或不吸烟,应由各人自行权衡决定。有一个人吸烟,不知是为特技表演,还是为节省买烟钱,经常猛吸一口咽烟下肚,绝不污染体外的空气,过了几年此人染了肺癌。我吸了几十年的烟,最后才改吸不花钱的新鲜空气。如果在公共场所遇到有人口里冒烟,甚或直向我的面前喷射毒雾,我便退避三舍,心里暗自咒诅:"我过去就是这副讨人嫌恶的样子!"

梦

《庄子·大宗师》:"古之真人,其寝不梦。"注:"其寝不梦,神定也,所谓至人无梦是也。"做到至人的地步是很不容易的,要物我两忘,"嗒然若丧其耦"才行。偶然接连若干天都是一夜无梦,浑浑噩噩地睡到大天光,这种事情是常有的,但是长久的不做梦,谁也办不到。有时候想梦见一个人,或是想梦做一件事,或是想梦到一个地方,拼命地想,热烈地想,刻骨镂心地想,偏偏想不到,偏偏不肯入梦来。有时候没有想过的,根本不曾起过念头的,而且是荒谬绝伦的事情,竟会窜入梦中,突如其来,挥之不去,好惊、好怕、好窘、好羞!至于我们所企求的梦,或是值得一做的梦,那是很难得一遇的事,即使偶有好梦,也往往被不相干的事情打断,矍然而觉。大致讲来,好梦难成,而噩梦连连。

我小时候常做的一种梦是下大雪。北国冬寒,雪虐风饕原是常事,那有一年不下雪的?在我幼小心灵中,对于雪没有太大的震撼,顶多在院里堆雪人、打雪仗。但是我一年四季之中经常梦雪,差不多每隔一二十天就要梦一次。对于我,雪不是"战退玉龙三百万,败鳞残甲满天飞"(张承吉句),我没有那种狂想。也没有白居易"可怜今夜鹅毛雪,引得高情鹤氅人"那样的雅兴。更没有柳宗元"独钓寒江雪"的那份幽独的感受。雪只是大片大片的六出雪花,似有声似无声的、没头没脑地从天空筛将下来。如果这一场大雪把地面上的一切不平都匀称地遮覆起来,大地成为白茫茫的一片,像韩昌黎所谓"凹中初盖底,凸处尽成堆",或是相传某公所谓的"黑狗身上白,白狗身上肿",我一觉醒来便觉得心旷神怡,整天高兴。若是一场风雪有气无力,只下了薄薄一层,地面上的枯枝败叶依然暴露,房顶上的瓦垄也遮盖不住,我登时就会觉得哽结,醒后头痛欲裂,终朝寡欢。这样的梦我一直做到十四五岁才告停止。

紧接着常做的是另一种梦,梦到飞。不是像一朵孤云似的飞,也不是像抟扶摇而上九万里的大鹏,更不是徐志摩在《想飞》一文中所说的"飞上天空去浮着,看地球这弹丸在太空里滚着,从陆地看到海,从海再看回陆地,凌空去看一个明白",我没有这样规模的豪想。我梦飞,是脚踏实地两腿一弯,向上一纵,就离了地面,起先是一尺来高,渐渐上升一丈开外,两脚轻轻摆动,就毫不费力地越过了影壁,从一个小院窜到另一个小院,左旋右转,夷犹如意。这样的梦,我经常做,像潘彼得"那个永远长不大的孩子",说飞就飞,来去自如,醒来之后,就觉得浑身通泰。若是在梦里两腿一踹,竟飞不起来,身像铅一般的重,那么醒来就非常沮丧,一天不痛快。这样的梦做到十八九岁就不再有了。大概是潘彼得已经长大,而我像是雪莱《西风歌》所说的:"落在人生的荆棘上了!"

　　成年以后,我过的是梦想颠倒的生活,白天梦做不少,夜梦却没有什么可说的。江淹少时梦人授以五色笔,由是文藻日新。王珣梦大笔如椽,果然成大手笔。李白少时笔头生花,自是天才瞻逸,这都是奇迹。说来惭愧,我有过一支小小的可以旋转笔芯的四色铅笔,我也有过一幅朋友画赠的《梦笔生花图》,但是都无补于我的文思。我的亲人、我的朋友送给我的各式各样的大小精粗的笔,不计其数,就是没有梦见过五色笔,也没有梦见过笔头生花。至于黄帝之梦游华胥、孔子之梦见周公、庄子之梦为蝴蝶、陶侃之梦见天门,不消说,对我更是无缘了。我常有噩梦,不是出门迷失,找不着归途,到处"鬼打墙",就是内急找不到方便之处,即使找到了地方也难得立足之地,再不就是和恶人打斗而四肢无力,结果大概都是大叫一声而觉。像黄粱梦、南柯一梦……那样的丰富经验,纵然是梦不也是很快意么?

　　梦本是幻觉,迷离惝恍,与过去的意识或者有关,与未来的现实应是无涉,但是自古以来就把梦当兆头。晋皇甫谧《帝王世纪》说:黄帝做了两个大梦,一个是"大风吹天下之尘垢皆去",一个是"人执千钧之弩驱羊万群",于是他用江湖上拆字的方法占梦,依前梦"得风后于海隅,登以为相",依后梦"得力牧于大泽,进以为将"。据说黄帝还著了《占梦经》十一卷。假定黄帝轩辕氏是于公元前二六九八年即帝位,他用什么工具著书,其书如何得传,这且不必追问。《周礼·春官》证实当时有官专司占梦之事:"观天地之会,辨阴阳之气,以日月星辰,占六梦之吉凶,一曰正梦,二曰噩梦,三曰思梦,四曰寤梦,五曰喜梦,六曰惧梦。"后世没有占梦的官,可是梦为吉凶之兆,这种想法仍深入人心。如今一般人梦棺材,以为是升官发财之兆;梦粪便,以为黄金万两之征。何况自古就有传说,梦熊为男子之祥,梦兰为妇人有身,甚至梦见自己的肚皮生出一棵大松树,谓为将见人君,真是痴人说梦。

电　话

清末民初的时候，北平开始有了电话，但是还不普遍。我家里在民国元年装了电话，我还记得号码是东局六八六号。那一天，我们小孩子都很兴奋，看电话局的工人们蹿房越脊牵着电线走如履平地，像是特技表演。那时候，一般人都称电话为德律风，当然是译音。但是清末某一位上海人的笔记，自作聪明，说德律风乃西洋某发明家之姓氏，因纪念他的发明，遂以他的姓氏名之。那时的电话不似现在的样式，是钉挂在墙上的庞然大物，顶端两个大铃像是瞪着的大眼睛，下面是一块斜木板，预备放纸笔什么的样子，再下面便像是隆起的大腹，里边是机器了。右手有个摇尺，打电话的时候要咕噜咕噜地猛摇一二十下，然后摘下左方的耳机，嘴对着当中的小喇叭说话、叫号。这样笨重的电话机，现在恐怕只有博物馆里才得一见了。外边打电话进来，铃声一响，举家惊慌奔走相告，有的人还不敢去接听，不知怕的是什么。

从前的人脑筋简单，觉得和老远老远的人说话一定要提高嗓门，生怕对方听不到，于是彼此对吼，力竭声嘶。他们不知道充分利用电话，没有想到电话里可以喁喁情语，可以娓娓闲聊，可以聊个把钟头，可以霸占线路旁若无人。我最近看见过一位用功的学生，一面伏案执笔，一面歪着脑袋把电话耳机夹在肩头上，口里不时念念有词，原来是在和他的一位同学长期交谈，借收切磋之效。老一辈的人，常以为电话多少是属于奇淫技巧一类，并不过分欣赏，顶多打个电话到长发号叫几斤黄酒，或是打个电话到宝华春叫一只烧鸭子的时候，不能不承认那份方便。至若闲来没事找个人聊天，则串门子也好，上茶馆也好，对面晤谈，有说有笑，何必性急，玩弄那个洋玩意儿？

后来电话渐渐普遍，许多人家由"天棚鱼缸石榴树"一变而为"电灯电话自来水"的局面。虽说最近有一处擦皮鞋的摊子都有了电话，究竟这还是一项值得一提的设备，房屋招租广告就常常标明带有电话。广告下不必说明"门窗户壁俱全",因为那是题中应有之义,而电话则不然了。

尽管电话还不够普遍,但是在使用上已有泛滥成灾之势。我有一位朋友颇有科学头脑,他在临睡之前在电话上做了手脚,外面打电话进来而铃不响,他可以安然地高枕而眠。我总觉得这有一点自私,自己随时打出去,而不许别人随时打进来。可是如果你好梦正酣,突被电话惊醒,大有可能对方拨错了号码,这时候你能不气得七窍生烟吗?如果你在各种最不便起身接电话的时候,而电话铃响个不停,你是否会觉得十分扫兴、狼狈、忿怒?有人给电话机装个插头,用时插上,不用时拔下,日夜安宁,永绝后患。我问他:"这样做,不怕误事么?"他说:"误什么事?误谁的事?电话响,有如'夜猫子进宅',大概没有好事。"他的话不是无理,可是我狠不下心这样做。如果人人都这样的壁垒森严,电话就根本失效,你打电话去怕也没有人接。

电话号码拨错,小事一端,贤者不免,本无须懊恼,可恼的是对方时常是粗声粗气,一觉得话不对头,便呱哒一声挂断,好像是一位病危的人突然断气,连一声"对不起"都没来得及说,这时节要我这方面轻轻把耳机放好我也感觉为难。

电话机有一定装置的地方,或墙上,或桌上,或床头。当然也有在厨房或洗手间装有分机的。无论如何,人总有距离电话十尺、二十尺开外的时候,铃响之后,即使几个箭步窜过去接,也需要几秒钟的时候。对方往往就不耐烦了,你刚拿起耳机,他已愤而断绝往来。有几个人能像一些机关大老雇得起专管电话的女秘书?对方往往还理直气壮地责问下来:"为什么电话没有人接?"我需要诌出理由为自己的有亏职守勉强开脱。

电话打通,谁先报出姓名身份,没有关系,先道出姓名的一方不见得吃亏,偏偏有人喜欢捉迷藏。"喂,你是那里?""你要那里?""我要×××××××号。""我这里就是。""×××在不在家?""你是那一位?""我姓W。""大名呢?""我是×××。""好,你等一下。"这样枉费唇舌还算是干净利落的,很可能话不投机,一时肝火旺,演变成为小规模的口角。还有比这个更烦人的:"喂,你猜我是谁?猜猜看!怎么连我的声音都听不出来?"对于这样童心未泯的戴着面具的人,只好忍耐,自承愚蠢。

电话不设防,谁都可以打进来。我有时不揣冒昧,竟敢盘诘对方的姓名身份,而得到的答话是:"我是你的读者。"好像读者有权随时打电话给作者,好像作者应该有"售后服务"的精神。我追问他有何见教,回答往往是:某一个英文字应该怎样讲,怎样读,怎样用;某一句话应该怎样译;再不就是问英文怎样可以学好。这总是好学之士,我不敢怠慢,请他写封信来,我当书面答复。此后多半是音讯杳然,大概他是认为这是小事,不值得一操翰墨吧。

圆桌与筷子

我听人说起一个笑话,一个中国人向外国人夸说中国的伟大,圆餐桌的直径可以大到几乎一丈开外。外国人说:"那么你们的筷子有多长呢?""六七尺长。""那样长的筷子,如何能夹起菜来送到自己嘴里呢?""我们最重礼让,是用筷子夹菜给坐在对面的人吃。"

大圆桌我是看见过的,不是加盖上去的圆桌面,是订制的大型圆餐桌,周遭至少可以坐二十四个人,宽宽绰绰的一点也不挤,绝无"菜碗常需头上过,酒壶频向耳边洒"的现象。桌面上有个大转盘(英语名为"懒苏珊"),转盘有自动旋转的装置,主人按钮就会不急不徐地转。转盘上每菜两大盘,客人不需等待旋转一周即可伸手取食。这样大的圆桌有一个缺点,除了左右邻座之外,彼此相隔甚远,不便攀谈,但是这缺点也许正是优点,不必没话找话,大可埋头猛吃,做食不语状。

我们的传统餐桌本是方的,所谓八仙桌,往日喜庆宴都是用方桌,通常一席六个座位，有时下手添个长凳打横，只有在特殊情形下才加上一个圆桌面。炕上餐桌也是方的。方桌折角打开变成圆桌（英语所谓"信封桌"），好像是比较晚近的事了。

许多人团聚在一起吃饭，尤其是讲究吃的东西要烫嘴热，当然以圆桌为宜，把食物放在桌中央，由中央到圆周的半径是一样长，各人伸箸取食，有如辐辏于毂。因为圆桌可能嫌大，现在几乎凡是圆桌必有转盘，可恼的是直眉瞪眼的餐厅侍者多半是把菜盘往转盘中央一丢，并不放在转盘的边缘上，然后掉头而去，转盘等于虚设。

西方也不是没有圆桌。亚瑟王的圆桌骑士是赫赫有名的，那圆桌据说当初可以容一百五十名骑士就座，真不懂那样大的圆桌能放在什么地方，也许是里三层外三层围绕着吧？近代外交坛坫之上常有所谓圆桌会议，也许是微带椭圆之形，其用意在于宾主座位不分上下。这都不能和我们中国的圆桌相提并论，我们的圆桌是普遍应用的，家庭聚餐时，祖孙三代团团坐，有说有笑，融融泄泄；友朋宴饮时，敬酒、豁拳、打通关都方便。吃火锅，更非圆桌不可。

筷子是我们的一大发明。原始人吃东西用手抓，比不会用手抓的禽兽已经进步很多，而两根筷子则等于是手指的伸展，比猿猴使用树枝拨东西又进一步。筷子运用起来可以灵活无比，能夹、能戳、能撮、能挑、能扒、能掰、能剥，凡是手指能做的动作，筷子都能。没人知道筷子是何时何人发明的。如果《史记》所载不虚，"纣为象箸而箕子唏"，纣王使用象牙筷子而箕子忍气吞声地叹气，象牙筷子的历史可说是很久远了。箸原是筴，竹子做的筷子；又做梜，木头做的筷子。象牙筷子并没有什么好，怕烫，容易变色。假象牙筷子颜色不对，没有纹理，更容易变色，而且在吃香酥鸭的时候，拉扯用力稍猛就会咔嚓一声断为两截。倒是竹筷子最好，湘妃竹固然好，普通竹也不错，髹油漆固然好，本色尤佳。做祖父母的往往喜欢使用银箸，通常是短短细细的，怕分量过重，这只为了表示其地位之尊崇。金箸我尚未见过，恐怕未必中用。

箸之长短不等，湖南的筷子特长，盘子也特大，但是没有长到烤肉的筷子那样。

西方人学习用筷子那副笨相可笑，可是我们幼时开始用筷子的时候，又何尝不是像狗熊耍扁担？稍长，我们使筷子的伎俩都精了——都太精了。相传少林绝技之一是举箸能夹住迎面飞来的弹丸，据说是先从用筷子捕捉苍蝇练成的一种功夫。一般人当然没有这种本领，可是在餐桌之上我们也常有机会看到某些人使用筷子的一些招数。一盘菜上桌，有人挥动筷子如舞长矛，如野火烧天横扫全境，有人胆大心细彻底翻腾如拨草寻蛇，更有人在汤菜碗里拣起一块肉，掂掂之后又放下了，再拣一块再掂掂再放下，最后才选得比较中意的一块，夹起来送进血盆大口之后，还要把筷子横在嘴里吮一下，于是有人在心里嘀咕：这样做岂不是把你的口水都污染了食物，岂不是让大家都于无意中吃了你的口水？

其实口水未必脏。我们自己吃东西都是伴着口水吃下去的，不吃东西的时候也常咽口水的。不过那是自己的口水，不嫌脏。别人的口水也未必脏。我不相信谁在热恋中没有大口大口咽过难分彼此的一些口水。怕的是口水中带有病菌，传染给别人和被人传染给自己都不大好。毛病不是出在筷子，是出在我们的吃的方式上。

六十多年前，我的学校里来了一位教英语的老师，我只记得他姓钟，外号人称"钟善人"，他在学校及附近乡村里狂热地提倡两件事，一是植树，一是进餐时每人用两副筷子，一副用于取食，一副用于夹食入口。植树容易，一年只有一度，两副筷子则窒碍难行。谁有那样的耐心，每餐两副筷子此起彼落地交换使用？如今许多人家，以及若干餐馆，筷子仍是人各一双，但是菜盘汤碗各附一个公用的大匙，这个办法比较简便，解决了互吃口水的问题。东洋御料理老早就使用木质短小的筷子，用毕即丢弃。人家能，为什么我们不能？我愿象牙筷子、乌木筷子以及种种珍奇贵重的筷子都保存起来，将来作古董赏玩。

廉

贪污的事，古今中外滔滔皆是，不谈也罢。孟子所说穷不苟求的"廉士"才是难能可贵，谈起来令人齿颊留芬。

东汉杨震，暮夜有人馈送十斤黄金，送金的人说："暮夜无人知。"杨震说："天知、神知、我知、子知，何谓无知？"这句话万古流传，直到晚近许多姓杨的人家常榜门楣曰"四知堂杨"。清介廉洁的"关西夫子"使得他家族后代脸上有光。

汉末有一位郁林太守陆绩（唐陆龟蒙的远祖），罢官之后泛海归姑苏家乡，两袖清风，别无长物，唯一空舟，恐有覆舟之虞，乃载一巨石镇之。到了家乡，将巨石弃置城门外，日久埋没土中。直到明朝弘治年间，当地有司曳之出土，建亭覆之，题其楣曰"廉石"。一个人居官清廉，一块顽石也得到了美誉。

"银子是白的，眼珠是黑的"，见钱而不眼开，谈何容易。一时心里把握不定，手痒难熬，就有堕入贪墨的泥沼之可能，这时节最好有人能拉他一把。最能使人顽廉懦立的莫过于贤妻良母。《列女传》：田稷子相齐，受下吏货金百镒，献给母亲。母亲说："子为相三年，禄未尝多若此也，安所得此？"他只好承认是得之于下。母亲告诫他说："士修身洁行，不为苟得。非义之事不计于心，非理之利不入于家……不义之财非吾有也，不孝之子非吾子也。"这一番义正辞严的训话把田稷子说得惭悚不已，急忙把金送还原主。按照我们现下的法律，如果是贿金，收受之后纵然送还，仍有受贿之嫌，纵然没有期约的情事，仍属有玷官箴。这种篚篚不修之事，当年是否构成罪状，固不得而知，从廉白之士看来总是秽行。我们注意的是田稷子的母亲真是识达大义，足以风世。为相三年，薪俸是有限的，焉有多金可以奉母？百镒不是小数，一镒就是二十四两，百镒就是二千四百两，一个人搬都搬不动，而田稷子的母亲不为所动。家有贤妻，则士能安贫守正，更是例不胜举，可怜的是那些室无莱妇的人，在外界的诱惑与阃内的要求两路夹击之下，就很容易失足了。

"取不伤廉"这句话易滋误解，"一芥不取"才是最高理想。晋陶侃"少为寻阳县吏，尝监鱼梁，以一坩鲊遗母，湛氏封鲊，反书责侃曰：'尔为吏，以官物遗我，非惟不能益吾，乃以增吾忧矣。'"（《晋书·陶侃母湛氏传》）掌管鱼梁的小吏，因职务上的方便，把腌鱼装了一小瓦罐送给母亲吃，可以说是孝养之意，但是湛氏不受，送还给他，附带着还训了他一顿。别看一罐腌鱼是小事，因小可以见大。

谢承《后汉书》："巴祗为扬州刺史，与客暗饮，不燃官烛。"私人宴客，不用公家的膏火，宁可暗饮，其饮宴之资，当然不会由公家报销了。因此我想起一件事，好久好久以前，丧乱中值某夫人于途，寒暄之余愀然告曰："恕我们现在不能邀饮，因为中外合作的机关凡有应酬均需自掏腰包。"我闻之悚然。

还有一段有关官烛的故事。宋周紫芝《竹坡诗话》："李京兆诸父中有一人，极廉介，一日有家问，即令灭官烛，取私烛阅书，阅毕，命秉官烛如初。"公私分明到了这个地步，好像有一些迂阔。但是，"彼岂乐于迂阔者哉！"

不要以为志行高洁的人都是属于古代，今之古人有时亦可复见。我有一位同学供职某部，兼理该部刊物编辑，有关编务必须使用的信纸信封及邮票等等放在一处，私人使用之信函邮票另置一处，公私绝对分开，虽邮票信笺之微，亦不含混，其立身行事砥砺廉隅有如是者！尝对我说，每获友人来书，率皆使公家信纸信封，心窃耻之，故虽细行不敢不勉。吾闻之肃然敬。

烧饼油条

烧饼油条是我们中国人标准早餐之一，在北方不分省分、不分阶级、不分老少，大概都欢喜食用。我生长在北平，小时候的早餐几乎永远是一套烧饼油条——不,叫油炸鬼,不叫油条。有人说,油炸鬼是油炸桧之讹,大家痛恨秦桧,所以名之为油炸桧以泄愤。这种说法恐怕是源自南方,因为北方读音鬼与桧不同。为什么叫油鬼,没人知道。在比较富裕的大家庭里,只有做父亲的才有资格偶然以馄饨、鸡丝面或羊肉馅包子做早点;只有做祖父母的才有资格常以燕窝汤、莲子羹或哈什玛之类做早点;像我们这些"民族幼苗",便只有烧饼油条来果腹了。说来奇怪,我对于烧饼油条从无反感,天天吃也不厌,我清早起来,就有一大簸箩烧饼油鬼在桌上等着我。

现在台湾的烧饼油条,我以前在北平还没见过。我所知道的烧饼,有螺蛳转儿、芝麻酱烧饼、马蹄儿、驴蹄儿几种,油鬼有麻花儿、甜油鬼、炸饼儿几种。螺蛳转儿夹麻花儿是一绝,掰开螺蛳转儿,夹进麻花儿,用手一按,咔嚓一声麻花儿碎了,这一声响就很有意思,如今我再也听不到这个声音。有一天和齐如山先生谈起,他也很感慨,他嫌此地油条不够脆,有一次他请炸油条的人给他特别炸焦:"我加倍给你钱。"那个炸油条的人好像是前一夜没睡好觉(事实上凡是炸油条、烙烧饼的人都是睡眠不足),一翻白眼说:"你有钱?我不伺候!"回锅油条、老油条也不是味道,焦硬有余,酥脆不足。至于烧饼,螺蛳转儿好像久已不见了,因为专门制售螺蛳转儿的粥铺早已绝迹了。所谓粥铺,是专卖甜浆粥的一种小店,甜浆粥是一种稀稀的粗粮米汤,其味特殊。北平城里的人不知道喝豆浆,常是一碗甜浆粥一套螺蛳转儿,但是这也得到粥铺去趁热享用才好吃。我到十四岁以后才喝到豆浆,我相信我父母一辈子也没有喝过豆浆。我们家里吃烧饼油条,嘴干了就喝大壶的茶,难得有一次喝到甜浆粥。后来我到了上海,才看到细细长长的那种烧饼,以及菱形的烧饼,而且油条长长的也不适于夹在烧饼里。

火腿、鸡蛋、牛油面包作为标准的早点,当然也好,但我只是在不得已的情形下才接受了这种异俗。我心里怀念的仍是烧饼油条。和我有同嗜的人相当不少。海外羁旅,对于家乡土物率多念念不忘。有一位华裔美籍的学人,每次到台湾来都要带一二百副烧饼油条回到美国去,存在冰柜里,逐日检取一副放在烤箱或电锅里一烤,便觉得美不可言。谁不知道烧饼油条只是脂肪、淀粉,从营养学来看,不构成一份平衡的食品。但是多年习惯,对此不能忘情。在纽约曾有人招待我到一家中国餐馆进早点,座无虚席,都是烧饼油条客,那油条一根根的都很结棍,韧性很强。但是大家觉得这是家乡味,聊胜于无。做油条的师傅,说不定曾经付过二两黄金才学到如此这般的手艺。又有一位返国观光的游子,住在台北一家观光旅馆里,晨起第一桩事就是外出寻找烧饼油条,遍寻无着,返回旅舍问服务小姐,服务小姐登时蛾眉一耸说:"这是观光区域,怎会有这种东西?你要向偏僻街道、小巷去找。"闹哄了一阵,兴趣已无,乖乖地到附设餐厅里去吃火腿、鸡蛋、面包了事。

有人看我天天吃烧饼油条,就问我:"你不嫌脏?"我没想到过这个问题。据这位关心的人说,要注意烧饼里有没有老鼠屎。第二天我打开烧饼先检查,哇,一颗不大不小像一颗万应锭似的黑黑的东西赫然在焉。用手一捻,碎了。若是不当心,入口一咬,必定牙碜,也许不当心会咽了下去。想起来好怕,"一颗老鼠屎搅坏一锅粥",这话不假,从此我存了戒心。看看那个豆浆店,小小一间门面,案板油锅都放在人行道上,满地是油渍污泥,一袋袋的面粉堆在一旁像沙包一样,阴沟里老鼠横行。再看看那打烧饼、炸油条的人,头发蓬鬙,上身只有灰白背心,脚上一双拖鞋,说不定嘴里还叼着一根纸烟。在这情况之下,要使老鼠屎不混进烧饼里去,着实很难。好在不是一个烧饼里必定轮配到一橛老鼠屎,难得遇见一回,所以戒心维持了一阵也就解严了。

也曾经有过观光级的豆浆店出现,在那里有峨高冠的厨师,有穿制服的侍者,有装潢,有灯饰,筷子有纸包着,豆浆碗下有盘托着,餐巾用过就换,而不是一块毛巾大家用,像邮局糨糊旁边附设的小块毛巾那样的又脏又黏。如果你带外宾进去吃早点,可以不至于脸红。但是偶尔观光一次是可以的,谁也不能天天去观光,谁也不能常跑远路去图一饱。

于是这打肿脸充胖子的局面维持不下去了，烧饼油条依然是在行人道边乌烟瘴气的环境里苟延残喘。而且我感觉到吃烧饼油条的同志也越来越少了。

雅舍小品四集

让

　　初到西方旅游的人，在市区中比较交通不繁的十字路口，看到并无红绿灯指挥车辆，路边常竖起一个牌示，大书 Yield 一个字，其义为"让"，觉得奇怪。等到他看见往来车辆的驾驶人，一见这个牌示，好像是面对纶綍一般，真个的把车停了下来，左顾右盼，直到可以通行无阻的时候才把车直驶过去。有时候路上根本并无车辆横过，但是驾驶人仍然照常停车。有时候有行人穿越，不分老少妇孺，他也一律停车，乖乖地先让行人通过。有时候路口不是十字，而是五六条路的交叉路口，则高悬一盏闪光警灯，各路车辆到此一律停车，先到的先走，后到的后走。这种情形相当普遍，他更觉得奇怪了，难道真是礼失而求诸野？

　　据说："让"本是我们"固有道德"的一个项目，谁都知道孔融让梨、王泰推枣的故事。《左传》老早就有这样的嘉言："让，德之主也。"（《昭十》）"让，礼之主也。"（《襄十三》）《魏书》卷二十记载着东夷弁辰国的风俗："其俗，行者相逢，皆住让路。"当初避秦流亡海外的人还懂得"行者相逢皆住让路"的道理，所以史官秉笔特别标出，表示礼让乃泱泱大国的流风遗韵，远至海外，犹堪称述。我们抛掷一根肉骨头于群犬之间，我们可以料想到将要发生什么情况。人为万物之灵，当不至于狼奔豕窜地攘臂争先地夺取一根骨头。但是人之异于禽兽者几希，从日常生活中，我们可以窥察到懂得克己复礼的道理的人毕竟不太多。

在上下班交通繁忙的时刻，不妨到十字路口伫立片刻，你会看到形形色色的车辆，有若风驰电掣，目不暇给。从前形容交通频繁为车水马龙，如今马不易见，车亦不似流水，直似迅濑哮吼，惊波飞薄。尤其是一溜臭烟噼噼啪啪呼啸而过的成群机车，左旋右转，见缝就钻，比电视广告上的什么狼什么豹的还要声势浩大。如果车辆遇上红灯摆长队，就有性急的骑机车的拼命三郎鱼贯窜上红砖道，舍正路而弗由，抄捷径以赶路，红砖道上的行人吓得心惊胆战。十字路口附近不是没有交通警察，他偶尔也在红砖道上踥蹀，机车骑士也偶尔被拦截，但是刚刚拦住一个，十个八个又飚地飞驰过去了。不要以为那些骑士都是汲汲地要赶赴死亡约会，他们只是想省时间，所以不肯排队，红砖道空着可惜，所以权为假道之计。骑车的人也许是贪睡懒觉，争着要去打卡，也许有什么性命交关的事耽误不得，行人只好让路。行人最懂得让，让车横冲直撞，不敢怒更不敢言，车不让人人让车，我们的路上行人维持了我们传统的礼让。什么时候才能人不让车车让人，只好留待高谈中西文化的先生们去研究了。

大厦七层以上，即有电梯。按常理，电梯停住应该让要出来的人先出来，然后要进去的人再进去，和公共汽车的上下一样。但是我经常看见一些野性未驯的孩子，长头发的恶少，以及绅士型的男士和时装少妇，一见电梯门启，便疯狂地往里挤，把里面要出来的人憋得唧唧叫。公共场所如电影院的电梯门前总是拥挤着一大群万物之灵，谁也不肯遵守先来后到的顺序而退让一步。

有人说，我们地窄人稠，所以处处显得乱哄哄。例如任何一个邮政支局，柜台里面是桌子挤桌子，柜台外面是人挤人，尤其是邮储部门人潮汹涌，没有地方从容排队，只好由存款簿图章在柜台上排队。可见大家还是知道礼让的。只是人口密度太高，无法保持秩序。其实不然，无论地方多么小，总可以安排下一个单行纵队，队可以无限伸长，伸到街上去，可以转弯，可以队首不见队尾，循序向前挪移，岂不甚好？何必存款簿图章排队而大家又在柜台前挤作一团？说穿了还是争先恐后，不肯让。

小的地方肯让，大的地方才会与人无争。争先是本能，一切动物皆不能免；让是美德，是文明进化培养出来的习惯。孔子曰："当仁不让于师。"只有当仁的时候才可以不让，此外则一定当以谦让为宜。

图　　章

印章篆刻是我们中国特有的一种艺术。从春秋战国时起，到如今有二千多年的历史。最初只是一种凭信的记号，后来则于做凭信记号之外兼为一种艺术。

外国不是没有图章。英国不是也有所谓掌玺大臣么？他们的国王有御玺，有大印，和我们从前帝王之有玉玺没有两样。秦始皇就有螭虎纽六玺。不过外国没有我们一套严明的制度，我们旧制是帝王用者曰玺曰宝，官吏曰印，秩卑者曰钤记，非永久性的机关曰关防，秩序井然。讲到私人印信，则纯然是我们的国粹。外国人只凭签字，没有图章。我们则几乎没有一个人没有图章。签支票、立合同、掣收据、报户口、填结婚证书、申报所得税，以至于收受挂号信件包裹，无一不需盖章。在许多情况中，凭身份证验明正身都不济事，非盖图章不可。刻一个图章，还不容易？到处有刻字匠，随时可以刻一个。从前我在北平，见过邮局门口常有一个刻字摊，专刻急就章，用硬豆腐干一块，奏刀刻画，顷刻而成，钤盖上去也是朱色烂然，完全符合邮局签字盖章的要求。

我有一位朋友，他很有自知之明，他知道一颗图章早晚有失落之虞，或是收藏太好而忘记收藏之所，所以他坚决不肯使用图章，尤其在银行开户，他签发支票但凭签字。他的签字式也真别致，很难让人模仿得像。但是天有不测风云，他突然患了帕金森症，浑身到处打哆嗦，尤其是人生最常使用的手指头，拿不住筷子，捧不稳饭碗，摸不着电铃，看不准插头，如何能够执笔在支票上签字？勉强签字如鬼画符，银行核对下来不承认。后来几经交涉，经过好多保证才算把款提了出来，这时候才知道有时候签字不如盖章。

有些外国人颇为羡慕我们中国人的私章，觉得小小的一块石头刻上自己的名姓，或阴或阳，或篆或籀，或铁线或九叠，都怪有趣的。抗战时期，闻一多在昆明，以篆刻图章为副业，当时过境的美军不少，常有人登门造访，请求他的铁笔。他照例先给他起一个中国姓名，讲给他听，那几个中国字既是谐音，又有吉祥高雅的涵义，他已经乐不可支，然后约期取件，当然是按润例计酬。雕虫小技，却也不轻松，视石之大小软硬而用指力、腕力，或臂力，积年累月地捏着一把小刀，伏在案上于方寸之地纵横排挈，势必至于两眼昏花，肩耸背驼，手指磨损。对于他，篆刻已不复是文人雅事，而是谋生苦事了。

在字画上盖章，能使得一幅以墨色或青绿为主的作品，由于朱色印泥的衬托，而格外生动，有画龙点睛之妙。据说这种做法以酷爱文画的唐太宗为始，他有自书"贞观"二字的联珠印，嗣后唐代内府所藏的精品就常有"开元""集贤"等等的钤记。元赵孟𫖯是篆刻的大家，开创了文人篆刻的先河，至元代而达到全盛时期。收藏家或鉴赏家在字画名迹上盖个图章原不是什么坏事，不过一幅完美的作品若是被别人在空白处盖上了密密麻麻的大小印章，却是大煞风景。最讨厌的是清朝的皇帝，动辄于御题之外加盖什么"御览之宝"的大章，好像非如此不足以表示其占有欲的满足。最迂阔的是一些藏书印，如"子孙益之守勿失""子孙永以为好""子子孙孙永无鬻"之类，我们只能说其情可悯，其愚不可及。

明清以降，文人雅士篆刻之风大行，流落于市面的所谓闲章常有奇趣，或摘取诗句，或引用典实，或直写胸臆。有时候还可于无意中遇到石质特佳的印章，近似旧坑田黄之类。先君嗜爱金石篆刻，积有印章很多，丧乱中我仅携出数方，除"饱蠹楼藏书印"之外尽属闲章。有一块长方形寿山石,刻诗一联"鹭拳沙岸雪,蝉翼柳塘风",不知是谁的句子,也不知何人所镌,我觉得对仗工,意境雅,书法是阳文玉筋小篆尤为佳妙,我就喜欢它,有一角微缺,更增其古朴之趣。还有一块白文"春韭秋菘",我曾盖在一幅画上,后来这幅画被一外国人收购,要我解释这印章文字的意义,我当时很为难,照字面翻译当然容易,说明典故却费周折。南齐的周颙家清贫,"文惠太子问颙:'菜何味胜?'颙曰:'春初早韭,秋末晚菘。'"春韭秋菘代表的是清贫之士的人品之清高。早韭嫩,晚菘肥,菜蔬之美岂是吃牛排吃汉堡面包的人所能领略?安贫乐道的精神之可贵,更难于用三言两语向唯功利是图的人解释清楚的了。

我还有两颗小图章,一个是"读书乐",一个是"学古人"。生而知之的人,不必读书。英国复辟时代戏剧作家万布鲁(Vanbrugh)有一部喜剧《旧病复发》(*The Relapse*),其中的一位花花公子说过一句翻案的名言:"读书即是拿别人绞出的脑汁来自娱。我觉得有身份的人应该以自己的思想为乐。"不读他人的书,自己的见解又将安附?恐怕最知道读书乐的人是困而后学的人。学古人,也不是因为他们苦,是因为从古人那里可以看到人性之尊严的写照,恰如波普(Pope)在他的《批评论》所说:

> Learn hence for ancient rules a just esteem:
> To copy nature is to copy them.

> 所以对古人的规律要有一份尊敬,
> 揣摩古人的规律即是揣摩人性。

这两颗小图章给了我很大的启发,教我读书,教我做人。最近一位朋友送我两颗印章,一是仿汉印,龟纽,文曰"东阳太守",令我想起杜诗所谓"除道哂要章",太守的要章(佩在身上的腰章)大概就是这个样子了。另一是阳文圆印,文曰"深心托豪素",这是颜延之的诗:"向秀甘淡薄,深心托豪素。"向秀是晋人，清悟有远识，好老庄之学，与山涛嵇康等善，一代高人。这一颗印，与春韭秋菘有同样淡远的趣味。

一出版家与人诟谇，对方曰："汝何人，一书贾耳！"这位出版家大恚，言于余。我告诉他，可玩味者唯一"耳"字。我并且对他说，辞官一身轻的郑板桥当初有一颗图章"七品官耳"，那个"耳"字非常传神。我建议他不必生气，大可刻一个图章"一书贾耳"。当即自告奋勇，为他写好印文，自以为分朱布白，大致尚可，唯不知他有无郑板桥那样的洒脱，肯镌刻这样的一个图章，我没敢追问。

勤

勤，劳也。无论劳心劳力，竭尽所能黾勉从事，就叫做勤。各行各业，凡是勤奋不息者必定有所成就，出人头地。即使是出家和尚，息迹岩穴，徜徉于山水之间，看破红尘，与世无争，他们也自有一番精进的功夫要做，于读经礼拜之外还要勤行善法不自放逸。且举两个实例：

一个是唐朝开元间的百丈怀海禅师，亲近马祖时得传心印，精勤不休。他制定了"百丈清规"，他自己笃实奉行，"一日不作，一日不食"，一面修行，一面劳作。"出坡"的时候，他躬先领导以为表率。他到了暮年仍然照常操作，弟子们于心不忍，偷偷地把他的农作工具藏匿起来。禅师找不到工具，那一天没有工作，但是那一天他也就真个的没有吃东西。他的刻苦的精神感动了不少的人。

另一个是清初的以山水画著名的石豀和尚。请看他自题《溪山无尽图》：

> 大凡天地生人，宜清勤自持，不可懒惰。若当得个懒字，便是懒汉，终无用处……残衲住牛首山房，朝夕焚诵，稍余一刻，必登山选胜，一有所得，随笔作山水数幅或字一段，总之

不放闲过。所谓静生动,动必作出一番事业。端教一个人立于天地间无愧。若忽忽不知,懒而不觉,何异草木?

人而不勤,无异草木,这句话沉痛极了。过饱食终日无所用心的生活,英文叫做 vegetate,义为过植物的生活。中外的想法不谋而合。

勤的反面是懒。早晨躺在床上睡懒觉,起得床来仍是懒洋洋地不事整洁,能拖到明天做的事今天不做,能推给别人做的事自己不做,不懂的事情不想懂,不会做的事不想学,无意把事情做得更好,无意把成果扩展得更多,耽好逸乐,四体不勤,念念不忘的是如何过周末如何度假期。这是一个标准懒汉的写照。

恶劳好逸,人之常情。就因为这就是人之常情,人才需要鞭策自己。勤能补拙,勤能损欲,这还是消极的说法,勤的积极意义是要人进德修业,不但不同于草木,也有异于禽兽,成为名副其实的万物之灵。

头　发

周口店的北京人,据考古学家所描绘,无分男女,都是长发鬅鬙,披到肩上,看上去也没有什么不好看,想来头毛太长的时候可能动作不大方便而已。不知道过了多少年,人才懂得把过长的头发挽起来,做个结,插一根簪,扣上一顶方巾,或是梳成一个髻。于是只有夷狄之人才披发左衽,只有佯狂的人才披发为奴,只有愤世的人才披发行吟,只有隐遁的人才披发入山。文明社会里一般正常的人好像都不披散着头发。

按照身体发肤受之父母不敢毁伤的说法,头发是不可以剪断的。夷狄之人固然是披发文身,可是《左传·哀十一》谓:"吴发短。"《榖梁传·哀十三》谓:"吴,夷狄之国也,祝发文身。"祝发就是断发使短。自文明人观之,头发长了披散着固然不是,断发使短也不是,都不合乎标准。可见发式自古就是一件麻烦事,容易令人看着不顺眼。

把头发完全剃光，像秃鹫一般，在古时是一种刑法。《汉旧仪》："秦制，凡有罪，男髡钳为城旦。"意为男子犯罪，就剃光头，颈上束一道圈，罚做奴工。髡是罪刑，所以《易林》说："刺、刖、髡、劓，人所贱弃。"自隋唐以后就没有这种刑法了，可是听"红卫兵"对于所谓"成分"不佳的无辜之人也曾强行游街示众，并勒令剃"鸳鸯头"，即剃掉头发的一半，怪模怪样，当然比全剃光更丑。

头发整理得美观，给人良好的印象。《诗·齐风·卢令》："其人美且鬈。"鬈，发好貌。但是不一定指头发弯弯曲曲作波浪形，而且也不一定专指头发，可能是美观的头发代表一般的美观的形象而已。妇女的发髻花样百出，自古已然。《汉书·马廖传》："城中好高髻，四方高一尺。"我们可以想象一尺的高髻，那巍峨的样子也许下不于满清旗妇的"两把头"。《汉武帝内传》："上元夫人头作三角髻，余发散垂至腰。"上元夫人乃是一位女仙，曾与西王母数度共宴，统领十方玉女，她的发式恐怕不是人间所有。头顶三角髻，垂发及腰，那样子岂不要吓煞人！曹植《洛神赋》形容他心目中的美人说："云髻峨峨，修眉联娟。"云髻是把头发卷起盘旋如云，高高地堆在头顶上。杜工部想念他的夫人也说"香雾云鬟湿"，云鬟就是云髻。刘禹锡句"高髻云鬟宫样妆"，杨万里句"宫样高梳西子鬟"，云鬟本是贵妇的发式，但是也流行在民间了。到了后来，发髻好像是不再堆在头顶上，而是围成一个圆巴巴贴在后脑勺上。晚清的什么"苏州撅""喜鹊尾""搭拉酥"，都是中下级流行的脑后发式。头梳得不好，常被讥为"牛屎堆"。

满洲人剃头，不是剃光头，而是周围剃光，留着头顶上的长发织成长辫子垂在背后，形成外国人所取笑的猪尾巴。满人入关强令汉人剃发，于是才有"有头皆可剃，无剃不成头，世间剃头者，人亦剃其头"谜样的谚语发生。北平的剃头挑子，挑子上有个旗杆似的东西，谁都知道那原来是为挂人头的！拒绝剃发就要人头挂高竿！太平天国的群众之所以成了"长发贼"是一种反抗。辛亥前后之剪辫子的风尚也是一种反抗。

可是辫子留了好几百年，还有人舍不得剪，还有人在剪的时候流了泪呢。

僧尼落发是出家的标识。《大智度论》："剃头着染衣，持钵乞食，此是破憍慢法。"为破憍慢而至于剃光头（胡须也在内），也可说是表示大决心，与外道有别，与世人无争，斩断三千烦恼丝，以求内心清净。不是出家的人，也有剃光头的，不拘大人孩子，都剃成一个葫芦头，据说"不长虱子不长疮"。戏剧演员也偶有剃光头的，有人说是有"性感"，真不知从何说起。

晚近因为头发而引人议论的约有二事，一是中学生女生之被勒令剪短头发，一是成年男子之流行蓄留长发。

从前女生的发式没有问题。我记得很多女生喜欢梳两条小辫子分垂左右，从小学起一直维持到进大学之后。好像进了中学之后大部分就把两条辫子盘成两个圆巴巴贴在后脑勺，有的且在额前遮着刘海，以增妩媚。等到进了大学，保守者脑袋后面挽个纥，时髦者剪短烫鬈。说老实话，如今之"清汤挂面"式的头发实在很丑，我想大概是脱胎于当年女子剪发后流行一时的所谓"鸭屁股式"（boyish bob）。大概是某些人偏爱这种发式，一朝权在手，便通令女生头发不准长过耳根。也许是肇因于对"统一"的狂热，想把芸芸学子都造成一个模式，整齐划一，于是从发式上着手，一眼望过去，每个女生顶着一把清汤挂面，脖梗子露出一块青青的西瓜皮。这种管制能收实效多久，只看女生一出中学校门立即烫发这一件事便可知晓了。

成年男子蓄长发，有时还到女子美容院去烫发，这是国外传布的一阵歪风，许是由英国的"披头士"或美国的"嬉痞"闹起来的，几乎风靡了全世界。这种发式使得男女莫辨，有时令人很窘。我最初在美国看到中国餐馆侍者一个个的长发及领，随后又看到我们的领事先生也打扮成那个模样。一霎间国内青年十之八九都变成长发贼了。令人难解的是一身渍泥儿的各行各业的工人也蓄起长发了。尤其是所谓不良少年和作奸犯科的道上人物也几乎没有一个不是长毛儿。我看见一位青年从女子美容院出来，头发烫成了强力爆炸型，若说是首如飞蓬，还不足以形容其伟大，幸亏是在光天化日之下出现，否则会吓煞人。

求　雨

一九八三年九月二十五日报纸，桃园县"新屋观音两乡农民跪行祈雨六个小时"。仪式很隆重。上午八点不到，穿麻衣的两乡乡长、水利站长、村长代表等十余人，以及一千余名农友，齐集观音乡保生村溥济宫前，向保生大帝表明求祝的意旨后，转往茄冬溪进行"赤手摸鱼"。如摸得鲫鱼则求雨得雨，如摸得虾则求雨无雨，神亦莫能助。摸了二十分钟果然得鲫。众大欢喜。于是一路跪拜返回溥济宫，宣读求雨的祷告文。随后就"出祈"，一路跪拜，沿公路到新屋乡的北湖村，三步一拜，五步一跪，到北湖村后折返，一路大喊"求天降下雨"，返抵溥济宫已过下午四时。

天久不雨是一件大事。《春秋》就不断地有记载，例如文公二年"自十有二月不雨，至于秋七月"，半年多不下雨，当然很严重。《水浒传》里的一首山歌："夏日炎炎似火烧，野田禾稻尽枯焦。农夫心内如汤煮，公子王孙把扇摇。"其实我们靠天吃饭，果真大旱，把扇摇也不能当饭吃。

求雨之事，古已有之。旱而求雨之大祭曰雩。《公羊传·桓公五年》："大雩者何，旱祭也。"何休注："雩，请雨祭名。君亲之南郊，以六事谢过自责曰：'政不一与？民失职与？宫室崇与？妇谒盛与？苞苴行与？雩夫倡与？'使童女各八人，舞而呼雩，故谓之雩。"旱祭之时，君王谢过自责，虽然是一种虚文，究竟是负责知耻的表现，并不以灾祸完全诿之于天。天灾人祸是两件事，借天灾而反躬自省，不也很好么？

"东山霖雨西山晴"，雨究竟是地方的事，所以求雨也不能专靠君王。《礼记·月令》：仲夏之月，"命有司为民祈祀山川百源，大雩帝，用盛乐。乃命百县，雩祀百辟卿士有益于民者，以祈谷实。"这就是要地方官主持雩祭求雨，不但要祭上帝，还要祭造福地方的先贤。多烧香，多磕头，总没有错。下雨不下雨，究竟归谁管，实在说不清楚。桃园县农民请雨，祭的是"保生大帝"，我不晓得他是何方神圣，大概是一位保境安民的地方神吧。不知他是能直接命令雷公电母兴云作雨，还是要转呈层峰上达天庭作最后的核夺。

无论如何，桃园县这两乡的官民人等实在很聪明，在"出祈"之前，先在一条溪里作赤手摸鱼的测验，测验一下天公到底肯不肯下雨。测得相当把握之后，再三步一拜五步一跪地往返祈雨。"杀头的生意有人做，亏本的生意没人做。"若无相当把握，谁肯冒冒失失地就跪拜起来？那岂不是成了亏本生意？不过他们百密一疏，他们似乎没想到摸鱼测验的方法未必可靠。摸到鱼，还是不下雨，怎么办？三步一拜，五步一跪，往返八公里，耗时六小时，这种自虐性的运动不简单。不信，你试试看。人不到情急，谁愿出此下策？这是苦肉计，希望以虔诚的表示来感动上苍。

天旱，又好像不是有好生之德的上帝的意思。《诗·大雅·云汉》："旱魃为虐。"疏："神异经云，南方有人，长二三尺，袒身，而目在顶上，走行如风，名曰魃，所见之国大旱，赤地千里。一名旱母。"旱神简直是个小妖精。目在顶上，所以目中无人。顶上三尺有青天，所以他也许还知道畏上帝。所以我们求雨来对付他。

唐·段成式《酉阳杂俎》："太原郡东有崖山。天旱士人常绕此山以求雨。俗传：崖山神娶河伯女，故河伯见火，必降雨救之。"绕山求雨是合于"祈祀山川百源"的古礼，但河伯是水神不知何时和崖山神扯上一门亲事，遂能腾云致雨？天神好像也会徇私。

《春秋左传·僖公二十一年》："夏大旱，公欲焚巫尪，臧文仲曰：'非旱备也。修城郭，贬食，省用，务穑，劝分，此其务也。巫尪何为？'"女巫据说能兴妖作怪，呼风唤雨，当然也能制造大旱，所以僖公要烧死她。这使我们联想到两千二百多年后的一五八九年，苏格兰王哲姆斯一世之为了海上遇风而大捕巫婆的一幕。鲁大夫臧文仲说的话颇近于我们所谓兴水利筑水库的一套办法，两千六百多年前我们就有明白人。

神也有时候吃硬不吃软。只有红萝卜而不用棍子是不行的。我记得从前有人求雨，久而无效，乡人就把城隍爷的神像搬出来，褫其衣冠，抬着他在骄阳之下游街，让他自己也尝尝久旱不雨的滋味。据说若是仍然无效，辄鞭其股以为惩。软硬兼施之后，很可能就有雨。

说老实话，久旱之后必定会有雨，久雨之后也必定会天晴。这是自然之道，与求不求没有关系。如今我们有人造雨，虽然功效很有限，可是我们知道水利，可使大旱不致成为大灾。现在沙漠里也可以种菜了。于今之世，而仍三步一拜五步一跪地去求雨，令人不无时代错误之感。可是我们也不能以愚民迷信而一笔抹煞之，因为据报载，桃园求雨之役有"立法委员×××及准备竞选立委的政大副教授×××师大教授×××等，昨天也都到场跪拜求雨"。这几位无论如何不能列为愚民一类。他们双膝落地，所为何来？

一只野猫

流浪街头无人豢养的猫，叫做野猫。通常是瘦得皮包骨，一身溃泥，瞪着大眼嗷嗷地叫，见人就跑。英语称之为街猫，以别于家猫，似较为确切，因为野猫是另一种东西，本名 lynx，我们称之为山猫，大概也就是我们酒席上的果子狸。

稀脏邋遢的孩子，在街上鬼混，我们称之为野孩子。其实他和良家子弟属于同一品种，不是蛮荒的野人的孑遗，只是缺乏教养失去了家庭温暖的可怜的孩子。猫也是一样。踯躅街头嗷嗷待哺的猫，我也似乎不该叫它为野猫，只因一时想不起较合适的名称，暂时委屈它一下称之为野猫吧。

一般的野猫，其实是驯顺的，而且很胆怯。在垃圾堆旁的野猫都是贼眉鼠眼的，一面寻食，一面怕狗，更怕那些比狗更凶的人。我们在街上看见几只野猫，怜其孤苦伶仃，顶多付诸一叹，焉能广为庇护使尽得其所？但是如果一只野猫不时地在你大门外出现，时常跟着你走，有时候到了夜晚蹲在你的门前守候着你，等你走近便叫一声"咪噢"，而你听起来好像是叫一声"妈"……恐怕你就不能不心动一下，恻隐之心，人皆有之。

菁清最近遇到了这样的一只野猫。白毛，大块的黑斑，耳朵是黑的，尾巴是黑的，背上疏疏落落的有三五大块黑，显着粗豪，但不难看，很脏，但是很胖，也许本是家猫而被遗弃的，也许它善于保养而猎食有道。它跟了菁清几天，她不能恝置不理了，俯下身去摸摸它，哇，毛一缕缕地粘结在一起，刚鬣髼髼，大概是好久不曾梳洗。

"我们把它抱到家里来吧？"菁清说。

我断然说："不可。"

我们家已经有白猫王子和黑猫公主，一雌一雄，其饮食起居以及医药卫生之所需，已经使我们两个忙得团团转，如果善门大开，寒家之内势将喧宾夺主。菁清听了没说什么，拿一钵鱼一盂水送到门口外，就像是在路边给过往行人"奉茶"的那个样子。

如是者数日，野猫每日准时到达门口领食，更难得的是施主每日准时放置饮食于固定之处待领。有时吆喝一声，它不知从那里窜了出来，欣然领受这份嗟来之食。

有好几天不见猫来。心想不妙，必是遭遇了什么意外。果然，它再度出现时，尾巴中间一截血淋淋的毛皮尽脱，露出一段细细的似断未断的骨头。它有气无力地叫。我猜想也许是被那一家的弹簧门夹住了尾巴。菁清说一定是狗咬的。本来尾巴没有用，老早就该进化淘汰掉的，留着总是要惹麻烦。菁清说："以后教它上楼到我们房门口来吃吧。"我看着它的血丝糊拉的尾巴，也只好点点头。从此这只猫更上一层楼，到了我们的房门口。不过我有话在先，我在这里画最后一道线，不能再越雷池一步,登堂入室是绝不可以的。菁清说:"这只猫,总得有个名字,就叫它'小花子'吧。"怜其境遇如乞食的小叫花子,同时它又是一身黑白花。

小花子到房门口,身份好像升了一级。尾巴的伤养好了,猫有九条命,些许皮肉之伤算不了什么。菁清给它梳洗了一番,立刻容光焕发。看它直咳嗽,又喂了它几颗保济丸。它好想走进我们的房间,有时候伸一只爪子隔在门缝里,不让我们关门,我心里好惭愧,为什么这样自私,不肯再多给它一点温暖!菁清拿出一条棉絮放在门外,小花子吃饱之后,照例洗洗脸,便蜷着身子在棉絮上面睡了。小花子仅仅免于冻馁而已。它晚间来到门口膳宿,白天就不知道云游何处了。

白猫王子听得门外有同类的呼声,起初是兴奋,观察许久,发出呼噜的吼声,小花子吓得倒退。对于这不速之客,白猫王子好像不表欢迎。一门之隔,幸与不幸,判如霄壤。一个是食鲜眠锦,一个是踵门乞食。世间没有平等可言!

北平的冬天

说起冬天,不寒而栗。

我是在北平长大的。北平冬天好冷。过中秋不久,家里就忙着过冬的准备,作"冬防"。阴历十月初一屋里就要生火,煤球、硬煤、柴火都要早早打点。摇煤球是一件大事。一串骆驼驮着一袋袋的煤末子到家门口,煤黑子把煤末子背进门,倒在东院里,堆成好高的一大堆。然后等着大晴天,三五个煤黑子带着筛子、耙子、铲子、两爪钩子就来了,头上包块布,腰间褡布上插一根短粗的旱烟袋。煤黑子摇煤球的那一套手艺真不含糊。煤末子摊在地上,中间做个坑,好倒水,再加预先备好的黄土,两个大汉就搅拌起来。搅拌好了就把烂泥一般的煤末子平铺在空地上,做成一大块蛋糕似的,再用铲子拍得平平的,光溜溜的,约一丈见方。这时节煤黑子已经满身大汗,脸上一条条黑汗水淌了下来,该坐下休息抽烟了。休毕，煤末子稍稍干凝，便用铲子在上面横切竖切，切成小方块，像厨师切菜切萝卜一般手法伶俐。然后坐下来，地上倒扣一个小花盆，把筛子放在花盆上，另一人把切成方块的煤末子铲进筛子，便开始摇了，就像摇元宵一样，慢慢地把方块摇成煤球，然后摊在地上晒。一筛一筛地摇，一筛一筛地晒。好辛苦的工作，孩子在一边看，觉得好有趣。

万一天色变，雨欲来，煤黑子还得赶来收拾，归拢归拢，盖上点什么，否则煤被雨水冲走，前功尽弃了。这一切他都乐为之，多开发一点酒钱便可。等到完全晒干，他还要再来收煤，才算完满，明年再见。

煤黑子实在很苦，好像大家并不寄予多少同情。从日出做到日落，疲乏的回家途中，遇见几个顽皮的野孩子，还不免听到孩子们唱着歌谣嘲笑他：

煤黑子，打算盘，
你妈洗脚我看见！

我那时候年纪小，好久好久都没有能明白为什么洗脚不可以令人看见。

煤球儿是为厨房大灶和各处小白炉子用的，就是再穷苦不过的人家也不能不预先储备。有"洋炉子"的人家当然要储备的还有大块的红煤白煤，那也是要砸碎了才能用，也需一番劳力的。南方来的朋友们看到北平家家户户忙"冬防"，觉得奇怪，他不知道北平冬天的厉害。

一夜北风寒，大雪纷纷落，那景致有得瞧的。但是有几个人能有谢道韫女士那样从容吟雪的福分。所有的人都被那砭人肌肤的朔风吹得缩头缩脑，各自忙着做各自的事。我小时候上学，背的书包倒不太重，只是要带墨盒很伤脑筋，必须平平稳稳地拿着，否则墨汁要洒漏出来，不堪设想。有几天还要带写英文字的蓝墨水瓶，更加恼人了。如果伸手提

161

携墨盒墨水瓶，手会冻僵。手套没有用。我大姐给我用绒绳织了两个网子，一装墨盒，一装墨水瓶，同时给我做了一副棉手筒，两手伸进筒内，提着从一个小孔塞进的网绳，于是两手不暴露在外而可提携墨盒墨水瓶了。饶是如此，手指关节还是冻得红肿，作奇痒。脚后跟生冻疮更是稀松平常的事。临睡时母亲为我们备热水烫脚，然后钻进被窝，这才觉得一日之中尚有温暖存在。

　　北平的冬景不好看么？那倒也不。大清早，榆树顶的干枝上经常落着几只乌鸦，呱呱地叫个不停，好一幅古木寒鸦图！但是还不及西安城里的乌鸦多。北平喜鹊好像不少，在屋檐房脊上吱吱喳喳地叫，翘着的尾巴倒是很好看的，有人说它是来报喜，我不知喜自何来。麻雀很多，可是竖起羽毛像披蓑衣一般，在地面上蹦蹦跳跳地觅食，一副可怜相。不知什么人放鸽子，一队鸽子划空而过，盘旋又盘旋，白羽衬青天，哨子呼呼响。又不知是那一家放风筝，沙雁蝴蝶龙睛鱼，弦弓上还带锣鼓。隆冬之中也还点缀着一些情趣。

　　过新年是冬天生活的高潮。家家贴春联、放鞭炮、煮饺子、接财神。其实是孩子们狂欢的季节，换新衣裳、磕头、逛厂甸儿，流着鼻涕举着琉璃喇叭大沙雁儿。五六尺长的大糖葫芦糖稀上沾着一层尘沙。北平的尘沙来头大，是从蒙古戈壁大沙漠刮来的，平时真是胡尘涨宇，八表同昏。脖领里、鼻孔里、牙缝里，无往不是沙尘。这才是真正的北平的冬天的标帜。愚夫愚妇们忙着逛财神庙、白云观去会神仙，甚至赶妙峰山进头炷香，事实上无非是在泥泞沙尘中打滚而已。

　　在北平，裘马轻狂的人固然不少，但是绝大多数的人到了冬天都是穿着粗笨臃肿的大棉袍、棉裤、棉袄、棉袍、棉背心、棉套裤、棉风帽、棉毛窝、棉手套。穿丝棉的是例外。至若拉洋车的、挑水的、掏粪的、换洋取灯儿的、换肥子儿的、抓空儿的、打鼓儿的……那一个不是衣裳单薄，在寒风里打颤？在北平的冬天，一眼望出去，几乎到处是萧瑟贫寒的景色，无须走向粥厂门前才能体会到什么叫做饥寒交迫的境况。北平是大地方，从前是辇毂所在，后来也是首善之区，但也是"朱门酒肉臭，路有冻死骨"的地方。

北平冷，其实有比北平更冷的地方。我在沈阳度过两个冬天。房屋双层玻璃窗，外层凝聚着冰雪，内层若是打开一个小孔，冷气就逼人而来。马路上一层冰一层雪，又一层冰一层雪，我有一次去赴宴，在路上连跌了两跤，大家认为那是寻常事。可是也不容易跌断腿，衣服穿得多。一位老友来看我，觌面不相识，因为他的眉毛须发全都结了霜！街上看不到一个女人走路。路灯电线上踞着一排鸦雀之类的鸟，一声不响，缩着脉子发呆，冷得连叫的力气都没有。更北的地方如黑龙江，一定冷得更有可观。北平比较起来不算顶冷了。

冬天实在是很可怕。诗人说："如果冬天来到，春天还会远么？"但愿如此。

好　　汉

从前北平每逢囚犯执行死刑之前，照例游街示众，囚犯五花大绑，端坐大敞车上，背上插着纸标，左右前后都有士兵簇拥，或捧大令，或持大刀，招摇过市，直赴刑场。刑场早先在菜市口，到了民国改在天桥。沿途有游手好闲的人一大群，尾随着囚车到天桥去看热闹。押着死囚去就戮，这一行叫做"出大差"，又称"出红差"。

我从未去过天桥，可是在路上遇见过出大差的场面。囚犯面色如土，一副股栗心悸的样子，委实令人看了心伤，不过我们也只能报以一声叹息。有些囚犯，犯了滔天大罪，而犹强项到底，至死不悔，对着群众大吼大叫："这算不了什么，过二十年又是一条好汉！大家给我捧个场吧！"于是群众就轰然地齐声报以"好！"囚犯脸上微微露出一抹苦笑。他以好汉自命，还想下一辈子投生为人，再度作违法乱纪的勾当，再充好汉。群众报以一声好，隐隐含着一点同情的意思。好像是颇近于匪徒杀人伏法之后，还有人致送"宁死不屈""天妒英才"之类的挽幛一般。

一般的说法，仗义任侠的人才算是好汉。《水浒传》二十一回："江湖上久闻他是个及时雨宋公明——是个天下闻名的好汉。"宋江算不算得好汉，似乎值得研讨。说他及其一伙是江湖上的好汉，大致是不错的。他在浔阳楼上醉后题反诗，有什么"他年若遂凌云志，耻笑黄巢不丈夫"之句，口气好大，就不仅是仗义任侠，他想造反，并且想要和黄巢较量一下杀人的纪录。造反不一定就是错，"官逼民反"的时候多半错在官。造反而能有宗旨，有计划，有气度，若是成功便是王侯，败就是贼。如果仅是激于义愤，杀人放火，不择手段，不计后果，虽然打着"替天行道"的幌子，最多只能算是江湖上的好汉。然而江湖好汉亦不易为，盗亦有道，好汉也有他一套的规律。宋江自有他不可及处，至少他个人不大贪财。弄到大笔财物之后大家分，他并不独吞，所以不发生分赃不均或黑吃黑的情事。大块肉，大碗酒，大家平起平坐，谁也没有贵宾卡。

英国有一套传统的有关罗宾汉的歌谣。据说罗宾汉是个亡命徒，精于射箭，藏身在森林之中，神出鬼没，玩弄警长于股掌之上，但是他有义气，他劫富济贫，他保护妇孺，有些像是我们所熟悉的江湖好汉。但是这一伙强人并无大志，一味地乐天放肆，和官府豪富作对，吐一口胸中闷气而已。有人说罗宾汉根本无其人，是好事者诌出来的故事，但是也有人说确有其人，本来是亨丁顿伯爵，化名为罗宾汉，据说他被人陷害之后，墓地还有一块石碑，写明死期是一二四六年十二月二十四日。无论如何，罗宾汉算是好汉。

我国古时有较为高级而且正派的好汉。《旧唐书》卷八十九《狄仁杰传》，有这样一段：

> 则天尝问仁杰曰："朕要一好汉任使，有乎？"
> 仁杰曰："陛下作何任使？"
> 则天曰："朕欲待以将相。"

对曰:"臣料陛下若求文章资历,则今之宰臣李峤、苏味道,亦足为文吏矣。岂非文士龌龊,思得奇才,用之以成天下之务者乎?"

则天悦曰:"此朕心也。"

仁杰曰:"荆州长史张柬之,其人虽老,真宰相才也。且久不遇。若用之,必尽节于国家矣。"

则天……后竟召为相。柬之果能复兴中宗……

武则天虽然有些地方不理于人口,但是她知人善任,她想求一好汉任使,使为将相,而且她肯听狄仁杰的话!能"成天下之务"的奇才,才算是好汉。这种好汉不但志节高超,远在任侠使气的好汉之上,亦非器量局狭拘于小节的"龌龊"文士所能望其项背。但是这种好汉也要风云际会才能有所作为。

我们现在心目中的好汉,其标准不太高。俗语说:"好汉不怕出身低。"这句话有多方面的暗示,其中之一是挑筐卖菜者流只要勤俭奋发,有朝一日,也可能会跻身于豪富之列。如果他长袖善舞,广为结纳,也可成为翻云覆雨炙手可热的好汉。凡是能屈能伸,欺软怕硬,顺风转舵,蝇营狗苟的人,此人也常目之为好汉,因为"好汉不吃眼前亏"。时来运转,好汉也有惨遭挫败的时候,他就该闭关却扫,往日的荣华不必再提,因为"好汉不提当年勇",如果觉得筋斗栽得冤枉,也不必推诿抱怨,因为"好汉打落牙,和血吞"。好汉固当如是。无论就那一个层面上讲,好汉应该是特立独行敢做敢当的顶天立地的一条汉子。"富贵不能淫,贫贱不能移,威武不能屈。"

风 水

何谓风水?相传郭璞所撰《葬书》说:"葬者乘生气也。经曰,气乘风则散，界水则止。古人聚之使不散，行之使有止，故谓之风水。"这话好像等于没说。揣摩其意，大概是说，丧葬之地须要注意其地势环境，尽可能地要找一块令人满意的地方。至于什么"气乘风则散，界水则止"，就有点近于玄虚，人死则气绝，还有什么气散气止之可说？

葬地最好是在比较高亢的地方，因为低隰的地方容易积水，对于死者骸骨不利；如果地势开廓爽朗，作为阴宅，子孙看着也会觉得心安。这都是可以理解的。不过一定要寻龙探脉，找什么"生龙口"，那就未免太难。堪舆家所谓的各种各样的穴形，诸如"七星伴月形""双燕抱梁形""游龙戏水形""美女献花形""金凤朝阳形""乌鸦归巢形""猛虎擒羊形""骑马斩关形"……无穷无尽的藏风聚气的吉穴之形，堪舆家说得头头是道，美不可言。我们肉眼凡胎，不谙青乌之术，很难理解，只好姑妄听之。更有所谓"阴刀出鞘形"者，就似乎是想入非非了。

吉穴的形势何以能影响到后代子孙的发旺富贵，这道理不容易解释。历来学者有许多对于风水之说抱怀疑态度。《张子全书》："葬法有风水山冈之说，此全无义理。"全无义理，就是胡说乱道之意。司马光《葬论》："《孝经》云：'卜其宅兆。'非若今阴阳家相其山冈风水也。"他也是一口否定了风水的说法。可是多少年来一般民众卜葬尊亲，很少不请教堪舆家的，好像不是为死者求福，而是为后人的富贵着想。活人还想讨死人的便宜。死人有剩余价值，他的墓地风水还能给活人以福祉灾殃！"不得三尺土，子孙永代苦。"真有这种事么？

有人仕途得意，历经宦海风波，而保持官职如故，人讽之为五朝元老，彼亦欣然以长乐老为荣。或问其术安在，答曰："祖坟风水佳耳。"后来失势，狼狈去官，则又曰："听说祖坟上有一棵大树如盖，乃风水所系，被人砍去，遂至如此。"不曰富贵在天，乃云富贵在地！在一棵树！

人做了皇帝，都以为是子孙万世之业，并且也知道自古没有万岁天子，所以通常在位时就兴建陵寝。风水之佳，规模之大，当然不在话下。我曾路过咸阳，向导遥指一座高高大大的土丘说："那就是秦始皇墓。"我当然看不出那地方风水有什么异样，我只知道他的帝祚不永，二世而斩。近年他的坟墓也被掘得七零八落了。陵寝有再好不过的风水，也自身难保，还管得了他的孝子贤孙变成为漂萍断梗？近如清朝的慈禧太后，活的时候营建颐和园，造孽还不够，陵寝也造得坚固异常，然而曾几何时禁不住孙殿英的火药炮轰，落得尸骨狼藉。或曰：这怪不得风水，这是气数已尽。既讲风水，又说气数，真是横说横有理，竖说竖有理。

阴宅讲风水，阳宅焉能不讲？民间最起码的风水常识是大门要开在左方。《礼记·曲礼上》："行，前朱鸟而后玄武，左青龙而右白虎。"其实这是说行军时旌旗的位置。后来道家思想才以青龙为最贵之神，白虎为凶神。门开在右手则犯冲了太岁。迄今一般住宅的大门（如果有大门）都是开在左方的。大家既然尚左，成了习俗，我们也就不妨从众。我曾见有些人家，重建大门，改成斜的，是真所谓"斜门"！吉凶祸福，原因错综复杂，岂是两扇大门的位置方向所能左右？车靠左边走，车靠右边行，同样地会出车祸。

不知道为什么别人家的山墙房脊冲着我家就于我不利，普通的禳避之法是悬起一面镜子，把迎面而来的凶煞之气轻而易举地反照回去，让对方自己去受用。如果镜子上再画上八卦，则更有除邪厌胜的效力。太上老君、诸葛孔明和捉鬼的道士不都是穿八卦衣么？

据说都市和住宅的地形也事关风水，不可等闲视之。《朱子语录》："古今建都之地，莫过于冀，所谓无风以散之，有水以界之也。"可是看看那些建都之地，所谓的王气也都没有能延长多久，徒令后人兴起铜驼荆棘之感。北平城墙不是完全方方正正的，西北角和东南角都各缺一块，据说是像"天塌西北地陷东南"，谁也不知道这究竟起了什么作用。只知道如今城墙被拆除了。住宅的地形如果是长方形，前面宽而后面窄，据说不仅是没有裕后之象，而且形似棺木，凶。前些年我就住过这样的一栋房子，住了七年，没事。先我居住此房者，和在我以后迁入者，均奄忽而殁，这有什么稀奇，人孰无死？有一位朋友，其家背山面水，风景奇佳，一日大雨山崩，人与屋俱埋于泥沙之中，死生有命，非关风水。

近来新官上任，纵不修衙，那张办公桌子却要摆来摆去，斟酌再三，总要摆出一个大吉大利的阵式。一般人家安设床铺也要考虑，大概面西就不大好，怕的是一路归西。西方本是极乐世界所在，并非恶地。床无论面向何方，人总是一路往西行的。

客有问于余者曰："先生寓所，风水何如？"我告诉他，我住的地方前后左右都是高楼大厦，我好像是藏身谷底，终日面壁，罕见阳光，虽然台风吹来，亦不大有所感受，还说什么风水？出门则百尺以内，有理发馆六七处，餐厅二十多家，车水马龙，闹闹轰轰，还说什么风水？自求多福，如是而已。

礼　貌

前些年有一位朋友在宴会后引我到他家中小坐。推门而入，看见他的一位少爷正躺在沙发椅上看杂志。他的姿式不大寻常，头朝下，两腿高举在沙发靠背上面，倒竖蜻蜓。他不怕这种姿式可能使他吃饱了饭呕出来，这是他的自由。我的朋友喊了他一声："约翰！"他好像没听见，也许是太专心于看杂志了。我的朋友又说："约翰！起来喊梁伯伯！"他听见了，但是没有什么反应，继续看他的杂志，只是翻了一下白眼，我的朋友有一点窘，就好像耍猴子的敲一声锣教猴子翻筋斗而猴子不肯动，当下喃喃地自言自语："这孩子，没礼貌！"我心里想：他没有跳起来一拳把我打出门外，已经是相当有礼貌了。

礼貌之为物，随时随地而异。我小时在北平，常在街上看见戴眼镜的人（那时候的眼镜都是两个大大的滴溜圆的镜片，配上银质的框子和腿）。他一遇到迎面而来的熟人，老远就刷的一下把眼镜取下，握在手里，然后向前紧走两步，两人同时口中念念有词互相蹲一条腿请安。我至今不明白为什么二人相见要先摘下眼镜。戴着眼镜有什么失敬之处？

如今戴眼镜的人太多了，有些人从小就成了四眼田鸡，摘不胜摘，也就没人见人摘眼镜了。可见礼貌随时而异。

人在屋里不可以峨大冠，中外皆然，但是在西方则女人有特权，屋里可以不摘帽子。尤其是从前的西方妇女，她们的帽子特大，常常像是头上顶着一个大鸟窝，或是一个大铁锅，或是一个大花篮，奇形怪状，不可方物。这种帽子也许戴上摘下都很费事，而且摘下来也难觅放置之处，所以妇女可以在室内不摘帽子。多半个世纪之前，有一次在美国，我偕友进入电影院，落座之后，发现我们前排座位上有两位戴大花冠的妇人，正好遮住我们的视线。我想从两顶帽子之间的空隙窥看银幕亦不可得，因为那两顶大帽子不时地左右移动。我忍耐不住，用我们的国语低声对我的友伴说："这两个老太婆太可恶了，大帽子使得我无法看电影。"话犹未了，一位老太婆转过头来，用相当纯正的中国话对我说："你们二位是刚从中国来的么？"言罢把帽除去。我窘不可言。她戴帽子不失礼，我用中国话背后斥责她，倒是我没有礼貌了。可见礼貌也是随地而异。

西方人的家是他的堡垒，不容闲杂人等随便闯入，朋友访问以时，而且照例事前通知。我们在这一方面的礼貌好像要差一些。我们的中上阶级人家，深宅大院，邻近的人不会随便造访。中下的小户人家，两家可以共用一垛墙，跨出门不需要几步就到了邻舍，就容易有所谓串门子闲聊天的习惯。任何人吃饱饭没事做，都可以踱到别人家里闲磕牙，也不管别人是否有工夫陪你瞎嚼蛆。有时候去得真不是时候，令人窘，例如在人家睡觉的时候，或吃饭的时候，或工作的时候，实在诸多不便，然而一般人认为这不算是失礼。一聊没个完，主人打哈欠，看手表，客人无动于衷，宾至如归。这种串门子的陋习，如今少了，但未绝迹。

探病是礼貌，也是艺术。空手去也可以，带点东西来无妨。要看彼此的关系和身份加以斟酌。有的人病房里花篮堆积如山，像是店铺开张，也有病人收到的食物冰箱里装不下。探病不一定要面带戚容，因为探病不同于吊丧,但是也不宜高谈阔论有说有笑,因为病房里究竟还是有一个病人。别停留过久,因为有病的人受不了,没病的人也受不了。除非特别亲近的人,我想寄一张探病的专用卡片不失为彼此两便之策。

吊丧是最不愉快的事,能免则免。与死者确有深交,则不免拊棺一恸。人琴俱亡,不执孝子手而退,抚尸陨涕,滚地作驴鸣而为宾客笑都不算失礼。吊死者曰吊,吊生者曰唁。对生者如何致唁语,实在难于措辞。我曾见一位孝子陪灵,并不匍伏地上,而是跷起二郎腿坐在椅子上,嘴里叼着纸烟,悠然自得。这是他的自由,然而不能使吊者大悦。西俗,吊客照例绕棺瞻仰遗容。我不知道遗容有什么好瞻仰的,倒是我们的习惯把死者的照片放大,高悬灵桌之上,供人吊祭,比较合理。或多或少患有"恐尸症"的人,看了面如黄蜡白蜡的一张面孔,会心里难过好几天,何苦来哉?在殡仪馆的院子里,通常麇集着很多的吊客,不像是吊客,像是一群人在赶集,热闹得很。

关于婚礼,我已谈过不止一次,不再赘。

饮宴之礼,无论中西都有一套繁文缛节。我们现行的礼节之最令人厌烦的莫过于敬酒。主人敬酒是题中应有之义,三巡也就够了。客人回敬主人,也不可少。唯独客人与客人之间经常不断地举杯,此起彼落,也不管彼此是否相识,也一一地皮笑肉不笑地互相敬酒。有些人根本不喝酒,举起茶杯汽水杯充数。有时候正在低头吃东西,对面有人向你敬酒,你若没有觉察,对方难堪,你若随时敷衍,不胜其扰。这种敬酒的习惯,不中不西,没有意义,应该简化。还有一项陋习就是劝酒,说好说歹,硬要对方干杯,创出"先干为敬"的谬说,要挟威吓,最后是捏着鼻子灌酒,甚至演出全武行,礼貌云乎哉?

秋室杂忆

我在小学

我在六七岁的时候开始描红模子，念字号儿。所谓"红模子"就是红色的单张字帖，小孩子用毛笔蘸墨把红字涂黑即可。帖上的字不外是"上大人孔乙己化三千……""一去二三里烟村四五家……"以及"王子去求仙丹成上九天……"之类。描红模子很容易描成墨猪，要练得一笔下去就横平竖直才算得功夫。所谓"字号儿"就是小方纸片，我父亲在每张纸片上写一个字，每天要我认几个字，逐日复习。后来书局印售成盒"看图识字"，一面是字，一面是画，就更有趣了，我们弟兄姊妹一大群，围坐在一张炕上的矮桌周边写字认字，有说有笑。有一次我一拱腿，把炕桌翻到地上去。母亲经常坐在炕沿上，一面做活计，一面看着我们，身边少不了一把炕苕帚，那苕帚若是倒握着在小小的脑袋上敲一击是很痛的。在那时体罚是最直截了当的教学法。

不久，我们住的内政部街西口内路北开了一个学堂，离我家只有四五个门。校门横楣有砖刻的五个福字，故称之为五福门。后院有一棵合欢树，俗称马缨花，落花满地，孩子们抢着拾起来玩，每天早晨谁先到校谁就可以捡到最好的花，我有早起的习惯，所以我总是拾得最多。有一天我一觉醒来，窗棂上有一格已经有了阳光，急得直哭，母亲匆忙给我梳小辫，打发我上学，不大工夫我就回转了，学堂尚未开门。在这学堂我学得了什么已不记得，只记得开学那一天，学生们都穿戴一色的缨帽呢靴站在院里，只见穿戴整齐的翎顶袍褂的提调学监们摇摇摆摆地走到前面，对着至圣先师孔子的牌位领导全体行三跪九叩礼。

在这个学堂里浑浑噩噩地过了一阵。不知怎么，这学校关门大吉。于是家里请了一位教师，贾文斌先生，字宪章，密云县人，口音有一点怯，是一名拔贡。我的二姊、大哥和我三个人在西院书房受教于这位老师。所用课本已经是新编的国文教科书，从"人、手、足、刀、尺"起，到"一人二手，开门见山"，以至于"司马光幼时……"《三字经》《百家姓》《千字文》这一段就没有经历过。贾老师的教学法是传统的"念背打"三部曲，但是第三部"打"从未实行过。不过有一次我们惹得他生了大气，那是我背书时背不出来，二姊偷偷举起书本给我看，老师本来是背对着我们的，陡然回头撞见，气得满面通红，但是没有动用桌上放着的精工雕刻的一把戒尺。还有一次也是二姊惹出来的，书房有一座大钟，每天下午钟鸣四下就放学，我们时常暗自把时针向前拨快十来分钟。老师渐渐觉得座钟不大可靠，便利用太阳光照在窗纸上的阴影用朱笔画一道线，阴影没移到线上是不放学的。日久季节变换阴影的位置也跟着移动，朱笔线也就一条条地加多。二姊想到了一个方法，趁老师不在屋里替他加上一条线，果然我们提早放学了，试行几次之后又被老师发现，我们都受了一顿训斥。

辛亥革命前二年，我和大哥进了大鹁鸽市的陶氏学堂。陶是陶端方，在当时是满清政府里的一位比较有知识的人，对于金石颇有研究，而且收藏甚富，历任要职，声势煊赫，还知道开办洋学堂，很难为他了。学堂之设主要的是为教育他的家族子弟，因为他家人口众多，不过也附带着招收外面的学生，收费甚昂，故有贵族学堂之称。父亲要我们受新式教育，所以不惜学费负担投入当时公认最好的学校，事实上却大失所望。所谓新式的洋学堂，只是徒有其表。我在这学堂读了一年可以说什么也没有学到，除非是让我认识了一些丑恶腐败的现象。

陶氏学堂是私立贵族学堂，陶氏子弟自成特殊阶级原无足异。但是有些现象却是令人难以置信的。陶氏子弟上课时随身携带老妈子，听讲之间可以唤老妈子外出买来一壶酸梅汤送到桌下慢慢饮用。听先生讲书，随时可以写个纸条，搓成一个纸团，丢到老师讲台上去，代替口头发问，老师不以为忤。陶氏子弟个个恣肆骄纵，横冲直撞，记得其中有一位名陶栻者，尤其飞扬跋扈。他们在课堂内外，成群地呼啸出入，动辄动手打人，大家为之侧目。

国文老师是一位南方人，已不记得他的姓名，教我们读《诗经》。他根据他的祖传秘方，教我们读，教我们背诵，就是不讲解，当然即使讲解也不是儿童所能领略。他领头扯着嗓子喊："击鼓其镗！"我们全班跟着喊"击鼓其镗"，然后我们一句句地循声朗诵："踊跃用兵，土国城漕，我独南行。"他老先生喉咙哑了，便唤一位班长之类的学生代他吼叫。一首诗朗诵过几十遍，深深地记入在我们的脑子里，迄今有些首诗我能记得清清楚楚。脑子里记若干首诗当然是好事，但是付了多大的代价！一部分童时宝贵的光阴是这样耗去的！

有趣的是体操一课。所谓体操，就是兵操。夏季制服是白帆布制的，草帽、白线袜、黑皂鞋。裤腿旁边各有一条红带，衣服上有黄铜纽扣。辫子则需盘起来扣在草帽底下。我的父母瞒着祖父母给我们做了制服，因为祖父母的见解是属于更老一代的，他们无法理解在家里没有丧事的时候孩子们可以穿白衣白裤。因此我们受到严重的警告，穿好操衣之后要罩上一件竹布大褂，白色裤脚管要高高地卷起来，才可以从屋里走到院里，下学回家时依然要偷偷摸摸溜到屋里赶快换装。在民元以前我平时没有穿过白布衣裤。

武昌起义，鼙鼓之声动地而来，随后端方遇害，陶氏学堂当然立即瓦解，陶氏子弟之在课堂内喝酸梅汤的那几位以后也不知下落如何了。这时节，祖父母相继逝世，父亲做了一件大事，全家剪小辫子。在剪辫子那一天，父亲对我们讲了一大套话，平素看的《大义觉迷录》《扬州十日记》供给他不少愤慨的资料，我们对于这污脏麻烦的辫子本来就十分厌恶，巴不得把它齐根剪去，但是在发动并州快剪之际，我们的二舅爹爹还忍不住泫然流涕。民国成立，溥海腾欢，第一任正式大总统项城袁世凯先生不愿到南京去就职，嗾使第三镇曹锟驻禄米仓部队于阴历正月十二日夜晚兵变，大烧大抢，平津人民遭殃者不计其数。我亦躬逢其盛。兵变过后很久，家里情形逐渐稳定，我才有机会进入公立第三小学。

公立第三小学在东城根新鲜胡同，是当时办理比较良好的学校，离我家又近，所以父亲决定要我和大哥投入该校。校长赫杏村先生，旗人，精明强干，声若洪钟。我和大哥都编入高小一年级，主任教师是周士棻先生，号香如，山西人，年纪不大，约三十几岁，但是蓄了小胡子，道貌岸然。周先生是我真正的启蒙业师。他教我们国文、历史、地理、习字。他的教学方法非常认真负责。在史地方面于课本之外另编补充教材，每次上课之前密密匝匝地写满了两块大黑板，要我们抄写，月终呈缴核阅。例如历史一科，鸿门之宴、垓下之围、淝水之战、安史之乱、黄袍加身、明末三案，诸如此类的史料都有比较详细的补充。材料很平常，可是他肯费心讲授，而且不占用上课时间去写黑板。对于习字一项，他特别注意。他用黑板槽里积存的粉笔屑，和水作泥，用笔蘸着写字在黑板上作为示范，灰泥干了之后显得特别的黑白分明，而且粗细停匀，笔意毕现，周老师的字属于柳公权一派，瘦劲方正。他要我们写得横平竖直，规规矩矩。同时他也没有忽略行草的书法，我们每人都备有一本草书《千字文》拓本，与楷书对照。我从此学得初步的草书写法，其中一部分终生未曾忘。大字之外还要写"白折子"，折子里面夹上一张乌丝格，作为练习小楷之用。他知道我们小学毕业之后能升学的不多，所以在此三年之内基础必须打好，而习字是基本技能之一。

周老师也还负起训育的责任，那时候训育叫做修身。我记得他特别注意生活上的小节，例如纽扣是否扣好，头发是否梳齐，以及说话的腔调，走路的姿势，无一不加指点。他要求于我们的很多，谁的笔记本子折角卷角就要受申斥。我的课业本子永远不敢不保持整洁。老师本人即是一个榜样。他布衣布履,纤尘不染,走起路来目不斜视,迈大步昂首前进,几乎两步一丈。讲起话来和颜悦色,但是永无戏言。在我们心目中他几乎是一个完人。我父亲很敬重周老师的为人,在我们毕业之后特别请他到家里为我的弟弟妹妹补课多年,后来还请他租用我们的邻院作为我们的邻居。我的弟弟妹妹都受业于周老师,至少我们写的字都像是周老师的笔法。

　　小学有英文一课,事实上我未进小学之前就已开始从父亲学习英文了。我父亲是同文馆第一期学生,所以懂些英文,庚子年乱起辍学的。小学的英文老师是王德先生,字仰臣。我们用的课本是《华英初阶》,教授的方法是由拼音开始,ba、be、bi、bo、bu,然后就是死背字句,记得第三课就有一句"Is he of us?"("彼乃我辈中人否?")这一句我背得滚瓜烂熟。老师一提"Is he of us?"我马上就回答出"彼乃我辈中人否?"老师大为惊异,其实我在家里早已学过了。这样教学的方法使初学英文的人费时很多,但未养成初步的语言习惯,实在是精力的浪费。后来老师换了一位程洵先生,是一位日本留学生,有时穿着半身西装,英语发音也比较流利正确一些。我因为预先学过一些英文,所以在班上特感轻松,老师也特别嘉勉。临毕业时程老师送我一本原版的马考莱《英国史》,这本书当时还不能看懂,后来却也变成对我有用的一本参考书。

　　体操老师锡福先生,字辅臣,旗人。他有一副苍老而沙哑的喉咙,喊起立正、稍息、枪上肩、枪放下的时候很是威风。排起队来我是末尾,排头的一位有我两个高。老师特别喜欢我们这一班,因为我们平常把枪擦得亮,服装整齐一些,而且开正步的时候特别用力踏地作响,给老师作面子。学校在新鲜胡同东口路南,操场在西口路北,我们排队到操场去的时候精神抖擞,有时遇到操场上还有别班同学上操未散,我们便更着力操演,逼得其他各班只有木然呆立瞠目赞叹的份儿。半小时操后,时常是踢足球,操场不画线,竖起竹竿便是球门,一半人臂缠红布,笛声一响便踢起球来,高头大马横冲直撞,像我这样的只能退避三舍以免

175

受伤。结果是鸣笛收队皆大欢喜。

我的算术,像"鸡兔同笼"一类的题目我认为是专门用来折磨孩子的,因为当时想鸡兔是不会同笼的,即使同笼亦无须又数头又数脚,一眼看上去就会知道是几只鸡几只兔。现在我当然明白,是我自己笨,怨不得谁。手工课也不容易应付,不是抟泥,就是削竹,最可怕的是编纸,用修脚刀把彩色纸划出线条,然后再用别种彩色纸条编织上去,真需要鬼斧神工,在这方面常常由我的大姊帮忙,教手工的老师患严重口吃,结结巴巴地惹人笑。教理化的李秉衡老师,保定府人,曾经表演氢二氧一变成水,水没有变出来,玻璃瓶炸得粉碎,但是有一次却变成功了。有一次表演冷缩热胀,一支烧得滚烫的铜珠,被一位多事的同学伸手抓了起来,烫得满手掌溜浆大泡。教唱歌的是一位时老师,他没有歌喉,但是会按风琴,他教我们唱的《春之花》我至今不能忘。

有一次远足是三年中一件大事。事先筹划了很久,决定目的地为东直门外的自来水厂。这一天特别起了个大早,晨曦未上就赶到了学校,大家啜柳叶汤果腹,柳叶汤就是细长菱形薄面片加菜煮成的一种平民食品,但这是学校里难得一遇的旷典,免费供应,大家都很高兴,有人连罄数碗。不知是谁出的主意,向步军统领衙门借了六位喇叭手,改着我们学校的制服,排在我们队伍前面开道,六只亮晶晶的喇叭上挂着红绸彩,嘀嘀嗒嗒地吹起来,招摇过市,好不威风!由新鲜胡同走到东直门外,约有四五里之遥,往返将近十里。自来水厂没有什么可看的,虽然那庞大的水池水塔以前都没有见过。这是我第一次徒步走出北京城墙,有久困出柙之感。午间归来,两腿清酸。下次作文的题目是《远足记》,文章交卷此一盛举才算是功德圆满。

我们一班二十几人,如今音容笑貌尚存脑海者不及半数,姓名未忘者更是寥寥可数了。年龄最大身体最高的是一位名叫连祥的同学,约在二十开外,浓眉大眼,膀大腰圆,吹喇叭踢足球都是好手,脑袋后面留着一根三寸多长的小辫,用红绳扎紧,挺然翘然地立在后脑勺子上,像是一根小红萝卜。听说他以后当步兵去了。一位功课好而态度又最安详的是常禧，后来冠姓栾，他是我们的班长，周老师很器重他，后来听周老师说他在江西某处任商务印书馆分馆经理。还有岳廉识君，后来进了交通部。我们同学绝大部分都是贫寒子弟，毕业之后各自东西，以我所知道的有人投军，有人担筐卖杏，能升学的极少。我们在校的时候都相处得很好，有两种风气使我感到困惑。一个是喜欢打斗，动辄挥拳使绊，闹得桌翻椅倒。有一位同学长相不讨人喜欢，满脸疙瘩噜苏，绰号"小炸丸子"，他经常是几个好闹事的同学们欺弄的对象，有多少次被抬到讲台桌上，手脚被人按住，有人扯下他的裤子，大家轮流在他的裤裆里吐一口痰！还有一位同学名叫马玉岐，因为宗教的关系饮食习惯与别人不同，几个不讲理的同学便使用武力强迫他吃下他们不吃的东西，经常要酿出事端。在这样尚武的环境之中我小心翼翼，有时还不能免于受人欺凌。自卫的能力之养成，无论是斗智还是斗力，都需要实际体验，我相信我们的小学是很好的训练场所。另一件使我困惑的事是大家之口出秽言的习惯。有些人各自秉承家教，不只是《三字经》常挂在嘴边，高谈阔论起来其内容往往涉及《素女经》，而且有几位特别大胆的还不惜把他在家中所见所闻的实例不厌其详地描写出来。讲的人眉飞色舞，听的人津津有味。学校好几百人共用一个厕所，其环境之脏可想，但是有些同学们如厕之后其嘴巴比那环境还脏。所以我视如厕为畏途。性教育在一群孩子们中间自由传播，这种情形当时在公立小学尤甚，我是深深拜受其赐了。

我在第三小学读了三年，每天早晨和我哥哥步行到校，无间风雪。天气不好的时候要穿家中自制的带钉的油鞋，手中举着雨伞，途中经常要遇到一只恶犬，多少要受到骚扰，最好的时候是适值它在安睡，我们就悄悄地溜过去了，那时我不明白为什么有人要养狗并且纵容它与人为难。内政部门口站岗和巡捕半醒半睡地挂着上刺刀的步枪靠在墙垛上，时常对我们颔首微笑，我们觉得受宠若惊，久之也搭讪着说两句话。出内政部街东口往北转，进入南小街子，无分晴雨永远有泥泞车辙，其深常在尺许。街边有羊肉床子，时常遇到宰羊，我们就驻足而视，看着绵羊一声不响地引颈就戮。羊肉包子的味道热腾腾地四溢。卖螺丝转儿油鬼的，卖甜浆粥的，卖烤白薯的，卖糖耳朵的，一路上左右皆是。再向东一转就进入新鲜胡同了，一眼可以望得见城墙根，常常看见有人提笼架鸟从那边溜达着走过来。这一段路给我的印象很深，二十多年后我再经过这条街则已变为坦平大道面目全非，但是我还是怀念那久已不复存在的湫隘的陋巷。我是在这些陋巷中生长大的，这是我的故乡。

民国四年我毕业的时候，主管教育的京师学务局（局长为德彦）令饬举行会考，把所有各小学应届毕业的学生三数百人聚集在我们第三小学，考国文、习字、图画数科，名之曰观摩会，事关学校荣誉，大家都兴奋。国文试题记得是"诸生试各言尔志"，事有凑巧这个题目我们以前作过，而且以前作的时候，好多同学都是说将来要"效命疆场，马革裹尸"。我其实并无意步武马援，但是我也撷拾了这两句豪语。事后听主考的人说：第三小学的一班学生有一半要"马革裹尸"，是佳话还是笑谈也就很难分辨了。我在打草稿的时候，一时兴起，使出了周老师所传授的草书《千字文》的笔法，写得虽然说不上龙飞蛇舞，却也自觉得应手得心，正赶上局长大人亲自监考经过我的桌旁，看见我写的好大个的草书，留下了特别的印象。图画考的是自由画，我们一班最近画过一张松鹤图，记忆犹新，大家不约而同地都依样葫芦，斜着一根松枝，上面立着一只振翅欲飞的仙鹤，章法不错。我本来喜欢图画，父亲给我的《芥子园画谱》也发生了作用，我所画的松鹤图总算是尽力为之了。榜发之后，我和哥哥以及栾常禧君都高据榜首，荣誉属于第三小学。我得到的奖品最多，是一张褒奖状，一部成亲王的巾箱帖、一个墨盒、一副笔架以及笔墨之类。

"小时了了，大未必佳"，如今想想这话颇有道理。

清华八年

一

我自民国四年进清华学校读书,民国十二年毕业,整整八年的工夫在清华园里度过。人的一生没有几个八年,何况是正在宝贵的青春?四十多年前的事,现在回想已经有些模糊,如梦如烟,但是较为突出的印象则尚未磨灭。有人说,人在开始喜欢回忆的时候便是开始老的时候。我现在开始回忆了。

民国四年,我十四岁,在北京新鲜胡同京师公立第三小学毕业,我的父亲接受朋友的劝告要我投考清华学校。这是一个重大的决定,因为这个学校远在郊外,我是一个古老的家庭中长大的孩子,从来没有独自在街头闯荡过,这时候要捆起铺盖到一个陌生的地方去住,不是一件平常的事,而且在这个学校经过八年之后便要漂洋过海离乡背井到新大陆去负笈求学,更是难以设想的事。所以父亲这一决定下来,母亲急得直哭。

清华学校在那时候尚不大引人注意。学校的创立乃是由于民国纪元前四年美国老罗斯福总统决定退还庚子赔款半数指定用于教育用途,意思是好的,但是带着深刻的国耻的意味。所以这学校的学制特殊,事实上是留美预备学校,不由教育部管理,校长由外交部派。每年招考学生的名额,按照各省分担的庚子赔款的比例分配。我原籍浙江杭县,本应到杭州去应试,往返太费事,而且我家寄居北京很久,也可算是北京的人家,为了取得法定的根据起见,我父亲特赴京兆大兴县署办理入籍手续,得到准许备案,我才到天津(当时直隶省会)省长公署报名。我的籍贯从此确定为京兆大兴县,即北京。北京东城属大兴,西城属宛平。

那一年直隶省分配名额为五名,报名应试的大概是三十几个人,初试结果取十名,复试再遴选五名。复试由省长朱家宝亲自主持,此公素来喜欢事必躬亲,不愿假手他人,居恒有一颗闲章,文曰:"官要自作。"

我获得初试入选的通知以后就到天津去谒见省长。十四岁的孩子几曾到过官署？大门口的站班的衙役一声吆喝，吓我一大跳，只见门内左右站着几个穿宽袍大褂的衙役垂手肃立，我逡巡走近二门，又是一声吆喝，然后进入大厅。十个孩子都到齐，有人出来点名。静静地等了一刻钟，一位面团团的老者微笑着踱了出来，从容不迫地抽起水烟袋，逐个地盘问我们几句话，无非是姓甚、名谁、几岁、什么属性之类的谈话。然后我们围桌而坐，各有毛笔纸张放在面前，写一篇作文，题目是《孝悌为人之本》。这个题目我好像从前作过，于是不假思索援笔立就，总之是一些陈词滥调。

过后不久榜发，榜上有名的除我之外有吴卓、安绍芸、梅贻宝及一位未及入学即行病逝的应某。考取学校总是幸运的事，虽然那时候我自己以及一般人并不怎样珍视这样的一个机会。

就是这样我和清华结下了八年的缘分。

二

八月末，北京已是初秋天气，我带着铺盖到清华去报到，出家门时母亲直哭，我心里也很难过。我以后读英诗人 Cowper 的传记时之特别同情他，即是因为我自己深切体验到一个幼小的心灵在离开父母出外读书时的那种滋味——说是"第二次断奶"实在不为过。第一次断奶，固然苦痛，但那是在孩提时代，尚不懂事，没有人能回忆自己断奶时的懊恼，第二次断奶就不然了，从父母身边把自己扯开，在心里需要一点气力，而且少不了一阵辛酸。

清华园在北京西郊外的海甸的西北。出西直门走上一条漫长的马路，沿途有几处步兵统领衙门的"堆子"，清道夫一铲一铲地在道上洒黄土，一勺一勺地在道上泼清水，路的两旁是铺石的路专给套马的大敞车走的。最不能忘的是路边的官柳，是真正的垂杨柳，好几丈高的丫杈古木，在春天一片鹅黄，真是柳眼挑金；更动人的时节是在秋后，柳丝飘拂到人的脸上，一阵阵的蝉噪，夕阳古道，情景幽绝。我初上这条大道，离开温暖的家，走向一个新的环境，心里不知是什么滋味。

海甸是一小乡镇，过仁和酒店微闻酒香，那一家的茵陈酒莲花白是有名的，再过去不远有一个小石桥，左转趋颐和园，右转经圆明园遗址，再过去就是清华园了。清华园原是清室某亲贵的花园，大门上"清华园"三字是大学士那桐题的，门并不大，有两扇铁栅，门内左边有一棵状如华盖的老松，斜倚有态，门前小桥流水，桥头上经常系着几匹小毛驴。

园里谈不到什么景致，不过非常整洁，绿草如茵，校舍十分简朴但是一尘不染。原来的一点点中国式的园林点缀保存在"工字厅""古月堂"，尤其是工字厅后面的荷花池。徘徊池畔，有"风来荷气，人在木阴"之致。塘坳有亭翼然，旁有巨钟为报时之用。池畔松柏参天，厅后匾额上的"水木清华"四字确是当之无愧。又有长联一副："槛外山光，历春夏秋冬，万千变幻，都非凡境。窗中云影，任东西南北，去来澹荡，洵是仙居。"（祁寯藻书）我在这个地方不知道消磨了多少黄昏。

西园榛莽未除，一片芦蒿，但是登土山西望，圆明园的断垣残石历历可见，俯仰苍茫，别饶野趣。我记得有一次郁达夫特来访问，央我陪他到圆明园去凭吊遗迹，除了那一堆石头什么也看不见了，所谓"万园之园"的四十美景只好参考后人画图于想象中得之。

三

清华分高等科中等科两部分。刚入校的便是中等科的一年级生。中等四年，高等四年，毕业后送到美国去，这两部分是隔离的，食宿教室均不在一起。

学生们是来自各省的，而且是很平均地代表着各省。因此各省的方言都可以听到，我不相信除了清华之外有任何一个学校其学生籍贯是如此的复杂。有些从广东、福建来的，方言特殊，起初与外人交谈不无困难，不过年轻的人学语迅速，稍后亦可适应。由于方言不同，同乡的观念容易加强，虽无同乡会的组织，事实上一省的同乡自成一个集团。我是北京人，我说国语，大家都学着说国语，所以我没有方言，因此我也就没有同乡观念。如果我可以算得是北京土著，像我这样的土著，清华一共没有几个（原籍满族的陶世杰、原籍蒙族的杨宗瀚都可以算是真正的北京人）。北京也有北京的土语，但是从这时候起我就和各个不同省籍的同学交往，我只好抛弃了我的土语的成分，养成使用较为普通的国语的习惯。我一向不参加同乡会之类的组织，同时我也没有浓厚的乡土观念，因为我在这样的环境有过八年的熏陶，凡是中国人都是我的同乡。

一天夜里下大雪，黎明时同屋的一位广东同学大惊小怪地叫了起来："下雪啦！下雪啦！"别的寝室的广东同学也出来奔走相告，一个个从箱里取出羊皮袍穿上，但是里面穿的是单布裤子！

有一位从厦门来的同学，因为言语不通没人可以交谈，孤独郁闷而精神失常，整天用英语喊叫："我要回家！我要回家！"高等科有一位是他的同乡，但是不能时常来陪伴他。结果这位可怜的孩子被遣送回家了。

我是比较幸运的，每逢星期日我缴上一封家长的信便可获准出校返家，骑驴抄小径，经过大钟寺，到西直门，或是坐一小时的人力车遵大道进城。在家里吃一顿午饭，不大工夫夕阳西下又该回学校去了。回家的手续是在星期六晚办妥的，领一个写着姓名的黑木牌，第二天交到看守大门的一位张姓老头儿的手里，才得出门。平常是不准越大门一步的。但是高等科的同学们，和张老头打个招呼，也可以出门走走，买点什么鸭梨柿子烤白薯之类的东西。

新生是一群孩子，我这一班里以项君为最矮小，有一回他掉在一只大尿桶里几乎淹死。二三十年后我在天津遇到他，他已经任一个银行的经理，还是那么高，想起往事不禁发出会心的微笑。

新生的管理是很严格的。斋务主任陈筱田先生是个了不起的人物，天津人，说话干脆而尖刻，精神饱满，认真负责。学生都编有学号，我在中等科时是五八一，在高等科时是一四九，我毕业后十九年在南京车站偶然遇到他,他还能随口说出我的学号。每天早晨七点打起床钟,赴盥洗室,每人的手巾脸盆都写上号码,脏了要罚。七点二十分吃早饭,四碟咸菜如萝卜干八宝菜之类,每人三个馒头,稀饭不限。饭桌上,也有各人的学号,缺席就要记下处罚。脸可以不洗,早饭不能不去吃。陈先生常常躲在门后,拿着纸笔把迟到的一一记下,专写学号,一个也漏不掉。我从小就有早起的习惯,永远在打钟以前很久就起床,所以从不误吃早饭。

学生有久久不写平安家信以致家长向学校查询者,因此学校规定每两星期必须写家信一封,交斋务室登记寄出。我每星期回家一次,应免此一举,但恪于规定仍须照办。我父亲说这是很好的练习小楷的机会,特为我在荣宝斋印制了宣纸的信笺,要我恭楷写信,年终汇订成册,留作纪念。

学生身上不许带钱,钱要存在学校银行里,平常的零用钱可以存少许在身上,但一角钱一分钱都要记账,而且是新式簿记,有明细账,有资产负债对照表,月底结算完竣要呈送斋务室备核盖印然后发还。在学校用钱的机会很少,伙食本来是免费的,我入校的那一年才开始收半费,每月伙食是六元半,我交三元,在我以后就是交全费的了,洗衣服每月二元,这都是在开学时交清了的。理发每次一角,手术不高明,设备也简陋,有一样好处——快,十分钟连揪带拔一定完工。(我的朋友张心一来自甘肃,认为一角钱太贵,总是自剃光头,青白油亮,只是偶带刀痕。)所以花钱只是买零食。校内有一个地方卖日用品及食物,起初名为嘉华公司,后改称为售品所,卖豆浆、点心、冰激凌、花生、栗子之类。只有在寝室里可以吃东西,在路上走的时候吃东西是被禁止的。

洗澡的设备很简单,用的是铅铁桶,由工友担冷热水。孩子们很多不喜欢亲近水和肥皂,于是洗澡便需要签名,以备查核。规定一星期洗澡至少两次,这要求并不过分,可是还是有人只签名而不洗澡。照规定一星期不洗澡予以警告,若仍不洗澡则在星期五下午四时周会(名为伦理演讲）时公布姓名，若仍不洗澡则强制执行派员监视。以我所知，这规则尚不曾实行过。

看小说也在禁止之列，小说是所谓"闲书"，据说是为成年人消遣之用，不是诲淫就是诲盗，年轻人血气未定，看了要出乱子的。可是像水浒、红楼之类我早就在家里看过，也是偷着看的，看到妙处心里确是怦怦然。

我到清华之后，经朋友指点，海甸有一家小书店可以买到石印小字的各种小说。我顺便去了一看，琳琅满目，如入宝山，于是买了一部《绿牡丹》。有一天晚上躺在床上偷看，字小，纸光，灯暗，倦极抛卷而眠，翌晨起来就忘记从枕下捡起，斋务先生查寝室，伸手一摸就拿走了。当天就有条子送来，要我去回话，我还不知道是什么事。只见陈先生铁青着脸，把那本《绿牡丹》往我面前一丢，说："这是嘛？""嘛"者天津话"什么"也。我的热血涌到脸上，无话可说，准备接受打击。也许是因为我是初犯，而且并无其他前科，也许是因为我诚惶诚恐俯首认罪，使得惩罚者消了不少怒意，我居然除了受几声叱责及查获禁书没收之外没有受到惩罚。依法，这种罪过是要处分的，应于星期六下午大家自由活动之际被罚禁闭，地点在"思过室"，这种处分是最轻微的处分，在思过室里静坐几小时，屋里壁上满挂着格言，所谓"闭门思过"。凡是受过此等处分的，就算是有了纪录，休想再能获得品行优良奖的大铜墨盒。我没进过思过室，可是也从来没有得过大铜墨盒，可能是受了绿牡丹事件的影响。我们对于得过墨盒的同学们既不嫉妒亦不羡慕，因为人人心里明白那个墨盒的代价是什么，并且事后证明墨盒的得主将来都变成了什么样的角色。

思过是要牌示的，若干次思过等于记一小过，三小过为一大过，三大过则恶贯满盈实行开除。记过开除之事在清华随时有之，有时候一向品学兼优的学生亦不能免于记过。比我高一班的潘光旦曾告诉我他就被记小过一次，事由是他在严寒冬夜不敢外出如厕，就在寝室门外便宜行事，事有凑巧，陈斋务主任正好深夜巡查，迎面相值当场查获，当时未交一语，翌日挂牌记过。光旦认为这是很有趣的一件事，从不讳言。中等科的厕所（绰号九间楼）在夜晚是没有人敢去的，面临操场，一片寂寥，加上狂风怒吼，孩子们是有一点怕。最严重的罪过是偷窃，一经破获，立刻开除，有时候拿了人家的一本字典或是拿了人家一匹夏布，都要受最严重的处分，趁上课时扃闭寝室通路，翻箱倒箧实行突检，大概没有窃案不被破获的，虽然用重典，总还有人要蹈法网。有些学生被当做"线民"使用，负责打小报告，这种间谍制度后来大受外国教员指责，不久就废弃了，作线民的大概都是得过墨盒的。

清华对于年幼的学生还有过一阵的另一训导制度，三五个年幼的学生配给一个导师，导师由高等科的大学生担任之，每星期聚会一次，在生活上予以指导。指导我的是一位沈隽淇先生，大概比我大七八岁，道貌岸然，不苟言笑。这制度用意颇佳，但滞碍难行，因为硬性配给，不免扞格。此制行之不久即废，沈隽淇先生毕业后我也从来没听见过他的消息。

严格的生活管理只限于中等科，我们事后想想像陈筱田先生所执行的那一套管理方法，究竟是利多弊少，许多做人做事的道理，本来是应该在幼小的时候就要认识。许多自然主义的教育信仰者，以为儿童的个性应该任其自由发展，否则受了摧残以后，便不得伸展自如。至少我个人觉得我的个性没有受到压抑以至于以后不能充分发展。我从来不相信"树大自直"。等我们升到高等科，一切管理松弛多了，尤其是正值"五四运动"之后，学生的气焰万丈，谁还能管学生？

四

清华是预备留美的学校，所以课程的安排与众不同，上午的课如英文、作文、公民（美国公民）、数学、地理、历史（西洋史）、生物、物理、化学、政治学、社会学、心理学……都一律用英语讲授，一律用美国出版的教科书；下午的课如国文、历史、地理、修身、哲学史、伦理学、修辞、中国文学史……都一律用国语，用中国的教科书。这样划分的目的，显然要加强英语教学，使学生多得听说英语的机会。上午的教师一部分是美国人，一部分是能说英语的中国人。下午的教师是一些中国的老先生，好多都是在前清有过功名的。但是也有流弊，重点放在上午，下午的课就显得稀松。尤其是在毕业的时候，上午的成绩需要及格，下午的成绩则根本不在考虑之列。因此大部分学生轻视中文的课程。这是清华在教育上最大的缺点，不过鱼与熊掌不可得兼，顾了英文就不容易再顾中文，这困难的情形也是可以理解的。可惜的是学校没有想出更合理的办法，同时对待中文教师之差别待遇也令学生生出很奇异的感想，薪给特别低，集中住在比较简陋的古月堂，显然中文教师是不受尊重的。这在学生的心理上有不寻常的影响，一方面使学生蔑视本国的文化，崇拜外人，另一方面激起反感，对于洋人偏偏不肯低头。我个人的心理反应即属于后者，我下午上课从来不和先生捣乱，上午在课堂里就常不驯顺。而且我一想起母校，我就不能不联想起庚子赔款、义和团、吃教的洋人、昏聩的官吏……这一连串的联想使我惭愧愤怒。我爱我的母校，但这些联想如何能使我对我母校毫无保留地感觉骄傲呢？

　　清华特别注重英文一课，由于分配的钟点特多，再加上午其他各课亦用英语讲授，所以平均成绩可能较一般的学校略胜。使用的教本开始时是《鲍尔文读本》，以后就由浅而深地选读文学作品，如《阿丽斯异乡游记》《陶姆伯朗就学记》《柴斯菲德训子书》《金银岛》《欧文杂记》，阿迪生的《洛杰爵士杂记》，霍桑的《七山墙之屋》《块肉余生述》《朱立阿西撒》《威尼斯商人》，等等。前后八年教过我英文的老师有马国骥先生、林语堂先生、孟宪承先生、巢堃霖先生，美籍的有 Miss Baader、Miss Clemens、Mr. Smith 等。马、林、孟三位先生都是当时比较年轻的教师，不但学问好，教法好，而且热心教学，是难得的好教师。巢先生是在英国受教育的，英文根底极好，我很惭愧的是我曾在班上屡次无理捣乱反抗，使他很生气，但是我来台湾后他从香港寄信给我，要我到香港大学去教中文，我感谢这位老师尚未忘记几十年前的一个顽皮的学生。两位美籍的女教师使我特殊受益的倒不在英文训练，而在她们教导我们练习使用"议会法"，这一套如何主持会议，如何进行讨论，如何交付表决等等的艺术，以后证明十分有用，这也就是孙中山先生所谓的"民权初步"。在民主社会里到处随时有集会，怎么可以不懂集会的艺术？我幸而从小就学会了这一套，以后受用不浅，以后每逢我来主持任何大小会议，我知道如何控制会场秩序，如何迅速地处理案件的讨论。她们还教了我们作文的方法，题目到手之后，怎样先作大纲，怎样写提纲挈领的句子，有时还要把别人的文章缩写成为大纲，有时从一个大纲扩展成为一篇文章，这一切其实就是思想训练，所以不仅对英文作文有用，对国文也一样地有用。我的文章写得不好，但如果层次不太紊乱，思路不太糊涂，其得力处在此。美国的高等学校大概就是注重此种教学方法，清华在此等处模仿美国，是有益的。

上午的所有课程有一特色，即是每次上课之前学生必须作充分准备，先生指定阅览的资料必须事先读过，否则上课即无从听讲或应付。上课时间用在练习讨论者多，用在讲解者少，同时鼓励学生发问。我们中国学生素来没有当众发问的习惯，美籍教师常常感觉困惑，有时指名发问令其回答，造成讨论的气氛。美国大学里的课外指定阅读的资料分量甚重，所以清华先有此种准备，免得到了美国顿觉不胜负荷。我记得到了高等科之后，先生指定要读许多参考书，某书某章必须阅读，我们在图书馆未开门之前就排了长龙，抢着阅读参考书架上的资料，迟到者就要等候。

我的国文老师中使我获益最多的是徐镜澄先生，我曾为文纪念过他（见《秋室杂文》）。他在中等科教我作文一年，批改课业大勾大抹，有时全页都是大墨杠子，我几千字的文章往往被他删削得体无完肤，只剩下三二百字，我始而懊恼，继而觉得经他勾改之后确实是另有一副面貌，终乃接受了他的"割爱主义",写文章少说废话,开门见山;拐弯抹角的地方求其挺拔,避免阘茸。

午后的课程大致不能令学生满意。学校聘请教员只知道注意其有无举人进士的头衔,而不问其是否为优良教师。尤其是五四以后的几年,学生求知若渴,不但要求新知,对于中国旧学问也要求用新眼光来处理。比我低一班的朱湘先生就跑到北大旁听去了。清华午后上课情形简直是荒唐!先生点名,一个学生可以代替许多学生答到,或者答到之后就开溜,留在课室者可以写信看小说甚至打瞌睡,而先生高踞讲坛视若无睹。我记得清清楚楚,有一位叶先生年老而无须,有一位学生发问了:"先生,你为什么不生胡须?"先生急忙用手遮盖他的下巴,缩颈俯首而不答,全班哄笑。这一类不成体统的事不止一端。

于此我不能不提到梁任公先生。大概是我毕业前一年,我们几个学生集议想请他来演讲。他的大公子梁思成是我同班同学,梁思永、梁思忠也都在清华,所以我们经过思成的关系一约就成了。任公先生的学问事业是大家敬仰的,尤其是他心胸开朗,思想赶得上潮流,在五四以后俨然是学术重镇。他身体不高、头秃、双目炯炯有光,走起路来昂首阔步,一口广东官话,声如洪钟。他讲演的题目是《中国韵文里表现的情感》,他情感丰富,记忆力强,用手一敲秃头便能背诵出一大段诗词,有时手之舞之足之蹈之,有时口沫四溅涕泗滂沱,频频地从口袋里掏出一块大毛巾来揩眼睛。这篇演讲分数次讲完,有异常的成功,我个人对中国文学的兴趣就是被这一篇演讲所鼓动起来的。以前读曾毅《中国文学史》,因为授课的先生只是照着书本读一遍,毫无发挥,所以我越读越不感兴趣。任公先生以后由学校聘请住在工字厅主讲《中国历史研究法》,更以后清华大学成立,他被聘为研究所教授,那是后话了。

还有些位老师我也是不能忘记的。教音乐的 Miss Seeley 和教图画的 Miss Starr 和 Miss Lyggate 都启迪了我对艺术的爱好。我本来喉音不坏,被选为"少年歌咏团"的团员,一共十二个人,除了我之外有赵敏恒、梅旸春、项谔、吴去非、李先闻、熊式一、吴鲁强、胡光澄、杜钟珩、郭殿邦等，我的嗓音最高，曾到城里青年会表演过一次 Human Piano "人造钢琴"，我代表最高音，以后我倒了嗓子，同时 Seeley 女士离校后也没有人替其指导，我对音乐便失去了兴趣，没有继续修习，以至于如今对于音乐几乎完全是个聋子，对中国音乐不懂，对外国音乐也不通，变成了一个"内心没有音乐的人"，想起来实在可怕。讲到国画，我从小就喜欢，涂抹几笔是可以的，但无天才，清华的这两位教师给我的鼓励太多了，要我画炭画，描石膏像，记得最初是画院里的一棵松树，从基本上学习，但我没有能持续用功。我妄以为在小学时即已临摹王石谷、恽南田，如今还要回过头来画这些死东西？自以为这是委屈了我的才能，其实只是狂傲无知。到如今一点基本的功夫都没有，还谈得到什么用笔用墨？幼年时对艺术有一点点爱好，不值什么，没加上苦功，便毫无可观，我便是一例。

我不喜欢的课是数学。在小学时"鸡兔同笼"就已经把我搅昏了头，到清华习代数、几何、三角，更格格不入，从心理厌烦，开始时不用功，以后就很难跟上去，因此视数学课为畏途。我的一位同学孙筱孟比我更怕数学，每回遇到数学月考大考，他一看到题目就好像是"贾宝玉神游太虚幻境"一般，匆匆忙忙回寝室换裤子，历次不爽。我那时有一种奇异的想法，我将来不预备习理工，要这捞什子做什么？以"兴趣不合"四个字掩饰自己的懒惰愚蠢。数学是人人要学的，人人可以学的，那是一种纪律，无所谓兴趣之合与不合，后来我和赵敏恒两个人同在美国一个大学读书，清华的分数单上数学一项都是勉强及格六十分，需要补修三角与立体几何，我们一方面懊恼，一方面引为耻辱，于是我们两个拼命用功，结果我们两个在全班上占第一第二的位置，大考特准免予参加，以甲上成绩论。这证明什么？这证明没有人的兴趣是不近数学的，只要按部就班地用功，再加上良师诱导，就会发觉里面的趣味，万万不可任性，在学校里读书时万万不可相信什么"趣味主义"。

生物、物理、化学三门并非全是必修，预备习文法的只要修生物即可，这一规定也害我不浅，我选了比较轻松的生物，教我们生物的陈隽人先生，他对我们很宽，我在实验室里完全把时间浪费了，我怕触及蚯蚓、田鸡之类的活东西，闻到珂罗芳的味道就头痛，把蛤蟆四肢钉在木板上开刀取心脏是我最怵的事，所以总是请同学代为操刀，敷衍了事。物理化学根本没有选修，至今引为憾事。

我的手很笨拙，小时候手工一向很坏，编纸插豆、泥工竹工的成绩向来羞于见人。清华亦有手工一课，教师是周永德先生，有一次他要我们每人做一个木质的方锥体，我实在做不好，就借用同学徐宗沛所做的成品去搪塞交上。宗沛的手是灵巧的，他的方锥体做得方方正正有棱有角，周先生给他打了个九十分。我拿同一个作品交上去，他对我有偏见，仅打了七十分，我不答应，我自己把真相说穿。周先生大怒，说我不该借用别人的作品。我说："我情愿受罚，但是先生判分不公，怎么办呢？"先生也笑了。

五

清华对于体育特别注重。

每早晨第二堂与第三堂之间有十五分钟的柔软操，钟声一响大家涌到一个广场上，地上有写着号码的木桩，各按号码就位立定，由舒美科先生或马约翰先生领导活动，由助教过来点名。这十五分钟操，如果认真做，也能浑身冒汗。这是很好的调剂身心的办法。

下午四时至五时有一小时的强迫运动，届时所有的寝室课室房门一律上锁，非到户外运动不可，至少是在外面散步或看别人运动。我是个懒人，处此情形之下，也穿破了一双球鞋，打烂了三五只网球拍，大腿上被棒球打黑了一大块。可惜到了高等科就不再强迫了。经常运动有助于健康，不，是健康之绝对的必需的条件。而且身体的健康，也必有助于心理的健康。年轻时所获致的健康也是后来求学做事的一笔资本。

那时清华的一般的学生比较活泼一些,少老气横秋的态度,也许是运动比较多一点的缘故。

学生们之普遍的爱好运动的习惯之养成是一件事,选拔代表与别的学校竞赛则是又一件事。清华对于选手的选拔培养与爱护也是做得很充分的。选手要勤练习,体力耗损多,食物需要较高的热量,于是在食堂旁边另设"训练桌",大鱼大肉,四盘四碗,同学为之侧目。运动员之德智体三育均优者固然比比皆是,但在体育方面畸形发展的亦非绝无仅有。有一位玩球的健将就是功课不够理想,但还是设法留在校内以便为校立功,这种恶劣的作风是大家都知道的。

清华的运动员给清华带来不少的荣誉,在各种运动比赛中总是站在领导的位置。在最初的几次远东运动会中清华的选手赢得不少锦标,为国家争取光荣。我记得最清楚的是一场足球赛和一场篮球赛。上海南洋大学的足球队在华中称雄,远征华北以清华为对象,大家都觉得胜败未可逆料,不无惴惴。清华的阵容是前锋徐仲良、姚醒黄、关颂韬、华秀升、邝××,后卫之一是李汝祺,守门是董大酉。这一战打得好精彩,徐仲良脚头有劲,射门准而急,关颂韬最会盘球,三两个人奈何不得他,冲锋陷阵如入无人之境,结果清华以逸待劳,侥幸大胜。这是在星期六下午举行的,星期一补放假一天以资庆祝,这是什么事!另一场篮球赛是对北师大。北师大在体育方面也是人才辈出,篮球队中一位魏先生尤负盛名。北师大和清华在篮球不相上下,可说势均力敌。清华的阵容是前锋有时昭涵、陈崇武,后卫有孙立人、王国华,以这一阵容为基础的篮球队曾打垮菲律宾、日本的代表队。鏖战的结果清华占地利因而险胜,孙立人、王国华的截球之稳练不能不令人叹为观止。附带提起,现在台湾的程树仁先生也是清华的运动健将,他继曹懋德为足球守门,举臂击球,比用脚踢还打得远些,他现在年近七十而强健犹昔,是清华的体育精神的代表。

清华毕业时照例要考体育,包括田径、爬绳、游泳等项。我平常不加练习，临考大为紧张，马约翰先生对于我的体育成绩只是摇头太息。我记得我跑四百码的成绩是九十六秒，人几乎晕过去。一百码是十九秒。其他如铁球、铁饼、标枪、跳高、跳远都还可以勉强及格。游泳一关最难过。清华有那样好的游泳池，按说有好几年的准备应该没有问题，可惜是这好几年的准备都是在陆地上，并未下过水里，临考只得舍命一试。我约了两位同学各持竹竿站在两边，以备万一。我脚踏池边猛然向池心一扑，这一下就浮出一丈开外，冲力停止之后，情形就不对了。原来水里也有地心吸力，全身直线下沉。喝了一大口水之后，人又浮到水面，尚未来得及喊救命，已经再度下沉。这时节两根竹竿把我挑了起来，成绩是不及格，一个月后补考。这一个月我可天天练习了，好在不止我一人，尚有几位陪伴我。补考的时候也许是太紧张，老毛病又发了，身体又往下沉，据同学告诉我，我当时在水里扑腾得好厉害，水珠四溅，翻江倒海一般，否则也不会往下沉。这一沉，沉到了池底，我摸到大理石的池底，滑腻腻的。我心里明白，这一回只许成功不许失败，便在池底连爬带游地前进，喝了几口水之后，头已露出水面，知道快游完全程了，于是从从容容来了几下子蛙式泳，安安全全地跃登彼岸，马约翰先生笑得弯了腰，挥手叫我走，说："好啦，算你及格了。"这是我毕业时极不光荣的一个插曲，我现在非常悔恨，年轻太不知道重视体育了。

　　清华的体育活动也并不完全是洋式的，也有所谓国术，如打拳击剑之类，教师是李剑秋先生，他的拳是外家一路，急而劲，据说很有功夫，有时也开会表演，邀来外面的各路英雄，刀枪剑戟陈列在篮球场上，主人先垫垫脚，然后一十八般武艺一样一样地表演上场，其中包括空手夺刀之类。对于这种玩意儿，同学中也有乐此不疲者，分头在钻研太极八卦少林石头的奥秘。

六

　　五四运动发生在一九一九年，我在中等科四年级，十八岁，是当时学生群中比较年轻的一员。清华远在郊外,在五四过后第二三天才和城里的学生联络上。清华学生的领导者是陈长桐。他的领导才能(charisma)是天生的,他严肃而又和蔼,冷静而又热情,如果他以后不走进银行而走进政治,他一定是第一流的政治家。他的卓越的领导能力使得清华学生在这次运动里尽了应尽的责任,虽然以后没有人以"五四健将"而闻名于世。自五月十九日以后,北京学生开始街道演讲。我随同大队进城,在前门外珠市口我们一小队人从店铺里搬来几条木凳横排在街道上,人越聚越多,讲演的情绪越来越激昂,这时有三两部汽车因不得通过而乱按喇叭,顿时激怒了群众,不知什么人一声喝打,七手八脚地捣毁了一部汽车。我当时感觉到大家只是一股愤怒不知向谁发泄,恨政府无能,恨官吏卖国,这股恨只能在街上如醉如狂地发泄了。在这股洪流中没有人能保持冷静,此之谓群众心理。那部被打的汽车是冤枉的,可是后来细想也许不冤枉,因为至少那个时候坐汽车而不该挨打的人究竟为数不多。

  章宗祥的儿子和我同一寝室。五四运动勃发之后,他悄悄地走避了,但是许多人不依不饶地涌进了我的寝室,把他的床铺捣烂了,衣箱里的东西狼藉满地,我回来看到很有反感,觉得不该这样做。过后不久他害猩红热死了。

  六月三日四日北京学生千余人在天安门被捕,清华的队伍最整齐,所以集体被捕,所占人数也最多。

  清华因为继续参加学生运动而引起学校当局的不满,校长张煜全先生也许是用人不当,也许是他自己过分慌张,竟乘学生晚间开会之际切断了电线,他以为这一着可以迫使学生散去,想不到激怒了学生,当时点起蜡烛继续开会,这是对当局之公然反抗。事有凑巧,会场外忽然发现了三五个衣裳诡异打着纸灯笼的乡巴佬,经盘问后,原来是由学校当局请来的乡间"小锣会"来弹压学生的。所谓小锣会,即是乡村农民组织的自卫团体,遇有盗警之类的事变就以敲锣为号,群起抵抗,是维持地方治安的一种组织。糊涂的学校当局竟把这种人请进学校来对付学生，真是自寻烦恼。学生们把小锣会团团围住，让他们具结之后便把他们驱逐出校。但是驱逐校长的风潮也因此而爆发了。

五四往好处一变而为新文化运动，往坏处一变而为闹风潮。清华的风潮是赶校长。张煜全、金邦正，接连着被学生列队欢送追出校外，其后是罗忠诒根本未能到差。这一段时期学生领导人之最杰出者为罗隆基，他私下里常说"九年清华，三赶校长"是实有其事，清华的传统的管理学生的方式崩溃了，学生会的坚强组织变成学生生活的中心。学生自治也未始不是一个好的现象，不过罢课次数太多，一快到暑假就要罢课，有人讥笑我们是怕考试，然乎否乎根本不值一辩，不过罢课这个武器用得次数太多反而失去同情则确是事实。

五四运动原是一个短暂的爱国运动，热烈的，自发的，纯洁的，"如击石火，似闪电光"，很快就过去了。可是年轻的学生经此刺激震动而突然觉醒了，登时表现出一股蓬蓬勃勃的朝气，好像是蕴藏压抑多年的情绪与生活力，一旦获得了迸发奔放的机会，一发而不可收拾，沛然而莫之能御。当时以我个人所感到的而言，这一股力量在两点上有明显的表现：一是学生的组织，一是广泛的求知欲。

在这以前，学生们都是听话的乖孩子，对权威表示服从，对教师表示尊敬，对职员表示畏惧。我刚到清华的时候，见到校长周寄梅先生真觉得战战兢兢，他自有一种威仪使人慑服，至今我仍然觉得他有极好的风度，在我所知道的几任清华校长之中，他是最令大家畲服的一个。学校的组织与规程，尽管有不合理处，学生们不敢批评，更不敢有公然反抗的举动。除了对于国文教师常有轻慢的举动以外，学生对一般教师是恭顺的，无论教师多么不称职，从没有被学生驱逐的。在中等科时，一位国文先生酒醉，拿竹板打了学生的手心，教务长来抢走了竹板，事情也就平息了，这事情若发生在今天那还了得！清华管理严格，记过开除是经常有的事，一纸开除的布告贴出，学生乖乖地卷铺盖，只有一次例外。我同班的一位万同学，因故被开除，他跑到海淀喝了一瓶莲花白，红头涨脸地跑回来，正值斋务主任李胡子在饭厅和学生们一起用膳，就在大庭广众之下，上去一拳把他打倒在地，这是绝无仅有的一次犯上作乱的精彩表演。

五四以后情形完全不同了。首先要说起学校当局之颟顸无能，当局糊涂到用关灭电灯的方法来防止学生开会，召进乡间的"小锣会"打着灯笼拿着棍棒到学校里来弹压学生，这如何能令学生心服？周校长以后的几任校长，都是外交部派来的闲散的外交官，在作官方面也许是内行的，但是平素学问道德未必能服人，遇到这动荡时代更不懂得青年心理，当然是治丝益棼，使事态恶化，数年之内，清华数易校长，每一位都是在极狼狈的情形之下离去的。学生的武器便是他们的组织——学生会。从前的班长级长都是些当局属意的"墨盒"持有人，现在的学生会的领导者是些有组织能力的分子担当。所谓"团结即是力量"，道理是不错的。原来为了遂行爱国运动而组织起来的学生会，性质逐渐扩大，目标也逐渐转移了。学生要求自治，学生也要过问学校的事，清华的学生组织是相当健全的，分评议会与干事会两部分，评议会是决议机关，干事会是执行机关，评议员是选举的，我在清华最后几年一直是参加评议会的。我深深感觉"群众心理"是很可怕的，组织的力量如果滥用也是很可怕的。我们在短短时间内驱逐的三位校长，其中有一位根本未曾到校，他的名字是罗忠诒，不知什么人传出了消息说他吸食鸦片烟，于是喧嚷开来，舆论哗然，吓得他未敢到任。人多势众的时候往往是不讲理的。学生会每逢到了五六月的时候，总要闹罢课的勾当，如果有人提出罢课的主张，不管理由是否充分，只要激昂慷慨一番，总会通过。罢课曾经是赢得伟大胜利的手段，到后来成了惹人厌恶的荒唐行为。不过清华的罢课当初也不是没有远大目标的。一九二二年三月间罗隆基写了一篇《彻底翻腾的清华革命》，发表在北京晨报，翌年三月间由学生会印成小册子，并有梁任公先生及凌冰先生的序言，一致赞成清华应有一健全的董事会，可见清华革命之说确是合乎当时各方的要求。

嚣张是不须讳言的，但是求知的欲望也同时变得非常旺盛，对于一切的新知都急不暇择地吸收进去。我每次进城在东安市场、劝业场、青云阁等处书摊旁边不知消磨多少时光流连不肯去，几乎凡有新刊必定购置，不是我一人如此，多少敏感的青年学生都是如此。

我记得仔细阅读过的书刊包括有：胡适的实验主义、尝试集、短篇小说集、中国哲学史，周作人的欧洲文学史、域外小说集，王星拱的科学方法论，潘家洵译的易卜生戏剧，少年中国的丛书，共学社的丛书，晨报丛书等等。新潮、新青年等杂志更不待言，是每期必读的。当然，那时候学力未充，鉴别无力，自己并无坚定的见地，但是扩充眼界，充实腹笥，总是一件好事。所以我那时看的东西很杂，进化论与互助论，资本论与安那其主义，托尔斯泰与萧伯纳，罗素与柏格森，泰戈尔与王尔德，兼收并蓄，杂糅无章。没有人指导，没有人讲解，暗中摸索，有时自以为发掘到宝藏而沾沾自喜，有时全然失去比例与透视。幸而，由于我的天生的性格，由于我的家庭的管教，我尚能分辨出什么是稳健的康庄大道，什么是行险徼幸的邪恶小径。三十岁以后，自己知道发奋读书，从来不敢懈怠，但是求知的狂热在五四以后的那一段时间仍然是无可比拟的。

因为探求新知过于热心，对于学校的正常的功课反倒轻视疏忽了。对基本的科学不感兴趣，敷敷衍衍地读完一年生物学之后，对于物理化学即不再问津，这一缺憾至今无法补偿。对于数学我更没有耐心，自己给自己制造了一个借口曰："性情不近。"梁任公先生创"趣味说"，我认为正中下怀，我对数学不感兴趣。因此数学的成绩仅能勉强维持及格，而并不觉得惭怍。不但此也，在英文班上读些文学名著，也觉得枯燥无味，莎士比亚的戏亦不能充分赏识，他的文字虽非死文字，究竟嫌古老些，那有时人翻译出来的现代作品那样轻松？于是有人谈高尔华绥、萧伯纳、王尔德、易卜生，亦从而附和之；有人谈莫泊桑、柴霍甫、屠格涅夫、法朗士，亦从而附和之。如响斯应，如影斯随，追逐时尚，皇皇然不知其所届。这是五四以后之一窝蜂的现象，表面上轰轰烈烈，如花团锦簇，实际上不能免于浅薄幼稚。

七

清华学生全体住校，自成一个社团，故课外活动也就比较多些。我初进清华，对音乐图画都很热心。教音乐的教师 Miss Seeley 循循善诱，仪态万千，是颇受学生欢迎的一个人。她令学生唱校歌（清华的校歌是英文的）以测验学生歌唱的能力，我一试便引起她的注意，因为我声音特高，而且我能唱出校歌两阕的全部歌词，后来我就当选为清华幼年歌咏团的团员。不知为什么这位教师回国后就一直没有替人，同时我的嗓音倒了之后亦未能复原，于是从此我和音乐绝缘。教图画的教师先是一位 Miss Starr，后是一位 Miss Lyggate，教我们白描，教我们写生，炭画水彩画，可惜的是我所喜欢的是中国画，并且到了中等科三年级也就没有图画一课了。

我在图画音乐上都不得发展，兴趣转到了写字上面去。在小学的时候教师周士棻（香如）先生教我们写草书千字文，这是白折子九宫格以外的最有趣的课外作业，我的父亲又鼓励我涂鸦，因此我一直把写字当做一种享受。我在清华八年所写的家信，都是写在特制的宣纸信笺上，每年装订为一册，全是墨笔恭楷，这习惯一直维持到留学回国为止。有一天我和同学吴卓（鹄飞）、张嘉铸（禹九）商量，想组织一个练习写字的团体，吴卓写得一笔好赵字，张嘉铸写得一笔酷似张廉卿的魏碑体，众谋佥同，于是我就着手组织，征求同好。我的父亲给我们起了一个名字，曰："清华戏墨社"。大字，小楷，同时并进。包世臣的《艺舟双楫》、康有为的《广艺舟双楫》成了我的手边常备的参考书。我本来有早起的习惯，七点打起床钟，我六点就盥洗完毕，天蒙蒙亮我和几位同学就走进自修室，正襟危坐，磨墨伸纸，如是者二年，不分寒暑，从未间断，举行过几次展览。我最初看吴卓临赵孟頫《天冠山图咏》，见猎心喜，但是我父亲不准我写，认为应先骨格而后妩媚，要我写颜真卿《争座位》和柳公权的《玄秘塔》，同时供给我大量的珂罗版的汉碑，主要的是张迁碑、白石神君碑、孔庙碑，而以曹全碑殿后。这样临摹了两年，孤芳自赏，但愧未能持久，本无才力，终鲜功夫，至今拿起笔杆不能运用自如，是一憾事。

清华不是教会学校，所以并没有什么宗教气氛，但是有些外国教师及一些热心的中国人仍然不忘传教，例如查经班青年会之类均应有尽有，可是同时也有一批国粹派出面提倡孔教以为对抗。我对于宗教没有兴趣，不过于耶教孔教二者若是必须作一选择，我宁取后者，所以我当时便参加了一些孔教会的活动，例如在孔教会附设的贫民补习班和工友补习班里授课之类。不过孔子的学说根本不能构成宗教，所谓国教运动尤其讨厌。

五四以后，心情丕变。任何人在青春时期都会"怨黄莺儿作对，怪粉蝶儿成双"，都会变成为一个诗人。我也在荷花池畔开始吟诗了。有一首诗就题为《荷花池畔》，后来发表在《创造季刊》第四期上，我从事文艺写作是在我进入高等科之初，起先是几个朋友（顾毓琇、张忠绂、翟桓等）在校庆日之前凑热闹翻译了一本《短篇小说作法》，这是一本没有什么价值的书，不知为何选中了它。我们的组织定名为"小说研究社"，向学校借占了一间空的寝室作为会所。后来我们认识了比我们高两级的闻一多，是他提议把小说研究社改为"清华文学社"，添了不少新会员，包括朱湘、孙大雨、闻一多、谢文炳、饶子离、杨子惠等。闻一多是个多才多艺的人，他不仅年纪比我们大两岁，在心理的成熟方面以及学识修养方面，都比我们不只大两岁，我们都把他当做老大哥看待。他长于图画，而国文根底也很坚实，作诗仿韩昌黎，硬语盘空，雄浑恣肆，而情感丰富，正直无私。这时候我和一多都大量地写白话诗，朝夕观摩，引为乐事。我们对于当时的几部诗集颇有一些意见，《冬夜》里有"被窝暖暖的,人儿远远的"之句,《草儿》里有《旗呀,旗呀,红、黄、蓝、白、黑的旗呀!》这样的一首,还有"如厕是早起后第一件大事"之句,我们都认为俗恶不堪,就诗论诗倒是《女神》的评价最高,基于这一点意见,一多写了一篇长文《冬夜评论》,由我寄给北京晨报副刊(孙伏园编)。我们很天真,以为报纸是公开的园地,我们以为文艺是可以批评的,但事实不如此。稿寄走之后,如石沉大海,杳无音讯,几番函询亦不得复音,幸亏尚留底稿,我决定自行刊印,自己又写了一篇《草儿评论》,合为《冬夜草儿评论》,薄薄的一百多页,用去印刷费百余元,是我父亲供给我的。这一小册的出版引起两个反响,一个是努力周报署名"哈"的一段短评,当然是冷嘲热骂,一个是创造社《女神》作者的来信赞美。由于此一契机我认识了创造社诸君。

我有一次暑中送母亲回杭州,路过上海,到了哈同路民厚南里,见到郭、郁、成几位,我惊讶的不是他们生活的清苦,而是他们的生活的颓废,尤以郁为最。他们引我从四马路的一端,吃大碗的黄酒,一直吃到另一端,在大世界追野鸡,在堂子里打茶围,这一切对于一个清华学生是够恐怖的。后来郁达夫到清华来看我,要求我两件事,一是访圆明园遗址,一是逛北京的四等窑子,前者我欣然承诺,后者则清华学生夙无此等经验,未敢奉陪(后来他找到他的哥哥的洋车夫陪他去了一次,他表示甚为满意云)。

差不多同时我也由于通信而认识了南京高师的胡昭佐(梦华),由于他而认识了吴宓(雨僧),后来又认识了梅光迪(迪生)、胡先骕(步青)诸位。对于南京一派比较守旧的思潮,我也有一点同情,并不想把他们一笔抹煞。

我的父亲总是担心我的国文根底不够,所以每到暑假他就要我补习国文,我的教师是仪征陈止(孝起)先生,他的别号是大镫,是一位纯旧式的名士,诗词文章无所不能,尤好收集小品古董,家里满目琳琅。我隔几天送一篇文章请他批改,偶然也作一点旧诗。但是旧文学虽然有趣,我可以研究欣赏,却无模拟的兴致,受过五四洗礼的人是不能再回到以前的那个境界里去了。

八

临毕业前一年是最舒适的一年,搬到向往已久的大楼里面去住,别是一番滋味。这一部分的宿舍有较好的设备,床是钢丝的,屋里有暖气炉,厕所里面有淋浴有抽水马桶。不过也有人不能适应抽水马桶,以为做这种事而不采取蹲的姿势是无法完成任务的(我知道顾德铭即是其中之一,他一清早就要急急忙忙跑到中等科去照顾那九间楼),可见吸收西方文化也并不简单,虽然绝大多数人是乐于接受的。

和我同寝室的是顾毓琇、吴景超、王化成,四个少年意气扬扬共居一室,曾经合照过一张相片,坐在一条长凳上,四副近视眼镜,四件大长袍,四双大皮鞋,四条翘起来的大腿,一派生楞的模样。过了二十年,我们四个在重庆偶然聚首,又重照了一张,当时大家就意识到这样的照片一生中怕照不了几张。当时约定再过二十年一定要再照一张,现在拍照第三张的时期已过,而顾毓琇定居在美国,王化成在葡萄牙任公使多年之后病殁在美国,吴景超在大陆上,四人天各一方,萍踪漂泊,再聚何年?今日我回忆四十年前的景况,恍如昨日:顾毓琇以"一樵"的笔名忙着写他的《芝兰与茉莉》,寄给文学研究会出版,我和景超每星期都要给《清华周刊》写社论和编稿。提起《清华周刊》,那也是值得回忆的事。我不知那一个学校可以维持出版一种百八十页的周刊,历久而不停,里面有社论有专文有新闻有通讯有文艺。我们写社论常常批评校政,有一次我写了一段短评鼓吹男女同校,当然不是为私人谋,不过措词激烈了一点,对校长之庸弱无能大肆抨击,那时的校长是曹云祥先生(好像是作过丹麦公使,娶了一位洋太太,学问道德如何则我不大清楚),大为不悦,召吴景超去谈话,表示要给我记大过一次,景超告诉他:"你要处分是可以的,请同时处分我们两个,因为我们负共同责任。"结果是采官僚作风，不了了之。我喜欢文学，清华文艺社的社员经常有作品产生，不知我们这些年轻人为什么有那样大的胆量，单凭一点点热情，就能振笔直书从事创作，这些作品经由我的安排，便大量地在周刊上发表了，每期有篇幅甚多的文艺一栏自不待言，每逢节日还有特刊副刊之类，一时文风甚盛。这却激怒了一位同学（梅汝璈），他投来一篇文章《辟文风》，我当然给他登出来，然后再辞而辟之。我之喜欢和人辩驳问难，盖自此时始，我对于写稿和编辑刊物也都在此际得到初步练习的机会。周刊在经济方面是学校支持的，这项支出有其教育的价值。

我以清华周刊编者的名义，到城里陟山门大街去访问胡适之先生。原因是梁任公先生应清华周刊之请写了一个《国学必读书目》，胡先生不以为然，公开地批评了一番。于是我径去访问胡先生，请他也开一个书目。胡先生那一天病腿，躺在一张藤椅上见我，满屋里堆的是线装书。这是我第一次见到胡先生，清癯的面孔，和蔼而严肃，他很高兴地应了我们的请求。后来我们就把他开的书目发表在清华周刊上了。这个书目引出吴稚晖先生的一句名言："线装书应该丢到茅厕坑里去！"

我必须承认，在最后两年实在没有能好好地读书，主要的原因是心神不安，我在这时候经人介绍认识了程季淑女士，她是安徽绩溪人，刚从女子师范毕业，在女师附小教书，我初次和她会晤是在宣外珠巢街女子职业学校里，那时候男女社交尚未公开，双方家庭也是相当守旧的，我和季淑来往是秘密进行的，只能在中央公园、北海等地约期会晤。我的父亲知道我有女友，不时地给我接济，对我帮助不少。我的三妹亚紫在女师大，不久和季淑成了很好的朋友。青春初恋期间谁都会神魂颠倒，睡时，醒时，行时，坐时，无时不有一个倩影盘据在心头，无时不感觉热血在沸腾，坐卧不宁，寝食难安，如何能沉下心读书？"一日不见，如三秋兮！"更何况要等到星期日才能进得城去谋片刻的欢会？清华的学生有异性朋友的很少，我是极少数特殊幸运的一个。因为我们每星期日都风雨无阻地进城去会女友，李迪俊曾讥笑我们为"主日派"。

对于毕业出国,我一向视为畏途。在清华有读不完的书,有住不腻的环境,在国内有舍不得离开的人,那么又何必去父母之邦?所以和闻一多屡次商讨,到美国那样的汽车王国去,对于我们这样的人有无必要?会不会到了美国被汽车撞死为天下笑?一多先我一年到了美国,头一封来信劈头一句话便是:"我尚未被汽车撞死!"随后劝我出国去开开眼界。事实上清华也还没有过毕业而拒绝出国的学生。我和季淑商量,她毫不犹豫地劝我就道,虽然我们知道那别离的滋味是很难熬的。这时候我和季淑已有成言,我答应她,三年为期,期满即行归来。于是我准备出国。季淑绣了一幅"平湖秋月图"给我,这幅绣图至今在我身边。

出国就要治装,我不明白为什么外国人到中国来不需治中装,而中国人到外国去就要治西装。清华学生平素没有穿西装的,都是布衣布褂,我有一阵还外加布袜布鞋。毕业期近,学校发一笔治装费,每人约三五百元之数,统筹办理,由上海恒康西服庄派人来承办。不匝月而新装成,大家纷纷试新装,有人缺领巾,有人缺衬衣,有的肥肥大大如稻草人,有的窄小如猴子穿戏衣,真可说得上是"沐猴而冠"。这时节我怀想红顶花翎靴袍褂出使外国的李鸿章,他有那一份胆量不穿西装,虽然翎顶袍褂也并非我们原来的上国衣冠。我有一点厌恶西装,但是不能不跟着大家走。在治装之余我特制了一面长约一丈的绸质大国旗——红黄蓝白黑的五色旗,这在后来派了很大的用场,在美国好多次集会(包括孙中山先生逝世时纽约中国人的追悼会)都借用了我这一面特大号的国旗。

到了毕业那一天(六月十七日),每人都穿上白纺绸长袍黑纱马褂,在校园里穿梭般走来走去,像是一群花蝴蝶。我毕业还不是毫无问题的,我和赵敏恒二人因游泳不及格几乎不得毕业,我们临时苦练,豁出去喝两口水,连爬带泳,凑合着也补考及格了,体育教员马约翰先生望着我们两个人只是摇头。行毕业礼那天,我还是代表全班的三个登台致词者之一,我的讲词规定是预言若干年后同学们的状况,现在我可以说,我当年的预言没有一句是应验了的!例如:谢奋程之被日军刺杀,齐学启之殉国，孔繁祁之被汽车撞死，盛斯民之疯狂以终，这些倒霉的事固然没有料到，比较体面的事如孙立人之于军事，李先闻之于农业，李方桂之于语言学，应尚能之于音乐，徐宗涑之于水泥工业，吴卓之于糖业，顾毓琇之于电机工程，施嘉炀之于土木工程，王化成、李迪俊之于外交……均有卓越之成就，而当时也并未窥见端倪。至于区区我自己，最多是小时了了，到如今一事无成，徒伤老大，更不在话下了。毕业那一天有晚会，演话剧助兴，剧本是顾一樵临时赶编的三幕剧《张约翰》。剧中人物有女性二人，谁也不愿担任，最后由我和吴文藻承乏。我的服装有季淑给我缝制的一条短裤和短裙，但是男人穿高跟鞋则尺寸不合无法穿着，最后向 Miss Lyggate 借来一试，还累嫌松一点点。演出时我特请季淑到校参观，当晚下榻学生会办公室，事后我问她我的表演如何，她笑着说："我不敢仰视。"事实上这不是我第一次演戏，前一年我已经演过陈大悲编的《良心》，导演人即是陈大悲先生。不过串演女角，这是生平仅有的一次。

拿了一纸文凭便离开了清华园，不知道是高兴还是哀伤。两辆人力车，一辆拉行李，一辆坐人，在骄阳下一步一步地踏向西直门。心里只觉得空虚怅惘。此后两个月中酒食征逐，意乱情迷，紧张过度，遂患甲状腺肿，眼珠突出，双手抖颤，积年始愈。

家父给了我同文书局石印大字本的前四史，共十四函，要我在美国课余之暇随便翻翻，因为他始终担心我的国文根底太差。这十四函线装书足足占我大铁箱的一半空间，这原是吴稚晖先生认为应该丢进茅厕坑里去的东西，我带过了太平洋，又带回了太平洋，差不多是原封未动缴还给家父，实在好生惭愧。老人家又怕在美膏火不继，又给了我一千元钱，半数买了美金硬币，半数我在上海用掉。我自己带了一具景泰蓝的香炉，一些檀香木和粉，因为我认为这是中国文化中最好的一项代表性的艺术品，我一向向往"焚香默坐"的那种境界。这一具香炉，顶上有一铜狮，形状瑰丽，闻一多甚为欣赏，后来我在科罗拉多和他分手时便举以相赠,我又带了一对景泰蓝花瓶,后来为了进哈佛大学的缘故在暑期中赶补拉丁文,就把这对花瓶卖了五十元美金充学费了。此外我还在家里搜寻了许多绣活和朝服上的"黻子",后来都成了最受人欢迎的礼物。

一九二三年八月里,在凄风苦雨里的一天早晨,我在院里走廊上和弟妹们吹了一阵胰子泡,随后就噙着泪拜别父母,起身到上海候船放洋。在上海停了一星期,住在旅馆里写了一篇纪实的短篇小说,题为《苦雨凄风》,刊在创造周报上。我这一班,在清华是最大的一班,入学时有九十多人,上船时淘汰剩下六十多人了。登"杰克逊总统号"的那一天,船靠在浦东,创造社的几位到码头上送我。住在嘉定的一位朋友派人送来一面旗子,上面亲自绣了"乘风破浪"四个字。其实我那里有宗悫的志向?我愧对那位朋友的期望。

清华八年的生涯就这样的结束了。

槐园梦忆

槐园梦忆

——悼念故妻程季淑女士

一

季淑于一九七四年四月三十日逝世,五月四日葬于美国西雅图之槐园(Acacia Memorial Park)。槐园在西雅图市的极北端,通往包泽尔(Bothell)的公路的旁边,行人老远地就可以看见那一块高地,芳草如茵,林木翁郁,里面的面积很大,广袤约百数十亩。季淑的墓在园中之桦木区(Birch Area),地号是16—C—33,紧接着的第十五号是我自己的预留地。这个墓园本来是共济会所创建的,后来变为公开,非会员亦可使用。园里既没有槐,也没有桦,有的是高大的枞杉和山杜鹃之属的花木。此地墓而不坟,墓碑有标准的形式与尺寸,也是平铺在地面上,不是竖立着的,为的是便利机车割草。墓地一片草皮,永远是绿茸茸,经常有人修剪浇水。墓旁有一小喷水池,虽只喷涌数尺之高,但汩汩之泉其声呜咽,逝者如斯,发人深省。往远处看,一层层的树,一层层的山,天高云谲,瞬息万变;俯视近处,则公路蜿蜒,车如流水。季淑就是在这样的一个地方长眠千古。

"圣人忘情,最下不及情,情之所钟,正在我辈。"这是很平实的话。虽不必如荀粲之惑溺,或蒙庄之鼓歌,但夫妻胖合,一旦永诀,则不能不中心惨怛。"美国华盛顿大学心理治疗系教授霍姆斯设计一种计点法，把生活中影响我们的变异，不论好坏，依其点数列出一张表。"（见一九七四年五月份《读者文摘》中文版）在这张表上"丧偶"高列第一，一百点，依次是离婚七十三点，判服徒刑六十三点，等等。丧偶之痛的深度是有科学统计的根据的。我们中国文学里悼亡之作亦屡屡见，晋潘安仁有《悼亡诗》三首：

> 荏苒冬春谢，寒暑忽流易。
> 之子归穷泉，重壤永幽隔！
> 私怀谁克从，淹留亦何益？
> 黾俛恭朝命，回心反初役。
> 望庐思其人，入室想所历。
> 帏屏无仿佛，翰墨有余迹。
> 流芳未及歇，遗挂犹在壁。
> 怊怳如或存，回惶忡惊惕。
> 如彼翰林鸟，双栖一朝支；
> 如彼游川鱼，比目中路析。
> 春风缘隙来，晨溜依檐滴。
> 寝兴何时忘，沉忧日盈积。
> 庶几有时衰，庄缶犹可击。
>
> 皎皎窗中月，照我室南端。
> 清商应秋至，溽暑随节阑。
> 凛凛凉风升，始觉夏衾单。
> 岂曰无垂纩，谁与同岁寒？
> 岁寒无与同，朗月何胧胧！
> 展转盼枕席，长簟竟床空！

床空委清尘，室虚来悲风。
独无李氏灵，仿佛睹尔容！
抚襟长叹息，不觉涕沾胸。
沾胸安能已，悲怀从中起。
寝兴目存形，遗言犹在耳。
上惭东门吴，下愧蒙庄子。
赋诗欲见志，零落难具纪。
命也可奈何，长戚自令鄙。

曜灵运天机，四节代迁逝。
凄凄朝露凝，烈烈夕风厉。
奈何悼淑俪，仪容永潜翳！
念此如昨日，谁知已卒岁！
改服从朝政，哀心寄私制；
茵帱张故房，朔望临尔祭。
尔祭讵几时，朔望忽复尽。
衾裳一毁撤，千载不复引。
亹亹期月周，戚戚弥相愍。
悲怀感物来，泣涕应情陨。
驾言陟东阜，望坟思纡轸。
徘徊墟墓间，欲去复不忍。
徘徊不忍去，徙倚步踟蹰。
落叶委埏侧，枯荄带坟隅。
孤魂独茕茕，安知灵与无？
投心遵朝命，挥涕强就车。
谁谓帝宫远，路极悲有余！

这三首诗从前读过,印象不深,现在悼亡之痛轮到自己,环诵再三,从"重壤永幽隔"至"徘徊墟墓间",好像潘安仁为天下丧偶者道出了心声。故录此诗于此,代摅我的哀思。不过古人为诗最重含蓄蕴藉,不能有太多的细腻的写实的描述。例如,我到季淑的墓上去,我的感受便不只是"徘徊不忍去",亦不只是"孤魂独茕茕",我要先把鲜花插好(插在一只半埋在土里的金属瓶里),然后灌满了清水;然后低声地呼唤她几声,我不敢高声喊叫,无此需要,并且也怕惊了她;然后我把一两个星期以来所发生的比较重大的事报告给她,我不能不让她知道她所关切的事;然后我默默地立在她的墓旁,我的心灵不受时空的限制,飞跃出去和她的心灵密切吻合在一起。如果可能,我愿每日在这墓园盘桓,回忆既往,没有一个地方比槐园更使我时时刻刻地怀念。

死是寻常事,我知道,堕地之时,死案已立,只是修短的缓刑期间人各不同而已。但逝者已矣,生者不能无悲。我的泪流了不少,我想大概可以装满罗马人用以殉葬的那种"泪壶"。有人告诉我,时间可以冲淡哀思。如今几个月已经过去,我不再泪天泪地地哭,但是哀思却更深了一层,因为我不能不回想五十多年的往事,在回忆中好像我把如梦如幻的过去的生活又重新体验一次。季淑没有死,她仍然活在我的心中。

二

季淑是安徽省徽州绩溪县人。徽州大部分是山地,地瘠民贫,很多人以种茶为业,但是皖南的文风很盛,人才辈出。许多人外出谋生,其艰苦卓绝的性格大概和那山川的形势有关。季淑的祖父程公讳鹿鸣,字苹卿,早岁随经商的二伯父到了京师。下帷苦读,场屋连捷,后实授直隶省大名府知府,勤政爱民,不义之财一介不取,致仕时囊橐以去者仅万民伞十余具而已。其元配逝时留下四女七子,长子讳佩铭,字兰生,即季淑之父。后再续娶,又生二子。故程府人丁兴旺,为旅食京门一大家族。季淑之母吴氏,讳浣身,安徽歙县人,累世业茶,寄籍京师。季淑之父在京经营笔墨店程五峰斋，全家食指浩繁，生活所需皆取给于是，身为长子者，为家庭生计而牺牲其读书仕进。季淑之母位居长嫂，俗云"长嫂比母"，于是操持家事，艰苦备尝，而周旋于小姑、小叔之间，其含辛茹苦更不待言。科举废除之后，笔墨店之生意一落千丈，程五峰斋终于倒闭。季淑父只身走关外，不久殁于客中。时季淑尚在髫龄，年方九岁，幼年失怙，打击终身。季淑同胞五人，大姐孟淑长季淑十一岁，适丁氏，抗战期间在川尚曾晤及，二姐仲淑、兄道立、弟道宽则均于青春有为之年死于肺痨。与母氏始终相依为命者，唯季淑一人。

季淑的祖父，六十岁患瘫痪，半身不遂而豪气未减，每天看报，看到贪污枉法之事，就拍桌大骂，声震屋瓦。雅好美食，深信"七十非肉不饱"之义，但每逢朔望，则又必定茹素为全家祈福，茹素则哽咽不能下咽，于是非嫌油少，即怪盐多。有一位叔父乘机进言："曷不请大嫂代表茹素，双方兼顾？"一方是"心到神知"之神，一方是非肉不饱的老者。从此我的岳母朔望代表茹素，直到祖父八十寿终而后已。叔父们常常宴客，宴客则请大嫂下厨，家里虽有厨师，佳肴仍需亲自料理，灶前伫立过久，足底生茧，以至老年不良于行。平素家里用餐，长幼有别，男女有别，媳妇、孙女常常只能享受一些残羹剩炙。有一回，一位叔父扫除房间，命季淑抱一石屏风至户外拂拭，那时她只有十岁光景，出门而踣，石屏风破碎。叔父大怒，虽未施夏楚，但苛责之余，复命长跪。

季淑从小学而中学而国立北京女高师之师范本科，几乎在饔飧不继的情形之下，靠她自己努力奋斗而不辍学，终于一九二一年六月毕业。从此她离开了那个大家庭，开始她独立的生活。

三

季淑于女高师的师范本科毕业之后，立刻就得到一份职业。由于她的女红特佳，长于刺绣，她的一位同学欧淑贞女士任女子职业学校校长，约她去担任教师。我就是在这个时候认识她的。

我们认识的经过是由于她的同学好友黄淑贞（湘翘）女士的介绍，"取妻如何，匪媒不得"。淑贞的父亲黄运兴先生和我父亲是金兰之交，他是湖南沅陵人，同在京师警察厅服务，为人公正、率直而有见识，我父亲最敬重他。我当初之投考清华学校也是由于这位父执之极力怂恿。其夫人亦是健者，勤俭耐劳，迥异庸流。淑贞在女高师体育系，和季淑交称莫逆，我不知道她怎么想起把她的好友介绍给我。她没有直接把季淑介绍给我。她是浼她母亲（父已去世）到我家正式提亲做媒的。我在周末回家时，在父亲书房桌上信斗里发现一张红纸条，上面恭楷写着："程季淑，安徽绩溪人，年二十岁，一九〇一年二月十七日寅时生。"我的心一动。过些日我去问我大姐，她告诉我是有这么一回事，并且她说已陪母亲到过黄家去相亲，看见了程小姐。大姐很亲切地告诉我说："我看她人挺好，蛮斯文的，双眼皮，大眼睛，身材不高，腰身很细，好一头乌发，挽成一个髻堆在脑后，一个大篷覆着前额。我怕那篷下面遮掩着疤痕什么的，特地搭讪着走过去，一面说着'你的头发梳得真好'，一面掀起那发篷看看……"我赶快问："有什么没有？"她说"什么也没有。"我们哈哈大笑。

事后想想，这事不对，终身大事须要自作主张。我的两个姐姐和大哥都是凭了媒妁之言和家长的决定而结婚的。这时候是五四运动后两年，新的思想打动了所有的青年。我想了又想，决定自己直接写信给程小姐问她愿否和我做个朋友。信由专差送到女高师，没有回音，我也就断了这个念头。过了很久，时届冬季，我忽然接到一封匿名的英文信，告诉我"不要灰心，程小姐现在女子职业学校教书，可以打电话去直接联络……"等语。朋友的好意真是可感，我遵照指示，大胆地拨了一个电话给一位夙未谋面的小姐。

季淑接了电话，我报了姓名之后，她一惊，半晌没说出话来。我直截了当地要求去见面一谈，她支支吾吾地总算是答应我了。她生长在北京，当然说的是道地的北京话，但是她说话的声音之柔和清脆是我所从未听到过的。形容歌声之美往往用"珠圆玉润"四字，实在是非常恰当。我受了刺激，受了震惊，我在未见季淑之前先已得到无比的喜悦。莎士比亚在《李尔王》五幕三景有一句话：

> Her voice was ever soft,
> Gentle and low, an excellent thing in woman.

> 她的言语总是温和的，
> 轻柔而低缓，是女人最好的优点。

好不容易熬到会见的那一天！那是一个星期六午后，我只有在周末才能进城。由清华园坐人力车到西直门，约一小时，我特别感觉到那是漫漫的长途。到西直门换车进城。女子职业学校在宣武门外珠巢街，好荒凉而深长的一条巷子，好像是从北口可以望到南城根。由西直门走了半个多小时，终于找到了这条街上的学校。看门的一个老头儿引我进入一间小小的会客室。等了相当长久的时间，一阵唧唧哝哝的笑语声中，两位小姐推门而入。这两位我都是初次见面。黄小姐的父亲我是见过多次的，她的相貌很像她的父亲，所以我立刻就知道另一位就是程小姐。但是黄小姐还是礼貌地给我们介绍了。不大的工夫，黄小姐托故离去，季淑急得直叫："你不要走，你不要走！"我们两个互相打量了一下，随便扯了几句淡话。季淑确是有一头乌发，如我大姐所说，发髻贴在脑后，又圆又凸，而又亮晶晶的，一个松松泡泡的发篷覆在额前。我大姐不轻许人，她认为她的头发确实处理得好。她的脸上没有一点脂粉，完全本来面目，她若和一些浓妆艳抹的人出现在一起，会令人有异样的感觉。我最不喜欢上帝给你一张脸而你自己另造一张。季淑穿的是一件灰蓝色的棉袄，一条黑裙子，长抵膝头。我偷眼往桌下一看，发现她穿着一双黑绒面的棉毛窝，上面凿了许多孔，系黑带子，又暖和又舒服的样子。

衣服、裙子、毛窝,显然全是自己缝制的。她是百分之百的一个朴素的女学生。我那一天穿的是一件蓝呢长袍,挽着袖口,胸前挂着清华的校徽,穿着一双棕色皮鞋。好多年后季淑对我说,她喜欢我那一天的装束,也因为那是普通的学生样子。那时候我照过一张全身立像,我举以相赠,季淑一直偏爱这张照片,后来到了台湾,她还特为放大,悬在寝室。我在她入殓的时候把这张照片放进棺内,我对着她的尸体告别说:"季淑,我没有别的东西送给你,你把你所最喜爱的照片拿去吧!它代表我。"

短暂的初次会晤大约有半小时。屋里有一个小火炉,阳光照在窗户纸上,使小屋和暖如春。这是北方旧式房屋冬天里所特有的一种气氛。季淑不是健谈的人,她有几分矜持,但是她并不羞涩。我起立告辞,我没有忘记在分手之前先约好下次会面的时间与地点。

下次会面是在一个星期后,地点是中央公园。人类的历史就是由一个男人一个女人在一个花园里开始的。中央公园地点适中,而且有许多地方可以坐下来休息。唯一讨厌的是游人太多,像来今雨轩、春明馆、水榭,都是人挤人、人看人的地方,为我们所不取。我们愿意找一个僻静的亭子、池边的木椅或石头的台阶。这种地方又往往为别人捷足先登或盘踞取闹。我照例是在约定的时间前十五分钟到达指定的地点。和任何人要约,我也不愿迟到。我通常是在水榭的旁边守候,因为从那里可以望到公园的门口。等人是最令人心焦的事,一分一秒地耗着,不知看多少次手表,可是等到你所期待的人远远地姗姗而来,你有多少烦闷也丢到九霄云外去了。季淑不愿先我而至,因为在那个时代,一个年轻女子只身在公园里踱着是会引起麻烦来的。就是我们两个并肩在路上行走,也常有些不三不四的人在吹口哨。

有时候我们也到太庙去相会。那地方比较清静,最喜的是进门右手一大片柏树林,在春暖以后有无数的灰鹤停驻在树颠,嘹唳的声音此起彼落,有时候轰然振羽破空而去。在不远处设有茶座,季淑最喜欢鸟,我们常常坐在那里对着灰鹤出神。可是季节一过,灰鹤南翔,这地方就萧瑟不堪，连坐的地方也没有了。北海当然是好去处，金鳌玉蝀的桥我们不知走过多少次数；漪澜堂是来往孔道，人太杂沓；五龙亭最为幽雅；大家挤着攀登的小白塔，我们就不屑一顾了。电影偶然也看，在"真光"看的飞来伯主演的《三剑客》。丽琳·吉施主演的《赖婚》至今印象犹新，其余的一般影片则我们根本看不进去。

清华一位同学戏分我们一班同学为九个派别，其一曰"主日派"，指每逢星期日则精神抖擞整其衣冠进城去做礼拜，风雨无阻，乐此不倦，当然各有各的崇拜偶像，而其衷心向往、虔心归主之意则一。其言虽谑，确是实情。这一派的人数不多，因为清华园是纯粹男性社会，除了几个洋婆子教师和若干教师眷属之外，看不到一个女性。若有人能有机缘进城会晤女友，当然要成为令人羡慕的一派。我自度应属于此派。可怜现在事隔五十余年，我每逢周末又复怀着朝圣的心情去到槐园墓地，捧着一束鲜花去做礼拜！

不要以为季淑和我每周小聚是完全无拘无束的享受。在我们身后吹口哨的固不乏人，不吹口哨的人也大都对我们投以惊异的眼光。这年轻轻的一男一女，在公园里彳亍而行，喁喁而语，是做什么的呢？我们怵于形势，只能在这些公开场所谋片刻的欢晤。季淑的家是一个典型的大家庭，人多口杂。按照旧的风俗，一个二十岁的大姑娘和一个青年男子每周约会在公共场所出现，是骇人听闻的事，罪当活埋！冒着活埋的危险在公园里游憩啜茗，不能说是无拘无束。什么事季淑都没瞒着她的母亲，母亲爱女心切，没有责怪她，反而殷殷垂询，鼓励她，同时也警戒她要一切慎重，无论如何不能让叔父们知道。所以季淑绝对不许我到她家访问，也不许寄信到她家里。我的家简单一些，也没有那么旧，但是也没有达到可以公开容忍我们的行为的地步。只有我的三妹绣玉（后改亚紫）知道我们的事，并且同情我们，帮助我们。她们很快成为好友，两个人合照过一张相，我保存至今。三妹淘气，有一次当众戏呼季淑为二嫂，后来季淑告诉我，当时好窘，但是心里也有一丝高兴。

事有凑巧，有一天我们在公园里的四宜轩品茗。说起四宜轩，这是我们毕生不能忘的地方。名为四宜，大概是指四季皆宜，"春有百花秋有月，夏有凉风冬有雪"。四宜轩在水榭对面，从水榭旁边的土山爬上去，下来再钻进一个乱石堆成的又湿又暗的山洞，跨过一个小桥便是。轩有三楹，四面是玻璃窗。轩前是一块平地，三面临水，水里有鸭。有一回冬天大风雪，我们躲在四宜轩里，另外没有一个客人，只有茶房偶然提着开水壶过来。在这里，我们初次坦示了彼此的爱。现在我说事有凑巧的一天是在夏季，那一天我们在轩前平地的茶座休息，在座的有黄淑贞。我突然发现不远一个茶桌坐着我的父亲和他的几位朋友。父亲也看见了我，他走过来招呼，我只好把两位小姐介绍给他。季淑一点也没有忸怩不安，倒是我觉得有些局促。我父亲代我付了茶资，随后就离去了。回到家里，父亲问我："你们是不是三个人常在一起玩？"我说："不，黄淑贞是偶然遇到邀了去的。"父亲说："我看程小姐很秀气，风度也好。"从此父亲不时地给我钱，我推辞不要，他说："拿去吧，你现在需要钱用。"父亲为儿子着想是无微不至的。从此父亲也常常给我劝告，为我出主意，我们后来婚姻成功多亏父亲的帮助。

一九二二年夏，季淑辞去女职的事，改任石附马大街女高师附属小学的教师。附小是季淑的母校，校长孙世庆原是她的老师，孙校长特别赏识她，说她稳重，所以聘她返校任职。季淑果不负他的期望，在校成为最肯负责的教师之一，屡次得到公开的褒扬。我常到附小去晤见季淑，然后一同出游。我去过几次之后，学校的传达室工友渐感不耐，我赶快在节关前后奉上银饼一枚，我立刻看到了一张笑逐颜开的脸，以后见了我，不等我开口就说："梁先生您来啦，请会客室坐，我就去请程先生出来。"会客室里有一张鸳鸯椅，正好容两个人并坐。我要坐候很久，季淑才出来，因为从这时候起她开始知道修饰，每和我相见必定盛装。王右家是她这时候班上的学生之一。抗战爆发后我在天津罗努生、王右家的寓中下榻旬余日，有一天右家和我闲聊，她说：

"实秋你知道么,你的太太从前是我的老师?"

"我听内人说起过,你那时是最聪明美丽的一个学生。"

"哼,程老师是我们全校三十几位老师中之最漂亮的一位。每逢周末她必定盛装起来,在会客室晤见一位男友,然后一同出去。我们几个学生就好奇地麇集在会客室的窗外往里窥视。"

我告诉右家,那男友就是我。右家很吃一惊。我回想起,那时是有一批淘气的女孩子在窗外唧唧嘎嘎。我们走出来时,也常有蹦蹦跳跳的孩子们追着喊:"程老师,程老师!"季淑就拍着她们的脑袋说:"快回去,快回去!"

"你还记得程老师是怎样的打扮么?"我问右家。

右家的记忆力真是惊人。她说:"当然。她喜欢穿的是上衣之外加一件紧身的黑缎背心,对不对?还有藏青色的百褶裙。薄薄的丝袜子,尖尖的高跟鞋。那高跟足有三寸半,后跟中细如蜂腰,黑绒鞋面,鞋口还锁着一圈绿丝线……"

我打断了她的话:"别说了,别说了,你形容得太仔细了。"

于是我们就泛论起女人的服装。右家说:

"一个女人最要紧的是她的两只脚。你没注意么,某某女士,好好的一个人,她的袜子好像是太松,永远有皱褶,鞋子上也有一层灰尘,令人看了不快。"

我同意她的见解,我最后告诉她莎士比亚的一句名言:"她的脚都会说话。"(见《脱爱勒斯与克莱西达》第四幕第五景)

右家提起季淑的那双高跟鞋,使我忆起两件事。有一次我们在公园里散步,后面有几个恶少紧随不舍,其中有一个人说:"嘿,你瞧,有如风摆荷叶!"虽然可恶,我却觉得他善于取譬。后来我填了一首《卜算子》,中有一句"荷叶迎风舞",即指此事。又有一次,在来今雨轩后面有一个亭子,通往亭子的小径都铺满了鹅卵石,季淑的鞋跟陷在石缝中间,扭伤了踝筋,透过丝袜可以看见一块红肿,在亭子里休息很久我才搀扶着她回去。

"五四"以后,写白话诗的风气颇盛。我曾说过,一个青年,到了"怨黄莺儿作对,怪粉蝶儿成双"的时候,只要会说白话,好像就可以写白话诗。我的第一首情诗,题为《荷花池畔》,发表在《创造》季刊,记得是第四期,成仿吾还不客气地改了几个字。诗没有什么内容,只是一团浪漫的忧郁。荷花池是清华园里唯一的风景区,有池有山有树有石栏,我在课余最喜欢独自一个在这里徘徊。诗共八节,节四行,居然还凑上了自以为是的韵。我把诗送给父亲看,他笑笑避免批评,但是他建议印制自己专用的诗笺,他负责为我置办,图案由我负责。这是对我的一大鼓励。我当即参考图籍,用双钩饕餮纹加上一些螭虎,画成一个横方的宽宽的大框,框内空处写诗。由荣宝斋精印,图案刷浅绿色。朋友们写诗的人很多,谁也没见过这样豪华的壮举。诗,陆续作了几十首,我给我的朋友闻一多看,他大喜若狂,认为得到了一个同道的知己。我的诗稿现已不存,只是一多所作《〈冬夜〉评论》一文里引录了我的一首《梦后》,诗很幼稚,但是情感是真的:

"吾爱啊!
你怎又推荐那孤单的枕儿,
伴着我眠,偎着我的脸?"
醒后的悲哀啊!
梦里的甜蜜啊!

我怨雀儿,
雀儿还在檐下蜷伏着呢!
他不能唤我醒——
他怎肯抛弃了他的甜梦呢?

"吾爱啊!
对这得而复失的馈礼,
我将怎样的怨艾呢?
对这缥缈浓甜的记忆,
我将怎样的咀嚼哟!"
孤零零的枕儿啊!

想着梦里的她,
舍不得不偎着你;
她的脸儿是我的花,
我把泪来浇你!

不但是白话,而且是白描。这首诗的故实是起于季淑赠我一个枕套,是她亲手缝制的,在雪白的绸子上,她用抽丝的方法在一边挖了一朵一朵的小花,然后挖出一串小孔穿进一根绿缎带,缎带再打出一个同心结。我如获至宝,套在我的枕头上,不大不小正合适。伏枕一梦香甜,蘧然惊觉,感而有作。其实这也不过是《诗经》所谓"瘖寐无为,辗转伏枕"的意思。另外还有一首《咏丝帕》,内容还记得,字句记不得了。我与季淑约会,她从来不曾爽约,只有一次我候了一小时不见她到来。我只好懊丧地回去,事后知道是意外发生的事端使她迟到,她也是怏怏而返。我把此事告诉一多,他责备我未曾久候,他说:"你不知道尾生的故事么?《汉书·东方朔传》注:'尾生,古之信士,与女子期于桥下,待之不至,遇水而死。'"这几句话给了我一个启示,我写一首长诗《尾生之死》,惜未完成,仅得片段。

四

两年多的时间过得好快,一九二三年六月我在清华行毕业礼,八月里就要放洋,这在我是一件很忧伤的事。我无意到美国去,我当时觉得要学文学应该留在中国,中国的文学之丰富不在任何国家之下,何必去父母之邦?但是季淑见事比我清楚,她要我打消这个想法,毅然准备出国。

行毕业礼的前些天,在清华礼堂晚上演了一出新戏《张约翰》,是顾一樵临时赶编的。戏里面的人物有两个是女的,此事大费踌躇,谁也不肯扮演女性。最后由吴文藻和我自告奋勇干告解决。我把这事告诉季淑,她很高兴。在服装方面向她请教,她答应全力帮助,她亲手为我缝制,只有鞋子无法解决,季淑的脚比我小得太多。后来借到我的图画教师、美籍黎盖特小姐的一双白色高跟鞋,在鞋尖处塞了好大一块棉花才能走路。我邀请季淑前去观剧,当晚即下榻清华,由我为她预备一间单独的寝室。她从来没到过清华,现在也该去参观一次。想不到她拒绝了。我坚请,她坚拒。最后她说:"你若是请黄淑贞一道去,我就去。"我才知道她需要一个伴护。那一天,季淑偕淑贞翩然而至。我先领她们绕校一周,在荷花池畔徘徊很久,在亭子里休息,然后送她们到高等科大楼的楼上我所特别布置的一间房屋。那原是学生会的会所,临时送进两张钢丝床。工友送茶水,厨房送菜饭,这是一个学生所能做到的最盛大的招待。在礼堂里,我保留了两席最优的座位。戏罢,我问季淑有何感受,她说:"我不敢仰视。"我问何故,她笑而不答。我猜想,是不是因为"良人者所仰望而终身也,今若是!"好久以后问她,她说不是:"我看你在台上演戏,我心里喜欢,但是我不知为什么就低下了头,我怕别人看我!"

清华的留学官费是五年,三年期满可以回国就业实习,余下两年官费可以保留,但实习不得超过一年。我和季淑约定,三年归来结婚。所以我的父母和我谈起我的婚事,我便把我和季淑的成约禀告。我的父母问我要不要在出国之前先行订婚,我说不必,口头的约定有充足的效力。也许我错误了。也许先有订婚手续是有益的,可以使我安心在外读书。

季淑的弟弟道宽在师大附中毕业之后,叔父们就忙着为他觅求职业。

正值邮局招考服务人员，命他前去投考，结果考取了。季淑不以为然，要他继续升学。叔父们表示无力供给，季淑就说她可以担负读书费用。事实上季淑在女师附小任教的课余时间尚兼两个家馆，在董康先生、钟炳芬先生家里都担任过西席，宾主相得，待遇优厚，所以她有余力一面侍奉老母，一面供给弟弟，虽然工作劳累，但她情愿独力担起弟弟就学的负担。但是叔父们不赞成，明言要早日就业，分摊家用。他本人也不愿累及胞姐，乃决定就业。那份工作很重，后来感染结核之后力疾上班，终于不起。道宽就业不久，更严重的问题逼人而来。叔父们要他结婚，季淑乃挺身抗议，以为他的年纪尚小，健康不佳，应稍从缓。叔父们的意见以为授室之后才算是尽了提携侄辈的天职，于心方安；同时冷言讥诮："是不是你自己想在你弟弟之先结婚？"道宽怯懦，禁不起大家庭的压迫，遂遵命结婚。妻李氏，人很贤淑，不幸不久亦感染结核症相继而逝。

也许是一年多来我到石附马大街去的回数太多了一点，五六十次总是有的。学生如王右家只注意到了程老师的漂亮，同事当中有几位有身世之感的人可就觉得看不顺眼。渐渐有人把话吹到校长孙世庆的耳里。孙先生头脑旧一些，以为青年男女胆敢公然缔交出入黉舍，纵然不算是大逆不道，至少是有失师道尊严，所以这一年夏天季淑就没收到续聘书。没得话说，卷铺盖。不同时代的人，观念上有差别，未可厚非。季淑也自承疏忽，不该贪恋那张鸳鸯椅，我们应该无间寒暑地到水榭旁边去见面；所以我们对于孙世庆没有怨言。倒是他后来敌伪时期做了教育局长，晚节不终，以至于明正典刑，我们为他惋惜。季淑决定乘我出国期间继续求学，于是投考国立美术专科学校，专习国画，晚间两个家馆的收入足可维持生活。榜发获捷，我们都很欢喜。

除了一盒精致信笺、信封以外，我从来没送过她任何东西。我深知她的性格，送去也会被拒。那一盒文具，也是在几乎不愉快的情形之下才被收纳的。可是在长期离别之前不能不有馈赠，我在廊房头条太平洋钟表店买了一只手表，在我们离别之前最后一次会晤时送给了她。我解下她的旧的,给她戴上新的,我说:"你的手腕好细!"真的,不盈一握。

季淑送我一幅她亲自绣的《平湖秋月图》,是用乱针方法绣的,小小的一幅,不过 7 寸 × 10.2 寸,有亭有水有船有树,是很好的一幅图画,配色尤为精绝。在她毕业于女高师的那一年夏天,她们毕业班曾集体作江南旅行,由南京、镇江、苏州、无锡、上海以至杭州,所有的著名风景区都游览殆遍。我们常以彼此游踪所至作为我们谈话的资料。我们都爱西湖,她曾问我西湖八景之中有何偏爱,我说我最喜"平湖秋月",她也正有同感。所以她就根据一张照片绣成一幅图画给我。那大片的水,大片的天,水草树木,都很不容易处理。我把这幅绣画带到美国,被一多看到,大为激赏。他引我到一家配框店选择了一个最精美而又色彩最调和的框子,悬在我的室中,外国人看了认为是不可想象的艺术作品。可惜半个世纪过后,有些丝线脱跳,色彩褪了不少,大致还是完好的。

我在八月初离开北京。临行前一星期我请季淑午餐,地点是劝业场三楼玉楼春。我点了两个菜之后要季淑点,她是从来不点菜的,经我逼迫,她点了"两做鱼",因为她偶然听人说起广和居的两做鱼非常可口,初不知是一鱼两做。饭馆也恶作剧,竟选了一条一尺半长的活鱼,半烧半炸,两大盘子摆在桌上,我们两个面面相觑,无法消受。这件事我们后来说给我们的孩子听,都不禁呵呵大笑。文蔷最近在饭馆里还打趣地说:"妈,你要不要吃两做鱼?"这是我们年轻时候的韵事之一。事实上她最喜欢吃鱼,如果有干烧鲫鱼佐餐,什么别的都不想要了。在我临行的前一天,她再来今雨轩为我饯行,那一天又是风又是雨。我到了上海之后,住在旅馆里,创造社的几位朋友天天来访,逼我给《创造周报》写点东西,辞不获已,写了一篇《凄风苦雨》,完全是季淑为我饯行时的忠实记录,文中的陈淑即是程季淑。其中有这样的一段:

> 雨住了。园里的景象异常清新,玳瑁的树枝缀着翡翠的树叶,荷池的水像油似的静止,雪氅黄喙的鸭子成群地叫。我们

缓步走出水榭,一阵土湿的香气扑鼻;沿着池边小径走上两旁的甬道。园里还是冷清清的,天上的乌云还在互相追逐着。

"我们到影戏院去吧,天雨人稀,必定还有趣……"她这样提议。我们便走进影戏院。里面观众果似晨星般稀少,我们便在僻处紧靠着坐下。铃声一响,屋里昏黑起来,影片像逸马一般在我眼前飞游过去,我的情思也跟着像机轮旋转起来。我们紧紧地握着手,没有一句话说。影片忽地一卷演讫,屋里光线放亮了一些,我看见她的乌黑眼珠正在不瞬地注视着我。

"你看影戏了没有?"

她摇摇头说:"我一点也没有看进去,不知是些什么东西在我眼前飞过……你呢?"

我笑着说:"和你一样。"

我们便这样的在黑暗的影戏院里度过两个小时。

我们从影戏院出来的时候,蒙蒙细雨又在落着,园里的电灯全亮起来了,照得雨湿的地上闪闪发光。远远地听到钟楼的当当的声音,似断似续的波送过来,只觉得凄凉黯淡……我扶着她缓缓地步入餐馆。疏细的雨点——是天公的泪滴,洒在我们身上。

她平时是不饮酒的,这天晚上却斟满一盏红葡萄酒,举起杯来低声地说:

"祝你一帆风顺,请尽这一杯!"

我已经泪珠盈睫了,无言地举起我的一杯,相对一饮而尽。餐馆的侍者捧着盘子在旁边诧异地望着我们。

我们就是这样开始了我们的三年别离。

五

一九二三年九月一日我到达美国,随即前往科罗拉多泉去上学。那

是一个山明水秀的风景地,也有的是恻兮燎兮的人物,但是我心里想的是:

> 出其东门,有女如云。
> 虽则如云,匪我思存。
> 缟衣綦巾,聊乐我员。
> 出其闉闍,有女如荼。
> 虽则如荼,匪我思且。
> 缟衣茹藘,聊可与娱。

人心里的空间是有限的,一经塞满便再也不能填进别的东西。我不但游乐无心,读书也很勉强。

季淑来信报告我她顺利入学的情形,选的是西洋画系,很久时间都是花在素描上面;天天面对着石膏像,左一张右一张的炭画。后来她积了一大卷给我看,我觉得她画得相当好。她的线条相当有力,不像一般女子的纤弱。一多告诉我,素描是绘画的基本功夫,他在芝加哥一年也完全是炭画素描。季淑下半年来信说,她们已经开始画裸体模特儿了,男女老少的模特儿都有,比石膏像有趣得多。我买了一批绘画用具寄给她,包括木炭、橡皮、水彩、油料等等。这木炭和橡皮,比国内的产品好,尤其是那海绵似的方块橡皮,松软合用。国内学生用面包代替橡皮,效果当然不好。季淑用我寄去的木炭和橡皮,画得格外起劲。同学们艳羡不止,季淑便以多余的分赠给她的好友们。油画,教师们不准她们尝试,水彩还可以勉强一试。季淑有了工具,如何能不使用?偕了同学外出写生,大家用水彩,只有她有油料可用。她每次画一张画,都写信详告,我每次接到信,都仔细看好几遍。我写信给她,寄到美专,她特别关照过学校的号房工友,有信就存在那里,由她自己去取。有一次工友特别热心,把我的信转寄到她家里去。信放在窗台上,幸而没有被叔父们撞见，否则拆开一看，必定天翻地覆。

天翻地覆的事毕竟几乎发生。大约我出国两个月后，季淑来信，她的叔父们对她母亲说："大嫂，三姑娘也这么大了，老在外面东跑西跑也不像一回事，我们打算早一点给她完婚。××部里有一位科员，人很不错，年龄么……男人大个十岁八岁也没有关系。"这是通知的性质，不是商酌，更不是征求同意。这种情况早在我们料想之中，所以季淑按照我们预定计划应付，第一步是把情况告知黄淑贞，第二步是请黄家出面通知我的父母，由我父母央人出面正式做媒，同时由我作书禀告父母，请求作主，第三步是由季淑自己出面去恳求比较温和开通的八叔（缵丞先生），惠予谅解。关键在第三步。她不能透露我们已有三年的交往，更不能说已有成言，只能扯谎，说只和我见过一面，但已心许。八叔听了觉得好生奇怪，此人既已去美，三年后才能回来，现在订婚何为？假使三年之后有变化呢？最后他明白了，他说："你既已心许，我们也不为难你，现在一切作为罢论，三年以后再说。"这是最理想的结果。由于季淑的善于言辞，我们原来还准备了第四步，但是不需要了。可是此一波折，使我心情久久不能平复。

北京国立八校的教职员因政府欠薪而闹风潮，美专奉令停办。季淑才学了一年素描即告失学。一九二四年夏，我告别了风景优美的科罗拉多泉而进入哈佛研究院，季淑离开了北京而就教职于香山慈幼院。一九一七年熊希龄凭其政治地位领有香山全境，以风景最佳之"双清"为其别墅，以放领土地之收入举办慈幼院，由其夫人主持之。因经费宽裕，校址优美，慈幼院在北京颇有小名。季淑受聘是因为她爱那个地方。凡是名山胜水，她无不喜爱，这是她毕生的嗜好。在香山两年，她享尽了清福，虽然那里的人事复杂，一群蝇营狗苟的势利之辈环拱着炙手可热的权贵人家。季淑除了教书之外，一切不闻不问。她的宿舍离教室很远，要爬山坡，并且有数百级石阶，上下午各走一趟，但不以为苦。周末常约友好骑驴，游踪遍及八大处。西山一带的风景，她比我熟，因为她在香山有两年的勾留。

季淑的宿舍在山坡下,她的一间是在一排平房的中间,好像是第三个门。门前有一条廊檐。有一天阴霾四合,山雨欲来,一霎间乌云下坠,雨骤风狂。在山地旷野看雨,是有趣的事。季淑独在檐下站着,默默地出神,突然一声霹雳,一震之威几乎使她仆地,只见熊熊一团巨火打在离她身边不及十余尺的石桌石凳之上,白石尽变成黑色,硫黄的臭味历久不散。她说给我听,犹有余悸。

我们通信全靠船运,需十余日方能到达,但不必嫌慢,因为如果每天写信隔数日付邮,差不多每隔三两天都可以收到信。我们是每天写一点,积一星期可得三数页,一张信笺两面写,用蝇头细楷写,这样的信收到一封可以看老大半天。三年来我们各积得一大包。信的内容有记事,有抒情,有议论,无体不备。季淑把我的信收藏在一个黑漆的首饰匣里,有一天忘了锁,钥匙留插在锁孔里。大家唤作小方的一位同事大概平素早就留心,难逢的机会焉肯放过,打开匣子开始阅览起来,临走还带了几封去。小方笑呵呵地把信里的内容背诵几段,季淑才发现失窃。在几经勒索、要挟之下才把失物赎回。我曾选读"伯朗宁与丁尼孙"一门功课,对伯朗宁的一首诗 One Word More 颇为欣赏,我便摘了下列三行诗给季淑看:

> God be thanked, the meanest of his creatures
> Boasts two soul-sides, one to face the world with,
> One to show a woman when he loves her.

> 感谢上帝,他的最卑微的生人
> 也有两面的灵魂,一面对着世人,
> 一面给他所爱的女人看。

不过伯朗宁还是把他的情诗公诸于世了。我的书信是不预备公开的,于一九四八年冬离家时付之一炬。小方看过其中的几封信,不知道她看的时候心中有何感受。

六

三年的工夫过去了。一九二六年七月间,"麦金莱总统"号在黎明时抵达吴淞口外抛锚候潮,我听到青蛙鼓噪,我看到滚滚浊流,我回到了故国。我拿着梅光迪先生的介绍信到南京去见胡先骕先生,取得国立东南大学的聘书,就立刻北上天津。我从上海致快函给季淑,约她在天津会晤,盘桓数日,然后一同返京。她不果来,事后她向我解释:"名分未定,行为不可不检。"我觉得她的想法对,不能不肃然起敬。邓约翰（John Donne）有一首诗《出神》（*The Extasie*）,其中有两节描写一对情侣的关系,真是恰如分际:

> Our hands were firmly cimented
>> With a fast balme, which thence did spring,
> Our eye-beames twisted, and did thred
>> Our eyes, upon one double string;
>
> So to'entergraft our hands, as yet
>> Was all the means to make us one,
> And pictures in our eyes to get
>> Was all our propagation.

> 我们的手牢牢地握着,
>> 手心里冒出黏黏的汗,
> 我们的视线交缠,

  拧成双股线穿入我们的眼；

两手交接是我们当时
  唯一途径使我们融为一体，
眼中倩影是我们
  所有的产生出来的成绩。

  久别重逢，相见转觉不能交一语。季淑说："华，你好像瘦了一些。"当然，怎能不瘦？她也显得憔悴。我们所谈的第一桩事是商定婚期，暑假内是不可能，因为在八月底我要回到南京去授课，遂决定在寒假里结婚。这时候有人向香山慈幼院的院长打小报告："程季淑不久要结婚了，下半年的聘书最好不要发给她。"季淑不欲在家里等候半年，需要一个落脚处。她的一位朋友孙亦云女士任公立第三十六小学校长，学校在北新桥附近府学胡同，承她同情，约请季淑去做半年的教师。

  我到香山去接季淑搬运行李进城是一件难忘的事。一清早我雇了一辆汽车，车身高高的，用曲铁棍摇半天才能发动引擎的那样的汽车，出城直奔西山，一路上汽车喇叭呜呜叫，到达之后她的行李早已预备好，一只箱子放进车内，一个相当庞大的铺盖卷只好用绳子系在车后。我们要利用这机会游览香山。季淑引路，她非常矫健，身轻似燕，我跟在后面十分吃力，过了双清别墅已经气喘如牛，到了半山亭便汗流浃背了。季淑把她撑着的一把玫瑰紫色的洋伞让给我，也无济于事。后来找到一处阴凉的石头，我们坐了下来。正喘息间，一个卖烂酸梨的乡下人担着挑子走了过来，里面还剩有七八只梨，我们便买了来吃。在口燥舌干的时候，烂酸梨有如甘露。抬头看，有小径盘旋通往山巅，据说有十八盘，山巅传说是清高宗重阳登高的所在，旧名为重阳亭，实际上并没有亭子，如今俗名为"鬼见愁"。季淑问我有无兴趣登高一望，我说鬼见犹愁，我们不去也罢。她是去过很多次的。

我们在西山饭店用膳之后，时间还多，索性尽一日之欢，顺道前往玉泉山。玉泉山是金、元、明、清历代帝王的行宫御苑，乾隆写过一篇《玉泉山记》。据说这里的水质优美，饮之可以长寿，赐名为"天下第一泉"。如今宫殿多已倾圮，沦为废墟，唯因其已荒废，掩去了它的富丽堂皇的俗气，较颐和园要高雅得多。我们一进园门就被一群穷孩子包围，争着要做向导，其实我们不需向导，但是孩子们嚷嚷着说："你们要喝泉水，我有干净杯子；你们要登玉峰塔，我给你们领取钥匙……"无可奈何，拣了一个老实相的小孩子。他真亮出一只杯子，在那细石流沙、绿藻紫荇历历可数的湖边喷泉处舀了一杯泉水，我们共饮一杯，十分清冽。随后我们就去登玉峰塔。塔在山顶，七层九丈九尺，盘旋拾级而上，嘱咐小孩在下面静候。我们到达顶层，就拂拂阶上的尘土，坐下乘凉，真是一个好去处。好像不大的工夫，那孩子通通通地蹿上来了，我问他为什么要上来，他说他等了好久好久不见人下来，所以上来看看。于是我们就拾级而下，我对季淑说："你不记得我们描过的红模子么？'王子去求仙，丹成上九天。洞中方七日，人世几千年。'塔上面和塔下面时间过得快慢原不相同。"相与大笑。回到城里，我送季淑到黄淑贞家，把行李卸下我就走了，以后我们几次晤见是在三十六小学。

暑假很快过去，我到南京去授课。在东南大学校门正对面有一条小巷，蓁巷，门牌四号是过探先教授新建的一栋平房，招租。一栋房分三个单位，各有四间。房子不肯分租，我便把整栋房子租了下来，一年为期。我自占中间一所，右边一所分给余上沅、陈衡粹夫妇，左边一所分给张景钺、崔芝兰夫妇，三家均摊房租，三家都是前后准备新婚。我搬进去的第一天，真是家徒四壁，上沅和我天天四处奔走购置家具等物。寝室墙刷粉红色，书房淡蓝色。有些东西还需要设计定制。足足忙了几个月，我写信给季淑："新房布置一切俱全，只欠新娘。"房子有一大缺点，寝室后边是一大片稻田，施肥的时候必须把窗紧闭，生怕这一点新娘子感到不满。

227

南京冬天也相当冷，屋里没有取暖的设备。季淑用蓝色毛绳线给我织了一条内裤，由邮寄来。一排四颗黑扣子，上面的图案是双喜字。我穿在身上说不出的温暖，一直穿了几十年，这半年季淑很忙，一面教书一面筹备妆奁，利用她六年来的积蓄置办了四大楠木箱的衣物，没有一个人帮她一把忙。

七

我们结婚的日子是一九二七年二月十一日，行礼的地点是北京南河沿欧美同学会。这是我们请出媒人正式往返商决的。婚前还要过礼，亦曰"放定"，言明一切从简，那两只大呆鹅也免了，甚至许多人所期望的干果、饼饵之类也没有预备。只有一具玉如意，装在玻璃匣里，还有两匣首饰，由媒人送以女家。如意是代表什么，我不知道，有人说像灵芝，取其吉祥之意，有人则说得很难听。这具如意是我们的传家之宝，平常高高地放在上房条案上的中央，左金钟，右玉磬，永远没人碰的。有了喜庆大事，才拿出来使用，用毕送还原处。以我所知，在我这回订婚以后还没有使用过一次。新娘子服装照例由男家准备，我母亲早已胸有成算，不准我开口。母亲带着我大姐到瑞蚨祥选购两身衣料，一身上衣与裙是粉红色的缎子，行婚礼时穿，一身上衣是蓝缎，裙子是红缎，第二天回门穿。都是全身定制绣花。母亲说若是没有一条红裙子，便不能成为一个新娘子；她又说冬天冷，上衣非皮毛不可，于是又选了两块小白狐。衣服的尺寸由女家开了送来，我母亲一看大惊："一定写错了，腰身这样小，怎穿得上！"托人再问，回话说没错，我心中暗暗好笑，我早知道没错。棉被由我大姐负责缝制，她选了两块被面，一床洋妃色，一床水绿色，最妙的是她在被的四角缝进了干枣、花生、桂圆、栗子四色干果，我在睡觉的时候硌了我的肩膀，季淑告诉我这是取吉利，"早生贵子"之意。季淑不知道我们备了枕头，她也预备了一对，枕套是白缎子的，自己绣了红玫瑰花在角上，鲜艳无比，我舍不得用，留到如今。她又制了一个金质的项链,坠着一个心形的小盒,刻着我们两个的名字。这时候我家住在大取灯胡同一号,新房设在上屋西套间,因为不久要到南京去,所以没有什么布置,只是换了新的窗幔,买了一张新式的大床。

结婚那天,晴而冷。证婚人由我父亲出面请了贺履之(良朴)先生担任,他是我父亲一个酒会的朋友,年高有德,而且是山水画家,当时一位名士。本来熊希龄先生曾对季淑自告奋勇愿为证婚,我们想想还是没有劳驾。张心一、张禹九两位同学是男傧相,季淑的美专同学孪生的冯棠、冯棣是女傧相。两位介绍人,只记得其一姓翁。主婚人是我父亲和季淑的四叔梓琴先生。

婚礼订在下午四时举行,客人差不多到齐了,新娘不见踪影。原来娶亲的马车到了女家,照例把红封从门缝塞进去之后,里面传话出来要递红帖:"没有红帖怎行?我们知道你是谁?"事先我要求亲迎,未被接纳,实不知应备红帖。僵持了半天,随车的人员经我父亲电话中指示临时补办,到荣宝斋买了一份红帖请人代书,总算过了关。可是彩车到达欧美同学会的时候暮霭渐深。这是意外事,也是意中事。

我立在阶上,看见季淑从二门口由两人扶着缓缓地沿着旁边的游廊走进礼堂,后面两个小女孩牵纱。张禹九用胳膊肘轻轻触我说:"实秋,嘿嘿,娇小玲珑。"我觉得好像有人在我耳边吟唱着彭士(Robert Burns)的几行诗:

> She is a winsome wee thing,
> She is a handsome wee thing,
> She is a lovesome wee thing,
>   This sweet wee wife o'mine.

> 她是一个媚人的小东西,
> 她是一个漂亮的小东西,

> 她是一个可爱的小东西,
> 　　我这亲爱的小娇妻。

事实上凡是新娘没有不美的。萨克令（Sir John Suckling）的一首《婚礼曲》（*A Ballad upon a Wedding*）就有几节很好的描写：

> The maid and thereby hangs a tale;
> For such a maid no Whitsun-ale,
> 　　Could ever yet produce;
> No grape, that's kindly ripe, could be,
> So round, so plump, so soft as she,
> 　　Nor half so full of juice.
>
> Her finger was so small the ring,
> Would not stay on, which they did bring,
> 　　It was too wide a peck;
> And to say truth (for out it must),
> It looked like the great collar (just)
> 　　About our young colt's neck.
>
> Her feet beneath her petticoat,
> Like little mice stole in and out,
> 　　As if they feared the light;
> But oh, she dances such a way,
> No sun upon an Easter day
> 　　Is half so fine a sight!

Her cheeks so rare a white was on,
No daisy makes comparison;
  (Who sees them is undone),
For streaks of red were mingled there,
Such as are on a Katherene pear,
  (The side that's next the sun).

Her lips were red, and one was thin,
Compared to that was next her chin
  (Some bee had stung it newly);
But, Dick, her eyes so guard her face
I durst no more upon them gaze,
  Than on the sun in July.

Her mouth so small, when she does speak,
Thou'dst swear her teeth her words did break,
  That they might passage get;
But she so handled still the matter,
They came as good as ours, or better,
  And are not spent a whit.

讲到新娘（说来话长），
像她那样的姑娘，
  圣灵降临的庆祝会里尚未见过；
没有树熟的葡萄像她那样红润，
那样圆，那样丰满，那样细嫩，
  汁浆有一半那样的多。

她的手指又细又小,
戒指戴上去就要溜掉,
　　因为太松了一点;
老实说(非说不可),
恰似小驹的颈上套着
　　一只大的项圈。

她裙下露出两只脚,
老鼠似的出出进进地跑,
　　像是怕外面的光亮;
但是她的舞步翩翩,
太阳在复活节的那一天
　　也没有那样美的景象!

她的两颊白得出奇,
没有雏菊能和她相比;
　　(令人一见魂儿飞上天了),
因为那白里还带着红色,
活像是枝头的小梨一个,
　　(朝着太阳的那一边)。

她的唇是红的;一片很薄,
挨近下巴的那片就厚得多
　　(必是才被蜜蜂蜇伤);
但是,狄克,她的两眼保护着脸
我不敢多看一眼,
　　有如对着七月的太阳。

她的嘴好小，说起话来，
她的牙齿要把字儿咬碎，
　　以便从嘴里挤送出去；
但是她处理得很得法，
谈吐不比我们差，
　　而且一点也不吃力。

　　季淑那天头上戴着茉莉花冠。脚上穿的一双高跟鞋，为配合礼服，是粉红色缎子做的，上面缝了一圈的亮片，走起路来一闪一闪。因戒指太松而把戒指丢掉的不是她，是我，我不知在什么时候把戒指甩掉了，她安慰我说："没关系，我们不需要这个。"

　　证婚人说了些什么话，根本就没有听进去，现在一个字也不记得。我只记得赞礼的人喊了一声"礼成"，大家纷纷拥向东厢入席就餐。少不了有人向我们敬酒，我根本没有把那小小酒杯放在眼里。黄淑贞突然用饭碗斟满了酒，严肃地说："季淑，你以后若是还认我做朋友，请尽此碗。"季淑一声不响端起碗来汩汩地喝了下去，大家都吃一惊。

　　回到家中还要行家礼，这是预定的节目。好容易等到客人散尽，两把太师椅摆在堂屋正中，地上铺了红毡子，请父母就座，我和季淑双双跪下磕头。然后闹哄到午夜，父母发话："现在不早了，大家睡去吧。"

　　罗赛蒂（D. G. Rossetti）有一首诗《新婚之夜》（*The Nuptial Night*），他说他一觉醒来看见他的妻懒洋洋地酣睡在他身旁，他不能相信那是真的，他疑心是在做梦。梦也好，不是梦也好，天刚刚亮，季淑骨碌爬了起来，梳洗毕换上一身新装，蓝袄红裙，红缎绣花高跟鞋，在穿衣镜前面照了又照，侧面照，转身照。等父母起来她就送过去两盏新沏的盖碗茶。这是新媳妇伺候公婆的第一幕。早餐罢，全家人聚在上房，季淑启开她的箱子，把礼物一包一包地取出来，按长幼顺序每人一包，这叫做开箱礼，又叫做见面礼，无非是一些帽鞋日用之物，但是季淑选购甚精，使得家人皆大欢喜。我袖手旁观，说道："哎呀！还缺一份！——我的呢？"惹得哄堂大笑。

次一节目是我陪季淑"回门"。进门第一桩事是拜祖先的牌位，一个楠木龛里供着一排排的程氏祖先之神位，多到不可计数，可见绩溪程氏确是一大望族。我们纳头便拜，行最敬礼。好像旁边还有人念念有词，说到三姑娘三姑爷什么什么的，我当时感觉我很光荣地成了程家的女婿。拜完祖先之后便是拜见家中的长辈，季淑的继祖母尚在，其次便是我的岳母，叔父辈则有四叔、七叔（荫庭先生）、九叔（荫轩先生），八叔已去世。婶婶则四婶就有两位，然后六婶、七婶、八婶、九婶。我们依次叩首，我只觉得站起来跪下去忙了一大阵。平辈相见，相互鞠躬。随后便是盛筵款待，我很奇怪季淑不在席上，不知她躲在那里，原来是筵席以男性为限。谈话间我才知道，已去世的六叔还曾留学俄国，编过一部《俄华字典》，刊于哈尔滨。

第三天，季淑病倒，腹泻。我现在知道那是由于生活过度紧张，睡了两天她就好了。

过了十几天，时局起了变化，国民革命军北伐逐步迫近南京。母亲关心我们，要我们暂且观望不要急急南下。父亲更关心我们，把我叫到书房私下对我说："你现在已经结了婚，赶快带着季淑走，机会放过，以后再想离开这个家庭就不容易了，不要糊涂，别误解我的意思。立刻动身，不可迟疑。如果遭遇困难，随时可以回来。我观察这几天，季淑很贤慧而能干，她必定会成为你的贤内助。你运气好，能娶到这样的一个女子。男儿志在四方，你去吧！"父亲说到这里，眼圈红了。

我商之于季淑，她遇大事永远有决断，立刻启程。父亲嘱咐，兵荒马乱的时候，季淑必须卸下她的鲜艳的服装，越朴素越好。她改着黑哔叽裙黑皮鞋，上身驼绒袄之外罩上一件粗布褂。我记得清清楚楚，布褂左下角有很大的一个缝在外面的衣袋，好别致。我们搭的是津浦路二等卧车（头等车被军阀们包用了），二等车男女分座，一个车厢里分上下铺，容四个人，季淑分得一个上铺。车行两天一夜，白天我们就在饭车上和过路的地方一起谈天，观看窗外的景致，入夜则分别就寝。

车上睡不稳，一停就醒，醒来我就过去看看她。她的下铺是一位中年妇女，事后知道她是中国银行司库吴某的太太，她第二天和季淑攀谈：

"你们是新结婚的吧？"

"是的，你怎么知道？"

"看你那位先生，一夜的工夫他跑过来看你有十多趟。"这位吴太太心肠好，我们渡江到下关，她知道我们没有人接，便自动表示她有马车送我们进城。我们搭了她的车直抵篾巷。

这时候南京市面已经有些不稳，散兵游勇满街跑，遇到马车就征用。我们在篾巷一共住了五天，躲在屋里，什么地方也没去。事实上我们也不想出去。渐渐地听到遥远的炮声。我的朋友李辉光、罗清生来，他们都是单身汉，劝我偕眷到上海暂避。罗清生和一家马车行的老板有旧，特意为我雇来马车，我们便邀同新婚的余上沅夫妇一同出走。可怜我煞费苦心经营的新居从此离去。当时天真的想法是政治不会过分影响到学校，不久还可以回来，所以行李等物就承洪范五先生的帮忙，寄存在图书馆地下室。马车走了不远，就有两名大兵持枪吓阻，要搭车到下关，他们不由分说跳上了车旁的踏脚板，一边一个像是我们的卫兵，一路无阻直达江滨。到上海的火车已断，我们搭上了太古的轮船。奇怪的是头等客房只有我们两对，优哉游哉倒真像是蜜月中的旅行。

八

我们在上海三年的生活是艰苦的，情形当然是相当狼狈。有人批评孔子为"累累若丧家之狗"，孔子欣然笑曰："形状未也，而似丧家之狗，然哉然哉！"

季淑的大姑住在上海（大姑父汪运斋先生），她的二女婿程培轩一家返徽省亲，空出的海防路住所借给我们暂住了半个月。这是我们婚后初次尝到安定畅快的生活。随后我们就租了爱文义路众福里的一栋房子,那是典型的上海式标准的一楼一底的房,比贫民窟要算是差胜一筹,因为有电灯、自来水的设备,而且门窗户壁俱全。关于这样的房子我写过一篇小文《住一楼一底房者的悲哀》,其中有这样几段:

  一楼一底的房没有孤零零的一所矗立着的,差不多都像鸽子窝似的一大排,一所一所的构造的式样大小,完全一律,就好像从一个模型里铸出来的一般。我顶佩服的就是当初打图样的土著工程师,真能相度地势,节工省料,譬如五分厚的一垛山墙就好两家合用。王公馆的右面一垛山墙,同时就是李公馆的左面的山墙,并且王公馆若是爱好美术,在右面山墙上钉一个铁钉子,挂一张美女月份牌,那么李公馆在挂月份牌的时候就不必再钉钉子,因为这边钉一个钉子,那边就自然而然地会钻出一个钉头儿。

  房子虽然以一楼一底为限,而两扇大门却是方方正正的,冠冕堂皇,望上去总不像是我所能租赁得起的房子的大门。门上两个铁环是少不得的,并且还是小不得的。……门环敲得啪啪响的时候,声浪在周围一二十丈以内的范围都可以很清晰播送得到。一家敲门,至少有三家应声:"啥人?"至少有两家拔闩启锁,至少有五家人从楼窗中探出头来。

  "君子远庖厨",住一楼一底的人简直没有法子上跻于君子之伦。厨房里杀鸡,无论躲在那一墙角都可以听见鸡叫(当然这是极不常有之事);厨房里烹鱼,我可以嗅到鱼腥;厨房里升火,就可以看见一朵一朵乌云在眼前飞过。自家的厨房既没法可以远,隔着半垛墙的人家的庖厨离我还是差不多的近……

  厨房之上,楼房之后,有所谓亭子间者,住在里面真可说是冬冷而夏热。厨房烧柴的时候,一缕缕的青烟从地板缝中冉冉上升。亭子间上面又有所谓晒台者,名义是为晾晒衣服之用,实际常是人们乘凉、打牌、开放留声机的地方,还有人在晒台上另搭一间小屋堆置杂物。别看一楼一底,其中有不少曲折。

这一段话虽然不免揶揄,但是我们并无埋怨之意。我们虽然僦居穷巷,住在里面却是很幸福的。季淑和我同意,世界上没有一个地方比自己的家更舒适,无论那个家是多么简陋、多么寒伧。这个时候我在《时事新报》编一个副刊《青光》,这是由于张禹九的推荐临时的职业,每天夜晚上班发稿。事毕立刻回家,从后门进来匆匆登楼,季淑总是靠在床上看书等着我。

"你上楼的时候,是不是一步跨上两级楼梯?"她有一次问我。

"是的,你怎么知道?"

"我听着你的通通响的脚步声,我数着那响声的次数,和楼梯的级数不相符。"

我的确是恨不得一步就跨进我的房屋。我根本不想离开我的房屋。吾爱吾庐。

我们在爱文义路住定之后,暑期中,我的妹妹亚紫和她的好友龚业雅女士于女师大毕业后到上海来,就下榻于我们的寓处。下榻是夸张语,根本无榻可下,我便和季淑睡在床上,亚紫、业雅睡在床前地板上。四个年轻人无拘无束地狂欢了好多天,季淑曲尽主妇之道。由于业雅的堂兄业光的引介,我和亚紫、业雅都进了国立暨南大学服务。亚紫和业雅不久搬到学校的宿舍。随后我母亲返回杭州娘家去小住,路过上海也在我们寓所盘桓了几天。头一天季淑自己下厨房,她以前从没有过烹饪的经验,我有一点经验,但亦不高明,我们两人商量着做弄出来四个菜,但是季淑煮米放多了水变成粥,急得哭了一场。母亲大笑说:"喝粥也很好。"这一次失败给季淑的刺激很大。她说:"这是我受窘的一次,毕生不能忘。"以后她对烹饪就很悉心研究。

怀孕期间各人的反应不同。季淑于婚后三四个月即开始感觉恶心呕吐，想吃酸东西，这样一直闹到分娩那一天才止。一九二七年十二月一日（阴历十一月初八），我们的大女儿文茜生。预先约好的产科张湘纹临时迟迟不来，只遣护士照料，以致未能善尽保护孕妇的责任，使得季淑产后将近三个月才完全复原。她本想能找得一份工作，但是孩子的来临粉碎了一切的计划，她热爱孩子，无法分身去谋职业，亦无法分神去寻娱乐。六年之间四次生产，她把全部时间与精力奉献给了孩子。

第二年我们迁居到赫德路安庆坊，是二楼二底房，宽绰了一倍，但是临街往来的电车之唏里哗啦、叮叮当当从黎明开始一直到深夜，地都被震动，床也被震动。可是久之也习惯了。我的内弟道宽这一年去世，弟妇士馨也相继而殁，我和季淑商量把我的岳母接到上海来奉养。于是我们搭船回到北京回家小住，然后接了我的岳母南下。在这房子里季淑生下第二个女儿（三岁时夭折，瘗于青岛公墓）。季淑的身体本弱，据我的岳母告诉我，庚子之乱，她们一家逃避下乡，生活艰苦，季淑生于辛丑年二月，先天不足，所以自小羸弱。季淑连生两胎，体力消耗太大，对于孕妇保健的知识我们几等于零，所以她就吃亏太多，我事后悔恨无及。幸亏有她的母亲和她相伴，她在精神上得到平安，因为她不再挂念她的老母。我看见季淑心情宁静，我亦得到无上的安慰。

这一年我父亲游杭州，路过上海也来住了几天。季淑知道我父亲的日常生活的习惯和饮食的偏好，侍候唯恐不周。他洗脸要用大盆，直径要在二尺以上，季淑就真物色到那样大的洋瓷盆。他喝茶要用盖碗，水要滚，茶叶要好，泡的时间要不长不短，要守候着在正合宜的时候捧献上去，这一点季淑也做到了。我父亲说除了我的母亲之外，只有季淑泡的茶可以喝。父亲喜欢冷饮，季淑自己制作各种各样的饮料，她认为酸梅汤只有北京信远斋的出品才够标准。早点巷口的生煎包子就可以了，她有时还要到五芳斋去买汤包。每餐菜肴，她尽其所能去调配，自更不在话下。亚紫、业雅也常在一起陪伴，是我们家里最热闹的一段时期。

父亲临走,对季淑着实夸奖了一番,说她带着两个孩子操持家务确是不易。

第三年我们搬到爱多亚路一○一四弄,是一栋三楼的房子,虽然也是弄堂房子,但有了阳台、壁炉、浴室、卫生设备等等。一九三○年四月十六日(阴历三月十八),在这里季淑生下第三胎,我们唯一的儿子文骐。照顾三个孩子,很不简单,单是孩子的服装就大费周章。季淑买了一架胜家缝纫机,自己做缝纫,连孩子的大衣也是自己做。她在百忙中没有忘记修饰她自己。她把头发剪了,不再有梳头的麻烦,额前留着刘海,所谓"boyish bob",是当时最流行的发式。旗袍短到膝盖,高领短袖。她自己的衣服也是大部分自己做,找裁缝匠反倒不如意。我喜欢看她剪裁,有时候比较质地好的材料铺在桌上,左量右量,画线再画线,拿着剪刀迟迟不敢下手,我就在一旁拍着巴掌唱起儿歌:"功夫用得深,铁杵磨成针。功夫用得浅,薄布不能剪!"她把我推开:"去你的!"然后她就咔吱咔吱地剪起来了。她很快地把衣服做好,穿起来给我看,要我批评。除了由衷的赞美之外,还能说什么?

我在光华、中国公学两处兼课,真茹、徐家汇、吴淞是一个大三角,每天要坐电车、野鸡汽车、四等火车赶到三处地方,整天奔波,所以每天黎明即起。厨工马兴义给我预备极丰盛的一顿早点,季淑不放心,她起来监督,陪我坐着用点,要我吃得饱饱的,然后伴我走到巷口看我搭上电车才肯回去。这一年我母亲带着五弟到杭州去,路过上海在我们家住了些日子。

我们右邻是罗努生、张舜琴夫妇,左邻是一本地商人,再过去是我的妹妹亚紫和妹夫时昭涵,再过去是同学孟宪民一家,前弄有时昭静和夏彦儒夫妇,丁西林独居一栋,所以巷里熟人不少。努生一家最不安宁,夫妻勃谿,时常动武,午夜爆发,张舜琴屡次哭哭啼啼跑到我家诉苦。家务事外人无从置喙,结果是季淑送她回去。我们当时不懂,既成夫妻,何以会反目,何以会争吵,何以会仳离。季淑常天真地问我:"他们为什么要离婚?"

有一天中秋前后,徐志摩匆匆地跑来,对我附耳说:"胡大哥请吃花酒,要我邀你去捧捧场。你能不能去,先去和尊夫人商量一下,若不准你去就算了。"我问要不要去约努生,他说:"我可不敢,河东狮子吼,要天翻地覆,惹不起。"我上楼去告诉季淑,她笑嘻嘻地一口答应:"你去嘛,见识见识。喂,什么时候回来?""当然是,吃完饭就回来。"胡先生平素应酬未能免俗,也偶尔叫条子侑酒,照例到了节期要去请一桌酒席。那位姑娘的名字是"抱月",志摩说大概我们胡大哥喜欢那个月字是古月之月,否则想不出为什么相与了这位姑娘。我记得同席的还有唐腴庐和陆仲安,都是个中老手。入席之后照例每人要写条子召自己平素相好的姑娘来陪酒。我大窘,胡先生说:"由主人代约一位吧。"约来了一位坐在我身后,什么模样,什么名字,一点也记不得了。饭后还有牌局,我就赶快告辞。季淑问我感想如何,我告诉她:买笑是痛苦的经验,因为侮辱女性,亦即是侮辱人性,亦即是侮辱自己。男女之事若没有真的情感在内,是丑恶的。这是我在上海三年唯一的一次经验,以后也没再有过。

九

由于杨金甫的邀请,我到青岛去教书。这是一九三〇年夏天的事。我们乘船直赴青岛,先去参观环境,闻一多偕行。我们下榻于中国旅行社,雇了两辆马车环游市内一周,对于青岛的印象非常良好,季淑尤其爱这地方的清洁与气候的适宜,与上海相比,不啻霄壤。我们随即乘火车返回北平度过一个暑假,我的岳母回到程家。

在青岛鱼山路四号,我们租到一栋房子,楼上四间楼下四间。这地点距离汇泉海滩很近,十几分钟就可以走到。季淑兴致很高,她穿上了泳装,和我偕孩子下水。孩子用小铲在沙滩上掘沙土,她和我就躺在沙滩上晒太阳,玩到夕阳下山还舍不得回家。有时候我们坐车到栈桥,走上伸到海中的长长的栈道,到尽端的亭子里乘凉。海滨公园也是我们爱去的地方，因为可以在乱石的缝里寻到很多的小蟹和水母，同时这里还有一个水族馆。第一公园有老虎和其他的兽栏，到了春季樱花盛开，可真是蔚为大观。季淑叹为奇景，一去辄流连不忍走。后来她说美国西雅图或美国华盛顿的樱花品种不同，虽然也颇可观，但究比青岛逊色。我有同感。

我为学校图书馆购书赴沪一行，顺便给季淑买了一件黑绒镶红边的背心，可以穿在旗袍外面，她很喜欢，尤其是因为可以和她的一双黑漆皮镶红边的高跟鞋相配合。季淑在这时候较前丰腴，容颜焕发，洋溢着母性的光辉。我的朋友们很少在青岛有眷属，杨金甫、赵太侔、黄任初等都有家室，但都不知住在什么地方。闻一多一度带家眷到青岛，随即送还家乡。金甫屡次善意劝我，不要永远守在家里，暑期不妨一个人到外面海阔天空地跑跑，换换空气。我没有接受他的好意。和谐的家室，空气不需要换。如果需要的话，镇日价育儿持家的妻子比我更有需要。

父亲慕青岛名胜，来看我们，住了十二天。我们天天出去游玩。有一天，季淑到大雅沟的菜市买来一条长二尺以上的鲥鱼，父亲大为击赏。肥城桃、莱阳梨、烟台的葡萄与苹果，都可以说是天下第一，我们放量大嚼，而德人开的弗劳塞饭店的牛排与生啤酒尤为令人满意。张道藩从贵州带来的茅台酒，也成了我们孝敬父亲的无上佳品。有一晚父亲和我关起门来私谈，他把我们家的历史从我祖父起原原本本地讲述给我听，都是我从前没有听到过的。他说："有些事不足为外人道，不必对任何人提起，但不妨告诉季淑知道。"最后他提出两点叮嘱，他说他垂垂老矣，迫切期望我们能有机会在北平做事，大家住在一起，再就是关于他将来的身后之事。我当天夜晚把这些话告诉了季淑，她说："父亲开口要我们回去，我们还能有什么话说。"

第二年，我们搬到鱼山路七号居住。是新造的楼房，四上四下，还有地下室，前院亦尚宽敞。房东王德溥先生，本地人，具有山东人特有的忠厚朴实的性格，房东、房客之间相处甚得。我们要求他在院里栽几棵树，他唯唯否否，没想到第二天他就率领着他的儿子押送两大车的树秧来了。六棵樱花、四棵苹果、两棵西府海棠，把小院种得满满的。树秧很大，第二年即开始着花，樱花都是双瓣的，满院子的蜜蜂嗡嗡声。苹果第二年也结实不少，可惜等不到成熟就被邻居的恶童偷尽。西府海棠是季淑特别欣赏的，胭脂色的花苞，粉红的花瓣，衬上翠绿的嫩叶，真是娇艳欲滴。

我们住定之后就设法接我的岳母来住，结果由季淑的一位表弟刘春霖护送到青岛。这样我们才安心。季淑身体素弱，第四度怀孕使她狼狈不堪，于一九三三年二月二十五日（阴历二月二日）生文蔷，由她的女高师同学王绪贞接生，得到特别小心照护，我们终身感激她。分娩之后不久，四个孩子同时感染猩红热，第二女不幸夭折。做母亲的尤为伤心。入葬的那一天，她尚不能出门，于冰霰霏霏之中，我看着把一具小棺埋在第一公墓。

青岛四年之中我们的家庭是很快乐的。我的莎士比亚翻译在这时候开始，若不是季淑的决断与支持，我是不敢轻易接受这一份工作的。她怕我过劳，一年只许我译两本，我们的如意算盘是一年两本，二十年即可完成，事实上用了我三十多年的工夫！我除了译莎氏之外，还抽空译了《织工马南传》《西塞罗文录》，并且主编天津《益世报》的一个文艺周刊。季淑主持家务，辛苦而愉快，从来没有过一句怨言。我们的家座上客常满，常来的客如傅肖鸿、赵少侯、唐郁南都常在我们家吃便饭，学生们常来的有丁金相、张淑齐、蔡文显、韩朋等等。张罗茶饭、招待客人都是季淑的事。我从北平订制了一个烤肉的铁炙子，在青岛恐怕是独一的设备，在山坡上拾捡松枝松塔，冬日烤肉待客，皆大欢喜。我的母亲带着四弟治明也来过一次，治明特别欣赏季淑烹制的红烧牛尾。后来他生了一场匐行疹，病中得到季淑的悉心调护，痊愈始去。

胡适之先生早就有意约我到北京大学去教书，几经磋商，遂于一九三四年七月结束了我们的四年青岛之旅。临去时房屋租约未满，尚有三个月的期间，季淑认为应该如约照付这三个月的租金，房东王先生坚不肯收，争执甚久，我在旁呵呵大笑："此君子国也！"房东拗不过去，勉强收下，买了一份重礼亲到车站送行。季淑在离去之前，把房屋打扫整洁一尘不染，这以后成了我们的惯例，无论走到那里，临去必定大事扫除。

十

我们决定回北平，父母亲很欢喜，开始准备迁居，由大取灯胡同一号迁到内务部街二十号。内务部街的房子本是我们的老家，我就是生在那个老家的西厢房，原是祖父留下的一所房子，在我十五岁的时候才从那里迁到大取灯胡同七号的新房。老家出租多年，现在收回自用。这所老房子比较大，约有房四十间，旧式的上支下摘，还有砖炕，院落较多，宜于大家庭居住。父母兴奋得不得了，把旧房整缮一新，把外院和西院划给我，并添造一间浴室。我母亲是年六十，她说："好了，现在我把家事交给季淑，我可以清闲几年了。"事实上我们还是无法使母亲完全不操心。

回到北平先在大取灯胡同落脚，然后开始迁居。"破家值万贯"，而且我们家的传统是"室无弃物"，所以百八十年下来的这一个家是无数破烂东西的总汇，搬动一下要兴师动众，要雇用大车小车以及北平所特有的"窝脖儿"的，陆陆续续地搬了一个星期才大体就绪。指挥奔走的重任落在季淑的身上。她真是黎明即起，整天前庭后院地奔走，她的眼窝下面不时地挂着大颗的汗珠，我就掏出手绢给她揩揩。

垂花门外有一棵梨树，是房客栽的，多年生长已经扑到房檐上面，把整个院子遮盖了一半，结实累累，蔚为壮观。不知道母亲听了什么人饶舌，说梨与离同音，不祥，于是下令砍伐。季淑不敢抗，眼睁睁地看着工人把树砍倒，心中为之不怿者累日。后来我劝她在原处改植别的不犯忌讳的花木，亦可略补遗憾。她立即到隆福寺街花厂选购了四棵西府海棠，因为她在青岛就有此偏爱。这四株娇艳的花木果然如所预期，很快长大成形，翌年即繁花如簇，如火如荼，春光满院，生机盎然。同时她又买了四棵紫丁香，种在西院我的书房与卧室之间，紫丁香长得更猛，一两年间妨碍人行，非修剪不可。丁香开时香气四溢，招引蜂蝶，终日攘攘不休。前院檐下原有两畦芍药奄奄一息，季淑为之翻土施肥，冬日覆以积雪，来春新芽茁发。我的书房檐下多阴，她种了一池玉簪，抽蕊无数。

  我们一家三代，大小十几口，再加上男女佣工六七人，是相当大的一个家庭。晨昏定省是不可少的礼节。每天早晨听到里院有了响动，我便拉着文蔷到里院去，到上房和东厢房分别向父母问安。文蔷是我们最小的孩子，不拉着她便根本迈不过垂花门的一尺高的门槛。文茜、文骐都跟在我的身后。文蔷还另有任务，每天把报纸送给她的祖父。祖父接过报纸总是喊她两声："小肥猪！小肥猪！"因为她小时候很胖。季淑每天早晨要负责沏盖碗茶，其间的难处是把握住时间，太早太晚都不成。每天晚上季淑还要伺候父亲一顿消夜，有时候要拖到很晚，我便躺在床上看书等她。每日两餐是大家共用的，虽有厨工专理其事，调配设计仍需季淑负责，亦大费周章。家庭琐事永远没完没结，所谓家庭生活是永无休止的修缮补苴。缝缝连连的事，会使用缝纫机的人就责无旁贷。对外的采办或交涉，当然也是能者多劳。最难堪的是于辛劳之余还不能全免于怨怼。有一回已经日上三竿，季淑督促工人捡煤球，扰及贪睡者的清眠，招致很大的不快。有人愤愤难平，季淑反倒夷然处之，她爱说的一句话是："唐张公艺九世同居，得力于百忍，我们只有三世，何事不可忍？"

  家事全由季淑处理，上下翕然，我遂安心做我的工作，教书之余就是翻译写稿。我在西院南房，每到午后四时，季淑必定给我送茶一盏。我有时停下笔来拉她小坐，她总是把我推开，说："别闹，别闹，喝完茶赶快继续工作。"然后她就抽身跑了。我隔着窗子看她的背影。我的翻译工作进行顺利,晚上她常问我这一天写了多少字,我若是告诉她写了三千多字,她就一声不响地翘起她的大拇指。我译的稿子她不要看,但是她愿意知道我译的是些什么东西。所以莎士比亚的几部名剧里的故事,她都相当熟悉。有几部莎士比亚的电影片上演,我很希望她陪我去看,但是她分不开身,她总是遗憾地教我独自去看。

季淑有一个见解,她以为要小孩子走上喜爱读书的路,最好是尽早给孩子每人置备一个书桌。所以孩子开始认字,就给他设备一份桌椅。木器店里没有给小孩用的书桌,除非定制,她就买普通尺寸的成品,每人一份,放在寝室里挤得满满的。这一项开支决不可省。她告诉孩子那一个抽屉放书那一个抽屉放纸笔。有了适当的环境之后,不久孩子养成了习惯,而且到了念书的时候自然地各就各位。孩子们由小学至大学,从来没有任何挫折,主要的是小时候养成良好习惯。季淑做了好几年的小学教师,她的教学经验在家里发生宏大的影响。可见小学教师应是最可敬的职业之一。

我们的男孩子仅有一个,季淑嫌单薄一些,最好有两男两女。一九三五年冬,她怀有五个月的孕,一日扭身开灯,受伤流产。送往妇婴医院,她为节省,住进二等病房,夜间失血过多,而护士置若罔闻。我晨间赶去探视,已奄奄一息,医生开始惊慌,急救输血,改进头等病房并请特别护士。白天由我的岳母照料,夜晚由我陪伴。(按照医院规定,男客是不准在病房夜晚逗留的。)一个星期之后才脱险。临去时一些不负责任的护士还奚落她说:"我们没有见过像你这样的娇太太!"从此我们就实行生育节制。

我对政治并无野心,但是对于国事不能不问,所以我办了一个周刊,以鼓吹爱国、提倡民主为原则。朋友们如谢冰心、李长之等等都常写稿给我,周作人也写过稿子。因此我对于各方面的人物常有广泛的接触。季淑看见来访的客人鱼龙混杂,就为我担心。她偶尔隔着窗子窥探出入的来客,事后问我:"那个獐头鼠目的是谁?那个垂首蛇行的又是谁?他们找你做什么?"这使我提高了警觉。果然,就有某些方面的人来做说客,"愿以若干金为先生寿"。人们有一种错觉,以为凡属舆论,都是一些待价而沽的东西。我当即予以拒绝,季淑知道此事之后完全支持我的决定,她说:"我愿省吃俭用和你过一生宁静的日子,我不羡慕那些有办法的人之昂首上骧。"我隐隐然看到她的祖父之高风亮节在她身上再度发扬。

日寇侵略日益加紧,一九三七年六月二十三日蒋介石与汪兆铭联名召开庐山会议,我应邀参加,事实上没有什么商议,只是宣告国家的政策。我没有等会议结束即兼程北返,七月七日卢沟桥事变爆发,二十八日北平陷落。我和季淑商议,时势如此,决定我先只身逃离北平。我当即写下遗嘱。戎火连天,割离父母、妻子远走高飞,前途渺渺,后顾茫茫。这时候我联想到"出家"真非易事,确是将相所不能为。然而我毕竟这样做了。等到天津火车一通,我立即登上第一班车,短短一段路由清早走暮夜才到达天津。临别时季淑没有一点儿女态,她很勇敢地送我到家门口,互道珍重,相对黯然。"与子之别,思心徘徊!"

十一

和我约好在车上相见的是叶公超,相约不交一语。后来发现在车上的学界朋友有十余人之多,抵津后都住进了法租界帝国饭店。我旋即搬到罗努生、王右家的寓中,日夜收听广播的战事消息。我们利用大头针制作许多面红白小旗,墙上悬大地图,红旗代表我军,白旗代表敌军,逐日移动地插在图上。看看红旗有退无进,相与扼腕。《益世报》的经理生宝堂先生在赴义租界途中被敌兵捕去枪杀,我们知道天津不可再留,我与努生遂相偕乘船到青岛,经济南转赴南京。在济南车站遇到数以千计由烟台徒步而来的年轻学生,我的学生丁金相在车站迎晤她的逃亡朋友,无意中在三等车厢里遇见我,相见大惊,她问我:"老师到那里去?"

"到南京去。"

"去做什么？"

"赴国难，投效政府，能做什么就做什么。"

"师母呢？"

"我顾不得她，留在北平家里。"

她跑出站买了一瓶白兰地、一罐饼干送给我，汽笛一声，挥手而别，我们都滴下了泪。

南京在敌机空袭之下，人心浮动。我和努生都有报国有心、投效无门之感。我奔跑了一天，结果是教育部发给我二百元生活费和"岳阳丸"头等船票一张，要我立即前往长沙候命。我没有选择，便和努生匆匆分手，登上了我们扣捕的日本商船"岳阳丸"。叶公超、杨金甫、俞珊、张彭春都在船上相遇。伤兵、难民挤得船上甲板水泄不通，我的精神陷入极度苦痛。到长沙后我和公超住在青年会，后移入韭菜园的一栋房子，是樊逯羽先生租下的北大办事处。我们三个人是北平的大学教授南下的第一批。随后张子缨也赶来。长沙勾留了近月，无事可做，心情苦闷，大家集议醵资推我北上接取数家的眷属。我衔着使命，间道抵达青岛，搭顺天轮赴津，不幸到烟台时船上发现虎烈拉，船泊大沽口外，日军不许进口，每日检疫一次，海上拘禁二十余日，食少衣单，狼狈不堪。登岸后投宿皇宫饭店，立即通电话给季淑。翌日她携带一包袱冬衣到津与我相会。乱离重逢，相拥而泣。翌日季淑返回北平。因樊逯羽先生正在赶来天津，我遂在津又有数日勾留。后我返平省亲，在平滞留三数月，欲举家南下而情况不许，尤其是我的岳母年事已高不堪跋涉。季淑与其老母相依为命，不可能弃置不顾，侍养之日诚恐不久，而我们夫妻好合则来日方长，于是我们决定仍是由我只身返后方。会徐州陷落，敌伪强迫悬旗志贺，我忍无可忍，遂即日动身。适国民参政会成立，我膺选为参政员，乃专程赴香港转去汉口，从此进入四川，与季淑长期别离六年之久。

在这六年之中，我固颠沛流离、贫病交加，季淑在家侍奉公婆老母，养育孩提，主持家事，其艰苦之状乃更有甚于我者。自我离家，大姐、二姐相继去世，二姐遇人不淑，身染肺癌，乏人照料，季淑尽力相助，弥留之际仅有季淑与二姐之幼女在身边陪伴。我们的三个孩子在同仁医院播种牛痘，不幸疫苗不合规格，注射后引起天花，势甚严重，几濒于殆。尤其是文茜面部结痂作痒，季淑为防其抓破成麻，握着她的双手数夜未眠，由是体力耗损，渐感不支。维时敌伪物资渐缺，粮食供应困难，白米白面成为珍品，居恒以糠麸、花生皮屑羼入杂粮混合而成之物充饥，美其名曰"文化面"。儿辈羸瘦，呼母索食，季淑无以为应，肝肠为之寸断。她自己刻苦，但常给孩子鸡蛋佐餐，孩子久而厌之。有时蒸制丝糕（即小米粉略加白面白糖蒸成之糕饼）作为充饥之物，亦难得引起大家的食欲。此际季淑年在四十以上，可能是由于忧郁，更年期提早到来，百病丛生，以至于精神崩溃。不同情的人在一旁讪笑："我看她没有病，是爱花钱买药吃。""我看她也没有病，我看见她每饭照吃。""我看她也没有病，丝糕一吃就是两大块。"她不顾一切，乞灵于协和医院，医嘱住院，于是在院静养两星期，病势略转。此后风湿关节炎时发时愈，足不良行。孩子们长大，进入中学，学业不成问题，均尚自知奋勉不落人后，但是交友万一不慎，后果堪虞，季淑为了此事最为烦忧。抗战期间前方后方邮递无阻，我们的书信往来不断，只是互报平安，季淑在家种种苦难并不透露多少，大部分都是日后讲给我听。

我的岳母虽然年迈，健康大致尚佳。她曾表示愿意看看自己的寿材，所以我在离平之前和季淑到了桅厂订购了上好的材木一副，她自己也看了满意。一九四三年春偶然不适，好像有所预感，坚持回到程家休憩，不数日即突然病革。季淑带着孩子前去探视，知将不起，尚殷殷以我为念。她最喜爱文蔷，临终时呼至榻前，执其手而告之："文蔷，你乖乖的，听你妈妈的话。"言讫，溘然而逝。所有丧葬之事均由季淑力疾主持。她有信给我详述经过，哀毁逾恒，其中有一句话是："华，我现在已成为无母之人矣……"季淑孝顺她的母亲不是普通的孝顺，她是真实地做到了

"菽水承欢"。

季淑没有和我一起到后方去,主要的是为了母亲。如今母亲既已见背,我们没有理由维持两地相思的局面。我们十年来的一点积蓄,除了投资损失之外陆续贴补家用,六年来亦已告罄,所以我就写信要她准备来川。她唯一的顾虑是她的风湿病,不知两腿是否禁得起长途跋涉。说也奇怪,她心情一旦开朗,脚步突然转健,若有神助。由北平起旱到四川不是一件容易事。季淑有一位堂弟道良,前两年经由叔辈决定过继给我的岳母做继子,他们的想法是:季淑究竟是一个女儿,嫁出的女儿泼出的水,不能成为嗣祧。道良为人极好,事季淑如胞姐,他自告奋勇,送她一半行程。一九四四年夏,季淑带着三个孩子、十一件行李,病病歪歪的,由道良搀扶着,从北平乘车南下。由徐州转陇海路到商丘,由商丘起旱到亳州,这是前后方交界之处,道良送她到此为止,以后的漫漫长途就靠她自己独闯了。所幸她的腿疾日有进步,到这时候已可勉强行走无需扶持。从亳州到漯河,由漯河到叶县,这一段的交通工具只能利用人力推车,北方话称之为"小车子",车仅一轮,由车夫一人双手把持,肩上横披一带系于车把之上,轮的两边则一边坐人,一边放行李,车夫一面前进一面摆动其躯体以维持均衡。土路崎岖,坑洼不平,轮轴吱吱作响,不但进展迟缓,且随时有翻倒之虞。车夫一面挥汗一面高唱俚歌,什么"常山赵子龙,燕人张翼德""有山就有水,有水就有鱼……"一路上前呼后应,在黄土飞扬之中打滚。到站打尖,日暮投宿,季淑就这样的带着三个孩子、十一件行李一天又一天地在永无止境的土路上缓缓前进。怕的是青纱帐起,呼吁无门,但邀天之幸,一路安宁,终于到达叶县。对于劳苦诚实的车夫们,季淑衷心感激,乃厚酬之。

由叶县到洛阳有公路可循,可以搭乘公共汽车,汽车是使用柴油的,走起来突突冒烟,随时随地抛锚。乘客拥挤抢座,幸赖有些流亡学生见义勇为,帮助季淑及二女争取座位,文骐不在妇孺之列,只能爬上车顶在行李堆中觅一席地。季淑怕他滚落,苦苦哀求其他车顶上的同伴赐以援手，幸而一路无事。黄土平原久旱无雨，汽车过处黄尘蔽天。到站休息时人人毛发尽黄，纷纷索水洗面。季淑在道旁小店就食，点菠菜猪肝一盘，孩子大悦，她不忍下筷，唯食余沥而已。同行的流亡学生有贫苦以至枵腹者，季淑解囊相助，事实她自己的盘川也所余无几了。

季淑一行到洛阳后稍事休息，搭上火车，精神为之一振，虽是没有窗户的铁闷车，然亦稳速畅快。唯夜间闯过潼关时熄灯急驶，犹不免遭受敌军炮轰，幸而无恙，饱受虚惊。到达西安，在菊花园口厚德福饭庄饱餐一顿并略得接济，然后搭车赴宝鸡，这是陇海路最后一站。从此便又改乘公共汽车，开始长征入川。汽车随走随停，至剑阁附近而严重抛锚，等待运送零件方能就地修复。季淑托便车带信给我，我乃奔走公路局权要之门请求救济。我生平不欲求人，至是不能不向人低首！在此期间，季淑等人食宿均成问题，赖有同行难友代为远道觅食，夜晚即露宿道旁。一夕，睡眠中忽闻哞声走于身畔，隐约见一庞形巨物，季淑大惊而呼，群起察视，原来是一只水牛。越数日汽车修复，开始蠕动，终于缓缓地爬到了青木关，再换车而抵达北碚，与我相会。

六年睽别，相见之下惊喜不可名状。长途跋涉之后，季淑稍现清癯。然而我们究竟团圆了。"今夕何夕，见此粲者！"凭了这六年的苦难，我们得到了一个结论：在丧乱之时，如果情况许可，夫妻儿女要守在一起，千万不可分离。我们受了千辛万苦，不愿别人再尝这个苦果。日后遇有机会，我们常以此义劝告我们的朋友。

我在四川一直支领参政会一份公费，虽然在国立编译馆全天工作，并不受薪。人笑我迂，我行我素。现在五口之家，子女就学，即感拮据。季淑征尘甫卸，为补充家用，接受社会部北碚儿童福利实验区之聘，任该区福利所干事。区主任为章柳泉先生。季淑的职务是办理消费合作社的事务。和她最契的同事是童启华女士（朱锦江夫人）。据季淑告诉我，童先生平素不议人短长，不播弄是非，而且公私分明，一丝不苟，掌管公物储藏，虽一纸一笔之微，核发之际亦必详究用途，不稍浮滥，时常开罪于人。季淑说像这样奉公守法的人是极少见的。季淑和她交谊最洽，可惜胜利后即失去联络，但季淑时常想念到她。

第二年，即一九四五年，季淑转入迁来北碚的国立戏剧专科学校为教具组服装管理员，校长为余上沅。上沅夫妇是我们的熟人，但季淑并不因人事关系而懈怠其职务，她准时上班下班，忠于其职守。她给全校师生留下了良好的印象。

季淑于生活艰难之中在四川苦度了两年。事实上在抗战期间，无论是在陷区或后方，没有人不受到折磨的。只有少数有办法的人能够浑水摸鱼。我有一位同学，历据要津，宦囊甚富，战时寓居香港，曾扬言于众："你们在后方受难，何苦来哉？一旦胜利来临，奉命接收失土、坐享其成的是我们，不是你们。"我们听了不寒而栗。这位先生于日军攻占香港时遇害，但是后来接收大员"五子登科"的怪剧确是上演了。

一九四五年八月十日季淑晚间下班时，带回了一张报纸的号外：

《嘉陵江日报》
号　外
日本接受无条件投降

旧金山八月十日广播日本政府本日四时接受四国公告无条件投降其唯一要求是保留天皇今日吾人已获胜利已获和平

我们听到了遥远的爆竹声、鼎沸的欢呼声。

还乡的交通工具不敷，自然应该让特权阶级、豪门巨贾去优先使用，像我们所服务的闲散机构如国民参政会、国立编译馆之类，当然应该听候分配。等候了一年光景，一九四六年秋，国民参政会通知有专轮直驶南京，我们这才怀着一种复杂的心情告别四川鼓轮而下。我说心情复杂，因为抗战结束可以了却八年流亡之苦，可以回乡省视年老的爹娘，可以重新安心做自己的工作，但是家园已经破碎，待要从头整理，而国事蜩螗,不堪想象。

十二

我们在南京下榻于国立编译馆的一间办公室内,包饭搭伙,孩子们睡地板。也有人想留我在南京工作,我看气氛不对,和季淑商量还是以回到北平继续教书为宜,便借口离开南京,遄赴上海搭飞机返平。阔别八年的我,在飞机上看到了颐和园的排云殿,心都要从口里跳出来。

回到家里看见我父母都瘦了很多,一阵心酸,泣不可抑。当时三弟、五弟都在家,大姐一家也住在东院,后来五妹和妹婿一家也来了,家里显得很热闹。我们看到垂花门前的野草高与人齐,季淑便令孩子们拔草,整理庭院焕然一新。我的父亲是年七十,步履维艰,每晨自己提篮外出买烧饼、油条相当吃力,我便请准由我每日负责准备早餐。当我提了那只篮子去买烧饼的时候,肆人惊问我为何人,因为他们认识那个篮子。也许这两桩事我们做得不对,因为我们忘了《世说新语》赵母嫁女的故事:"赵母嫁女,女临去,敕之曰:'慎勿为好!'女曰:'不为好,可为恶邪?'母曰:'好尚不可为,其况恶乎?'"我们率直而为之,不是有意为好。家里人口众多,遂四处分爨。

父亲关心我的工作,有一天拄着拐杖到我书室,问我翻译莎士比亚进展如何,这使我非常惭愧,因为抗战八年中我只译了一部。父亲说:"无论如何,要译完它。"我就是为了他这一句话,下了决心必不负他的期望。想不到的是,于补祝他的七十整寿在承华园举行全家盛筵之后不久,有一晚我们已就寝,他突患冠状脉阻塞症,急救无效,竟于翌日晚间溘然长逝!我从四川归来,相聚才只一个月,即遭此大故!装殓时季淑出力最多,随后丧葬之事,她不作主张,只知尽力。

另一不幸事故,季淑的弟弟道良在东北军事倥偬之际受任辽宁大石桥车站站长,因坚守岗位不肯逃避以致殉职,遗下孤儿寡妇,惨绝人寰。灵柩运回北平,我陪季淑到东便门车站迎接,送往绩溪义园厝葬,我顺便向我的岳母的坟墓敬礼,凄怆之至。

这时候通货膨胀,生活困苦,我除在师大授课之外,利用寒假远到沈阳去兼课。季淑善于理家,在短绌的情形之下仍能稍有赢余。她的理论是:储蓄之法不是在开销之外把余羡收存起来,而是预先扣除应储之数然后再作支出。我们不时地到东单或东四的菜市,遇有鱼鲜辄购一尾,由季淑精心烹制献给母亲佐餐,因为这是我母亲喜食之物。我曾劝她买鱼两尾,一半自己享用,因为我知道她亦正有同嗜,而她坚持不可。她说:"我们的享受,当俟来日。"她有一次在摊上看到煮熟的大块瘦肉,价格极廉,便买一小块携回,食之而甘,事后才知道那是驴肉或骡肉。我们日常用的水果是萝卜与柿子,孩子们时常望而生畏。

困苦中也要作乐。我们一家陪同赵清阁游景山,在亭子里闲坐啜茗,事后我写了一首五律送她。又有一次,我们一家和孙小孟一家游颐和园,爬上众香国,几个大人都气力不济,孩子们争先恐后地跑上了排云殿,我笑谓季淑曰:"你还有上'鬼见愁'的勇气没有?"又指着玉泉山上的玉峰塔说:"你还记得那个地方么?"她笑而不答。风景依然,而心情不同了。到了冬天,孩子们去北海滑冰,我们便没有去观赏的兴致。想不到故都名胜,我们就这样的长久暌别,而季淑下世,重温旧梦亦永不可得!

一九四八年冬,北平风声日紧。有一天何思源来看我,我问他有何观感,他说:"毫无办法。"一个有办法的人都说没有办法。不数日,炸弹丢在锡拉胡同他的住宅,炸死了他的一个女儿。学校的同事们有人得风声之先,只身前往门头沟,大多数人皇皇然。这时候,我的朋友陈可忠任广州中山大学校长,约我去教书,我便于十二月十三日带着孩子先行赴津洽购船票南下。季淑因为代我三妹出售房产手续未毕,约好翌日赴津相会。那时候卖房极为费事,房客刁钻,勒索搬家费高至房款三分之一,而且须以黄金支付,否则拒不搬出;及交付黄金,则对于黄金成色又多方挑剔。季淑奔走折冲,心力俱瘁。翌日手续办好,而平津交通中断。我在天津车站空接一场,急通电话到家,季淑毅然决然告我:"急速南下,不要管我。"我遂于十二月十六日登上"湖北轮"凄然离津,途经塘沽,遭岸上士兵枪射,蜷卧统舱凡十四日始达香港。自我走后,季淑与文茜夫妇同居数日,但她立刻展开活动,决计觅求职业自力谋生。她说:"沮丧没有用,要面对现实积极地活下去。"她首先去访问她的朋友范雪茵(黄国璋夫人),他们很热心,在她困难的时候伸出了援手。他们立刻把消息传到师大,校长袁敦礼先生及其他同事们都表示同情,答应设法给她觅取一份工作。三数日内消息传来,说政府派有两架飞机北来迎取一些学界人士南下,其实城外机场已陷,城内炮声隆隆,临时在城内东长安街建造机场。季淑接到紧急电话通告,谓名单中有我的名字,她可以占用我的座位,须立即到北京饭店报到,一小时内起飞云云。她没有准备,仓促中提起一个小包袱衣物就上了飞机。出乎意料的,机上的人很少,空位很多。绝大多数的学界人昧于当前的局势,以为政局变化不会影响到教育,并且抗战八年的流离之苦谁也不想重演,所以有此种现象。有少数与学界无关的人却因人事关系混上了飞机。在南京主持派机的人是陈雪屏先生,他到机场亲自照料,凡无处可投的人被安置在一个女子学校礼堂里。季淑当晚就在那空洞洞的大房里睡了一宿。第二天她得到编译馆的王向辰先生的照料,在姚舞雁女士的床上又睡了一晚,第三天向辰送她上了火车赴沪。我的三妹、四弟都在上海,她先投奔厚德福饭店,由饭店介绍一家旅馆住下,随后她就搬到三妹家,立即买舟票赴港。我在海洋漂泊的时候她早已抵沪,而我不知道。我于十二月三十一日到香港,翌日元旦遄赴广州,正在石碑校区彷徨问路,突遇旧日北碚熟人谓我有信件存在收发室。取阅则赫然季淑由沪寄来之航信。我大喜过望,按照信中指示前往黄埔,登船阒无一人,原来船提前到达,我迟了一步,她已搭小轮驶广州。我俟回到广州,季淑也很快地找到了我的住处——文明路的平山堂。我以为我们此后难以再见,居然又庆团圆!

十三

在广州这半年,我们开始有身世飘零之感。平山堂是怎样的一个地方,我曾有一小文《平山堂记》,纯是纪实。我们住在这里,季淑要上街买菜,室中升火,提水上楼,楼下洗浣,常常累得红头涨脸。看见从东北来的师生露宿的情形,她又着实不忍,再看到山东来的学生数百人在操场上生火煮稀饭,她便拿出十元港币命孩子给送了过去。我们在穷困中兴复不浅,曾到六榕寺去玩,对于苏东坡题壁和六祖慧能的塑像印象甚深,但是那座花塔颜色俗丽而游人如织,则我们只好远远地避开。海角红楼也去饮茶过一次。住处实在没有设备,同人康清桂先生为我们订制了一张小木桌。一切简陋,而我们还请梅贻琦、陈雪屏先生来吃过一顿便饭,季淑以她的拿手馅饼飨客,时昭瀛送来一瓶白兰地,梅先生独饮半瓶而玉山颓矣。

广州中山大学外文系主任林文铮先生,好佛,他的单人宿舍是一间卧室一间佛堂,常于晚间作法会,室为之满。林先生和我一见如故,谓有凤缘,从此我得有机会观经看教,但是后来要为我"开顶",则敬谢不敏。季淑也在此时开始对于佛教发生兴趣,她只求摄心,并不佞佛。林先生深于密宗,我贪禅悦,季淑则近净土。这时候法舫和尚在广州,有一天有朋友引他来看我,他是太虚的弟子,我游缙云山时他正是缙云寺的知客,曾有过一面之缘,他居然还没忘记。他送来一部他所著的《〈金刚经〉讲话》(附《〈心经〉讲话》),颇有深入浅出之妙。季淑捧读多遍,若有所契,后来持诵《心经》成为她的日课。人到颠沛流离的时候,很容易沉思冥想,劈开尘劳世网而触及此一大事因缘。因为季淑于佛教只得到一些精神上的寄托,无形中也影响到我,我于观经之余常有疑义和她互相剖析、商讨,惜无金篦刮膜,我们终未能深入。我写有《了生死》一篇小文,便是我们的一点共同的肤浅之见,有些眼界高的人讥我谓为小乘之见,然哉,然哉!

我们每到一地,季淑对于当地的花木辄甚关心。平山堂附近的大礼堂后身有木棉十数本,高可七八丈,红花盛开,遥望如霞如锦,蔚为壮观。花败落地,訇然有声,据云落头上可以伤人。她从地上拾起一朵,瓣厚数分,蕊如编缝,赏玩久之。

此时军事情势逆转,长江天堑而竟一苇可渡!广州震动,人心皇皇。我们几个朋友经常商讨何去何从。有一位朋友说他在四川万县有房有地,吃着无虞,欢迎我们一家前去同住。有一位朋友说他决计远走高飞到甘肃兰州,以为那是边陲、世外桃源。有一位朋友忽然闷声不响,原来他是打算去香港暂时观望,徐图靠拢。这时候教育部长杭立武先生,次长吴俊升、翟桓先生,他们就在中大的大礼堂楼上办公,通知我教育部要在台湾台北设法恢复国立编译馆的机构,其现实的目的是暂时收罗一些逃亡的学界人士。我接受了这个邀请,由台湾的教育厅长陈雪屏先生为我办了入境证,便于一九四九年六月底搭乘华联轮,直驶台湾。季淑晕船,一路很苦。

十四

台湾"二二八"的影子还有时在心中呈现。我临行前写信给我的朋友徐宗涑先生:"请为我预订旅舍,否则只好在尊寓屋檐下暂避风雨。"他派人把我们从基隆接到台北他家里歇宿了三天,承他的夫人史永贞大夫盛情款待,季淑与我终身感激。第四天搬进德惠街一号,那是林挺生先生的一栋日式房屋,承他的厚谊,我们有了栖身之处,而且一住就是三年。这一份隆情我们只好永铭心版了。季淑曾对我说:"朋友们的恩惠在我们的心上是永不泯灭的,以后纵然有机会能够报答一二,也不能磨灭我们心上的刻痕。"她说得对。

德惠街当时是相当荒僻的地方,街中心是一条死水沟,野草高与人齐,偶有汽车经过,尘土飞扬入室扑面。在榻榻米上睡觉是我们的破题儿第一遭,躺下去之后觉得天花板好高好高,季淑起身时特别感觉吃力。过了两三个月,我买来三张木床、一个圆桌、八个圆凳,前此屋内只有季淑买来的一个藤桌、四把藤椅。这是我们的全部家具,一直用了二十多年,直到离开台湾始行舍去。有一天齐如山老先生来看我,进门一眼看到室内有床,惊呼曰:"吓!混上床了!"这个"混"字(去声)来得妙,"混"是混事之谓,北方土语谓在社会上闯荡赚钱谋生为"混"。有季淑陪我,我当然能混得下去!徐太太送给我们一块木板、一根擀面杖和几个瓶子,我们便请了宗涑和他的夫人来吃饺子,我擀皮,季淑包,虽然不成敬意,大家都很高兴。

附近有一家冰果店,店名曰"春风"。我们有时踱到那里吃点东西,季淑总是买冰棒一根,取其价廉。我们每去一次,我名之为"春风一度"。

有人送一只特大的来亨鸡,性极凶猛,赤冠金距,遍体洁白,我们名之为"大公"。怕它寂寞,季淑给它买来一只黑毛大母鸡,名"缩脖坛子",为大公所不喜;后又买来一只小巧的黄花杂毛母鸡,深得大公欢心,我们名之为"小花"。小花生蛋,大公亦有时代孵。大公得食,留给小花,没有缩脖坛子的分。卵多被大公踏破,季淑乃取卵纳入纸匣,装以灯泡,不数日而壳破雏出;有时壳坚不得出,她就小心地代为剖剥,黄茸茸的小雏鸡托在掌上,讨人欢喜。雏鸡长大者不过三数只,混种特别矫健,兼有大公之白与小花之俏,我们分别名之为"老大""老二""老三"。饲鸡是一件趣事,最受欢迎的是沙丁鱼汁拌饭,再不就是残肴剩菜拌饭,而炸酱面尤妙,会像"长虫吃扁担"似的一根根地直吞下去,季淑顾而乐之。养鸡约有两年,后因迁居不便携带,乃分送友朋,大公抑郁病死,小花被贼偷走不知所终。

我们本来不拟雇用女仆,季淑愿意操劳家事,她说她亲手制作饭食给我和孩子享用,是她的一大快乐,而且劳动筋骨对她自己也有益处。编译馆事务方面的人坚持要送一位女仆来理炊事,固辞不获,于是我们家里就添了一位年方十九、籍隶新竹的丫小姐。是一位天真未凿的乡下姑娘,本地的风俗是乡下人家常把他们的女儿送到城里来做事,并不一定是为糊口,常是为了想在一个良好家庭中学习一些礼仪知识以为异日主持家务之准备。季淑对于佣工,从来没有过摩擦,凡是到我家里来工作的人都是善来善去。这位丫小姐年纪轻轻,而且我们也努力了解本地的风俗习惯,待之以礼,所以和我们相处很好。不知怎的,她一天天地消瘦下来,不思饮食,继而不时长吁短叹,终乃天天以泪洗面。季淑不能不问,她初不肯言,终于廉得其情,其中一部分仍是谎饰,但是我们大体明了她的艰难处境——她急需要钱。季淑基于同情,把她手中剩存美金三十元全部送给了她,解救她的困厄。于羞惭称谢声中,她离我们而去。

编译馆原是由杭立武部长自兼馆长,馆址由洛阳街迁到浦城街,人员增多,业务渐繁,杭先生不暇兼顾,要我代理,于是馆长一职我代理了九个多月。文书鞅掌,非我素习,而人事应付尤为困扰。接事之后,大大小小的机关首长纷纷折简邀宴,饮食征逐,虚縻公帑。有一次在宴会里,一位多年老友拍肩笑着说道:"你现在是杭立武的人了!"我生平独来独往不向任何人低头,所以栖栖皇皇一至于斯,如今无端受人讥评,真乃奇耻大辱。归而向季淑怨诉,她很了解我,她说:"你忘记在四川时你的一位朋友蒋子奇给你相面,说你'一身傲骨,断难仕进'?"她劝我赶快辞职。她想起她祖父的经验,为宦而廉介自持则两袖清风,为宦而贪赃枉法则所不屑为,而且仕途险恶,不如早退。她对我说:"假设有一天,朋比为奸坐地分赃的机会到了,你大概可以分到大股,你接受不?受则不但自己良心所不许,而且授人以柄,以后永远被制于人;不受则同僚猜忌,唯恐被你检举,因不敢放手胡为而心生怨望,必将从此千方百计陷你于不义而后快。"她这一番话坚定了我求去的心。此时政府改组,杭先生去职,我正好让贤,于是从此脱离了编译馆,专任师大教职。我任事之初,从不往来的人也登门存问,而且其尊夫人也来和季淑周旋,我卸职之后则门可罗雀,其怪遂绝。芝麻大的职位也能反映出一点点的人性。

因为台大聘我去任教并且拨了一栋相当宽敞的宿舍给我,师大要挽留我也拨出一栋宿舍给我,我听从季淑的主张,决定留在师大,于是在一九五二年夏搬进了云和街十一号。这也是日式房屋,不过榻榻米改换为地板,有几块地方走上去像是踏在地毯上一般软乎乎的。房子油刷一新,碧绿的两扇大门还相当耀眼。一位早已分配到宿舍而尚无这样大门的朋友顾而叹曰:"是乃豪门!"地皮不大方正,前面宽,后面窄,在堪舆家看来是犯大忌的,我们不相信这一套。前院有一棵半枯的松树,一棵头重脚轻的曼陀罗(俗名鸡蛋花),还有一棵很大很大的面包树。这一棵面包树遮盖了大半个院子,叶如巨灵之掌,可当一把蒲扇用,果实烂熟坠地,据云可磨粉做成面包。季淑喜欢这棵树,喜欢它的硕大茂盛。后院里我们种了一棵黄莺、一棵九重葛,都很快地长大。为了响应当时的号召,还在后院建设了一个简陋的防空洞,其作用是积存雨水、繁殖蚊虫。

面包树的荫凉,在夏天给我们招来了好几位朋友。孟瑶住在我们街口的一个"危楼"里,陈之藩、王节如也住在不远的地方,走过来不需要五分钟,每当晚饭后薄暮时分,这三位是我们的常客。我们没有椅子可以让客人坐,只能搬出洗衣服时用的小竹凳子和我们饭桌旁的三条腿的小圆木凳,比"班荆道故"的情形略胜一筹。来客在树下怡然就座,不嫌简慢。我们海阔天空,无所不谈。我记得孟瑶讲起她票戏的经验,眉飞色舞,节如对于北平的掌故比我知道的还多,之藩说起他小时候写春联的故事,最是精彩动人。三位都是戏迷,逼我和季淑到永乐戏院去听戏,之后谈起顾正秋女士,谈三天也谈不完。季淑每晚给我们张罗饮料,通常是香片茶,永远是又酽又烫。有时候是冷饮。如果是酸梅汤,就会勾起节如对于北平信远斋的回忆,季淑北平住家就在信远斋附近,她便补充一些有关这一家名店的故事。坐久了,季淑捧出一盘盘的糯米藕,有关糯米藕的故事我可以讲一小时,之藩听得皱眉、叹气不已。季淑指我说:"为了这几片藕,几乎把他馋死!"有时候她以冰凉的李子汤给我们解渴,抱憾地说:"可惜这里没有老虎眼大酸枣,否则还要可口些。"到了夜深,往往大家不肯散,她就为我们准备消夜,有时候是新出屉的大馒头,佐以残羹剩肴。之藩怕鬼,所以临去之前我一定要讲鬼故事,不待讲完他就堵起耳朵。他不一定是真怕鬼,可能是故做怕鬼状,以便引我说鬼。我知道他不怕鬼,他也知道我知道他不怕鬼,彼此心照不宣,每晚闲聊常以鬼故事终场。事后季淑总是怪我:"人家怕鬼,你为什么总是说鬼?"

季淑怕狗,比我还要怕。狗没有咬过她,可是她听说有人被疯狗咬过死时的惨状,她就不寒而栗。她出去买菜,若是遇见有狗在巷口徘徊,她就多走一段路绕道而行,有时绕几段路还是有狗,她就索性提着篮子回家,明天再买。有一次在店铺购物,从柜台后面走出一条小狗,她大惊失色。店主人说:"怕什么,它还没有生牙呢。"因为狗的缘故,她就很少时候独去买菜,总是由女工陪着她去。"狗是人类的最好的朋友",可是说来惭愧,我们根本不想和狗攀交。

我们的女工都是在婚嫁的时候才离开我们。其中有一位C小姐,在婚期之前季淑就给她张罗购买了一份日用品,包括梳洗和厨房用具。等到吉日便由我家出发,爆竹声中登上彩车而去,门口挤满了看热闹的人。有一位邻人还笑嘻嘻地对季淑说:"恭喜,恭喜,令嫒今天打扮得好漂亮!"事后季淑还应邀到她的新房去探视过一次,回来告诉我说,她生活清苦,斗室一间,只有一个二尺见方的木板窗。

季淑酷嗜山水,虽然步履不健,尚余勇可贾。几次约集朋友们远足,她都兴致勃勃,八卦山、观音山、金瓜石、狮头山等处都有我们的游踪。看到林木、山石、海水,她都欢喜赞叹。不过因为心脏较弱,已不善登陟。在这个时候,我发现我染有糖尿病,她则为风湿关节炎所苦,老态渐臻,无可如何。

云和街的房子有一重大缺点,地板底下每雨则经常积水,无法清除,所以总觉得室内潮气袭人,秋后尤甚,季淑称之为水牢。这对于她的风湿当然不利。一九五八年夏,文蔷赴美游学,家里顿形凄凉,我们有意改换环境。适有朋友进言,居住公家的日式房屋既不称意,何不买地自建房屋?我们心动。于是季淑天天奔走,到处看房看地。我们终于决定买下了安东街三〇九巷的一块地皮,于一九五九年一月迁入新居。

十五

我岂不知"求田问舍,怕应羞见,刘郎才气"?只因季淑病躯需要调养,故乃罄其所有,营此小筑。地皮不大,仅一百三十余坪。请同学、友人陆云龙先生鸠工兴建,图样是我们自己打的。我们打图的计划是,房求其小,院求其大,因为两个人不需要大房,而季淑要种花木,故院需宽敞。室内设计则务求适合我们的需要。她不喜欢我独自幽闭在一间书斋之内,她不愿扰我工作,但亦不愿与我终日隔离,她要随时能看见我。于是我们有一奇怪的设计,一联三间房,一间寝室,一间书房,中间一间起居室,拉门两套虽设而常开。我在书房工作,抬头即可看见季淑在起居室内闲坐,有时我晚间工作,亦可看见她在床上躺着。这一设计满足了我们的相互的愿望。季淑坐在中间的起居室,我曾笑她像是蜘蛛网上的一只雌蜘蛛,盘据网的中央,窥察四方的一切动静,照顾全家所有的需要,不愧为名副其实的一家之主。

不出半年,新屋落成。金圣叹《三十三不亦快哉》,其中之一是:"本不欲造屋,偶得闲钱,试造一屋,自此日为始,需木,需石,需瓦,需砖,需灰,需钉,无晨无夕,不来聒于两耳。乃至罗雀掘鼠,无非为屋校计,而又都不得屋住,既已安之如命矣。忽然一日屋竟落成,刷墙扫地,糊窗挂画;一切匠作出门毕去,同人乃来分榻列坐,不亦快哉!"我们之快哉则有甚于此者。一切委托工程师,无应付工人之烦,一切早有预算,无临时罗掘之必要。唯一遗憾的是房屋造得太结实,比主人的身体要结实得多,十三年来没漏过雨水,地板没塌陷过一块,后来拆除的时候很费手脚。落成之后，好心朋友代我们做了庭院的布置，草皮花木应有尽有。季淑携来一粒面包树的种子，栽在前院角上，居然茁长甚速，虽经台风几番摧毁，由于照管得法，长成大树，因为是她所手植，我特别喜爱它。

云和街的房子空出来之后，候补迁入的人很多，季淑坚决主张不可私相授受，历年修缮增建所耗亦无需计较索偿，所以我无任何条件，于搬出之日将钥匙送归学校，手续清楚。季淑则着手打扫清洁，不使继居者感到不便。我们临去时对那棵大面包树频频回顾，不胜依依。后来路经附近一带，我们也常特为绕道来此看看这棵树的雄姿是否无恙。

住到新房里不久，季淑患匍行疹（俗名转腰龙），腰上生一连串的小疱，是神经末梢的发炎，原因不明，不外是过滤性病毒所致，西医没有方法治疗，只能镇定剧痛的感觉。除了照料她的饮食之外，我爱莫能助。有一位朋友来探病，把我拉到一边告诉我说："此病不可轻视，等到腰上的一条龙合围一周，人就不行了。"又有一位朋友笑嘻嘻地四下打量着说："有这样的房子住，就是生病也是幸福。"这病拖延十日左右，最后有朋友介绍南昌街一位中医华佗氏，用他秘制的药粉和以捣碎的瓮菜泥敷在患处，果然见效，一天天地好起来了。介绍华佗氏的这位朋友也为我的糖尿病推荐一个偏方：用玉蜀黍的须子熬水大量饮用。我试了好多天，无法证明其为有效。

说起糖尿症，我连累季淑不少。饮食无度，运动太少，为致病之由。她引咎自责，认为她所调配的食物不当，于是她就悉心改变我的饮食，其实医云这是老年性的糖尿症，并不严重。文蔷寄来一册《糖尿症手册》，深入浅出，十分有用，我细看不止一遍，还借给别人参阅。糖是不给我吃了，碳水化合物也减少到最低限度，本来炸酱面至少要吃两大碗，如今改为一大碗，而其中三分之二是黄瓜丝绿豆芽，面条只有十根八根埋在下面。一顿饭以两片面包为限，要我大量地吃黄瓜拌粉。动物性脂肪几乎绝迹，改用红花子油。她常感慨地说："有一些所谓'职业妇女'者，常讥笑家庭主妇的职业是在厨房里，其实我在厨房里的工作也还没有做好。"事实上，她做得太好了。自来台以后，我不太喜欢酒食应酬，有时避免开罪于人非敬陪末座不可，季淑就为我特制三明治一个，放在衣袋里，等别人"式燕以敖"的时候，我就取出三明治，道一声"告罪"，徐徐啮而食之。这虽令人败兴，但久之朋友们也就很少约我赴宴。在这样的饮食控制之下，我的糖尿症没有恶化，直到如今我遵照季淑给我配制的食谱，维持我的体重。

我们不喜欢赌，赌具却有一副，那是我在北平买的一副旧的麻将牌。季淑家居烦闷，三五友好就常聚在一起消磨时间，赌注小到不能再小，八圈散场，卫生之至。夫妻同时上桌乃赌家大忌，所以我只扮演"牌僮"，一旁伺候，时而茶水，时而点心，忙得团团转。赌，不开始则已，一开始赌注必定越来越大，圈数必定越来越多，牌友必定越来越杂；同时这种游戏对于关节炎患者并不适宜。有一天季淑突然对我宣告："我从今天戒赌。"真的，从那一天起，真个不再打牌，以后连赌具也送人了，一张特制的桌面可以折角的牌桌也送人了，关于麻将之事，从此提都不提，我说不妨偶一为之，她也不肯。

对于花木，她的兴趣不浅。后院墙角搭起一个八尺见方的竹棚（警察认为是违章建筑，但结果未被拆除），里面养了几十盆洋兰和素心兰。她最爱的是素心兰，严格讲应该是蕙，姿态可以入画，一缕幽香不时地袭人，花开时搬到室内，满室郁然。友人从山中送来一株灵芝，插入盆内，成为高雅的清供。竹棚上的玻璃被邻街的恶童一块块地击毁，不复能蔽风雨，她索性把兰花一盆盆地吊在前院一棵巨大的夹竹桃下，勉强有点阴凉，只是遇到连绵的雨水或酷寒的天气，便需一盆盆地搬进室内，有时半夜起来抢救，实在辛劳。玫瑰也是她所欣喜的，我们也有一些友人赠送的比较贵重的品种，遇有大风雨，她便用塑料袋把花苞一个个地包起来，使不受损。终以阳光太烈、土壤不肥，虽施专门的花肥，仍不能培护得宜。她常说："我们的兰花，不能和胡伟克先生家的相比，我们的玫瑰,不能和张棋祥先生的相比,但是我亲手培养的就格外亲切可爱。"可惜她力不从心,不大能弯腰,亦不便蹲下,园艺之事不能尽兴。院里有含笑一株,英文叫 banana shrub,因花香略带甜味近似香蕉,是我国南方有名的花木。有一天,师大送公教配给的工友来了,他在门外就闻到了含笑的香气,他乞求摘下几朵,问他作何用途,他惨然说:"我的母亲最爱此花,最近她逝世了,我想讨几朵献在她的灵前。"季淑大受感动,为之涕下,以后他每次来,不等他开口,只要枝上有花,必定摘下一盘给他。

季淑爱花草,不分贵贱,一视同仁。有一次在阳明山上的石隙中间看见一株小草,叶子像是竹叶,但不是竹,葱绿而挺俏,她试一抽取,连根拔出,遂小心翼翼地裹以手帕带回家里,栽在盆中灌水施肥,居然成一盆景。我做出要给她拔掉之状,她就大叫。

房檐下遮窗的雨棚,有几个铁钩子,是工程师好意安装的。季淑说:"这是天造地设,应该挂几个鸟笼。"于是我们买了三四个鸟笼,先是养起两只金丝雀。喂小米,喂菜心,喂红萝卜,鸟儿就是不大肯唱。后来请教高人,才知道一雌一雄不该放在一起,要隔离之后雄的才肯引吭高歌。(不独鸟类如此,人亦何尝不然?能接吻的嘴是不想歌唱的)我们试验之后,果然,但是总觉得这样摆布未免残忍。后来又养一种小鹦鹉,又名爱鸟,宽大的喙,整天咕咕地亲嘴。听说这种鹦鹉容易传染一种热病。我们开笼放生,不久又都飞回来,因为笼里有食物,宁可回到笼里来。之后,又养了一只画眉,这是一种雄壮的野鸟,怕光怕人,需要被人提着笼摇摇晃晃地早晨出去溜达。叫的声音可真好听,高亢而清脆,声达一二十丈以外。我们没有工夫遛它,有一天它以头撞笼流血而死。从此我们也就不再养鸟。在大自然的环境中,每见小鸟在枝头跳跃,季淑就驻足而观,喜不自禁。她喜爱鸟的轻盈的体态。

一九六〇年七月,我参加"中美文化关系讨论会"赴美国西雅图,顺便到伊利诺州看新婚后的文蔷,这是我来台后第一次和季淑作短期的别离，约二十日。我的心情就和三十多年前在美国作学生的时代一样，总是记挂着她。事毕我匆匆回来，她盛装到机场接我，"铅华不可弃，莫是藁砧归？"她穿的是自己缝制的一件西装，鞋子也是新的。她已许久不穿旗袍，因为腰窄领硬很不舒服，西装比较洒脱，领胸可以开得低低的。她算计着我的归期，花两天的时间就缝好了一件新衣，花样、式样我认为都无懈可击。我在汽车里就告诉她："我喜欢你的装束。"小别重逢，"其新孔嘉，其旧如之何？"

一九六三年十二月十八日，有独行盗侵入寒家，持枪勒索，时季淑正在厨房预备午膳。文蔷甫自美国返来省亲，季淑特赴市场购得黄鳝数尾，拟做生炒鳝丝，方下油锅翻炒，闻警急奔入室，见盗正在以枪对我做欲射状。她从容不迫，告之曰："你有何要求，尽管直说，我们会答应你的。"盗色稍霁。这时候门铃声大作，盗惶恐以为缇骑到门，扬言杀人同归于尽。季淑徐谓之曰："你们二位坐下谈谈，我去应门，无论是谁，吾不准其入门。"盗果就坐，取钱之后犹嫌不足，夺我手表，复迫季淑交出首饰，她有首饰盒二，其一尽系廉价赝品，立取以应，盗匆匆抓取一把珠项链等物而去。当天夜晚，盗即就逮，于一月三日伏法。此次事件端赖季淑临危不乱，镇定应付，使我得以幸免于祸灾。未定谳前，季淑复力求警宪从轻发落，声泪俱下。碍于国法，终处极刑，我们为之痛心者累日。季淑的镇定的性格，得自母氏，我的岳母之沉着稳重，有非常人所能及者。

那盘生炒鳝丝，我们无心享受。事实上若非文蔷远路归宁，季淑亦决不烹此异味，因为宰割鳝鱼厥状至惨，她雅不欲亲见杀生以恣口腹之欲。我们两人在外就膳，最喜"素菜之家"，清心寡欲，心安理得。她常说："自奉欲俭，待人不可不丰。"我有时邀约友好到家小聚，季淑总是欣然筹划，亲自下厨，她说她喜欢为人服务。最熟的三五朋友偶然来家午膳，季淑常以馅饼飨客，包制馅饼之法她得到母亲的真传，皮薄而匀，不干不破，客人无不击赏，他们因自号为"馅饼小姐"。有一回一位朋友食季淑亲制之葱油饼,松软而酥脆,不禁竖起拇指,赞曰:"江南第一!"

季淑以主持中馈为荣,我亦以陪她商略膳食为乐。买菜之事很少委之佣人,尤其是我退休以后空闲较多,她每隔两日提篮上市,我必与俱。她提竹篮,我携皮包,缓步而行,绕市一匝,满载而归。市廛摊贩几乎无人不识这一对皤皤老者,因为我们举目四望很难发现再有这样一对。回到家里,倾筐倒篚,堆满桌上,然后我们就对面而坐,剥豌豆,掐豆芽,劈菜心……差不多一小时,一面手不停挥,一面闲话家常。随后我就去做我的工作,等到一声"吃饭"我便坐享其成。十二时午饭,六时晚饭,准时用餐,往往是分秒不爽,多少年来总是如此。

帮我们做工的 W 小姐,做了五年之后于归,我们舍不得她去,季淑为她置备一些用品,又送她一架缝纫机,由我们家里登上彩车而去。以后她还常来探视我们。

我的生日在腊八那一天,所以不容易忘过。天还未明,我的耳边就有她的声音:"腊七腊八儿,冻死寒鸦儿。我的寒鸦儿冻死了没有?"我要她多睡一会儿,她不肯,匆匆爬起来就往厨房跑,去熬一大锅腊八粥。等我起身,热乎乎的一碗粥已经端到我的跟前。这一锅粥,她事前要准备好几天,跑几趟街才能勉强办齐基本的几样粥果,核桃要剥皮,瓜子也要去皮,红枣要刷洗,白果要去壳——好费手脚。我劝她免去这个旧俗,她说:"不,一年只此一遭,我要给你做。"她年年不忘,直到来了美国最后两年,格于环境,她才抱憾地罢手。头一年腊八,她在我的纪念册上画了一幅兰花,第二年腊八,将近甲寅,她为我写了一个"一笔虎",缀以这样的几个字:

> 华:明年是你的本命年,
> 　　我写一笔虎,
> 　　祝你寿绵绵,
> 　　我不要你风生虎啸,

我愿你老来无事饱加餐。

季淑

"无事""加餐",谈何容易!我但愿能不辜负她的愿望。

有一天我们闲步,巷口邻家的一个小女孩立在门口,用她的小指头指着季淑说:"你老啦,你的头发都白啦。"童言无忌,相与一笑。回家之后季淑就说:"我想去染头发。"我说:"千万不要。我爱你的本色。头白不白,没有关系,不过我们是已经到了偕老的阶段。"从这天起,我开始考虑退休的问题。我需要更多的时间享受我的家庭生活,也需要更多的时间译完我久已应该完成的《莎士比亚全集》。在季淑充分谅解与支持之下,我于一九六六年夏奉准退休,结束了我在教育界四十年的服务。

八月十四日师大英语系及英语研究所同人邀宴我们夫妇于欣欣餐厅,出席者六十人,我们很兴奋也很感慨。我们于二十四日设宴于北投金门饭店答谢同人,并游野柳。退休之后,我们无忧无虑到处闲游了几天。最近的地方是阳明山,我们寻幽探胜,专找那些没有游人肯去的地方。我有午睡习惯,饭后至旅舍辟室休息,携手走出的时候旅舍主人往往投以奇异的眼光,好像是不大明白这样一对老人到这里来是搞什么勾当。有一天季淑说:"青草湖好不好?"我说:"管他好不好!去!"一所破庙,一塘泥水,但是也有一点野趣,我们的兴致很高。更有时,季淑备了卤菜,我们到荣星花园去野餐,也能度过一个愉快的半天。

我没有忘记翻译莎氏戏剧,我伏在案头辄不知时刻,季淑不时地喊我:"起来!起来!陪我到院里走走。"她是要我休息。于是相偕出门赏玩她手栽的一草一木。我翻译莎氏,没有什么报酬可言,穷年累月,兀兀不休,其间也很少得到鼓励,漫漫长途中陪伴我、体贴我的只有季淑一人。最后三十七种剧本译竟,由远东图书公司出版。一九六七年八月六日,承朋友们的厚爱,以"中国文艺协会""中国青年写作协会""台湾省妇女写作协会""中国语文学会"的名义发起在台北举行庆祝会。到会者约三百人,主其事者是刘白如、赵友培、王蓝等几位先生。有两位女士代表献花给我们夫妇,我对季淑说:"好像我们又在结婚似的。"是日《中华日报》有一段报导,说我是"三喜临门":"一喜,三十七本莎翁戏剧出版了,这是台湾省的第一部由一个人译成的全集;二喜,梁实秋和他的老伴结婚四十周年;三喜,他的爱女梁文蔷带着丈夫邱士燿和两个宝宝由美国回来看公公。"三喜临门固然使我高兴,最能使我感动的另有两件事:一是谢冰莹先生在庆祝会中致词,大声疾呼:"《莎氏全集》的翻译完成,应该一半归功于梁夫人!"一是《世界画刊》的社长张自英先生在我书房壁上看见季淑的照片,便要求取去制版,刊在他的第三百二十三期画报上,并加注明:"这是梁夫人程季淑女士——在四十二年前——年轻时的玉照,大家认为梁先生的成就,一半应该归功于他的夫人。"他们二位异口同声说出了一个妻子对于她的丈夫之重要。她容忍我这么多年做这样没有急功近利可图的工作,而且给我制造身心愉快的环境,使我能安心地专于其事。

　　文蔷、士燿和两个孩子在台住了一年零九个月,给了我们很大的安慰,可是他们终于去了,又使我们惘然。我用了一年的工夫译了莎士比亚的三部诗,全集四十册算是名副其实地完成了,从此与莎士比亚暂时告别。一九六八年春天,我重读近人一篇短篇小说,题名是《迟些聊胜于无》(*Better Late Than Never*),描述一个老人退休后领了一笔钱带着他的老妻补作蜜月旅行,甚为动人,我曾把它收入我编的高中英语教科书,如今想想这也正是我现在应该做的事。我向季淑提议到美国去游历一番,探视文蔷一家,顺便补偿我们当初结婚后没有能享受的蜜月旅行。她起初不肯,我就引述那篇小说里的一句话:"什么,一个新娘子拒绝和她的丈夫做蜜月旅行!"她这才没有话说。我们于一九七〇年四月二十一日飞往美国,度我们的蜜月,不是一个月,是约四个月,于八月十九日返回台北,这是我们的一个豪华的扩大的迟来的蜜月旅行,途中经过俱见我所写的一个小册《西雅图杂记》。

十六

我们匆匆回到台北,因为帮我们做家务的 C 小姐即将结婚,她在我们家里工作已经七年,平素忠于职守,约定等我们回来她再成婚,所以我们的蜜月不能耽误人家的好事。季淑从美国给她带来一件大衣,她出嫁时赠送她一架电视机及家中一些旧的家具之类。我们去吃了喜酒。她的父母对我们说了一些话,我一句也听不懂,季淑听懂了其中一部分:都是乡村人所能说出的简单而诚挚的话。我已多年不赴喜宴,最多是观礼申贺,但是这一次是例外,直到筵散才去。我们两年后离开台北,登车而去的时候,她赶来送行,我看见她站在我们家门口落下了泪。

我有凌晨外出散步的习惯,季淑怕我受寒,尤其是隆冬的时候,她给我缝制一条丝绵裤,裤脚处钉一副飘带,绑扎起来密不透风,又轻又暖。像这样的裤子,我想在台湾恐怕只此一条。她又给我做了一件丝绵长袍,在冬装中这是最舒适的衣服。第一件穿脏了不便拆洗,她索性再做一件。做丝绵袍不是简单的事,台湾的裁缝匠已经很少人会做。季淑做起来也很费事,买衣料和丝绵,一张张地翻丝绵,做丝绵套,剪裁衣料,绷线,抹糨糊,撩边,钉纽扣,这一连串工作不用一个月也要用二十天才能竣事,而且家里没有宽大的台面,只能拉开餐桌的桌面凑合着用,佝着腰,再加上她的老花眼,实在是过于辛苦。我说我愿放弃这一奢侈享受,她说:"你忘记了?你的狐皮袄我都给你做了,丝绵袍算得了什么?"新做的一件,只在阴历年穿一两天,至今留在身边没舍得穿。

说到阴历年,在台湾可真是热闹,也许是大家心情苦闷怀念旧俗吧,不知为什么有那么多的人竞相拜年。季淑是永远不肯慢待嘉宾的,起先是大清早就备好的莲子汤、茶叶蛋以及糖果之类,后来看到来宾最欣赏的是舶来品,她就索性全以舶来品待客。客人可以成群结队地来,走时往往是单人独个地走,我们双双地恭送到大门口,一天下来精疲力竭。但是她没有怨言,她感谢客人的光临。我的老家,自一九一二年起,就取消了"过年"的一切仪式。到台湾后季淑就说:"别的不提,祖先是不能不祭的。"我觉得她说得对。一个人怎能不慎终追远呢? 每逢过年,她必定置办酒肴,燃烛焚香,祭奠我的列祖列宗。她因为腿脚关节不灵,跪拜下去就站不起来,我在旁拉扯她一把。我建议给我的岳母也立一个灵位,我愿一同拜祭,略尽一点孝意,她说不可,另外焚一些冥镪便是。我陪同她折锡箔,我给她写纸包袱,由她去焚送。她知道这一切都是无裨实际的形式,但是她说:"除此以外,我们对于已经弃养的父母还能做些什么呢?"

一般人主持家计,应该是量入为出,季淑说:"到了衣食无缺的地步之后,便不该是'量入为出',应该是'量入为储',因为你不知道什么时候你将有不时之需。"有人批评我们说:"你们府上每月收入多少,与你们的生活水准似乎无关。"是的,季淑根本不热心于提高日常的生活水准。东西不破,不换新的。一根绳,一张纸,不轻抛弃。院里树木砍下的枝叶,晒干了之后留在冬季烧壁炉。鼓励消费之说与分期付款的制度,她是听不入耳的。可是在另一方面,她很豪爽,她常说:"贫家富路",外出旅行的时候决不吝啬;过年送出去的红包,从不缺少;亲戚子弟读书而膏火不继,朋友出国而资斧不足,她都欣然接济。我告诉她我有一位朋友遭遇不幸急需巨款,她没有犹豫就主张把我们几年的储蓄举以相赠,而且事后她没有向任何人提起。

俗语说:"女主内,男主外。"我的家则无论内外,一向由季淑兼顾。后来我觉察她的体力渐不如往昔的健旺,我便尽力减少在家里宴客的次数,我不要她在厨房里劳累,同时她外出办事我也尽可能地和她偕行。果然,有一天,在南昌街合会,她从沙发上起立,突然倒在地上,到沈彦大夫诊所查验,血压高至二百四十几度,立即在该诊所楼上病房卧下,住了十天才回家。病房的伙食只是大碗面、大碗饭,并不考虑病人的需要,我每天上午去看她,送一瓶鲜橘汁,这是多少年来我亲手每天为她预备的早餐的一部分,再送一些她所喜欢的食物,到下午我就回家。这十天我很寂寞,但是她在病房里更惦记我。高血压是要长期服药休养的,我买了一个血压计,我耳聋听不到声音,她自己试量。悉心调养之下,她的情况渐趋好转,但是任何激烈的动作均行避免。

自从季淑患高血压,文蔷就企盼我们能到美国去居住,她就近可以照料。一九七二年国际情势急剧变化,她便更为着急。我们终于下了决心,卖掉房子,结束这个经营了多年的破家,迁移到美国去。但是卖房子结束破家,这一连串的行动牵涉很广,要奔走,要费唇舌,要与市侩为伍,要走官厅门路,这一份苦难我们两个互相扶持地承受了下来。于五月二十六日我们到了美国。

十七

美国不是一个适于老年人居住的地方。一棵大树,从土里挖出来,移植到另外一个地方去,都不容易活,何况人?人在本乡本土的文化里根深蒂固,一挖起来总要伤根,到了异乡异地水土不服自是意料中事。季淑肯到美国来,还不是为了我?

西雅图地方好,旧地重游,当然兴奋。季淑看到了她两年前买的一棵山杜鹃已长大了不少,心里很欢喜。有人怨此地气候潮湿,我们从台湾来的人只觉得其空气异常干燥舒适。她来此后风湿性关节炎没有严重地复发过,我们私心窃喜。每逢周末,士燿驾车,全家出外郊游,她的兴致总是很高,咸水公园捞海带,植物园池塘饲鸭,摩基提欧轮渡码头喂海鸥,奥林匹亚啤酒厂参观酿造,斯诺夸密观瀑,义勇军公园温室赏花,布欧尔农庄摘豆,她常常乐而忘疲。从前去过加拿大维多利亚拔卓特花园,那里的球茎秋海棠如云似锦,她常念念不忘。但是她仍不能不怀念安东街寓所她手植的那棵面包树,那棵树依然无恙。我在一九七三年一月十一日(壬子腊八)戏填一首俚词给她看:

恼煞无端天末去。

几度风狂,不道岁云暮。
莫叹旧居无觅处,
犹存墙角面包树。

目断长空迷津渡。
泪眼倚楼,楼外青无数。
往事如烟如柳絮,
相思便是春常驻。

  事实上她从来不对任何人有任何怨诉,只是有的时候对我掩不住她的一缕乡愁。

  在百无聊赖的时候季淑就织毛线。她的视神经萎缩,不能多阅读,织毛线可以不太耗目力。在织了好多件成品之后,她要给我织一件毛衣,我怕她太劳累,宁愿继续穿那一件旧的深红色的毛衣,那也是她给我织的,不过是四十几年前的事了。我开始穿那红毛衣的时候,杨金甫还笑我是"暗藏春色"。如今这红毛衣已经磨得光平,没有一点毛。有一天她得便买了毛线回来,天蓝色的,十分美观,没有用多少工夫就织成了,上身一试,服服帖帖。她说:"我给你织这一件,要你再穿四十年。"

  岁月不饶人,我们两个都垂垂老矣。有一天,她抚摩着我的头发,说:"你的头发现在又细又软,你可记得从前有一阵你不愿进理发馆,我给你理发,你的头发又多又粗,硬得像是板刷,一剪子下去,头发渣迸得满处都是。"她这几句话引我想起英国诗人彭士(Robert Burns)的一首小诗:

John Anderson My Jo

John Anderson my jo, John,
  When we were first acquent,

Your locks were like the raven,
　　　Your bonie brow was brent;
But now your brow is beld, John,
　　　Your locks are like the snow,
But blessings on your frosty pow,
　　　John Anderson my jo!

John Anderson my jo, John,
　　　We climb the hill thegither,
And monie a cantie day, John,
　　　We've had wi'ane anither:
Now we maun totter down, John,
　　　And hand in hand we'll go,
And sleep thegither at the foot,
　　　John Anderson my jo!

约翰·安德森，我的心肝

约翰·安德森，我的心肝，约翰，
　　　想当初我们俩刚刚相识的时候，
你的头发黑得像是乌鸦一般，
　　　你的美丽的前额光光溜溜；
但是如今你的头秃了，约翰，
　　　你的头发白得像雪一般，
但愿上天降福在你的白头上面，
　　　约翰·安德森，我的心肝！

约翰·安德森，我的心肝，约翰，

>　　我们俩一同爬上山去，
> 很多快乐的日子，约翰，
>　　我们是在一起过的：
> 如今我们必须蹒跚地下去，约翰，
>　　我们要手拉着手地走下山去，
> 在山脚下长眠在一起，
>　　约翰·安德森，我的心肝！

我们两个很爱这首诗，因为我们深深理会其中深挚的情感与哀伤的意味。我们就是正在"手拉着手地走下山"。我们在一起低吟这首诗不知有多少遍！

季淑怵上楼梯，但是餐后回到室内须要登楼，她就四肢着地地爬上去。她常穿一件黑毛绒线的上衣，宽宽大大的，毛毛茸茸的，在爬楼的时候我常戏言："黑熊，爬上去！"她不以为忤，掉转头来对我吼一声，做咬人状。可是进入室内，她就倒在我的怀内，我感觉到她的心脏扑通扑通地跳。

我们不讳言死，相反地，还常谈论到这件事。季淑说："我们已经偕老，没有遗憾，但愿有一天我们能够口里喊着'一、二、三'，然后一起同时死去。"这是太大的奢望，恐怕总要有个先后。先死者幸福，后死者苦痛。她说她愿先死，我说我愿先死。可是略加思索，我就改变主张，我说："那后死者的苦痛还是让我来承当吧！"她谆谆地叮嘱我说，万一她先我而死，我须要怎样的照顾我自己，诸如工作的时间不要太长，补充的药物不要间断，散步必须持之以恒，甜食不可贪恋——没有一项琐节她不曾想到。

我想手拉着手地走下山也许尚有一段路程。申请长久居留的手续已经办了一年多，总有一天会得到结果，我们将双双地回到本国的土地上去走一遭。再过两年多，便是我们结婚五十周年，在可能范围内要庆祝一番，我们私下里不知商量出多少个计划。谁知道这两个期望都落了空！

四月三十日那个不祥的日子！命运突然攫去了她的生命！上午十点半我们手拉着手到附近市场去买一些午餐的食物，市场门前一个梯子忽然倒下，正好击中了她。送医院急救，手术后未能醒来，遂与世长辞。在进入手术室之前的最后一刻，她重复地对我说："华，你不要着急！华，你不要着急！"这是她最后对我说的一句话，她直到最后还是不放心我，她没有顾虑到她自己的安危。到了手术室门口，医师要我告诉她，请她不要紧张，最好是笑一下，医师也就可以轻松地执行他的手术。她真的笑了，这是我在她生时最后看到的她的笑容！她在极痛苦的时候，还是应人之请作出了一个笑容！她一生茹苦含辛，不愿使任何别人难过。

我说这是命运，因为我想不出别的任何理由可以解释。我问天，天不语。哈代（Thomas Hardy）有一首诗《二者的辐合》（*The Convergence of the Twain*），写一九一二年四月十五日豪华邮轮"铁达尼"号在大西洋上做处女航，和一座海上漂流的大冰山相撞，死亡在一千五百人以上。在时间上、空间上配合得那样巧，以至造成那样的大悲剧。季淑遭遇的意外，亦正与此仿佛，不是命运是什么？人间时常没有公道，没有报应，只是命运，盲目的命运！我像一棵树，突然一声霹雳，电火殛毁了半劈的树干，还剩下半株，有枝有叶，还活着，但是生意尽矣。两个人手拉着手地走下山，一个突然倒下去，另一个只好跟跟跄跄地独自继续他的旅程！

本文曾引录潘岳的《悼亡诗》，其中有一句："上惭东门吴。"东门吴是人名，复姓东门，春秋魏人。《列子·力命》："魏人有东门吴者，其子死而不忧。其相室曰：'公之爱子，天下无有，今子死，不忧何也？'东门吴曰：'吾常无子，无子之时不忧；今子死，乃与向无子同，臣奚忧焉？'"这个说法是很勉强的。我现在茕然一鳏，其心情并不同于当初独身未娶时。多少朋友劝我节哀顺变，变故之来，无可奈何，只能顺承，而哀从中来，如何能节？我希望人死之后尚有鬼魂，夜眠闻声惊醒，以为亡魂归来，而竟无灵异。白昼萦想，不能去怀，希望梦寐之中或可相觐，而竟不来入梦！环顾室中，其物犹故，其人不存。元微之《悼亡诗》有句："惟将终夜常开眼，报答平生未展眉！"我固不仅是终夜常开眼也。

季淑逝后之翌日，得此间移民局通知前去检验体格，然后领取证书；又逾数十日得大陆子女消息。我只能到她的坟墓去涕泣以告。六月三日师大英语系同仁在台北善导寺设奠追悼，吊者二百余人，我不能亲去一恸，乃请陈秀英女士代我答礼，又信笔写一对联寄去，文曰："形影不离，五十年来成梦幻；音容宛在，八千里外吊亡魂。"是日我亦持诵《金刚经》一遍，口诵"一切有为法，如梦、幻、泡、影，如露亦如电，应作如是观"，而我心有驻，不能免于实执。五十余年来，季淑以其全部精力、情感奉献给我，我能何以为报？秦嘉《赠妇诗》：

  诗人感木瓜，乃欲答瑶琼。
  愧彼赠我厚，惭此往物轻。
  虽知未足报，贵用叙我情。

  缅怀既往，聊当一哭！衷心伤悲，掷笔三叹！

秋室杂文

骆 驼

台北没有什么好去处。我从前常喜欢到动物园走动走动，其中两个地方对我有诱惑。一个是一家茶馆，有高屋建瓴之势，凭窗远眺，一片釉绿的田畴，小川蜿蜒其间，颇可使人心旷神怡。另一值得看的便是那一双骆驼了。

有人喜欢看猴子，看那些乖巧伶俐的动物，略具人形，而生活究竟简陋，于是令人不由得生出优越之感，掏一把花生米掷进去。有人喜欢看狮子跳火圈，狗作算学，老虎翻筋斗，觉得有趣。我之看骆驼则是另外一种心情，骆驼扮演的是悲剧的角色。它的槛外是冷清清的，没有游人围绕，所谓槛也只是一根杉木横着拦在门口。地上是烂糟糟的泥。它卧在那里，老远一看，真像是大块的毛姜。逼近一看，可真吓人！一块块的毛都在脱落，斑驳的皮肤上隐隐地露着血迹。嘴张着，下巴垂着，有上气无下气地在喘。水汪汪的两只大眼睛好像是眼泪扑簌地盼望着能见亲族一面似的。腰间的肋骨历历可数，颈子又细又长，尾巴像是一条破扫帚。驼峰只剩下了干皮，像是一只麻袋搭在背上。骆驼为什么落到这悲惨地步呢？难道"沙漠之舟"的雄姿即不过如是么？

我心目中的骆驼不是这样的。儿时在家乡，一听见大铜铃叮叮当当就知道送煤的骆驼队来了，愧无管宁的修养，往往夺门出视。一根细绳穿系着好几只骆驼，有时是十只八只的，一顺地立在路边。满脸煤污的煤商一声吆喝，骆驼便乖乖地跪下来给人卸货，嘴角往往流着白沫，口里不住地嚼——反刍。有时还跟着一只小骆驼，几乎用跑步在后面追随着。面对着这样庞大而温驯的驮兽，我们不能不惊异地欣赏。

是亚热带的气候不适于骆驼居住。（非洲北部的国家有骆驼兵团，在沙漠中驰骋，以骁勇善战著名，不过那骆驼是单峰骆驼，不是我们所说的双峰骆驼。）动物园的那一双骆驼不久就不见了，标本室也没有空间容纳它们。我从此也不大常去动物园了。我常想：公文书里罢黜一个人的时候常用"人地不宜"四字，总算是一个比较体面的下台的借口。这骆驼之黯然消逝，也许就是类似"人地不宜"之故罢？生长在北方大地之上的巨兽，如何能局促在这样的小小圈子里，如何能耐得住这炎方的郁蒸？它们当然要憔悴，要悒悒，要委顿以死。我想它们看着身上的毛一块块地脱落，真的要变成"有板无毛"的状态，蕉风椰雨，晨夕对泣，心里多么凄凉！真不知是什么人恶作剧，把它们运到此间，使得它们尝受这一段酸辛，使得我们也兴起"人何以堪"的感叹！

其实，骆驼不仅是在这炎蒸之地难以生存，就是在北方大陆其命运也是在日趋于衰微。在运输事业机械化的时代，谁还肯牵着一串串的骆驼招摇过市？沙漠地带该是骆驼的用武之地了，但现在沙漠里听说也有了现代的交通工具。骆驼是驯兽，自己不复能在野外繁殖谋生。等到为人类服务的机会完全消灭的时候，我不知道它将如何繁衍下去。最悲惨的是，大家都讥笑它是兽类中最蠢的当中的一个；因为它只会消极地忍耐。给它背上驮五磅的重载，它会跪下来承受。它肯食用大多数哺乳动物所拒绝食用的荆棘苦草，它肯饮用带盐味的脏水。它奔走三天三夜可以不喝水，并不是因为它的肚子里储藏着水，是因为它在体内由于脂肪氧化而制造出水。它的驼峰据说是美味，我虽未尝过，可是想想熊掌的味道，大概也不过尔尔。像这样的动物若是从地面上消逝，可能不至于引起多少人惋惜。尤其是在如今这个世界，大家所最欢喜豢养的乃是善伺人意的哈巴狗，像骆驼这样的"任重而道远"的家伙，恐怕只好由它一声不响地从这世界舞台上退下去罢!

晒书记

世说新语:"郝隆七月七日,出日中仰卧,人问其故,曰:'我晒书。'"

我曾想,这位郝先生直挺挺地躺在七月的骄阳之下,晒得浑身滚烫,两眼冒金星,所为何来?他当然不是在作日光浴,书上没有说他脱光了身子。他本不是刘伶那样的裸体主义者。我想他是故作惊人之状,好引起"人问其故",他好说出他的那一句惊人之语"我晒书"。如果旁人视若无睹,见怪不怪,这位郝先生也只好站起来拍拍衣服上的灰尘而去。郝先生的意思只是要向侪辈夸示他的肚里全是书。书既装在肚里,其实就不必晒。

不过我还是很羡慕郝先生之能把书藏在肚里。至少没有晒书的麻烦。我很爱书,但不一定是爱读书。数十年来,书也收藏了一点,可是并没有能尽量地收藏到肚里去。到如今,腹笥还是很俭。所以读到世说新语这一则,便有一点惭愧。

先严在世的时候,每次出门回来必定买回一包包的书籍。他喜欢研究的主要是小学,旁及于金石之学,积年累月,收集渐多。我少时无形中亦感染了这个嗜好,见有合意的书即欲购来而后快。限于资力学力,当然谈不到什么藏书的规模。不过汗牛充栋的情形却是体会到了,搬书要爬梯子,晒一次书要出许多汗,只是出汗的是人,不是牛。每晒一次书,全家老小都累得气咻咻然,真是天翻地覆的一件大事。见有衣鱼蛀蚀,先严必定蹙额太息,感慨地说:"有书不读,叫蠹鱼去吃也罢。"刻了一颗小印,曰"饱蠹楼",藏书所以饱蠹而已。我心里很难过,家有藏书而用以饱蠹,子女不肖,贻先人羞。

丧乱以来,所有的藏书都弃置在家乡,起先还叮嘱家人要按时晒书,后来音信断绝也就无法顾到了。仓皇南下之日,我只带了一箱书籍,辗转播迁,历尽艰苦。曾穷三年之力搜购杜诗六十余种版本,因体积过大亦留在大陆。从此不敢再作藏书之想。此间炎热,好像蠹鱼繁殖特快,随身带来的一些书籍竟被蛀蚀得体无完肤,情况之烈前所未有。日前放晴,运到阶前展晒,不禁想起从前在家乡晒书,往事历历,如在目前。南渡诸贤,新亭对泣,联想当时确有不得不然的道理在。我正在佝偻着背,一册册地拂拭,有客适适然来,看见阶上阶下五色缤纷的群籍杂陈,再看到书上蛀蚀透背的惨状,对我发出轻微的嘲笑道:"读书人竟放任蠹虫猖狂乃尔!"我回答说:"书有未曾经我读,还需拿出曝晒,正有愧于郝隆;但是造物小儿对于人的身心之蛀蚀,年复一年,日益加深,使人意气消沉,使人形销骨毁,其惨烈恐有甚于蠹鱼之蛀书本者。人生贵适意,蠹鱼求一饱,两俱相忘,何必戚戚?"客嘿然退。乃收拾残卷,抱入室内。而内心激动,久久不平,想起饱蠹楼前趋庭之日,自惭老大,深愧未学,忧思百结,不得了脱,夜深人静,爰濡笔为之记。

散　　步

《琅嬛记》云:"古之老人,饭后必散步。"好像是散步限于饭后,仅是老人行之,而且盛于古时。现代的我,年纪不大,清晨起来盥洗完毕便提起手杖出门去散步。这好像是不合古法,但我已行之有年,而且同好甚多,不只我一人。

清晨走到空旷处,看东方既白,远山如黛,空气里没有太多的尘埃炊烟混杂在内,可以放心地尽量地深呼吸,这便是一天中难得的享受。据估计:"目前一般都市的空气中,灰尘和烟煤的每周降量,平均每平方公里约为五吨,在人烟稠密或工厂林立的地区,有的竟达二十吨之多。"养鱼的都知道要经常为鱼换水,关在城市里的人真是如在火宅,难道还不在每天清早从软暖习气中挣脱出来,服几口清凉散?

散步的去处不一定要是山明水秀之区,如果风景宜人,固然觉得心旷神怡,就是荒村陋巷,也自有它的情趣。一切只要随缘。我从前沿着淡水河边,走到萤桥,现在顺着一条马路,走到土桥,天天如是,仍然觉得目不暇给。朝露未干时,有蚯蚓,大蜗牛,在路边蠕动,没有人伤害它们,在这时候这些小小的生物可以和我们和平共处。也常见有被辗毙的田鸡野鼠横尸路上,令人触目惊心,想到生死无常。河边蹲踞着三三两两浣衣女,态度并不轻闲,她们的背上兜着垂头瞌睡的小孩子。田畦间伫立着几个庄稼汉,大概是刚拔完萝卜摘过菜。是农家苦,还是农家乐,不大好说。就是从巷弄里面穿行,无意中听到人家里的喁喁絮语,有时也能令人忍俊不住。

六朝人喜欢服五石散,服下去之后五内如焚,浑身发热,必须散步以资宣泄。到唐朝时犹有这种风气。元稹诗"行药步墙阴",陆龟蒙诗"更拟结茅临水次,偶因行药到村前"。所谓行药,就是服药后的散步。这种散步,我想是不舒服的。肚里面有丹砂雄黄白矾之类的东西作怪,必须脚步加快,步出一身大汗,方得畅快。我所谓的散步不这样的紧张,遇到天寒风大,可以缩颈急行,否则亦不妨迈方步,缓缓而行。培根有言:"散步利胃。"我的胃口已经太好,不可再利,所以我从不跄跟地趱路。六朝人所谓"风神萧散,望之如神仙中人",一定不是在行药时的写照。

散步时总得携带一根手杖,手里才觉得不闲得慌。山水画里的人物,凡是跋山涉水的总免不了要有一根邛杖,否则好像是摆不稳当似的。王维诗:"策杖村西日斜。"村东日出时也是一样地需要策杖。一杖在手,无需舞动,拖曳就可以了。我的一根手杖,因为在地面摩擦的关系,已较当初短了寸余。手杖有时亦可作为武器,聊备不时之需,因为在街上散步者不仅是人,还有狗。不是夹着尾巴的丧家之狗,也不是循循然汪汪叫的土生土长的狗,而是那种雄赳赳的横眉竖眼张口伸舌的巨獒,气咻咻地迎面而来,后面还跟着骑脚踏车的扈从,这时节我只得一面退避三舍,一面加力握紧我手里的竹杖。那狗脖子上挂着牌子,当然是纳过税的,还可能是系出名门,自然也有权利出来散步。还好,此外尚未遇见过别的什么猛兽。唐慈藏大师"独静行禅,不避虎兕",我只有自惭定力不够。

散步不需要伴侣,东望西望没人管,快步慢步由你说,这不但是自由,而且只有在这种时候才特别容易领略到"前不见古人,后不见来者"那种"分段苦"的味道。天覆地载,孑然一身。事实上街道上也不是绝对的阒无一人,策杖而行的不只我一个,而且经常的有很熟的面孔准时准地地出现。还有三五成群的小姑娘,老远地就送来木屐声。天长日久,面孔都熟了,但是谁也不理谁。在外国的小都市,你清早出门,一路上打扫台阶的老太婆总要对你搭讪一两句话,要是在郊外山上,任何人都要彼此脱帽招呼。他们不嫌多事。我有时候发现,一个形容枯槁的老者忽然不见他在街道散步了,第二天也不见,第三天也不见,我真不敢猜想他是到那里去了。

太阳一出山,把人影照得好长,这时候就该往回走。再晚一点便要看到穿蓝条睡衣睡裤的女人们在街上或是河沟里倒垃圾,或者是捧出红泥小火炉在路边呼呼地扇起来,弄得烟气腾腾。尤其是,风驰电掣的现代交通工具也要像是猛虎出柙一般的露面了,行人总以回避为宜。所以,散步一定要在清晨,白居易诗:"晚来天气好,散步中门前。"要知道白居易住的地方是伊阙,是香山,和我们住的地方不一样。

谈时间

希腊哲学家 Diogenes 经常睡在一只瓦缸里,有一天亚力山大皇帝走去看他,以皇帝的惯用的口吻问他:"你对我有什么请求吗?"这位玩世不恭的哲人翻了翻白眼,答道:"我请求你走开一点,不要遮住我的阳光。"

这个家喻户晓的小故事,究竟涵义何在,恐怕见仁见智,各有不同的看法。我们通常总是觉得那位哲人视尊荣犹敝屣,富贵如浮云,虽然皇帝驾到,殊无异于等闲之辈,不但对他无所希冀,而且亦不必特别的假以颜色。可是约翰逊博士另有一种看法,他认为应该注意的是那阳光,阳光不是皇帝所能赐予的,所以请求他不要把他所不能赐予的夺了去。这个请求不能算奢,却是用意深刻。因此约翰逊博士由"光阴"悟到"时间",时间也者虽然也是极为宝贵,而也是常常被人劫夺的。

"人生不满百",大致是不错的。当然,老而不死的人,不是没有,不过期颐以上不是一般人所敢想望的。数十寒暑当中,睡眠去了很大一部分。苏东坡所谓"睡眠去其半",稍嫌有点夸张,大约三分之一总是有的。童蒙一段时期,说它是天真未凿也好,说它是昏昧无知也好,反正是浑浑噩噩,不知不觉;及至寿登耄耋,老悖聋瞆,甚至"佳丽当前,未能缱绻",比死人多一口气,也没有多少生趣可言。掐头去尾,人生所余无几。就是这短暂的一生,时间亦不见得能由我们自己支配。约翰孙博士所抱怨的那些不速之客,动辄登门拜访,不管你正在怎样忙碌,他觉得宾至如归,这种情形固然令人啼笑皆非,我觉得究竟不能算是怎样严重的"时间之贼"。他只是在我们的有限的资本上抽取一点捐税而已。我们的时间之大宗的消耗,怕还是要由我们自己负责。

有人说:"时间即生命。"也有人说:"时间即金钱。"二说均是,因为有人根本认为金钱即生命。不过细想一下,有命斯有财,命之不存,财于何有?要钱不要命者,固然实繁有徒,但是舍财不舍命,仍然是较聪明的办法。所以淮南子说:"圣人不贵尺之璧而重寸之阴,时难得而易失也。"我们幼时,谁没有作过"惜阴说"之类的课艺?可是谁又能趁早体会到时间之"难得而易失"?我小的时候,家里请了一位教师,书房桌上有一座钟,我和我的姊姊常乘教师不注意的时候把时针往前拨快半个钟头,以便提早放学,后来被老师觉察了,他用朱笔在窗户纸上的太阳阴影划一痕迹,作为放学的时刻,这才息了逃学的念头。

时光不断地在流转,任谁也不能攀住它停留片刻。"逝者如斯夫,不舍昼夜!"我们每天撕一张日历,日历越来越薄,快要撕完的时候便不免瞿然以惊,惊的是又临岁晚,假使我们把几十册日历装为合订本,那便象征我们的全部的生命,我们一页一页地往下扯,该是什么样的滋味呢?"冬天一到,春天还会远吗?"可是你一共能看见几次冬尽春来呢?

不可挽住的就让它去罢!问题在,我们所能掌握的尚未逝去的时间,如何去打发它。梁任公先生最恶闻"消遣"二字,只有活得不耐烦的人才忍心地去"杀时间"。他认为一个人要作的事太多,时间根本不够用,那里还有时间可供消遣?不过打发时间的方法,亦人各不同,士各有志。乾隆皇帝下江南,看见运河上舟楫往来,熙熙攘攘,顾问左右:"他们都在忙些什么?"和珅侍卫在侧,脱口而出:"无非名利二字。"这答案相当正确,我们不可以人废言。不过三代以下唯恐其不好名,大概名利二字当中还是利的成分大些。"人为财死,鸟为食亡。"时间即金钱之说仍属不诬。诗人渥资华斯有句:

> 尘世耗用我们的时间太多了,夙兴夜寐,
> 赚钱挥霍,把我们的精力都浪费掉了。

所以有人宁可遁迹山林,享受那清风明月,"侣鱼虾而友麋鹿",过那高蹈隐逸的生活。诗人济慈宁愿长时间地守着一株花,看那花苞徐徐展瓣,以为那是人间至乐。嵇康在大树底下扬槌打铁,"浊酒一杯,弹琴一曲";刘伶"止则操卮执觚,动则挈榼提壶",一生中无思无虑其乐陶陶。这又是一种颇不寻常的方式。最彻底的超然的例子是《传灯录》所记载的:"南泉和尚问陆亘曰:'大夫十二时中作么生?'陆云:'寸丝不挂!'"寸丝不挂即是了无挂碍之谓,"原来无一物,何处染尘埃?"这境界高超极了,可以说是"以天地为一朝,万期为须臾",根本不发生什么时间问题。

人,诚如波斯诗人莪谟伽耶玛所说,来不知从何处来,去不知向何

处去,来时并非本愿,去时亦未征得同意,糊里糊涂地在世间逗留一段时间。在此期间内,我们是以心为形役呢?还是立德立功立言以求不朽呢?还是参究生死直超三界呢?这大主意需要自己拿。

谈友谊

朋友居五伦之末,其实朋友是极重要的一伦。所谓友谊实即人与人之间的一种良好的关系,其中包括了解、欣赏、信任、容忍、牺牲……诸多美德。如果以友谊作基础,则其他的各种关系如父子夫妇兄弟之类均可圆满地建立起来。当然父子兄弟是无可选择的永久关系,夫妇虽有选择余地,但一经结合便以不再乜离为原则,而朋友则是有聚有散可合可分的。不过,说穿了,父子夫妇兄弟都是朋友关系,不过形式性质稍有不同罢了。严格地讲,凡是充分具备一个好朋友的条件的人,他一定也是一个好父亲、好儿子、好丈夫、好妻子、好哥哥、好弟弟。反过来亦然。

我们的古圣先贤对于交友一端是甚为注重的。《论语》里面关于交友的话很多。在西方亦是如此。罗马的西塞罗有一篇著名的《论友谊》,法国的蒙田、英国的培根、美国的爱默生,都有论友谊的文章。我觉得近代的作家在这个题目上似乎不大肯费笔墨了。这是不是叔季之世友谊没落的征象呢?我不敢说。

古之所谓"刎颈交",陈义过高,非常人所能企及。如 Damon 与 Pythias, David 与 Jonathan,怕也只是传说中的美谈罢。就是把友谊的标准降低一些,真正能称得起朋友的还是很难得。试想一想,如有银钱经手的事,你信得过的朋友能有几人?在你蹭蹬失意或疾病患难之中还肯登门拜访乃至雪中送炭的朋友又有几人?你出门在外之际对于你的妻室弱媳肯加照顾而又不照顾得太多者又有几人?再退一步,平素投桃报李,莫逆于心,能维持长久于不坠者,又有几人?总角之交,如无特别利害关系以为维系，恐怕很难在若干年后不变成为路人。富兰克林说："有三个朋友是忠实可靠的——老妻、老狗与现款。"妙的是这三个朋友都不是朋友。倒是亚里士多德的一句话最干脆："我的朋友们啊！世界上根本没有朋友。"这些话近于愤世嫉俗，事实上世界里还是有朋友的，不过虽然无需打着灯笼去找，却是像沙里淘金而且还需要长时间的洗炼。一旦真铸成了友谊，便会金石同坚，永不退转。

大抵物以类聚，人以群分。臭味相投，方能永以为好。交朋友也讲究门当户对，纵不必像九品中正那么严格，也自然有个界线。"同学少年多不贱，五陵裘马自轻肥"，于"自轻肥"之余还能对着往日的旧游而不把眼睛移到眉毛上边去么？汉光武容许严子陵把他的大腿压在自己的肚子上，固然是雅量可风，但是严子陵之毅然决然地归隐于富春山，则尤为知趣。朱洪武写信给他的一位朋友说："朱元璋作了皇帝，朱元璋还是朱元璋……"话自管说得很漂亮，看看他后来之诛戮功臣，也就不免令人心悸。人的身心构造原是一样的，但是一入宦途，可能发生突变。孔子说："无友不如己者。"我想一来只是指品学而言，二来只是说不要结交比自己坏的，并没有说一定要我们去高攀。友谊需要两造，假如双方都想结交比自己好的，那便永远交不起来。

好像是王尔德说过，"一个男人与一个女人之间是不可能有友谊存在的。"就一般而论，这话是对的，因为男女之间如有深厚的友谊，那友谊容易变质，如果不是心心相印，那又算不得是友谊。过犹不及，那分际是难以把握的。忘年交倒是可能的。祢衡年未二十，孔融年已五十，便相交友，这样的例子史不绝书。但似乎是也以同性为限。并且以我所知，忘年交之形成固有赖于兴趣之相近与互相之器赏，但年长的一方面多少需要保持一点童心，年幼的一方面多少需要显着几分老成。老气横秋则令人望而生畏，轻薄儇佻则人且避之若浼。单身的人容易交朋友，因为他的情感无所寄托，漂泊流离之中最需要一个一倾积愫的对象，可是等到他有红袖添香稚子候门的时候，心境便不同了。

"君子之交淡如水",因为淡所以才能不腻,才能持久。"与朋友交,久而敬之。"敬也就是保持距离,也就是防止过分的亲昵。不过"狎而敬之"是很难的。最要注意的是,友谊不可透支,总要保留几分。Mark Twain说:"神圣的友谊之情,其性质是如此的甜蜜、稳定、忠实、持久,可以终生不渝,如果不开口向你借钱。"这真是慨乎言之。朋友本有通财之谊,但这是何等微妙的一件事!世上最难忘的事是借出去的钱,一般认为最倒霉的事又莫过于还钱。一牵涉到钱,恩怨便很难清算得清楚,多少成长中的友谊都被这阿堵物所戕害!

规劝乃是朋友中间应有之义,但是谈何容易。名利场中,沆瀣一气,自己都难以明辨是非,那有余力规劝别人?而在对方则又良药苦口忠言逆耳,谁又愿意让人批他的逆鳞?规劝不可当着第三者的面前行之,以免伤他的颜面,不可在他情绪不宁时行之,以免逢彼之怒。孔子说:"忠告而善道之,不可则止。"我总以为劝善规过是友谊之消极的作用。友谊之乐是积极的。只有神仙与野兽才喜欢孤独,人是要朋友的。"假如一个人独自升天,看见宇宙的大观,群星的美丽,他并不能感到快乐,他必要找到一个人向他述说他所见的奇景,他才能快乐。"共享快乐,比共受患难,应该是更正常的友谊中的趣味。

学问与趣味

前辈的学者常以学问的趣味启迪后生,因为他们自己实在是得到了学问的趣味,故不惜现身说法,诱导后学,使他们在愉快的心情之下走进学问的大门。例如,梁任公先生就说过:"我是个主张趣味主义的人,倘若用化学化分'梁启超'这件东西,把里头所含一种元素名叫'趣味'的抽出来,只怕所剩下的仅有个零了。"任公先生注重趣味,学问甚是渊博,而并不存有任何外在的动机,只是"无所为而为",故能有他那样的成就。一个人在学问上果能感觉到趣味,有时真会像是着了魔一般,真能废寝忘食，真能不知老之将至，苦苦钻研，锲而不舍，在学问上焉能不有收获？不过我尝想，以任公先生而论，他后期的著述如历史研究法，先秦政治思想史，以及有关墨子佛学陶渊明的作品，都可说是他的一点"趣味"在驱使着他，可是他在年轻的时候，从师受业，诵读典籍，那时节也全然是趣味么？作八股文，作试帖诗，莫非也是趣味么？我想未必。大概趣味云云，是指年长之后自动作学问之时而言，在年轻时候为学问打根底之际恐怕不能过分重视趣味。学问没有根底，趣味也很难滋生。任公先生的学问之所以那样的博大精深，涉笔成趣，左右逢源，不能不说一大部分得力于他的学问根底之打得坚固。

我曾见许多年青的朋友，聪明用功，成绩优异，而语文程度不足以达意，甚至写一封信亦难得通顺，问其故则曰其兴趣不在语文方面。又有一些位，执笔为文，斐然可诵，而视数理科目如仇雠，勉强才能及格，问其故则亦曰其兴趣不在数理方面，而且他们觉得某些科目没有趣味，便撇在一边视如敝屣，怡然自得，振振有词，略无愧色，好像这就是发扬趣味主义。殊不知天下没有没有趣味的学问，端视吾人如何发掘其趣味，如果在良师指导之下按部就班地循序而进，一步一步地发现新天地，当然乐在其中，如果浅尝辄止，甚至躐等躁进，当然味同嚼蜡，自讨没趣。一个有中上天资的人，对于普通的基本的文理科目，都同样的有学习的能力，绝不会本能地长于此而拙于彼。只有懒惰与任性，才能使一个人自甘暴弃地在"趣味"的掩护之下败退。

由小学到中学，所修习的无非是一些普通的基本知识。就是大学四年，所授课业也还是相当粗浅的学识。世人常称大学为"最高学府"，这名称易滋误解，好像过此以上即无学问可言。大学的研究所才是初步研究学问的所在，在这里作学问也只能算是粗涉藩篱，注重的是研究学问的方法与实习。学无止境，一生的时间都嫌太短，所以古人皓首穷经，头发白了还是在继续研究，不过在这样的研究中确是有浓厚的趣味。

在初学的阶段，由小学至大学，我们与其倡言趣味，不如偏重纪律。

一个合理编列的课程表，犹如一个营养均衡的食谱，里面各个项目都是有益而必需的，不可偏废，不可再有选择。所谓选修科目也只是在某一项目范围内略有拣选余地而已。一个受过良好教育的人，犹如一个科班出身的戏剧演员，在坐科的时候他是要服从严格纪律的，唱功做功武把子都要认真学习，各种角色的戏都要完全谙通，学成之后才能各按其趣味而单独发展其所长。学问要有根底，根底要打得平正坚实，以后永远受用。初学阶段的科目之最重要的莫过于语文与数学。语文是阅读达意的工具，国文不通便很难表达自己，外国文不通便很难吸取外来的新知。数学是思想条理之最好的训练。其他科目也各有各的用处，其重要性很难强分轩轾，例如体育，从另一方面看也是重要得无以复加。总之，我们在求学时代，应该暂且把趣味放在一边，耐着性子接受教育的纪律，把自己锻炼成为坚实的材料。学问的趣味，留在将来慢慢享受一点也不迟。

说　　俭

俭是我们中国的一项传统的美德。老子说他有三宝，其中之一就是"俭"，"俭故能广"。《易·否》："君子以俭德辟难。"《书·太甲上》："慎乃俭德，惟怀永图。"《墨子·辞过》："俭节则昌，淫逸则亡。"都是说俭才能使人有远大的前途，长久的打算，安稳的生活，古训昭然，不需辞费。读书人尤其喜欢以俭约自持，纵然显达，亦不欲稍涉骄溢，极端的例如正考父为上卿，粥以糊口，公孙宏位在三公，犹为布被，历史上都传为美谈。大概读书知礼之人，富在内心，应不以处境不同而改易其操守。佛家说法，七情六欲都要斩尽杀绝，俭更不成其为问题。所以，无论从那一种伦理学说来看，俭都是极重要的一宗美德，所谓"俭，德之共也"就是这个意思。不过，理想自理想，事实自事实，侈靡之风亦不自今日始。一千年前的司马温公在他著名的《训俭示康》一文里，对于当时的风俗奢侈即已深致不满。"走卒类士服，农夫蹑丝履"，他认为是怪事。士大夫随俗而靡，他更认为可异。可见美德自美德，能实践的人大概不多。也许正因为风俗奢侈，所以这一项美德才有不时地标出的必要。

在西洋，情形好像稍有不同。柏拉图的"共和国"，列举"四大美德"（Cardinal Virtues），而俭不在其内，后来罗马天主教会补列三大美德，俭亦不包括在内。当然基督教主张生活节约，这是众所熟知的。有人问 Thomas à Kempis（《效法基督》的作者）："你是过来人，请问和平在什么地方？"他回答说："在贫穷、在退隐、在与上帝同在。"不过这只是为修道之士说法，其境界不是一般人所能企及的。西洋哲学的主要领域是它的形而上学部分，伦理学不是主要部分，这是和我们中国传统迥异其趣的。所以在西洋俭的观念一向是很淡薄的。

西洋近代工业发达，人民生活水准亦因之而普遍提高。物质享受方面，以美国为最。美国是个年轻的国家，得天独厚，地大物博，人口稀少，秉承欧洲近代文明的背景，而又特富开拓创造的精神，所以人民生活特别富饶，根本没有"饥荒心理"存在。美国人只要勤，并不要俭。有一分勤劳，即有一分收获；有一分收获，即有一分享受。美国的《独立宣言》明白道出其立国的目标之一是"追求幸福"，物质方面的享受当然是人生幸福中的一部分。"一箪食，一瓢饮"，在我们看是君子安贫乐道的表现，在美国人看是落伍的理想，至少是中古的禁欲派的行径。美国人不但要尽量享受，而且要尽量设法提前享受，分期付款制度的畅行，几乎使得人人经常的负上债务。

奢与俭本无明确界限，在某一时某一地并无亏于俭德之事，在另一时另一地即可构成奢侈行为。我们中国地大而物不博，人多而生产少，生活方式仍宜力持俭约。像美国人那样的生活方式，固可羡慕，但是不可立即模仿。英国讽刺文学家 Swift 说："砍掉双足，可以省去买鞋的麻烦。"我们忖衡国情，宁愿"削足适履"。现在国难方殷，我们处在戒严地区，上上下下更应该重视传统的俭德了。

谈　礼

礼不是一件可怕的东西，不会"吃人"。礼只是人的行为的规范。人人如果都自由行动，社会上的秩序必定要大乱，法律是维持秩序的一套方法，但是关于法律的力量不及的地方，为了使人能更像是一个人，使人的生活更像是人的生活，礼便应运而生。礼是一套法则，可能有官方制定的成分在内，亦可能有世代沿袭的成分在内，在基本精神上还是约定俗成的性质，行之既久，便成为大家公认共守的一套规则。一套礼法也不是一成不变的，事实上是随时在变，不过可能变得很慢，可能赶不上时代环境之变迁得那样快，因此至少在形式上可能有一部分变成不合时宜的东西。礼，除非是太不合理，总是比没有礼好。这道理有一点像"坏政府胜于无政府"。有些人以为礼是陈腐的有害的东西，这看法是不对的。

我们中国是礼义之邦，一向是重礼法的。见于书本的古代的祭礼丧礼婚礼士相见礼等等，那是一套，事实上社会上流行的又是一套，现行的一套即是古礼之逐渐的个别的修正，虽然各地情形不同，大体上尚有规模存在，等到中西文化接触之后便比较有紊乱的现象了。紊乱尽管紊乱，礼还是有的，制礼定乐之事也许不是当前急务，事实上吾人之生活中未曾一日无礼的活动。问题是我们是否认真地严肃地遵循着礼。孔门哲学以"克己复礼"为做人的大道理。意即为吾人行事应处处约束自己使合于礼的规范。怎样才是非礼勿视，非礼勿言，非礼勿动，那是值得我们随时思考警惕的。

读书人应该知道礼，但是有些人偏不讲礼，即所谓名士。六朝时这种名士最多，《世说新语》载阮籍的一句话最有趣："礼岂为我辈设也？"好像礼是专为俗人而设。又载这样的一段：

阮步兵丧母，裴令公往吊之。阮方醉，散发坐床，箕踞不哭。裴至，下席于地，哭喷毕，便去。或问裴曰："凡吊，主人哭，客乃为礼，阮既不哭，何为哭？"裴曰："阮方外之人，故不崇礼制，我辈俗中人，故以仪轨自居。"

时人叹为两得其中。

没有阮籍之才的人，还是以仪轨自居为宜。像阮步兵之流，我们可以欣赏，不可以模仿。

中西礼节不同。大部分在基本原则上并无二致，小部分因各有传统亦不必强同。以中国人而用西方的礼，有时候觉得颇不合适，如必欲行西方之礼则应知其全部底蕴，不可徒效其皮毛，而乱加使用。例如，握手乃西方之礼，但后生小子在长辈面前不可首先遽然伸手，因为长幼尊卑之序终不可废，中西一理。再例如，祭祖先是我们家庭传统所不可或缺的礼，其间绝无迷信或偶像崇拜之可言，只是表示"慎终追远"的意思，亦合于我国所谓之孝道，虽然是西礼之所无，然义不可废。我个人觉得，凡是我国之传统，无论其具有何种意义，苟非荒谬残酷，均应不轻予废置。再例如，电话礼貌，在西方甚为重视，访客之礼，探病之礼，均有不成文之法则，吾人亦均应妥为仿行，不可忽视。

礼是形式，但形式背后有重大的意义。

听　　戏

听戏，不是看戏。从前在北平，大家都说听戏，不大说看戏。这一字之差，关系甚大。我们的旧戏究竟是以歌唱为主，所谓载歌载舞，那舞实在是比较的没有什么可看的。我从小就喜欢听戏，常看见有人坐在戏园子的边厢下面，靠着柱子，闭着眼睛，凝神危坐，微微地摇晃着脑袋，手在轻轻地敲着板眼，聚精会神地欣赏那台上的歌唱，遇到一声韵味十足的唱，便像是搔着了痒处一般，从丹田里吼出一声："好！"若是发现唱出了错，便毫不容情地来一声倒好。这是真正的听众，是他来维系戏剧的水准于不坠。当然，他的眼睛也不是老闭着，有时也要睁开的。

生长在北平的人几乎没有不爱听戏的。我自然亦非例外。我起初是很怕戏园子的，里面人太多太挤，座位太不舒服。记得清清楚楚，文明茶园是我常去的地方，全是窄窄的条凳，窄窄的条桌，而并不面对舞台，要看台上的动作便要扭转脖子扭转腰。尤其是在夏天，大家都打赤膊，而我从小就没有光脊梁的习惯，觉得大庭广众之中赤身露体怪难为情，而你一经落座就有热心招待的茶房前来接衣服，给一个半劈的木牌子。这时节，你环顾四周，全是一扇一扇的肉屏风，不由你不随着大家而肉袒。前后左右都是肉，白皙皙的，黄澄澄的，黑黝黝的，置身其间如入肉林。（那时候戏园里的客人全是男性，没有女性。）这虽颇富肉感，但决不能给人以愉快。戏一演便是四五个钟头，中间如果想要如厕，需要在肉林中挤出一条出路，挤出之后那条路便翕然而阖，回来时需要重新另挤出一条进路。所以常视如厕如畏途，其实不是畏途，只有畏，没有途。

对戏园的环境并无需作太多的抱怨。任何样的环境，在当时当地，必有其存在的理由。戏园本称茶园，原是喝茶聊天的地方，台上的戏原是附带着的娱乐节目。乱哄哄地高谈阔论是未可厚非的。那原是三教九流呼朋唤友消遣娱乐之所在。孩子们到了戏园可以足吃，花生瓜子不必论，冰糖葫芦、酸梅汤、油糕、奶酪、豌豆黄……应有尽有。成年人的嘴也不闲着，条桌上摆着干鲜水果蒸食点心之类。卖吃食的小贩大声吆喝，穿梭似的挤来挤去，又受欢迎又讨厌。打热毛巾把的茶房从一个角落把一卷手巾掷到另一角落，我还没有看见过失手打了人家的头。特别爱好戏的一位朋友曾经表示，这是戏外之戏，那洒了花露水的手巾尽管是传染病的最有效的媒介，也还是不可或缺。

在这样的环境里听戏，岂不太苦？苦自管苦，却也乐在其中。放肆是我们中国固有的品德之一。在戏园里人人可以自由行动，吃，喝，谈话，吼叫，吸烟，吐痰，小儿哭啼，打喷嚏，打呵欠，揩脸，打赤膊，小规模的拌嘴吵架争座位，一概没有人干涉。在那里可以找到这样安全的放肆的机会？看外国戏院观众之穿起大礼服肃静无哗，那简直是活受罪！我小时候进戏园，深感那是另一个世界，对于戏当然听不懂，只能欣赏丑戏武戏，打出手，递家伙，尤觉有趣。记得我最喜欢的是九阵风的戏如百草山泗州城之类，于是我也买了刀枪之类在家里和我哥哥大打出手，有一两招也居然练得不错。从三四张桌子上硬往下摔壳子的把戏，倒是没敢尝试。有一次模拟打棍出箱范仲禹把鞋一甩落在头上的情景，我哥哥一时不慎把一只大毛窝斜刺里踢在上房的玻璃上，哗啦一声，除了招致家里应有的责罚之外，惊醒了我的萌芽中的戏瘾戏迷。后来年纪稍长，又复常常涉足戏园，正赶上一批优秀的演员在台上献技，如陈德琳、刘鸿升、龚云甫、德珺如、裘桂仙、梅兰芳、杨小楼、王长林、王凤卿、王瑶卿、余叔岩等等，我渐渐能欣赏唱戏的韵味了，觉得在那乱糟糟的环境之中熬上几个小时还是值得一付的代价，只要能听到一两段韵味十足的歌唱，便觉得那抑扬顿挫使人如醉如迷，使全身血液的流行都为之舒畅匀称。研究西洋音乐的朋友也许要说这是低级趣味。我没有话可以抗辩，我只能承认这就是我们人民的趣味，而且大家都很安于这种趣味。这样乱糟糟的环境，必须有相当良好的表演艺术才能控制住听众的注意力。前几出戏都照例的是无足观，等到好戏上场，名角一露面，场里立刻鸦雀无声，不知趣的"酪来酪"声会被嘘的。受半天罪，能听到一段回肠荡气的唱儿，就很值得，"余音绕梁三日不绝"，确是真有那种感觉。

后来，不知怎么，老伶工一个个地凋谢了，换上来的是一批较年轻的角色，这时候有人喊要改良戏剧，好像艺术是可以改良似的。我只知道一种艺术形式过了若干年便老了，衰了，死了，另外滋生一个新芽，却没料到一种艺术于成熟衰老之后还可以改良。首先改良的是开放女禁，这并没有可反对的，可是一有女客之后，戏里面的涉有猥亵的地方便大大删除了，在某种意义上有人认为这好像是个损失。台面改变了，由凸出的三面的立体式的台变成了画框式的台了，新剧本出现了，新腔也编出来了，新的服装道具一齐来了。有一次看尚小云演天河配，这位高头大马的演员穿着紧贴身的粉红色的内衣裤做裸体沐浴状，观众乐得直拍手，我说："完了，完了，观众也变了！"有什么样的观众就有什么样的戏。听戏的少了，看热闹的多了。

我很早就离开北平，与戏也就疏远了，但小时候还听过好戏，一提起老生心里就泛起余叔岩的影子，武生是杨小楼，老旦是龚云甫，青衣是王瑶卿、梅兰芳，小生是德珺如，刀马旦是九阵风，丑是王长林……有这种标准横亘在心里，便容易兴起"除却巫山不是云"之感。我常想，我们中国的戏剧就像毛笔字一样，提倡者自提倡，大势所趋，怕很难挽回昔日的光荣。时势异也！

放风筝

偶见街上小儿放风筝，拖着一根棉线满街跑，嬉戏为欢，状乃至乐。那所谓风筝，不过是竹篾架上糊一点纸，一尺见方，顶多底下缀着一些纸穗，其结果往往是绕挂在街旁的电线上。

常因此想起我小时候在北平放风筝的情形。我对放风筝有特殊的癖好，从孩提时起直到三四十岁，遇有机会从没有放弃过这一有趣的游戏。在北平，放风筝有一定的季节，大约总是在新年过后开春的时候为宜。这时节，风劲而稳。严冬时风很大，过于凶猛，春季过后则风又嫌微弱了。开春的时候，蔚蓝的天，风不断地吹，最好放风筝。

北平的风筝最考究。这是因为北平的有闲阶级的人多，如八旗子弟，凡属耳目声色之娱的事物都特别发展。我家住在东城，东四南大街，在内务部街与史家胡同之间有一个二郎庙，庙旁边有一爿风筝铺，铺主姓于，人称"风筝于"。他做的风筝在城里颇有小名。我家离他近，买风筝特别方便。他做的风筝,种类繁多,如肥沙雁、瘦沙雁、龙井鱼、蝴蝶、蜻蜓、鲇鱼、灯笼、白菜、蜈蚣、美人儿、八卦、蛤蟆以及其他形形色色。鱼的眼睛是活动的,放起来滴溜溜地转,尾巴拖得很长,临风波动。蝴蝶蜻蜓的翅膀也有软的,波动起来也很好看。风筝的架子是竹制的,上面绷起高丽纸面,讲究的要用绢绸,绘制很是精致,彩色缤纷。风筝于的出品,最精彩是"提线"拴得角度准确,放起来不"折筋斗",平平稳稳。风筝小者三尺,大者一丈以上,通常在家里玩玩由三尺到七尺就很够。新年厂甸开放,风筝摊贩也很多,品质也还可以。

放风筝的线,小风筝用棉线即可,三尺以上就要用棉线数绺捻成的"小线",小线也有粗细之分,视需要而定。考究的要用"老弦":取其坚牢,而且分量较轻,放起来可以扭成直线,不似小线之动辄出一圆兜。线通常绕在竹制的可旋转的"线桄子"上。讲究的是硬木制的线桄子,旋转起来特别灵活迅速。用食指打一下,桄子即转十几转,自然地把线绕上去了。

有人放风筝,尤其是较大的风筝,常到城根或其他空旷的地方去,因为那里风大,一抖就起来了。尤其是那一种特制的巨型风筝,名为"拍子",长方形的,方方正正没有一点花样,最大的没有超过九尺。北平的住宅都有个院子,放风筝时先测定风向,要有人带起一根大竹竿,竿顶置有铁叉头或铜叉头(即挂画所用的那种叉子),把风筝挑起,高高举起到房檐之上,等着风一来,一抖,风筝就飞上天去,竹竿就可以撤了,有时候风不够大,举竹竿的人还要爬上房去踞坐在房脊上面。有时候,费了不少手脚,而风姨不至,只好废然作罢,不过这种扫兴的机会并不太多。

风筝和飞机一样,在起飞的时候和着陆的时候最易失事。电线和树都是最碍事的,须善为躲避。风筝一上天,就没有事,有时候进入罡风境界,直不需用手牵着,大可以把线拴在屋柱上面,自己进屋休息,甚至拴一夜,明天再去收回。春寒料峭,在院子里久了会冻得涕泗交流,线弦有时也会把手指勒得青疼,甚至出血,是需要到屋里去休息取暖的。

风筝之"筝"字,原是一种乐器,似瑟而十三弦。所以顾名思义,风筝也是要有声响的,询刍录云:"五代李邺于宫中作纸鸢,引线乘风为戏,后于鸢首,以竹为笛,使风入竹,声如筝鸣。"这记载是对的。不过我们在北平所放的风筝,倒不是"以竹为笛",带响的风筝是两种,一种是带锣鼓的,一种是带弦弓的,二者兼备的当然也不是没有。所谓锣鼓,即是利用风车的原理捶打纸制的小鼓,清脆可听。弦弓的声音比较更为悦耳。有诗为证:

> 夜静弦声响碧空,
> 宫商信任往来风,
> 依稀似曲才堪听,
> 又被风吹别调中。
>
> ——高骈风筝诗

我以为放风筝是一件颇有情趣的事。人生在世上,局促在一个小圈圈里,大概没有不想偶然远走高飞一下的。出门旅行,游山逛水,是一个办法,然亦不可常得。放风筝时,手牵着一根线,看风筝冉冉上升,然后停在高空,这时节仿佛自己也跟着风筝飞起了,俯瞰尘寰,怡然自得。我想这也许是自己想飞而不可得,一种变相的自我满足罢。春天的午后,看着天空飘着别人家放起的风筝,虽然也觉得很好玩,究不若自己手里牵着线的较为亲切,那风筝就好像是载着自己的一片心情上了天。真是的,在把风筝收回来的时候,心里泛起一种异样的感觉,好像是游罢归来,虽然不是扫兴,至少也是尽兴之后的那种疲惫状态,懒洋洋的,无话可说,从天上又回到了人间。从天上翱翔又回到匍匐地上。

放风筝还可以"送幡"(俗呼为"送饭儿")。用铁丝圈套在风筝线上,圈上附一长纸条,在放线的时候铁丝圈和长纸条便被风吹着慢慢地滑上天去，纸幡在天空飞荡，直到抵达风筝脚下为止。在夜间还可以把一盏一盏的小红灯笼送上去，黑暗中不见风筝，只见红灯朵朵在天上游来游去。

放风筝有时也需要一点点技巧。最重要的是在放线松弛之间要控制得宜。风太劲，风筝陡然向高处跃起，左右摇晃，把线拉得绷紧，这时节一不小心风筝便会倒栽下去。栽下去不要慌，赶快把线一松，它立刻又会浮起，有时候风筝已落到视线所不能及的地方，依然可以把它挽救起来，凡事不宜操之过急，放松一步，往往可以化险为夷，放风筝亦一例也。技术差的人，看见风筝要栽筋斗，便急忙往回收，适足以加强其危险性，以至于不可收拾。风筝落在树梢上也不要紧，这时节也要把线放松，乘风势轻轻一扯便会升起，性急的人用力拉，便愈纠缠不清，直到把风筝扯碎为止。在风力弱的时候，风筝自然要下降，线成兜形，便要频频扯抖，尽量放线，然后再及时收回，一松一紧，风筝可以维持于不坠。

好斗是人的一种本能。放风筝时也可表现出战斗精神。发现邻近有风筝飘起，如果位置方向适宜，便可向它斗争。法子是设法把自己的风筝放在对方的线兜之下，然后猛然收线，风筝陡地直线上升，势必与对方的线兜交缠在一起，两只风筝都摇摇欲坠，双方都急于向回扯线，这时候就要看谁的线粗，谁的手快，谁的地势优了。优胜的一方面可以扯回自己的风筝，外加一只俘虏，可能还有一段的线。我在一季之中，时常可以俘获四五只风筝。把俘获的风筝放起，心里特别高兴，好像是在炫耀自己的胜利品，可是有时候战斗失利，自己的风筝被俘，过一两天看着自己的风筝在天空飘荡，那便又是一种滋味了。这种斗争并无伤于睦邻之道，这是一种游戏，不发生侵犯领空的问题。并且风筝也只好玩一季，没有人肯玩隔年的风筝。迷信说隔年的风筝不吉利，这也许是卖风筝的人造的谣言。

北平的街道

"无风三尺土，有雨一街泥"，这是北平街道的写照。也有人说，下雨时像大墨盒，刮风时像大香炉，亦形容尽致。像这样的地方，还值得去想念么？不知道为什么，我时常忆起北平街道的景象。

北平苦旱，街道又修得不够好，大风一起，迎面而来，又黑又黄的尘土兜头洒下，顺着脖梗子往下灌，牙缝里会积存沙土，咯吱咯吱地响，有时候还夹杂着小碎石子，打在脸上挺痛，迷眼睛更是常事，这滋味不好受。下雨的时候，大街上有时候积水没膝，有一回洋车打天秤，曾经淹死过人，小胡同里到处是大泥塘，走路得靠墙，还要留心泥水溅个满脸花。我小时候每天穿行大街小巷上学下学，深以为苦，长辈告诫我说，不可抱怨，从前的道路不是这样子，甬路高与檐齐，上面是深刻的车辙，那才令人视为畏途。这样退一步想，当然痛快一些。事实上，我也赶上了一部分的当年交通困难的盛况。我小时候坐轿车出前门是一桩盛事，走到棋盘街，照例是"插车"，壅塞难行，前呼后骂，等得心焦，常常要一小时以上才有松动的现象。最难堪的是这一带路上铺厚石板，年久磨损露出很宽很深的缝隙，真是豁牙露齿，骡车马车行走其间，车轮陷入缝隙，左一歪右一倒，就在这一歪一倒之际脑袋上会碰出核桃大的包左右各一个。这种情形后来改良了，前门城洞由一个变四个，路也拓宽，石板也取消了，更不知是什么人作一大发明，"靠左边走"。

北平城是方方正正的坐北朝南，除了为象征"天塌西北地陷东南"缺了两个角之外没有什么不规则形状，因此街道也就显着横平竖直四平八稳。东四西四东单西单，四个牌楼把据四个中心点，巷弄栉比鳞次，历历可数。到了北平不容易迷途者以此。从前皇城未拆，从东城到西城需要绕过后门，现在打通了一条大路，经北海团城而金鳌玉𬟽，雕栏玉砌，风景如画。是北平城里最漂亮的道路。向晚驱车过桥，左右目不暇给。城外还有一条极有风致的路，便是由西直门通到海淀的那条马路，夹路是高可数丈的垂杨,一棵挨着一棵,夏秋之季,蝉鸣不已,柳丝飘拂,夕阳西下,景色幽绝。我小时读书清华园,每星期往返这条道上,前后八年,有时骑驴,有时乘车,这条路给我的印象太深了。

北平街道的名字,大部分都有风趣,宽的叫"宽街",窄的叫"夹道",斜的叫"斜街",短的有"一尺大街",方的有"棋盘街",曲折的有"八道湾""九道湾",新辟的叫"新开路",狭隘的叫"小街子",低下的叫"下洼子",细长的叫"豆芽菜胡同"。有许多因历史沿革的关系意义已经失去,例如,"琉璃厂"已不再烧琉璃瓦而变成书业集中地,"肉市"已不卖肉,"米市胡同"已不卖米,"煤市街"已不卖煤,"鹁鸽市"已无鹁鸽,"缸瓦厂"已无缸瓦,"米粮库"已无粮库。更有些路名称稍嫌俚俗,其实俚俗也有俚俗的风味,不知那位缙绅大人自命风雅,擅自改为雅驯一些的名字,例如,"豆腐巷"改为"多福巷","小脚胡同"改为"晓教胡同","劈柴胡同"改为"辟才胡同","羊尾巴胡同"改为"羊宜宾胡同","裤子胡同"改为"库资胡同","眼乐胡同"改为"演乐胡同","王寡妇斜街"改为"王广福斜街"。民初警察厅有一位刘勃安先生,写得一手好魏碑,搪瓷制的大街小巷的名牌全是此君之手笔。幸而北平尚没有纪念富商显要以人名为路名的那种作风。

北平,不比十里洋场,人民的心理比较保守,沾染的洋习较少较慢。东交民巷是特殊区域,里面的马路特别平,里面的路灯特别亮,里面的楼房特别高,里面打扫得特别干净,但是望洋兴叹与鬼为邻的北平人却能视若无睹,见怪不怪。北平人并不对这一块自感优越的地方投以艳羡眼光,只有二毛子准洋鬼子才直眉瞪眼地往里面钻。地道的北平人,提着笼子架着鸟,宁可到城根儿去溜达,也不肯轻易踱进那一块瞧着令人生气的地方。

北平没有逛街之一说。一般说来,街上没有什么可逛的。一般的铺子没有窗橱,因为殷实的商家都讲究"良贾深藏若虚",好东西不能摆在外面,而且买东西都讲究到一定的地方去,用不着在街上浪荡。要散步么，到公园北海太庙景山去。如果在路上闲逛，当心车撞，当心泥塘，当心踩一脚屎！要消磨时间么，上下三六九等，各有去处，在街上遛馊腿最不是办法。当然，北平也有北平的市景，闲来无事偶然到街头看看，热闹之中带着悠闲也满有趣。有购书癖的人，到了琉璃厂，从厂东门到厂西门可以消磨整个半天，单是那些匾额招牌就够欣赏许久，一家书铺挨着一家书铺，掌柜的肃客进入后柜，翻看各种图书版本，那真是一种享受。

北平的市容，在进步，也在退步。进步的是物质建设，诸如马路行人道的拓宽与铺平，退步的是北平特有的情调与气氛逐渐消失褪色了。天下一切事物没有不变的，北平岂能例外？

北平的零食小贩

北平人馋。馋，据字典说是"贪食也"，其实不只是贪食，是贪食各种美味之食。美味当前，固然馋涎欲滴，即使闲来无事，馋虫亦在咽喉中抓挠，迫切地需要一点什么以膏馋吻。三餐时固然希望膏粱罗列，任我下箸，三餐以外的时间也一样地想馋嚼，以锻炼其咀嚼筋。看鹭鸶的长颈都有一点羡慕，因为颈长可能享受更多的徐徐下咽之感，此之谓馋，馋字在外国语中无适当的字可以代替，所以讲到馋，真"不足为外人道"。有人说北平人之所以特别馋，是由于当年的八旗子弟游手好闲的太多，闲就要生事，在吃上打主意自然也是可以理解的。所以各式各样的零食小贩便应运而生，自晨至夜逡巡于大街小巷之中。

北平小贩的吆喝声是很特殊的。我不知道这与平剧有无关系，其抑扬顿挫，变化颇多，有的豪放如唱大花脸，有的沉闷如黑头，又有的清脆如生旦，在白昼给浩浩欲沸的市声平添不少情趣，在夜晚又给寂静的夜带来一些凄凉。细听小贩的呼声，则有直譬，有隐喻，有时竟像谜语一般的耐人寻味。而且他们的吆喝声，数十年如一日，不曾有过改变。

我如今闭目沉思，北平零食小贩的呼声俨然在耳，一个个的如在目前。现在让我就记忆所及，细细数说。

首先让我提起"豆汁"。绿豆渣发酵后煮成稀汤，是为豆汁，淡草绿色而又微黄，味酸而又带一点霉味，稠稠的，混混的，热热的。佐以辣咸菜，即棺材板切细丝，加芹菜梗，辣椒丝或末。有时亦备较高级之酱菜如酱萝卜酱黄瓜之类，但反不如辣咸菜之可口，午后啜三两碗，愈吃愈辣，愈辣愈喝，愈喝愈热，终至大汗淋漓，舌尖麻木而止。北平城里人没有不嗜豆汁者，但一出城则豆渣只有喂猪的份，乡下人没有喝豆汁的。外省人居住北平三二十年往往不能养成喝豆汁的习惯。能喝豆汁的人才算是真正的北平人。

其次是"灌肠"。后门桥头那一家的大灌肠，是真的猪肠做的，遐迩驰名，但嫌油腻。小贩的灌肠虽有肠之名实则并非肠，仅具肠形，一条条的以芡粉为主所做成的橛子，切成不规则形的小片，放在平底大油锅上煎炸，炸得焦焦的，蘸蒜盐汁吃。据说那油不是普通油，是从作坊里从马肉等熬出来的油，所以有这一种怪味。单闻那种油味，能把人恶心死，但炸出来的灌肠，喷香！

从下午起有沿街叫卖"面筋哟！"者，你喊他时须喊"卖熏鱼儿的！"他来到你们门口打开他的背盒由你检选时却主要的是猪头肉。除猪头肉的脸子、双皮、口条之外还有脑子、肝、肠、苦肠、心头、蹄筋等等，外带着别有风味的干硬的火烧。刀口上手艺非凡，从夹板缝里抽出一把飞薄的刀，横着削切，把猪头肉切得其薄如纸，塞在那火烧里食之，熏味扑鼻！这种卤味好像不能登大雅之堂，但是在煨煮熏制中有特殊的风味，离开北平便尝不到。

薄暮后有叫卖羊头肉者，这是回教徒的生意，刀板器皿刷洗得一尘不染，切羊脸子是他的拿手，切得真薄，从一只牛角里撒出一些特制的胡盐，北平的羊好，有浓厚的羊味，可又没有浓厚到膻的地步。

也有推着车子卖"烧羊脖子烧羊肉"的。烧羊肉是经过煮和炸两道手续的，除肉之外还有肚子和卤汤。在夏天佐以黄瓜大蒜是最好的下面之物。推车卖的不及街上羊肉铺所发售的，但慰情聊胜于无。

北平的"豆腐脑"，异于川湘的豆花，是哆里哆嗦的软嫩豆腐，上面浇一勺卤，再加蒜泥。

"老豆腐"另是一种东西，是把豆腐煮出了蜂窠，加芝麻酱韭菜末辣椒等佐料，热乎乎地连吃带喝亦颇有味。

北平人做"烫面饺"不算一回事，真是举重若轻叱咤立办，你喊三十饺子，不大的工夫就给你端上来了，一个个包得细长齐整又俊又俏。

斜尖的炸豆腐，在花椒盐水里煮得泡泡的，有时再羼进几个粉丝做的炸丸子，放进一点辣椒酱，也算是一味很普通的零食。

馄饨何处无之？北平挑担卖馄饨的却有他的特点，馄饨本身没有什么异样，由筷子头拨一点肉馅往三角皮子上一抹就是一个馄饨，特殊的是那一锅肉骨头熬的汤别有滋味，谁家里也不会把那么多的烂骨头煮那么久。

一清早卖点心的很多，最普通的是烧饼油鬼。北平的烧饼主要的有四种，芝麻酱烧饼、螺丝转、马蹄、驴蹄，各有千秋。芝麻酱烧饼，外省仿造者都不像样，不是太薄就是太厚，不是太大就是太小，总是不够标准。螺丝转儿最好是和"甜浆粥"一起用，要夹小圆圈油鬼。马蹄儿只有薄薄的两层皮，宜加圆泡的甜油鬼。驴蹄儿又小又厚，不要油鬼做伴。北平油鬼，不叫油条，因为根本不做长条状，主要的只有两种，四个圆泡联在一起的是甜油鬼，小圆圈的油鬼是咸的，炸得特焦，夹在烧饼里一按咔嚓一声。离开北平的人没有不想念那种油鬼的。外省的油条，虚泡囊肿，不够味，要求炸焦一点也不行。

"面茶"在别处没见过。真正的一锅糨糊，炒面熬的，盛在碗里之后，在上面用筷子蘸着芝麻酱洒满一层，唯恐洒得太多似的。味道好么？至少是很怪。

卖"三角馒头"的永远是山东老乡。打开蒸笼布，热腾腾的各样蒸食,如糖三角、混糖馒头、豆沙包、蒸饼、红枣蒸饼、高庄馒头,听你检选。

"杏仁茶"是北平的好,因为杏仁出在北方,提味的是那少数几颗苦杏仁。

豆类做出的吃食可多了,首先要提"豌豆糕"。小孩子一听打糖锣的声音很少不怦然心动的。卖豌豆糕的人有一把手艺,他会把一块豌豆泥捏成为各式各样的东西,他可以听你的吩咐捏一把茶壶,壶盖壶把壶嘴俱全,中间灌上黑糖水,还可以一杯一杯地往外倒。规模大一点的是荷花盆,真有花有叶,盆里灌黑糖水。最简单的是用模型翻制小饼,用芝麻作馅。后来还有"仿膳"的伙计出来作这一行生意,善用豌豆泥制各式各样的点心,大八件、小八件,什么卷酥喇嘛糕枣泥饼花糕,五颜六色,应有尽有,惟妙惟肖。

"豌豆黄"之下街卖者是粗的一种,制时未去皮,加红枣,切成三尖形矗立在案板上。实际上比铺子卖得较细的放在纸盒里的那种要有味得多。

"热芸豆"有红白二种,普通的吃法是用一块布挤成一个豆饼,可甜可咸。

"烂蚕豆"是俟蚕豆发芽后加五香大料煮成的,烂到一挤即出。

"铁蚕豆"是把蚕豆炒熟,其干硬似铁。牙齿不牢者不敢轻试,但亦有酥皮者,较易嚼。

夏季雨后照例有小孩提着竹篮赤足蹚水而高呼"干香豌豆",咸嗞嗞的也很好吃。

"豆腐丝",粗糙如豆腐渣,但有人拌葱卷饼而食之。

"豆渣糕"是芸豆泥做的,做圆球形,蒸食,售者以竹筷插之,一插即是两颗,加糖及黑糖水食之。

"甑儿糕"是米面填木碗中蒸之,嗞嗞作响,顷刻而熟。

"浆米藕"是老藕孔中填糯米,煮熟切片加糖而食之。挑子周围经常环绕着馋涎欲滴的小孩子。

北平的"酪"是一项特产,用牛奶凝冻而成,夏日用冰镇,凉香可口,讲究一点的酪在酪铺发售,沿街贩卖者亦不恶。

"白薯"(即南人所谓红薯),有三种吃法,初秋街上喊"栗子味儿的!"者是干煮白薯,细细小小的一根根地放在车上卖。稍后喊"锅底儿热乎!"者为带汁的煮白薯,块头较大,亦较甜。此外是烤白薯。

"老玉米"(即玉蜀黍)初上市时也有煮熟了在街上卖的。对于城市中人这也是一种新鲜滋味。

沿街卖的"粽子",包得又小又俏,有加枣的,有不加枣的,摆在盘子里齐整可爱。

北平没有汤圆,只有"元宵",到了元宵季节街上有叫卖煮元宵的。袁世凯称帝时,曾一度禁称元宵,因与"袁消"二字音同,改称汤圆,可嗤也。

糯米团子加豆沙馅,名曰"爱窝"或"爱窝窝"。

黄米面做的"切糕",有加红豆的,有加红枣的,卖时切成斜块,插以竹签。

菱角是小的好,所以北平小贩卖的是小菱角,有生有熟,用剪去刺,当中剪开。很少卖大的红菱者。

"老鸡头"即芡实。生者为刺囊状,内含芡实数十颗,熟者则为圆硬粒,须敲碎食其核仁。

供儿童以糖果的,从前是"打糖锣的",后又有卖"梨糕"的,此外如"吹糖人的",卖"糖杂面的",都经常徘徊于街头巷尾。

"扒糕""凉粉"都是夏季平民食物,又酸又辣。

"驴肉",听起来怪骇人的,其实切成大片瘦肉,也很好吃。是否有骆驼肉马肉混在其中,我不敢说。

担着大铜茶壶满街跑的是卖"茶汤"的,用开水一冲,即可调成一碗茶汤,和铺子里的八宝茶汤或牛髓茶固不能比,但亦颇有味。

"油炸花生仁"是用马油炸的,特别酥脆。

北平"酸梅汤"之所以特别好,是因为使用冰糖,并加玫瑰木樨桂花之类。信远斋的最合标准,沿街叫卖的便徒有其名了,而且加上天然冰亦颇有碍卫生。卖酸梅汤的普通兼带"玻璃粉"及小瓶用玻璃球作盖的汽水。"果子干"也是重要的一项副业,用杏干柿饼鲜藕煮成。"玫瑰枣"也很好吃。

冬天卖"糖葫芦",裹麦芽糖或糖稀的不太好,蘸冰糖的才好吃。各种原料皆可制糖葫芦,唯以"山里红"为正宗。其他如海棠、山药、山药豆、杏干、核桃、荸荠、橘子、葡萄、金橘等均佳。

北地苦寒,冬夜特别寂静,令人难忘的是那卖"水萝卜"的声音,"萝卜——赛梨——辣了换!"那红绿萝卜,多汁而甘脆,切得又好,对于北方煨在火炉旁边的人特别有沁人脾胃之效。这等萝卜,别处没有。

有一种内空而瘪小的花生,大概是检选出来的不够标准的花生,炒焦了以后,其味特香,远在白胖的花生之上,名曰"抓空儿",亦冬夜的一种点缀。

夜深时往往听到沉闷而迟缓的"硬面饽饽"声,有光头、凸盖、镯子等,亦可充饥。

水果类则四季不绝地应世,诸如:三白的大西瓜、蛤蟆酥、羊角蜜、老头儿乐、鸭儿梨、小白梨、肖梨、糖梨、烂酸梨、沙果、苹果、虎拉车、杏、桃、李、山里红、柿子、黑枣、嘎嘎枣、老虎眼大酸枣、荸荠、海棠、葡萄、莲蓬、藕、樱桃、桑椹、槟子……不可胜举,都在沿门求售。

以上约略举说,只就记忆所及,挂漏必多。而且数十年来,北平也正在变动,有些小贩由式微而没落,也有些新的应运而生,比我长一辈的人所见所闻可能比我要丰富些,比我年轻的人可能遇到一些较新鲜而失去北平特色的事物。总而言之,北平是在向新颖而庸俗方面变,在零食小贩上即可窥见一斑。如今呢,胡尘涨宇,面目全非,这些小贩,还能保存一二与否，恐怕在不可知之数了。但愿我的回忆不是永远地成为回忆！

我的一位国文老师

我在十八九岁的时候，遇见一位国文先生，他给我的印象最深，使我受益也最多，我至今不能忘记他。

先生姓徐，名镜澄，我们给他取的绰号是"徐老虎"，因为他凶。他的像貌很古怪，他的脑袋的轮廓是有棱有角的，很容易成为漫画的对象。头很尖，秃秃的，亮亮的，脸形却是方方的，扁扁的，有些像聊斋志异绘图中的夜叉的模样。他的鼻子眼睛嘴好像是过分地集中在脸上很小的一块区域里。他戴一副墨晶眼镜，银丝小镜框，这两块黑色便成了他脸上最显著的特征。我常给他漫画，勾一个轮廓，中间点上两块椭圆形的黑块，便惟妙惟肖。他的身材高大，但是两肩总是耸得高高，鼻尖有一些红，像酒糟的，鼻孔里常川地藏着两筒清水鼻涕，不时地吸溜着，说一两句话就要用力地吸溜一声，有板有眼有节奏，也有时忘了吸溜，走了板眼，上唇上便亮晶晶地吊出两根玉箸，他用手背一抹。他常穿的是一件灰布长袍，好像是在给谁穿孝，袍子在整洁的阶段时我没有赶得上看见，余生也晚，我看见那袍子的时候即已油渍斑烂。他经常是仰着头，迈着八字步，两眼望青天，嘴撇得瓢儿似的。我很难得看见他笑，如果笑起来，是狞笑，样子更凶。

我的学校很特殊的。上午的课全是用英语讲授，下午的课全是国语讲授。上午的课很严，三日一问，五日一考，不用功便要被淘汰，下午的课稀松，成绩与毕业无关。所以每到下午上国文之类的课程，学生们便不踊跃，课堂上常是稀稀拉拉的不大上座，但教员用拿毛笔的姿势举着铅笔点名的时候，学生却个个都到了，因为一个学生不只答一声到。真到了的学生，一部分从事午睡，微发鼾声，一部分看小说如官场现形记玉梨魂之类,一部分写"父母亲大人膝下"式的家书,一部分干脆瞪着大眼发呆,神游八表。有时候逗先生开玩笑。国文先生呢,大部分都是年高有德的,不是榜眼、就是探花,再不就是举人。他们授课也不过是奉行故事,乐得敷敷衍衍。在这种糟糕的情形之下,徐老先生之所以凶,老是绷着脸,老是开口就骂人,我想大概是由于正当防卫吧。

有一天,先生大概是多喝了两盅,摇摇摆摆地进了课堂。这一堂是作文,他老先生拿起粉笔在黑板上写了两个字,题目尚未写完,当然照例要吸溜一下鼻涕,就在这吸溜之际,一位性急的同学发问了:"这题目怎样讲呀?"老先生转过身来,冷笑两声,勃然大怒:"题目还没有写完,写完了当然还要讲,没写完你为什么就要问?……"滔滔不绝地吼叫起来,大家都为之愕然。这时候我可按捺不住了。我一向是个上午捣乱下午安分的学生,我觉得现在受了无理的侮辱,我便挺身份辩了几句。这一下我可惹了祸,老先生把他的怒火都泼在我的头上了。他在讲台上来回踱着,吸溜一下鼻涕,骂我一句,足足骂了我一个钟头,其中警句甚多,我至今还记得这样的一句:

"×××!你是什么东西?我一眼把你望到底!"

这一句颇为同学们所传诵。谁和我有点争论遇到纠缠不清的时候,都会引用这一句"你是什么东西?我把你一眼望到底!"当时我看形势不妙,也就没有再多说,让下课铃结束了先生的怒骂。

但是从这一次起,徐先生算是认识我了。酒醒之后,他给我批改作文特别详尽。批改之不足,还特别地当面加以解释,我这一个"一眼望到底"的学生,居然成为一个受益最多的学生了。

徐先生自己选辑教材,有古文,有白话,油印分发给大家。《林琴南致蔡孑民书》是他讲得最为眉飞色舞的一篇。此外如吴敬恒的《上下古今谈》,梁启超的《欧游心影录》,以及张东荪的时事新报社论,他也选了不少。这样新旧兼收的教材,在当时还是很难得的开通的榜样。我对于国文的兴趣因此而提高了不少。徐先生讲国文之前,先要介绍作者,而且介绍得很亲切,例如他讲张东荪的文字时,便说:"张东荪这个人,我倒和他一桌吃过饭……"这样的话是相当地可以使学生们吃惊的,吃惊的是,我们的国文先生也许不是一个平凡的人吧,否则怎样会能够和张东荪一桌上吃过饭!

徐先生于介绍作者之后,朗诵全文一遍。这一遍朗诵可很有意思。他打着江北的官腔,咬牙切齿地大声读一遍,不论是古文或白话,一字不苟地吟咏一番,好像是演员在背台词,他把文字里的蕴藏着的意义好像都给宣泄出来了。他念得有腔有调,有板有眼,有情感,有气势,有抑扬顿挫,我们听了之后,好像是已经领会到原文的意义的一半了。好文章掷地作金石声,那也许是过分夸张,但必须可以朗朗上口,那却是真的。

徐先生之最独到的地方是改作文。普通的批语"清通""尚可""气盛言宜",他是不用的。他最擅长的是用大墨杠子大勾大抹,一行一行地抹,整页整页地勾;洋洋千余言的文章,经他勾抹之后,所余无几了。我初次经此打击,很灰心,很觉得气短,我掏心挖肝地好容易诌出来的句子,轻轻地被他几杠子就给抹了。但是他郑重地给我解释一会儿,他说:"你拿了去细细地体味,你的原文是软爬爬的,冗长,懈啦光唧的,我给你勾掉了一大半,你再读读看,原来的意思并没有失,但是笔笔都立起来了,虎虎有生气了。"我仔细一揣摩,果然。他的大墨杠子打的是地方,把虚泡囊肿的地方全削去了,剩下的全是筋骨。在这删削之间见出他的功夫。如果我以后写文章还能不多说废话,还能有一点点硬朗挺拔之气,还知道一点"割爱"的道理,就不能不归功于我这位老师的教诲。

徐先生教我许多作文的技巧。他告诉我:"作文忌用过多的虚字。"该转的地方,硬转;该接的地方,硬接。文章便显着朴拙而有力。他告诉我,文章的起笔最难,要突兀矫健,要开门见山,要一针见血,才能引人入胜,不必兜圈子,不必说套语。他又告诉我,说理说至难解难分处,来一个譬喻，则一切纠缠不清的论难都迎刃而解了，何等经济，何等手腕！诸如此类的心得，他传授我不少，我至今受用。

我离开先生已将近五十年了，未曾与先生一通音讯，不知他云游何处，听说他已早归道山了。同学们偶尔还谈起"徐老虎"，我于回忆他的音容之余，不禁地还怀着怅惘敬慕之意。

记张自忠将军

我与张自忠将军仅有一面之雅，但印象甚深，较之许多常常谋面的人更难令我忘怀。读《传记文学》秦绍文先生的大文，勾起我的回忆，仅为文补充以志景仰。

二十九年一月我奉命参加国民参政会之华北视察慰劳团，由重庆出发经西安、洛阳、郑州、南阳、宜昌等地，访问了五个战区七个集团军司令部，其中之一便是张自忠将军的防地，他的司令部设在襄樊与当阳之间的一个小镇上，名快活铺。我们到达快活铺的时候大概是在二月中，天气很冷，还降着蒙蒙的冰霰。我们旅途劳顿，一下车便被招待到司令部。这司令部是一栋民房，真正的茅茨土屋，一明一暗，外间放着一张长方形木桌，环列木头板凳，像是会议室，别无长物，里间是寝室，内有一架大木板床，床上放着薄薄的一条棉被，床前一张木桌，桌上放着一架电话和两三叠镇尺压着的公文，四壁萧然，简单到令人不能相信其中有人居住的程度。但是整洁干净，一尘不染。我们访问过多少个司令部，无论是后方的或是临近前线的，没有一个在简单朴素上能比得过这一个。孙蔚如将军在中条山上的司令部，也很简单，但是也还有几把带靠背的椅子，孙仿鲁将军在唐河的司令部也极朴素，但是他也还有设备相当齐全的浴室。至于那些雄霸一方的骄兵悍将就不必提了。

张将军的司令部固然简单，张将军本人却更简单。他有一个高高大大的身躯，不愧为北方之强，微胖，推光头，脸上刮得光净，颜色略带苍白，穿普通的灰布棉军服，没有任何官阶标识。他不健谈，更不善应酬，可是眉宇之间自有一股沉着坚毅之气，不是英才勃发，是温恭蕴藉的那一类型。他见了我们只是闲道家常，对于政治军事一字不提。他招待我们一餐永不能忘的饭食，四碗菜，一只火锅。四碗菜是以青菜豆腐为主，一只火锅是以豆腐青菜为主。其中也有肉片肉丸之类点缀其间。每人还加一只鸡蛋放在锅子里煮。虽然他直说简慢抱歉的话，我看得出这是他在司令部里最大的排场。这一顿饭吃得我们满头冒汗，宾主尽欢，自从我们出发视察以来，至此已将近尾声，名为慰劳将士，实则受将士慰劳，到处大嚼，直到了快活铺这才心安理得地享受了一餐在战地里应该享受的伙食。珍馐非我之所欲，设非其时非其地，则顺着脊骨咽下去，不是滋味。

晚间很早地就被打发去睡觉了。我被引到附近一栋民房，一盏油灯照耀之下看不清楚什么，只见屋角有一大堆稻草，我知道那是我的睡铺。在前方，稻草堆就是最舒适的卧处，我是早有过经验的，既暖和又松软。我把随身带的铺盖打开，放在稻草堆上倒头便睡。一路辛劳，头一沾枕便呼呼入梦。俄而轰隆轰隆之声盈耳，惊慌中起来凭窗外视，月明星稀，一片死寂，上刺刀的卫兵在门外踱来踱去，态度很安详，于是我又回到被窝里，但是断断续续的炮声使我无法再睡了。第二天早晨起来，参谋人员告诉我，这炮声是天天夜里都有的，敌人和我军只隔着一条河，到了黑夜敌人怕我们过河偷袭，所以不时地放炮吓吓我们，表示他们有备，实际上是他们自己壮胆。我军听惯了，根本不理会他们，他们没有胆量开过河来。那么，我们是不是有时也要过河去袭击敌人呢？据说是的，我们经常有部队过河作战，并且有后继部队随时准备出发支援，张将军也常亲自过河督师。这条河，就是襄河。

早晨天仍未晴，冰霰不停，朔风刺骨。司令部前有一广场，是扩大了的打谷场，就在那地方召集了千把名士兵，举行赠旗礼，我们奉上一面锦旗，上面的字样不是"我武维扬"便是"国之干城"之类，我还奉命说了几句话,在露天讲话很难,没讲几句就力竭声嘶了。没有乐队,只有四把喇叭,简单而肃穆。行完礼张将军率领部队肃立道边,送我们登车而去。

回到重庆,大家争来问讯,问我在前方有何见闻。平时足不出户,那里知道前方的实况?真是一言难尽。军民疾苦,惨不忍言,大家只知道"前方吃紧后方紧吃",其实亦不尽然,后方亦有不紧吃者,前方亦有紧吃者,大概高级将领之能刻苦自律如张自忠将军者实不可多觏。我尝认为,自奉俭朴的人方能成大事,讷涩寡言笑的人方能立大功。果然五月七日夜张自忠将军率部渡河解救友军,所向皆捷,不幸陷敌重围,于十六日壮烈殉国!大将陨落,举国震悼。

张将军灵榇由重庆运至北碚河干,余适寓北碚,亲见民众感情激动,群集江滨。遗榇厝于北碚附近小镇天生桥之梅花山。山以梅花名,并无梅花,仅一土丘蜿蜒公路之南侧,此为由青木关至北碚必经之在,行旅往还辄相顾指点:"此张自忠将军忠骨长埋之处也。"

将军之生平与为人,余初不甚了了,唯七七事变前后余适在北平,对于二十九军诸将领甚为敬佩与同情,其谋国之忠与作战之勇,视任何侪辈皆无逊色,谓予不信,请看张自忠将军之事迹。

雅舍散文

广　告

　　从前旧式商家讲究货真价实，一旦做出了名，口碑载道，自然生意鼎盛，无需大吹大擂，广事招徕。北平同仁堂乐家老铺，小小的几间门面，比街道的地面还低矮两尺，小小的一块匾，没有高擎的"丸散膏丹道地药材"的大招牌，可是每天一开门就是顾客盈门，里三层外三层，真是挤得水泄不通（那时候还没有所谓排队之说）。没人能冒用同仁堂的名义，同仁堂只此一家，别无分店，要抓药就要到大栅栏去挤。

　　这种情形不独同仁堂一家为然。买服装衣料就到瑞蚨祥，买茶叶就到东鸿记西鸿记，准没有错。买酱羊肉到月盛斋，去晚了买不着。买酱菜到六必居，也许是严嵩的那块匾引人。吃螃蟹、涮羊肉就到正阳楼，吃烤牛肉就要照顾安儿胡同老五，喝酸梅汤要去信远斋。他们都不在报纸上登广告，不派人撒传单。大家心里都有数。做买卖的规规矩矩做买卖，他们不想发大财，照顾主儿也老老实实地做照顾主儿，他们不想试新奇。

　　但是时代变了，谁也没有办法教它不变。先是在前门大街信昌洋行楼上竖起"仁丹"大广告牌，好像那翘胡子的人头还不够惹人厌，再加上夸大其词的"起死回生"的标语。犹嫌招摇不够尽兴，再补上一个由一群叫花子组成的乐队，吹吹打打，穿行市街。仁丹是还不错，可是日本人那一套宣传伎俩，我觉得太讨厌了。

由西直门通往万寿山那一条大道,中间黄土铺路,经常有清道夫一勺一勺地泼水,两边是大石板路,供大排子车使用,边上种植高大的柳树,古道垂杨,夹道飘拂,颇为壮观可喜。不知从那一天起,路边转弯处立起了一两丈高的大木牌,强盗牌的香烟,大联珠牌的香烟,如雨后春笋出现了。我每星期周末在这大道上来往一回,只觉得那广告收了破坏景观之效,附带着还惹人厌。我不吸烟,到了吸烟的年龄我也自知选择,谁也不会被一个广告牌子所左右。

坐火车到上海,沿途看见"百龄机"的广告牌子,除了三个大字之外还有一行小字:"有意想不到之效力。"到底那百龄机是什么东西,有什么意想不到的效力,谁也说不清,就这样糊里糊涂地发生了广告效果,不少人盲从附和。小说月报东方杂志也出现了"红色补丸"的广告,画的是一个佝偻着腰的老人,手附着胯,旁边注着"图中寓意"四个字。寓什么意?补丸而可以用颜色为名,我只知道明末三大案,皇帝吃了红丸而暴崩。

这些都还是广告术的初期亮相。尔后广告方式,日新月异,无孔不入,大有泛滥成灾之势。广告成了工商业的出品成本之重要项目。

报纸刊登广告,是天经地义。人民大众利用刊登广告的办法,可以警告逃妻,可以凤求凰或凰求凤,可以叫卖价格低廉而美轮美奂的琼楼玉宇,可以报失,可以道歉,可以鸣谢救火,可以感谢良医,可以宣扬仙药,可以贺人结婚,可以贺人家的儿子得博士学位,可以一大排一大排讣告同一某某董事长的死讯,可以公开诉愿喊冤,可以公开歌功颂德,可以宣告为某某举办冥寿,可以公告拒绝往来户,可以揭露各种考试的金榜,可以……不胜枚举。我的感想是:广告太多了,时常把新闻挤得局处一隅。有些广告其实是浪费,除了给报馆增加收益之外,不免令读者报以冷眼,甚或嗤之以鼻。同时广告所占篇幅有时也太大了,其实整版整页的大广告吓不倒人。外国的报纸,不限张数,广告更多,平常每日出好几十张,星期日甚至好几百页,报童暗暗叫苦,收垃圾的人也吃不消。我国的报纸好像情形好些，广告再多也是在那三大张之内，然而已经令人感到泛滥成灾了。

杂志非广告不能维持，其中广告客户不少是人情应酬，并非心甘情愿送上门来，可是也有声望素著的大刊物，一向以不登载广告为傲，也禁不住经济考虑而大开广告之门。我们不反对刊物登载广告，只是登载广告的方式值得研究。有些杂志的广告部分特别选用重磅的厚纸，彩色精印，有喧宾夺主之势，更有鱼目混珠之嫌。有人对我说，这样的刊物到他手里，对不起，他时常先把广告部分尽可能地撕除净尽，然后再捧而读之。我说他做得过分，辜负了广告客户的好意，他说为了自卫，情非得已。他又说，利用邮递投送广告函的，他也是一律原封投入字纸篓里，他没有工夫看。

我不懂为什么大街小巷有那么多的搬家小广告到处乱贴，墙上、楼梯边、电梯内，满坑满谷。没有地址，只具电话号码。粘贴得还十分结实，洗刷也不容易。更有高手大概会飞檐走壁，能在大厦二三丈高处的壁上张贴。听说取缔过一阵，但是野火烧不尽春风吹又生了。

有吉房招租的人，其心情之急是可以理解的。在报纸上登个分类小广告也就可以了，何必写红纸条子到处乱贴。我最近看到这样的大张红纸条子贴在路旁邮箱上了。显然有人去撕，但是撕不掉，经过多日雨淋才脱落一部分，现在还剩有斑驳的纸痕留在邮箱上！

电视上的广告更不必说，天下没有白吃的午餐，没有广告那里能有节目可看？可是那些广告逼人而来，真杀风景。我不想买大厦房子，我也没有香港脚，我更不打算进补，可是那些广告偏来呶呶不休，有时还重复一遍。有人看电视，一见广告上映，登时闭上眼睛养神，我没有这样本领，我一闭眼就真个睡着了。我应变的办法是只看没有广告的一段短短的节目，广告一来我就关掉它。这样做，我想对自己没有多大损失。

早起打开报纸，触目烦心的是广告，广告；出去散步映入眼帘的又是广告，广告；午后绿衣人来投送的也多是广告，广告；晚上打开电视仍然少不了广告，广告。每日生活被广告折磨得够苦，要想六根清净，看来颇不容易。

聋

我写过一篇《聋》。近日聋且益甚。英语形容一个聋子，"聋得像是一根木头柱子""像是一条蛇""像是一扇门""像是一只甲虫""像是一只白猫"。我尚未聋得像一根木头柱子或一扇门那样。蛇是聋的，我听说过，弄蛇者吹起笛子就能引蛇出洞，使之昂首而舞，不是蛇能听，是它能感到音波的振动。甲虫是否也聋，我不大清楚。我知道白猫是绝对不聋的。我们家的白猫王子，岂但不聋，主人回家时房门钥匙转动作响，它就会竖起耳朵窜到门前来迎。我喊它一声，它若非故意装聋，便立刻回答我一声，我虽然听不见它的答声，我看得见它因作答而肚皮微微起伏。猫不聋，猫若是聋，它怎能捉老鼠，它叫春做啥？

我虽然没有全聋，可是也聋得可以。我对于铃声特别地难于听得入耳。普通的闹钟，响起来如蚊鸣，焉能唤醒梦中人。菁清给我的一只闹钟，铃声特大，足可以振聋发聩。我把它放在枕边。说也奇怪，自从有了这个闹钟，我还不曾被它闹醒过一次。因为我心里记挂着它，总是在铃响半小时之前先已醒来，急忙把闹钟关掉。我的心里有一具闹钟。里外两具闹钟，所以我一向放心大胆睡觉，不虞失时。

门铃就不同了。我家门铃不是普通一按就嗞嗞响的那种，也不是像八音盒似的那样叮叮当当的奏乐，而是一按就啾啾啾啾如鸟鸣。自从我家的那只画眉鸟死了之后，我久矣夫不闻爽朗的鸟鸣。如今门铃啾啾叫，我根本听不见。客人猛按铃，无人应，往往废然去。如果来客是事前约好的，我就老早在近门处恭候，打开大门，还有一层纱门，隔着纱门看到人影幢幢，便去开门迎客。"老聃之弟子，有亢仓子者，得聃之道，能以耳视而目听。"(《列子·仲尼》)耳视我办不到,目听则庶几近之。客人按铃,我听不见铃响,但是我看见有人按铃了。

电话对我又是一个难题。电话铃没有特大号的,而且打电话来的朋友大半都性急,铃响三五声没人应,他就挂断,好像人人都该随时守着电话机听他说话似的。凡是电话来,未必有好消息,也未必有什么对我有利之事。但是朋友往还,何必曰利?有人在不愿接电话的时间内,拔掉插头,铃就根本不会响。我狠不下这份心。无可奈何,我装上几个分机,书桌上、枕边、饭桌旁、客厅里。尽管如此,有时还是听不到铃响,俟听到时对方不耐烦而挂断了。

有一位好心的读者写信来说:"先生不必为聋而烦恼,现在有一种新的办法,门铃或电话机上都可以装置一盏红色电灯泡,铃响同时灯亮。"我十分感谢这位读者对我的关怀。这也是以目代耳的办法,我准备采纳。不过较根本解决的办法,是大家体恤我的耳聋,不妨常演王徽之雪夜访戴的故事,而我亦绝不介意门可罗雀的景况之出现。需要一通情愫的时候,假纸笔代喉舌,写个三行五行的短笺,岂不甚妙?我最向往六朝人的短札,寥寥数语,意味无穷。

朋友们时常安慰我说:"耳聋焉知非福?首先,这年头儿噪音太多,轰隆轰隆的飞机响,呼啸而过的汽车机车声,吹吹打打的丧车行列,噼噼啪啪的鞭炮,街头巷尾装扩音器大吼的小贩,舍前舍后成群结队的儿童锐声尖叫……这些噪音不听也罢,落得耳根清净。"话是不错,不过我尚无这么大的福分,尚未到泰山崩于前而不动声色的地步,种种噪音还是多多少少使我心烦。饶是我聋,我还向往古人帽子上簪笄两端悬着两块充耳瑱莹,多少可以挡住一点噪音。

"'人嘴两张皮',最好飞短流长,造谣生事,某某畸恋,某某婚变,某某逃亡,某某犯案,凡是报纸上的社会新闻都会说得如数家珍。这样长舌的人到处都有,令人听了心烦,你听不见也就罢了,你没有多少损失。至少有人骂你,挖苦你,讽刺你,你充耳不闻,当然也就不会计较,也就不会耿耿于怀,省却许多烦恼。"别人议论我,我是听不见,可是我知道他在议论我,因为他斜着眼睛睨视我的那副神气不能使我没有感觉。而且我知道他所议论的话,大概是谑而不虐,无伤大雅的,因为他议论风生的时候嘴角常是挂着一丝微笑,不可能含有多少恶意。何况这年头儿,难得有人肯当面骂人,凡是恶言恶语多半是躲在你背后说。所以,聋固然听不见人骂,不聋,也听不见。

有人劝我学习唇读法,看人的嘴唇怎样动就可以知道他说的是什么话。假如学会了唇读,我想也有麻烦,恐怕需要整天地睁一眼闭一眼,否则凡是嘴唇动的人你都会以目代耳,岂不烦死人?耳根刚得清净,眼根又不得安宁了。"吉人之辞寡,躁人之辞多。"难得遇到吉人,不如索性安于聋聩。

安于聋聩亦非易易。因为大家习惯了把我当做一个耳聪的人,并且不习惯于和一个聋子相处。看人嘴唇动,我可不敢唯唯否否,因为何时宜唯唯,何时宜否否,其间大有讲究。我曾经一律以点头称是来应付,结果闹出很尴尬的场面。我发现最好的应付方法是面部无表情,做白痴状。瞎子常戴黑眼镜,走路时以手杖探地,人人知道他是瞎子,都会躲着他。聋子没有标志,两只耳朵好好的,不像是什么零件出了毛病的人。还有热心人士会附在我耳边窃窃私语,其实吱吱喳喳的耳语我更听不见,只觉得一口口的唾沫星子喷在我的脸上,而且只好听其自干。

麻 将

我的家庭守旧,绝对禁赌,根本没有麻将牌。从小不知麻将为何物。除夕到上元开赌禁,以掷骰子状元红为限,下注三十几个铜板,每次不超过一二小时。有一次我斗胆问起,麻将怎个打法。家君正色曰:"打麻将吗?到八大胡同去!"吓得我再也不敢提起"麻将"二字。心里留下一个并不正确的印象,以为麻将与八大胡同有什么密切关联。

后来出国留学,在轮船的娱乐室内看见有几位同学作方城戏,才大开眼界,觉得那一百三十六张骨牌倒是很好玩的。有人热心指点,我也没学会。这时候麻将在美国盛行,很多美国人家里都备有一副,虽然附有说明书,一般人还是不易得其门而入。我们有一位同学在纽约居然以教人打牌为副业,电话召之即去,收入颇丰,每小时一元。但是为大家所不齿,认为他不务正业,贻士林羞。

　　科罗拉多大学有两位教授,姊妹俩,老处女,请我和闻一多到她们家里晚餐,饭后摆出了麻将,作为余兴。在这一方面我和一多都是属于"四窍已通其三"的人物——一窍不通,当时大窘。两位教授不能了解,中国人竟不会打麻将?当晚四个人临时参看说明书,随看随打,谁也没能规规矩矩地和下一把牌,窝窝囊囊地把一晚消磨掉了。以后再也没有成局。

　　麻将不过是一种游戏,玩玩有何不可?何况贤者不免。梁任公先生即是此中老手。我在清华念书的时候,就听说任公先生有一句名言:"只有读书可以忘记打牌,只有打牌可以忘记读书。"读书兴趣浓厚,可以废寝忘食,还有工夫打牌?打牌兴亦不浅,上了牌桌全神贯注,焉能想到读书?二者的诱惑力、吸引力有多么大,可以想见。书读多了,没有什么害处,顶多变成不更事的书呆子、文弱书生。经常不断地十圈二十圈麻将打下去,那毛病可就大了。有任公先生的学问风操,可以打牌,我们没有他那样的学问风操,不得借口。

　　胡适之先生也偶然喜欢摸几圈。有一年在上海,饭后和潘光旦、罗隆基、饶子离和我,走到一品香开房间打牌。硬木桌上打牌,滑溜溜的,震天价响,有人认为痛快。我照例作壁上观。言明只打八圈,打到最后一圈已近尾声,局势十分紧张。胡先生坐庄。潘光旦坐对面,三副落地,吊单,显然是一副满贯的大牌。"扣他的牌,打荒算了。"胡先生摸到一张白板,地上已有两张白板。"难道他会吊孤张?"胡先生口中念念有词,犹豫不决。左右皆曰:"生张不可打,否则和下来要包!"胡先生自己的牌也是一把满贯的大牌,且早已听张,如果扣下这张白板,势必拆牌应付,于心不甘。犹豫了好一阵子:"冒一下险,试试看。"啪的一声把白板打了出去!"自古成功在尝试",这一回却是"尝试成功自古无"了。潘光旦嘿嘿一笑,翻出底牌,吊的正是白板。胡先生包了,身上现钱不够,开了一张支票,三十几元。那时候这不算是小数目。胡先生技艺不精,没得怨。

抗战期间,后方的人,忙的是忙得不可开交,闲的是闷得发慌。不知是谁诌了四句俚词:"一个中国人,闷得发慌。两个中国人,就好商量。三个中国人,做不成事。四个中国人,麻将一场。"四个凑在一起,天造地设,不打麻将怎么办?雅舍也备有麻将,只是备不时之需。有一回有客自重庆来,第二天就回去,要求在雅舍止宿一夜。我们没有招待客人住宿的设备,颇有难色,客人建议打个通宵麻将。在三缺一的情形下,第四者若是坚不下场,大家都认为是伤天害理的事。于是我也不得不凑一角。这一夜打下来,天旋地转,我只剩得奄奄一息,誓言以后在任何情形之下,再也不肯做这种成仁取义的事。

麻将之中自有乐趣。贵在临机应变,出手迅速。同时要手挥五弦目送飞鸿,有如谈笑用兵。徐志摩就是一把好手,牌去如飞,不假思索。麻将就怕"长考",一家长考,三家暴躁。以我所知,麻将一道要推太太小姐们最为擅长。在牌桌上我看见过真正春笋一般的玉指洗牌砌牌,灵巧无比。(美国佬的粗笨大手砌牌需要一根大尺往前一推,否则牌就摆不直!)我也曾听说某一位太太有接连三天三夜不离开牌桌的纪录。(虽然她最后崩溃以至于吃什么吐什么!)男人们要上班,就无法和女性比。我认识的女性之中有一位特别长于麻将,经常午间起床,午后二时一切准备就绪,呼朋引类,麻将开场,一直打到夜深。雍容俯仰,满室生春。不仅是技压侪辈,赢多输少。我的朋友卢冀野是个倜傥不羁的名士,他和这位太太打过多次麻将,他说:"政府于各部会之外应再添设一个'俱乐部',其中设麻将司,司长一职非这位太太莫属矣。"甘拜下风的不只是他一个人。

路过广州,耳畔常闻噼噼啪啪的牌声,而且我在路边看见一辆停着的大卡车,上面也居然摆着一张八仙桌,四个人露天酣战,行人视若无睹。餐馆里打麻将,早已通行,更无论矣。在台湾,据说麻将之风仍然很盛。有中国人的地方就有麻将,有些地方的寓公寓婆亦不能免。麻将的诱惑力太大。王尔德说过:"除了诱惑之外,我什么都能抵抗。"

我不打麻将,并不妄以为自己志行高洁。我脑筋迟钝,跟不上别人反应的速度,影响到麻将的节奏。一赶快就出差池。我缺乏机智,自己的一副牌都常照顾不来,遑论揣度别人的底细,既不知己又不知彼,如何可以应付大局?打牌本是寻乐,往往是寻烦恼,又受气又受窘,干脆不如不打。费时误事的大道理就不必说了。有人说卫生麻将又能何妨?想想看,鸦片烟有没有卫生鸦片,海洛因有没有卫生海洛因?大凡卫生麻将,结果常是有碍卫生。起初输赢小,渐渐提升。起初是朋友,渐渐成赌友,一旦成为赌友,没有交情可言。我曾看见两位朋友,都是斯文中人,为了甲扣了乙一张牌,宁可自己不和而不让乙和,事后还扬扬得意,以牌示乙,乙大怒。甲说在牌桌上损人不利己的事是可以做的,话不投机,大打出手,人仰桌翻。我又记得另外一桌,庄家连和七把,依然手顺,把另外三家气得目瞪口呆面色如土。结果是勉强终局,不欢而散。赢家固然高兴,可是输家的脸看了未必好受。有了这些经验,看了牌局我就怕,作壁上观也没兴趣。何况本来是个穷措大,"黑板上进来白板上出去"也未免太惨。

对于沉湎于此道中的朋友们,无论男女,我并不一概诅咒。其中至少有一部分可能是在生活上有什么隐痛,借此忘忧,如同吸食鸦片一样久而上瘾,不易戒掉。其实要戒也很容易,把牌和筹码以及牌桌一起蠲除,洗手不干便是。

白猫王子五岁

　　五年前的一个夜晚,菁清从门外檐下抱进一只小白猫,时蒙雨凄其,春寒尚厉。猫进到屋里,仓皇四顾,我们先飨以一盘牛奶,他舔而食之。我们揩干了他身上的雨水,他便呼呼地倒头大睡。此后他渐渐肥胖起来,菁清又不时把他刷洗得白白净净,戏称之为白猫王子。

　　他究竟生在那一天,没人知道,我们姑且以他来我家的那一天定为他的生日(三月三十日),今天他五岁整,普通猫的寿命据说是十五六岁,人的寿命则七十就是古稀之年了,现在大概平均七十。所以猫的一岁在比例上可折合人的五岁。白猫王子五岁相当于人的二十五岁,正是青春旺盛的时候。

　　凡是我们所喜欢的对象,我们总会觉得他美。白猫王子并不一定是怎样的美丰姿,可是他眉清目秀,蓝眼睛,红鼻头,须眉修长,而又有一副楚楚可怜的样子。腰臀一部分特别硕大,和头部不成比例,腹部垂腴,走起来摇摇摆摆,有人认为其状不雅,我们不以为嫌。去年七月二十日报载:"二十四日在美国佛罗里达州巴马布耳所举行的一九八一年'全美迷人小猫竞赛'中,一只名叫邦妮贝尔的小猫得了首奖。可是它虽然顶着后冠,却不见得很高兴。"高兴不是猫,是猫的主人。我们不会教白猫王子参加任何竞赛,他已经有了王子的封号,还急着需要什么皇冠?他就是我们的邦妮贝尔。

　　刘克庄有一首《诘猫诗》,有句云:

　　　　饭有溪鱼眠有毯,忍教鼠啮案头书?

我们从来没有要求过猫做什么事。他吃的不只是溪鱼,睡的也不只是毛毯,我们的住处没有鼠,他无用武之地,顶多偶然见了蟑螂而惊叫追逐,菁清说这是他对我们的服务。我们吃饭的时候他常蹲在餐桌上,虎视眈眈,但是他不伸爪,顶多走近盘边闻闻。喂他几块鱼虾鸡鸭之类,他浅尝辄止。他从不偷嘴。他吃饱了,抹抹脸就睡,弯着腰睡,趴着睡,仰着睡,有时候爬到我们床上枕着我们的臂腿睡。他有二十六七磅重,压得人腿脚酸麻。我们外出,先把他安顿好,鱼一钵,水一盂,有时候给他盖一床被,或是搭一个篷。等我们回来,门锁一响,他已窜到门口相迎。这样,他便已给了我们很大的满足。

"花如解语还多事,石不能言最可人。"猫相当的解语,我们喊他一声:"猫咪!""胖胖!"他就喵的一声。我耳聋,听不见他那细声细气的一声喵,但是我看见他一张嘴,腹部一起落,知道他是回答我们的招呼。他不会说话,但是菁清好像略通猫语,她能辨出猫的几种不同的鸣声。例如:他饿了,他要人给他开门,他要人给他打扫卫生设备,他因寂寞而感到烦躁,都有不同的声音发出来。无论有什么体己话,说给他听,或是被他听见,他能珍藏秘密不泄露出去。不过若是以恶声叱责他,他是有反应的,他不回嘴,他转过身去趴下,做无奈状。

有人不喜欢猫,我的一位朋友远道来访,先打电话来说:"听说府上有猫,请先把他藏起来,我怕猫。"真的,有人一见了猫就会昏倒。有人见了老鼠也会昏倒,何况猫?据《民生报》四月二十三日一篇文章报导,法国国王亨利三世一见到猫就会昏倒。法国国王查理九世时的大诗人龙沙有这样的诗句:

> 当今世上
> 谁也没我那么厌恶猫
> 我厌恶猫的眼睛、脑袋,还有凝视的模样
> 一看见猫,我掉头就跑

人之好恶本不相同。我不否认猫有一些短处,诸如倔强、自尊、自私、缺乏忠诚等等。不过,猫,和人一样,总不免有一点脾气,一点自私,不必计

较了。家里有装潢、有陈设、有家具、有花草,再有一只与虎同科的小动物点缀其间来接受你的爱抚,不是很好么?

菁清对于苦难中小动物的怜悯心是无止境的,同时又觉得白猫王子太孤单,于是去年又抱进来一个小黑猫。这个"黑猫公主"性格不同,活泼善斗,体态轻盈,白须黄眼,像是平剧中的"开口跳"。两只猫在一起就要斗,追逐无已时。不得已我们把黑猫关在笼子里,或是关在一间屋里,实行黑白隔离政策。可是黑猫隔着笼子还要伸出爪子撩惹白猫,白猫也常从门缝去逗黑猫。相见争如不见,无情还似有情。我想有一天我们会逐渐解除这个隔离政策的。

白猫倏已五岁,我们缘分不浅,同时我亦不免兴起春光易老之感。多少诗人词人唤取春留驻,而春不肯留!我们只好"片时欢乐且相亲",愿我的猫长久享受他的鱼餐锦被,吃饱了就睡,睡足了就吃。

剽　　窃

顾亭林《日知录》卷二十有这样一段:

> 凡述古人之言,必当引其立言之人。古人又述古人之言,则两引之。不可袭以为己说也。诗曰:"自古在昔,先民有作。"程正叔传易,未济三阳皆失位,而曰:"斯义也,闻之成都隐者。"是则时人之言,亦不敢没其人。君子之谦也。然后可与进于学。

他的意思是说:引述古人的言论,要说明那古人是谁。如果古人又引述另一古人的言论,两个古人的姓名都要说明。不可以把古人的议论当做是自己的。《诗经·商颂·那》说:"从前古时候,已经有人这样作过。"程正叔(颐)作《易传》,讲到"未济三阳皆失位",特别声明这个说法是从成都一位隐者听来的。可见纵非古人,而是时人,也不可埋没他。这是君子谦逊的态度。能做到这个地步,然后才可讲到做学问。

这一段文章标题是《述古》,但未限于古,对时人也一样地提到了。他警诫初学的人,为文不可剽窃,他人之美,不可据为己有。并且说这是为学的初步。可谓语重心长。

作硕士论文或博士论文的人,一定受过指导教授的谆谆叮嘱,选题要慎重,要小题大作,搜集资料要巨细靡遗,对于前人的有关著作要尽量研读,引用前人的言论要照录原文,加上引号,在脚注里注明出处,包括版本、年月、页数。按照这些指导原则写出来的论文,大概都有相当的分量。这样的论文,从表面上看,几乎每页都有相当多的脚注,密密麻麻地排在页底,这就说明了作者下过不少工夫,看过不少书,而且老老实实地引证别人的文字而未据为己有。这种论文,本来无需什么重大的发明创见,只要作者充分表现了他的勤恳治学的态度,也就可以及格了。这种态度,英文叫做 intellectual honesty(学术上的诚实),不止硕士博士论文需要诚实,一切学术性文字都必须具备这种美德。

有人以为这种严谨诚实的作风是西方人治学的态度,这就不大合于事实。上引顾亭林《日知录》的一段文字,即足以证明我们中国学者早已注意到这个问题。

剽窃者存有一种侥幸的心理,以为古今中外的图书浩如烟海,偶然偷鸡摸狗,未必就会东窗事发。一般人怕管闲事,纵有发现也不一定会挺身检举。举例来说,从前大陆上出版的图书,此间不易见到。但是偶然也有一些渗漏进来。剽窃者得之如获至宝,放心大胆地抄袭,大段大段地整页整页地一字不易地照抄不误。也有较为狡黠者,利用改头换面移花接木的手法,加以粉饰。但是起先不易得的图书,现在有不少大量翻印流通了,有心人在对比之下就不难发现其中的雷同之处。穿窬扒窃之事,未必都能破案,可是一旦被人逮住,就斯文扫地无可辩解。这种事不值得做。

著书立说，古人看做一件大事，名之为立言，为太上三不朽之一。后来时势不同，煮字疗饥之说不能不为大家所接受。迨至晚近，从事写作的人常自贬为"爬格子的动物"了。但是不管古今有多少变化，有一条铁则当为大家所共守：不可剽窃。

雅舍散文二集

胡　须

俗语："嘴上没毛，办事不牢。"意思是说，有一把年纪的人比较见多识广，而且瞻前顾后做起事来四平八稳，不像年轻小伙子那样的毛躁，那样的不牢靠。嘴上没毛也就是年纪太轻少不更事的意思。

现在看来，嘴上没毛似乎不一定与年龄有关。大家可曾注意，如今好多的政坛显要、社会中坚，无分中外，老远的看来几乎都是面白无须的样子。像诸葛亮的三绺髯、关公的五绺髯，只有在舞台上见之。他们不全是因为脸皮太厚而胡须长不出来，而是胡须刚刚长出来就被刮剃了去。所以嘴上嘴下，青皮一块，于右老张大千之长髯飘拂是例外。世上有几个于右老张大千？反观年轻一代，则往往有些人年纪轻轻的，于思于思，一反常态。他们或是唇上留一撮小髭，或是两鬓各蓄一条鬓脚，或是颔下垂着几根疏疏落落的狗蝇胡子，戏台上的老生称须生，如今不少的小生也是须生了。

人年纪越大，胡须也长得越硬越粗越黑越快。有人常怪女人每天在她们的头发上耗费太多的时间精神，殊不知绝大多数的男人在他们的胡须上也有不少的麻烦。女人的头发要洗、要做、要烫、要染，现在有些男人的头发也要玩这一套，而且于此之外还每天牢不可破地要刮胡子。一天不刮就毛氄氄的刺弄得慌，用手摸上去像是板刷，万一触到别人的细嫩的皮肤上会令人大叫起来。所以有人早晚各刮一次，不厌其烦。更有人痛恨自己的胡子过于茂盛，刮不胜刮，于是不仅剪草，还要除根，随身携带镜子镊子，把刮后的胡须根株一个个地钳拔出来，这种拔毛连茹的作法滋味如何，只有本人知道。听说从前青衣花旦，以及其他的职业上有此必要的人，才采用此种彻底根除的手段。不过我也曾亲见所谓斯文中人也有公然当众对镜拔须的。拔过之后，常有血痕殷然。

其实，俗语说："八十留胡子，大主意自己拿。"不到八十岁要留胡子，也没有人管得着。髭胡也未必就有碍观瞻。《左传·昭公二十六年》："有君子，白皙鬒须眉。"胡须眉毛又黑又稠的陈武子还被称为"君子"，可见一嘴胡子正有助于威仪三千。庄子列御寇，"髯"列为"八极"之一，算是形体上优异过人之处。关公为美髯公，无人不知。唐文皇"虬须壮冠，人号髭圣"（见《清异录》）。风流潇洒如苏东坡也有"髯苏"之称。历史上有名的大胡子不胜列举，而且是被人夸赞，没有揶揄之意。自古以胡须稠秀为男性美的特征。稠是相当茂密，秀是相当疏朗。相法上所谓"根根见底"，就是浓疏合度的意思。喜剧演员贾波林，若是嘴上没有那一撮胡子，恐怕要减少很大一部分的滑稽相和愁苦相。那一撮胡子，在希特拉嘴上像糊上了一块膏药，真是恶人恶相，讨人嫌。长胡子要保持清洁，不能让它擀成毡，不能拖泥带水，更不能窝藏虱子，虱子纵然"屡游相须、曾蒙御览"，仍然是邋遢。

写《乌托邦》的英国作家陶玛斯·摩尔，在上断头台的时候，对行刑者说："我的胡子没有犯罪，请勿切断我的胡子。"于是撂起他的一把大胡子，延颈受戮。这是标准的"断头台上的幽默"。我们至少可以想象到他对他的胡子是多么关心。

佛家对于胡子则有时视为相当神圣。《法苑珠林》有这样一段记载：

> 佛告阿难："汝取我髭，合六十二茎，我欲造塔。"阿难取付世尊。佛告诸罗刹："我施汝二茎，当造七宝函及造旃檀塔，盛髭供养，可高四十由旬，余六十髭亦随造函塔，可高三丈。"又

> 告诸罗刹："守护，勿使外道、恶人、魔鬼、毒龙，妄毁此塔。此塔为汝命根，汝必护塔。……"

按说万法皆空，不得以肉体见如来，为什么把一茎髭看得这般重要，我参不透。事实上高四十由旬的旃檀塔，谁也没有见过。

我们旧剧班中的行头里有所谓"髯口"一项，包括三髯、五髯、三涛髯、夹嘴髯、红虬髯、丑三髯、吊搭髯等等，花样繁多，不及备载。而且这些髯口不仅是装点门面，还可以加以运用，如捋髯、拱髯、推髯、搂髯、端髯、甩髯、喷髯、抖髯、轮髯等等，形成所谓"髯舞"。俗语形容愤怒之状为"吹胡子瞪眼"，在舞台上真有那样的表现。

盆　景

我小时候，看见我父亲书桌上添了一个盆景，我非常喜爱。是一盆文竹，栽在一个细高的方形白瓷盆里，似竹非竹，细叶嫩枝，而不失其挺然高举之致。凡物小巧则可爱。修篁成林，蔽不见天，固然幽雅宜人，而盆盎之间绿竹猗猗，则亦未尝不惹人怜。文竹属百合科，当时在北方尚不多见。

我父亲为了培护他这个盆景，费了大事。先是给它配上一个不大不小的硬木架子，安置在临窗的书桌右角，高高地傲视着居中的砚田。按时浇水，自不待言，苦的是它需阳光照晒，晨间阳光晒进窗来，便要移盆就光，让它享受那片刻的煦暖。若是搬到院里，时间过久则又不胜骄阳的肆虐。每隔一两年要翻换肥土，以利新根。败枝枯叶亦须修剪，听人指点，用笔管戳土成穴，灌以稀释的芝麻酱汤，则新芽苗发，其势甚猛。有一年果然抽芽窜长，长至数尺而意犹未尽，乃用细绳吊系之，使缘窗匍行，如茑萝然。

此一盆景陪伴先君二三十年，依然无恙。后来移我书斋之内，仍能保持常态，在我凭几写作之时，为我增加情趣不少。嗣抗战军兴，家中乏人照料，冬日书斋无火，文竹终于僵冻而死。丧乱之中，人亦难保，遑论盆景！然我心中至今戚戚。

这一盆文竹乃购自日商。日本人好像很精于此道。所制盆栽，率皆枝条掩映，俯仰多姿。尤其是盆栽的松柏之属，能将纹理盘错的千寻之树，缩收于不盈咫尺的缶盆之间，可谓巧夺天工。其实盆栽之术，源自我国，日人善于模仿，巧于推销，百年来盆栽遂亦为西方人士所嗜爱。Bonsai一语实乃中文盆栽二字之音译。

据说盆景始于汉唐，盛于两宋。明朝吴县人王鏊作《姑苏志》有云："虎丘人善于盆中植奇花异卉，盘松古梅，置之几案，清雅可爱，谓之盆景。"是姑苏不仅擅园林之美，且以盆景之制作驰誉于一时。刘銮《五石瓠》："今人以盆盎间树石为玩，长者屈而短之，大者削而约之，或肤寸而结果实，或咫尺而蓄虫鱼，概称盆景，元人谓之些子景。""些子"大概是元人语，细小之意。

我多年来漂泊四方，所见盆景亦夥，南北各地无处无之，而技艺之精则均与时俱进。见有松柏盆景，或根株暴露，做龙爪攫拿之状，名曰"露根"。或斜出倒挂于盆口之外，挺秀多姿，俨然如黄山之"蒲团""黑虎"，名曰"悬崖"。或一株直立，或左右并生，无不于刚劲挺拔之中展露摇首弄姿之态。甚至有在浅钵之中植以枫林者，一二十株枫树集成丛林之状，居然叶红似火，一片霜林气象。种种盆景，无奇不有，纳须弥于芥子，取法乎自然。作为案头清供，诚为无上妙品。近年有人以盆景为专业，有时且公开展览，琳琅满目，洋洋大观。盆景之培养，需要经年累月，悉心经营，有时甚至经数十年之辛苦调护方能有成。或谓有历千百年之盆景古木，价值连城，是则殆不可考，非我所知。

盆景之妙虽尚自然，然其制作全赖人工。就艺术观点而言，艺术本为模仿自然。例如图画中之山水，尺幅而有千里之势。杜甫望岳，层云荡胸，飞鸟入目，也是穷目之所及而收之于笔下。盆景似亦若是，唯表现之方法不同。黄山之松，何以有那样的虬蟠之态？那并不是自然的生态。山势确荦，峭崖多隙，松生其间，又复终年的烟霞翳薄，风雨飕飕，当然枝柯虬曲，甚至倒悬，欲直而不可行。原非自然生态之松，乃成为自然景色之一部。画家喜其奇，走笔写松遂常作龙蟠虬曲之势。制盆景者师其意，纳小松于盆中，培以最少量之肥土，使之滋长而不过盛，芟之剪之，使其根部坐大，又用铅铁丝缚绕其枝干，使之弯曲作态而无法伸展自如。

艺术与自然本是相对的名词。凡是艺术皆是人为的。西谚有云："Ars est celsre artem."（"真艺术不露人为的痕迹。"）犹如吾人所谓"无斧凿痕"。我看过一些盆景，铅铁丝尚未除去，好像是五花大绑，即或已经解除，树皮上也难免皮开肉绽的疤痕。这样艺术的制作，对于植物近似戕害生机的桎梏。我常在欣赏盆景的时候，联想到在游艺场中看到的一个患侏儒症的人，穿戴齐整地出现在观众面前，博大家一笑。又联想到从前妇女的缠足，缠得趾骨弯折，以成为三寸金莲，做摇曳婀娜之态！

我读龚定庵《病梅馆记》，深有所感。他以为一盆盆的梅花都是匠人折磨成的病梅，用人工方法造成的那副弯曲佝偻之状乃是病态，于是他解其束缚，脱其桎梏，任其无拘无束地自然生长，名其斋为病梅馆。龚氏此文，常在我心中出现，令我憬然有悟，知万物皆宜顺其自然。盆景，是艺术，而非自然。我于欣赏之余，真想效龚氏之所为，去其盆盎，移之于大地，解其缠缚，任其自然生长。

父母的爱

父母的爱是天地间最伟大的爱。一个孩子，自从呱呱坠地，父母就开始爱他，鞠之育之，不辞劬劳。稍长，令之就学，督之课之，唯恐不逮。及其成人，男有室，女有归，虽云大事已毕，父母之爱固未尝稍杀。父母的爱没有终期，而且无时或弛。父母的爱也没有差别，看着自己的孩子牙牙学语，无论是伶牙俐齿或笨嘴糊腮，都觉得可爱。眉清目秀的可爱，浓眉大眼的也可爱，天真活泼的可爱，调皮捣蛋的也可爱，聪颖的可爱，笨拙的也可爱，像阶前的芝兰玉树固然可爱，癞痢头儿子也未尝不可爱，只要是自己生的。甚至于孩子长大之后，陂行荡检，贻父母忧，父母除了骂他恨他之外还是对他保留一份相当的爱。

父母的爱是天生的，是自然的，如天降甘霖，霈然而莫之能御，是无条件的施与而不望报。父母子女之间的这一笔账是无从算起的。父母的鞠育之恩，子女想报也报不完，正如《诗经·蓼莪》所说："父兮生我，母兮鞠我。拊我畜我，长我育我，顾我复我，出入腹我。欲报之德，昊天罔极。"父母之恩像天一般高一般大，如何能报得了？何况岁月不待人，父母也不能长在，像陆放翁的诗句"早岁已兴风木叹，余生永废蓼莪篇"正是人生长恨，千古同嗟！

古圣先贤，无不劝孝。其实孝也是人性的一部分，也是自然的，否则劝亦无大效。父母子女间的相互的情爱都是天生的。不但人类如此，一切有情莫不皆然。我不大敢信禽兽之中会有枭獍。

父母爱子女，子女不久长大也要变成为父母，也要爱其子女。所以父母之爱像是连锁一般，代代相续，传继不绝。《易》云："天地之大德曰生。"维护人类生命之最大的、最原始的、最美妙的、最神秘的力量莫过于父母的爱。让我们来赞颂父母的爱！

炸活鱼

报载一段新闻：新加坡禁止餐厅制卖一道中国佳肴"炸活鱼"。据云：

这道用"北平秘方"烹调出来的佳肴，是一位前来访问的中国大陆厨师引进新加坡的。即把一条活鲤，去鳞后，把两鳃以下部分放到油锅中去炸。炸好的鱼在盘中上桌时，鱼还会喘气。

我不知道北平有这样的秘方。在北平吃"炝活虾"的人也不多。杭州西湖楼外楼的一道名菜"炝活虾"，我是看见过的，我没敢下箸。从前北平没有多少像样的江浙餐馆，小小的五芳斋大鸿楼之类，偶尔有炝活虾应市，北方佬多半不敢领教。但是我见过正阳楼的伙计表演吃活蟹，活生生的一只大蟹从缸里取出，硬把蟹壳揭开，吮吸其中的蟹黄蟹白。蟹的八足两螯乱扎煞！举起一条欢蹦乱跳的黄河鲤，当着顾客面前往地上一摔，摔得至少半死，这是河南馆子的作风，在北平我没见过这种场面。至于炸活鱼，我听都没有听说过。鱼的下半截已经炸熟，鳃部犹在一鼓一鼓地喘气，如果有此可能，看了令人心悸。

我有一次看一家"东洋御料理"的厨师准备一盘龙虾。从水柜中捞起一只懒洋洋的龙虾，并不"生猛"，略加拂拭之后，咔嚓一下地把虾头切下来了，然后剥身上的皮，把肉切成一片片，再把虾头虾尾拼放在盘子里，虾头上的须子仍在舞动。这是东洋御料理。他们"切腹"都干得出来，切一条活龙虾算得什么！

日本人爱吃生鱼，我觉得吃在嘴里，软趴趴的，黏乎乎的，烂糟糟的，不是滋味。我们有时也吃生鱼。西湖楼外楼就有"鱼生"一道菜，取活鱼，切薄片，平铺在盘子上，浇上少许酱油麻油料酒，嗜之者觉得其味无穷。云南馆子的过桥面线，少不了一盘生鱼片，广东茶楼的鱼生粥，都是把生鱼片烫熟了吃。君子远庖厨，闻其声不忍食其肉！今所谓"炸活鱼"，乃于吃鱼肉之外还要欣赏其死亡喘息的痛苦表情，诚不知其是何居心。禁之固宜。不过要说这是北平秘方，如果属实，也是最近几十年的新发明。从前的北平人没有这样的残忍。

残酷，野蛮，不是新鲜事。人性的一部分本是残酷野蛮的。我们好几千年的历史就记载着许多残暴不仁的事，诸如汉朝的吕后把戚夫人

"断手足，去眼，熏耳，饮喑药，置厕中，称为人彘"，更早的纣王时之"膏铜柱，下加之炭，令有罪者行焉，辄堕炭中，妲己笑，名曰炮烙之刑"，杀人不过头点地，不行，要让他慢慢死，要他供人一笑，这就是人的穷凶极恶的野蛮。人对人尚且如此，对水族的鱼虾还能手下留情？"北平秘方炸活鱼"这种事我宁信其有。生吃活猴脑，有例在前。

西方人的野蛮残酷一点也不后人。古罗马圆形戏场之纵狮食人，是万千观众的娱乐节目。天主教会之审判异端火烧活人，认为是顺从天意。西班牙人的斗牛，一把把的利剑刺上牛背直到它倒地而死为止，是举国若狂的盛大节目。兽食人，人屠兽，同样的血腥气十足，相形之下炸活鱼又不算怎样特别残酷了。

野蛮残酷的习性深植在人性里面，经过多年文化陶冶，有时尚不免暴露出来。荀子主性恶，有他一面的道理。他说："纵性情，安恣睢，而违礼义者为小人。"炸活鱼者，小人哉！

白猫王子及其他

白猫王子

有一天菁清在香港买东西,抱着夹着拎着大包小笼地在街上走着,突然啪的一声有物自上面坠下,正好打在她的肩膀上。低头一看,毛茸茸的一个东西,还直动弹,原来是一只黄鸟,不知是从什么地方落下来的,黄口小雏,振翅乏力,显然是刚学起飞而力有未胜。菁清勉强腾出手来,把它放在掌上,它身体微微颤动,睁着眼睛痴痴地望。她不知所措,丢下它于心不忍。颜氏家训有云:"穷鸟入怀,仁人所悯。"仓促间亦不知何处可以买到鸟笼。因为她正要到银行去有事,就捧着它进了银行,把它放在柜台上面,行员看了奇怪,攀谈起来,得知银行总经理是一位爱鸟的人,他家里用整间的房屋做鸟笼。当即把总经理请了出来,他欣然承诺把鸟接了过去。路边孤雏总算有了最佳归宿,不知如今羽毛丰满了未?

有一天夜晚在台北,菁清在一家豆浆店消夜后步行归家,瞥见一条很小的跛脚的野狗,一瘸一拐地在她身后亦步亦趋。跟了好几条街。看它瘦骨嶙峋的样子大概是久矣不知肉味,她买了两个包子喂它,狼吞虎咽如风卷残云,索性又喂了它两个。从此它就跟定了她,一直跟到家门口。她打开街门进来,狗在门外用爪子挠门,大声哭叫,它也想进来。我们家在七层楼上,相当逼仄,不宜养犬。但是过了一小时再去探望,它仍守在门口不去。无可奈何托一位朋友把它抱走,以后下落就不明了。

以上两桩小事只是前奏，真正和我们结了善缘的是我们的白猫王子。

普通人家养猫养狗都要起个名字，叫起来方便，而且豢养的不止一只，没有名字也不便识别。我们的这只猫没有名字，我们就叫它猫咪或咪咪。白猫王子是菁清给它的封号，凡是封号都不该轻易使用，没有人把谁的封号整天价挂在嘴边乱嚷乱叫的。

白猫王子到我们家里来是很偶然的。

一九七八年三月三十日，我的日记本上有这样的一句："菁清抱来一只小猫，家中将从此多事矣。"缘当日夜晚，风狂雨骤，菁清自外归来，发现一只很小很小的小猫局局缩缩地蹲在门外屋檐下，身上湿漉漉的，叫的声音细如游丝，她问左邻右舍这是谁家的猫，都说不知道。于是因缘凑合，这只小猫就成了我们家中的一员。

惭愧家中无供给，那一晚只能飨以一碟牛奶，像外国的小精灵扑克似的，它把牛奶舐得一干二净，舐饱了之后它用爪子洗洗脸，伸胳膊拉腿地倒头便睡，真是粗豪之至。我这才有机会端详它的小模样。它浑身雪白，（否则怎能赐以白猫王子之嘉名？）两个耳朵是黄的，脑顶上是黄的中间分头路，尾巴是黄的。它的尾巴可有一点怪，短短的而且是弯曲的，里面的骨头是弯的，永远不能伸直。起初我们觉得这是畸形，也许是受了什么伤害所致，后来听兽医告诉我们这叫做麒麟尾，一万只猫也难得遇到一只有麒麟尾。麒麟是什么样子，谁也没见过，不过图画中的麒麟确是卷尾巴，而且至少卷一两圈。没有麒麟尾，它还称得上是白猫王子么？

在外国，猫狗也有美容院。我在街上隔着窗子望进去，设备堂皇，清洁而雅致，服务项目包括梳毛、洗澡、剪指甲以及马杀鸡之类。开发中的国家当然不至荒唐若是。第一桩事需要给我的小猫做的便是洗个澡。菁清问我怎个洗法，我也不知道。我只知道猫怕水，扔在水里会淹死，所以必须干洗。记得从前家里洗羊毛袄的皮筒子，是用黄豆粉羼樟脑，在毛皮上干搓，然后梳刷。想来对猫亦可如法炮制。黄豆粉不可得，改用面粉，效果不错。只是猫不知道我们对它要下什么毒手，拼命抗拒，在一人按捺一人搓洗之下勉强竣事，我对镜一看我自己几乎像是"打面缸"里的大老爷！后来我们发现洗猫有专用的洗粉，不但洗得干净，而且香喷喷的。猫也习惯，察知我们没有恶意，服服帖帖地让菁清给它洗，不需要我在一边打下手了。

国人大部分不爱喝牛奶，我国的猫亦如是。小时候"有奶便是娘"，稍大一些便不是奶所能满足。打开冰箱煮一条鱼给它吃，这一开端便成了例。小鱼不吃，要吃大鱼；陈鱼不吃，要吃鲜鱼；隔夜冰冷的剩鱼不吃，要现煮的温热的才吃……起先是什么鱼都吃，后来有挑有拣，现在则专吃新鲜的沙丁鱼。兽医说，喂鱼要先除刺，否则鲠在喉里要开刀，扎在胃里要出血。记得从前在北平也养过猫，一天买几个铜板的熏鱼担子上的猪肝，切成细末拌入饭中，猫吃得痛痛快快。大概现在时代不同了，好多人只吃菜不吃饭，猫也拒食碳水化合物了。可是飨以外国的猫食罐头以及开胃的猫零食，它又觉得不对味口，别的可以洋化，吃则仍主本位文化。偶然给了它一个茶叶蛋的蛋黄，它颇为欣赏，不过掰碎了它不吃，它要整个的蛋黄，用舌头舐得团团转，直到舐得无可再舐而后止。夜晚一点钟街上卖茶叶蛋的老人沙哑的一声"五香茶叶蛋"，它便悚然一惊，竖起耳朵喵喵叫。铁石心肠也只好披衣下楼买来给它消夜。此外我们在外宴会总是不会忘记带回一包烤鸭或炸鸡之类作为它的打牙祭。

吃只是问题的一半，吃下去的东西会消化，消化之后剩余的渣滓要排出体外，这问题就大了。白猫王子有四套卫生设备，楼上三套，楼下一套。猫比小孩子强得多，无需教就会使用它的卫生设备。街上稍微偏僻一点的地方常见有人"脚向墙头八字开"，红砖道上星棋罗布的狗屎更是无人不知的。我们的猫没有这种违警行为，它知道在什么地方做什么事。只是它的洁癖相当烦人，四个卫生设备用过一次便需清理现场，换沙土，否则它会呜呜地叫。不过这比起许多人用过马桶而不冲水的那种作风似又不可同日而语。为了保持清洁，我们在设备上里里外外喷射猫狗特用的除臭剂，它表示满意。

猫长得很快，食多事少，焉得不胖？运动器材如橡皮鼠、不倒翁、小布人，都玩过了。它最感兴趣的是乒乓球，在地毯上追逐翻滚身手矫健。但是它渐渐发福了，先从腹部胖起，然后有了双下巴颏，脑勺子后面起了一道肉轮。把乒乓球抛给它，它只在球近身时用爪子拨一下，像打高尔夫的大老爷之需要一个球僮。它不到一岁，已经重到九公斤，抱着它上下楼，像是抱着一个大西瓜。它吃了睡，睡了吃，不做任何事——可是猫能做什么呢？家里没有老鼠，所以它无用武之地，好像它不安于饱食终日无所用心的境界，于是偶尔抓蟑螂、抓蚰蜒、抓苍蝇、抓蚊蚋。此外便是舐爪子抹脸了。

胖还不要紧，要紧的是春将来到，屋里怕关不住它。划出阳台一部分，宽五尺长三十尺，围以铁栏杆，可以容纳几十只猫，晴朗之日它在里面可以晒太阳，可以观街景。听见远处猫叫，它就心惊。万一我们照顾不到，它冲出门外，它是没有法子能再回来的。我们失掉一只猫，这打击也许尚可承受，猫失掉了我们，便后果堪虞了。菁清和我商量了好几次，拿不定主意。不是任其自然，便是动阉割手术。凡是有过任何动手术的经验的人都该知道，非不得已谁也不愿轻试。给猫行这种手术据说只要十五分钟就行了。我们还是不放心，打电话问几家兽医院，都说是小手术，麻药针都不必打，闻之骇然。最后问到"国际犬猫专医院"辜泰堂兽医师，他说当然要麻药针，否则岂不痛死？我们这才下了决心，带猫到医院去。

猫装进小笼，提着进入计程车，它便开始惨叫，大概以为是绑赴刑场。放在手术台上便开始哀鸣，大概以为是要行刑。其实是刑，是腐刑，动员四个人，才得完成手术，我躲在室外，但闻室内住院的几只猫狗齐鸣。事后抱回家里，休养了约一星期，医师出诊两次给它拆线敷药。此后猫就长得更快、更胖、更懒。关于这件事我至今觉得歉然，也许长痛不如短痛，可是我事前没有征求它的同意。旋思世上许多事情都未经过同意——人来到世上，离开世上，可又征求过同意？

有朋友看见我养猫就忠告我说，最好不要养猫。猫的寿命大概十五六年，它也有生老病死。它也会给人带来悲欢离合的感触。一切苦恼皆由爱生。所以最好是养鱼，鱼在水里，人在水外，几曾听说过人爱鱼，爱到摩它、抚它、抱它、亲它的地步？养鱼只消喂它，侍候它，隔着鱼缸欣赏它，看它悠然而游，人非鱼亦知鱼之乐。一旦鱼肚翻白，也不会有太多的伤痛。这番话是对的，可惜来得太晚了。白猫王子已成为家里的一分子，只是没有报户口。

白猫王子的姿势很多，平伸前腿昂首前视，有如埃及人面狮身像谜一样的庄严神秘。侧身卧下，弓腰拳腿，活像是一颗大虾米。缩颈眯眼，藏起两只前爪，又像是老僧入定。睡时常四脚朝天，露出大肚子做坦腹东床状，睡醒伸懒腰，将背拱起，像骆驼。有时候它枕着我的腿而眠，压得我腿发麻。有时候躲在门边墙角，露出半个脸，斜目而视，好像是逗人和它捉迷藏。有时候又突然出人不意跳过来抱我的腿咬——假咬。有时候体罚不能全免，菁清说不可以没有管教，在毛厚肉多的地方打几巴掌，立见奇效，可是它会一两天不吃饭，以背向人，菁清说是伤了它的自尊。

据我所知，英国文人中最爱猫的是十八世纪的斯玛特（Smart），是诗人也是疯子。他的一首无韵诗《大卫之歌》第十九节第五十行起及整个的第二十节，都是描述他的猫乔佛莱。有几部分写得极好，例如：

> 上帝的光在东方刚刚出现，他即以他的方式去礼拜。
> 其方式是弓身七次，优美而迅速。
> 然后他跳起捉麝球，这是他求上帝赐给他的恩物。
> 他连翻带滚地闹着玩。
> 做完礼拜受了恩宠之后他开始照顾他自己。
> 他分为十个步骤去做。
> 首先看看前爪是否干净。

第二是向后踢几下以腾出空间。

第三是伸前爪欠身做体操。

第四是在木头上磨他的爪。

第五是洗浴。

第六是浴罢翻滚。

第七是为自己除蚤,以免巡游时受窘。

第八是靠一根柱子摩擦身体。

第九是抬头听取指示。

第十是前去觅食。

…………

他是属于虎的一族。

虎是天使,猫是小天使。

他有蛇的狡狯与嘘嘘声,但他秉性善良能克制自己。

如吃得饱,他不做破坏的事,若未被犯他亦不唾。

上帝夸他乖,他做呜呜声表示感谢。

他是为儿童学习仁慈的一个工具。

没有猫,每个家庭不完备,幸福有缺憾。

我们的白猫王子和英国的乔佛莱又有什么两样?

一九七九年三月三十日是猫来我家一周岁的纪念日,不可不饮宴,以为庆祝。菁清一年的辛劳换来不少温馨与乐趣,而兽医师辜泰堂先生维护它的健康,大德尤不可忘,乃肃之上座,酌以醴浆。我并且写了一个小条幅送给他,文曰:"是乃仁心仁术 泽及小狗小猫。"

"疲马恋旧秣,羁禽思故栖"

"疲马恋旧秣,羁禽思故栖"是孟郊的句子,人与疲马羁禽无异,高飞远走，疲于津梁，不免怀念自己的旧家园。

我的老家在北平，是距今一百几十年前由我祖父所置的一所房子。坐落在东城相当热闹的地区，出胡同东口往北是东四牌楼，出胡同西口是南小街子。东四牌楼是四条大街的交叉口，所以商店林立，市容要比西城的西四牌楼繁盛得多。牌楼根儿底下靠右边有一家干果子铺，是我家投资开设的，领东的掌柜的姓任，山西人，父亲常在晚间带着我们几个孩子溜达着到那里小憩，掌柜的经常飨我们以汽水，用玻璃球做塞子的那种小瓶汽水，仰着脖子对着瓶口汩汩而饮之，还有从蜜饯缸里抓出来的蜜饯桃脯的一条条的皮子，当时我认为那是一大享受。南小街子可是又脏又臭又泥泞的一条路，我小时候每天必须走一段南小街去上学，时常在羊肉床子看宰羊，在切面铺买"乾蹦儿"或"糖火烧"吃。胡同东口外斜对面就是灯市口，是较宽敞的一条街，在那里有当时唯一可以买到英文教科书《汉英初阶》及墨水钢笔的汉英图书馆，以后又添了一家郭纪云，路南还有一家小有名气的专卖卤虾小菜臭豆腐的店。往南走约十五分钟进金鱼胡同便是东安市场了。

我的家是一所不大不小的房子。地基比街道高得多，门前有四层石台阶，情形很突出，人称"高台阶"。原来门前还有左右分列的上马石凳，因妨碍交通而拆除了。门不大，黑漆红心，浮刻黑字"忠厚传家久，诗书继世长"，门框旁边木牌刻着"积善堂梁"四个字，那时人家常有堂号，例如，"三槐堂王""百忍堂张"等等，"积善堂梁"出自何典我不知道。"积善之家必有余庆"，语见《易经》，总是勉人为善的好话，作为我们的堂号亦颇不恶。打开大门，里面是一间门洞，左右分列两条懒凳，从前大门在白昼是永远敞着的，谁都可以进来歇歇腿。一九一一年兵变之后才把大门关上。进了大门迎面是两块金砖镂刻的"戬谷"两个大字，戬谷一语出自诗经"俾尔戬谷"。戬是福，谷是禄，取其吉祥之义。前面放着一大缸水葱（正名为莞，音冠），除了水冷成冰的时候总是绿油油的，长得非常旺盛。

向左转进四扇屏门,是前院。坐北朝南三间正房,中间一间辟为过厅,左右两间一为书房一为佛堂。辛亥革命前两年,我的祖父去世,佛堂取消,因为我父亲一向不喜求神拜佛,这间房子成了我的卧室,那间书房属于我的父亲,他镇日价在里面摩挲他的那些有关金石小学的书籍。前院的南边是临街的一排房,作为佣人的居室。前院的西边又是四扇屏门,里面是西跨院,两间北房由塾师居住,两间南房堆置书籍,后来改成了我的书房。小跨院种了四棵紫丁香,高逾墙外,春暖花开时满院芬芳。

走进过厅,出去又是一个院子,迎面是一个垂花门,门旁有四大盆石榴树,花开似火,结实大而且多,院里又有几棵梨树,后来砍伐改种四棵西府海棠。院子东头是厨房,绕过去一个月亮门通往东院,有一棵高庄柿子树,一棵黑枣树,年年收获累累,此外还有紫荆、榆叶梅等等。我记得这个东院主要用途是摇煤球,年年秋后就要张罗摇煤球,要敷一冬天的使用。煤黑子把煤渣与黄土和在一起,加水,和成稀泥,平铺在地面,用铲子剁成小方粒,放在大簸箩里像滚元宵似的滚成圆球,然后摊在地上晒,这份手艺真不简单,我儿时常在一旁参观十分欣赏。如遇天雨,还要急速动员抢救,否则化为一汪黑水全被冲走了。在那厨房里我是不受欢迎的,厨师嫌我碍手碍脚,拉面的时候总是塞给我一团面教我走得远远的,我就玩那一团面,直玩到那团面像是一颗煤球为止。

进了垂花门便是内院,院当中是一个大鱼缸,一度养着金鱼,缸中还矗立着一座小型假山,山上有桥梁房舍之类,后来不知怎么水也涸了,假山也不见了,干脆作为堆置煤灰煤渣之处,一个鱼缸也有它的沧桑!东西厢房到夏天晒得厉害,虽有前廊也无济于事,幸有宽幅一丈以上的帐篷三块每天及时支起,略可遮抗骄阳。祖父逝后,内院建筑了固定的铅铁棚,棚中心设置了两扇活动的天窗,至是"天棚鱼缸石榴树……"乃粗具规模。民元之际,家里的环境突然维新,一日之内小辫子剪掉了好几根,而且装上了庞然巨物钉在墙上的"德律风",号码是六八六。照明的工具原来都是油灯、猪蜡,只有我父亲看书时才能点白光熠熠的"僧帽"牌的洋蜡,煤油灯被认为危险,一向抵制不用,只是里里外外装上了电灯,大放光明。还有两架电扇,西门子制造的,经常不准孩子们走近五尺距离以内,生怕削断了我们的手指。

内院上房三间,左右各有套间两间。祖父在的时候,他坐在炕上,隔着玻璃窗子外望,我们在院里跑都不敢跑。有一次我们几个孩子听见胡同里有"打糖锣儿的"的声音,一时忘形,蜂拥而出,祖父大吼:"跑什么?留神门牙!"打糖锣儿的乃是卖糖果的小贩,除了糖果之外兼卖廉价玩具、泥捏的小人、蜡烛台、小风筝、摔炮,花样很多,我母亲一律称之为"土筐货"。我们买了一些东西回来,祖父还坐在那里,唤我们进去。上房是我们非经呼唤不能进去的,而且一经呼唤便非进去不可的,我们战战兢兢地鱼贯而入,他指着我问:"你手里拿着什么?"我说:"糖。""什么糖?"我递出了手指粗细的两根,一支黑的,一支白的。我解释说:"这黑的,我们取名为狗屎橛;这白的为猫屎橛。"实则那黑的是杏干做的,白的是柿霜糖,祖父笑着接过去,一支咬一口尝尝,连说:"不错,不错。"他要我们下次买的时候也给他买两支。我们奉了圣旨,下次听到糖锣儿一响,一拥而出,站在院子里大叫:"爷爷,您吃猫屎橛,还是吃狗屎橛?"爷爷会立即搭腔:"我吃猫屎橛!"这是我所记得的与祖父建立密切关系的开始。

父母带着我们孩子住西厢房,我同胞一共十一个,我记事的时候已经有四个,姊妹兄弟四个孩子睡一个大炕,好热闹,尤其是到了冬天,白天玩不够,夜晚钻进被窝齐头睡在炕上还是吱吱喳喳笑语不休,母亲走过来巡视,把每个孩子脖梗子后面的棉被塞紧,使不透风,我感觉异常的舒适温暖,便怡然入睡了。我活到如今,夜晚睡时脖梗子后面透凉气,便想到母亲当年那一份爱抚的可贵。母亲打发我们睡后还有她的工作,她需要去伺候公婆的茶水点心,直到午夜;她要黎明即起,张罗我们梳洗,她很少睡觉的时间,可是等到"多年的媳妇熬成婆",这情形又周而复始，于是女性惨矣！

　　大家庭的膳食是有严格规律的，祖父母吃小锅饭，父母和孩子吃普通饭，男女仆人吃大锅饭，只有吃煮饽饽吃热汤面是例外。我们北方人，饭桌上没有鱼虾，烩虾仁、溜鱼片是馆子里的菜，只有春夏之交黄鱼、大头鱼相继进入旺季，全家才能大快朵颐，每人可以分到一整尾。秋风起，要吃一两回铛爆羊肉，牛肉是永远不进家门的。院子里升起一大红泥火炉的熊熊炭火，有时也用柴，噼噼啪啪地响，铛上肉香四溢，颇为别致。秋高蟹肥，当然也少不了几回持螯把酒。平时吃的饭是标准的家常饭，到了特别的吉庆之日，看祖父母的高兴，说不定就有整只烤猪或是烧鸭之类的犒劳。祖父母的小锅饭也没有什么了不起，也不过是爆羊肉、烧茄子、焖扁豆之类，不过是细切细做而已。我记得祖父母进膳时，有时看到我们在院里拍皮球，便喊我们进去，教我们张开嘴巴，用筷子夹起半肥半瘦的羊肉片往嘴里塞，我们实在不欣赏肥肉，闭着嘴跑到外面就吐出来。祖父有时候吃得高兴，便教"跑上房的"小厮把厨子唤来，隔着窗子对他说："你今天的爆羊肉做得好，赏钱两吊！"厨子在院中慌忙屈腿请安，连声谢谢，我觉得很好笑。我祖母天天要吃燕窝，夜晚由老张妈戴上老花眼镜坐在门旮旯儿弓着腰驼着背摘燕窝上的细茸毛，好可怜，一清早放在一个薄铫儿里在小炉子上煨。官燕木盒子是我们的，黑漆金饰，很好玩。

　　我母亲从来不下厨房，可是经我父亲特烦，并且亲自买回鱼鲜笋蕈之类，母亲亲操刀砧，做出来的菜硬是不同。我十四岁进了清华学校，每星期只准回家一次，除去途中往返，在家只有一顿午饭从容的时间，母亲怜爱我，总是亲自给我特备一道菜，她知道我爱吃什么，时常是一大盘肉丝韭黄加冬笋木耳丝，临起锅加一大勺花雕酒——菜的香，母的爱，现在回忆起来不禁涎欲滴而泪欲垂！

　　我生在西厢房，长在西厢房，回忆儿时生活大半在西厢房的那个大炕上。炕上有个被窝垛，由被褥堆垛起来的，十床八床被褥可以堆得很高，我们爬上爬下以为戏，直到把被窝垛压到连人带被一齐滚落下来然后已。炕上有个炕桌，那是我们启蒙时写读的所在。我同哥姐四个人，盘腿落脚地坐在炕上，或是把腿伸到桌底下，夜晚靠一盏油灯，三根灯草，描红模子，写大字，或是朗诵"一老人，入市中，买鱼两尾，步行回家"。我会满怀疑虑地问父亲："为什么他买鱼两尾就不许他回家？"惹得一家大笑。有一回我们围着炕桌夜读，我两腿清酸，一时忘形把膝头一拱，哗啦啦一声炕桌滑落地上，油灯墨盒泼洒得一塌糊涂。母亲有时督促我们用功，不准我们淘气，手里握着笤帚疙瘩或是掸子把儿，做威吓状，可是从来没有实行过体罚。这西厢房就是我的窝，夙兴夜寐，没有一个地方比这个窝更为舒适。虽然前面有廊檐而后面无窗，上支下摘的旧式房屋就是这样的通风欠佳。我从小就是喜欢早起早睡。祖父生日有时叫一台"托偶戏"在院中上演，有时候是滦州影戏，唱的无非是什么《盘丝洞》《走鼓沾棉》《三娘教子》《武家坡》之类，大锣大鼓，尖声细嗓，我吃不消，我依然是按时回房睡觉，大家目我为落落寡合的怪物。可是影戏里有一个角色我至今不忘，那就是每出戏完毕之后上来叩谢赏钱的那个小丑，满身袍褂靴帽而脑后翘着一根小辫，跪下来磕三个响头，有人用惊堂木配合着用力敲三下，砰砰砰，清脆可听。我所以对这个角色发生兴趣，是因为他滑稽，同时代表那种只为贪图一吊两吊的小利就不惜卑躬屈节向人磕头的奴才相。这种奴才相在人间世里到处皆是。

小时过年固然热闹，快意之事也不太多。除夕满院子撒上芝麻秸，踩上去喀吱喀吱响，一乐也；宫灯、纱灯、牛角灯全部出笼，而孩子们也奉准每人提一只纸糊的"气死风"，二乐也；大开赌戒，可以掷状元红，呼卢喝雉，难得放肆，三乐也。但是在另一方面，年菜年年如是，大量制造，等于是天天吃剩菜，几顿煮饽饽吃得人倒尽胃口。杂拌儿么，不管粗细，都少不了尘埃细沙杂拌其间，吃到嘴里牙碜。撒供下来的蜜供也是罩上了薄薄一层香灰。压岁钱则一律塞进"扑满"，永远没满过，也永远没扑过，后来不知到那里去了。天寒地冻，无处可玩，街上店铺

345

家家闭户,里面不成腔调的锣鼓点儿此起彼落。厂甸儿能挤死人,为了"喝豆汁儿,就咸菜儿,琉璃喇叭大沙雁儿",真犯不着。过年最使人窝心的事莫过于挨门去给长辈拜年,其中颇有些位只是年齿比我长些,最可恼的是有时候主人并不挡驾而教你进入厅堂朝上磕头,从门帘后面蓦地钻出一个不三不四的老妈妈:"哟,瞧这家的哥儿长得可出息啦!"辛亥革命以后我们家里不再有这些繁文缛节。

还有一个后院,四四方方的,相当宽绰。正中央有一棵两人合抱的大榆树。后边有榆(余)取其吉利。凡事要留有余,不可尽,是我们民族特性之一。这棵榆树不但高大而且枝干繁茂,其圆如盖,遮满了整个院子。但是不可以坐在下面乘凉,因为上面有无数的红毛绿毛的毛虫,不时地落下来,咕咕囔囔地惹人嫌。榆树下面有一个葡萄架,近根处埋一两只死猫,年年葡萄丰收,长长的马乳葡萄。此外靠边还有香椿一、花椒一、嘎嘎儿枣一。每逢春暮,榆树开花结荚,名为榆钱。榆荚纷纷落下时,谓之"榆荚雨"(见《荆楚岁时记》)。施肩吾《咏榆荚》诗:"风吹榆钱落如雨,绕林绕屋来不住。"我们北方人生活清苦,遇到榆荚成雨时就要吃一顿榆钱糕。名为糕,实则捡榆钱洗净,和以小米面或棒子面,上锅蒸熟,舀取碗内,加酱油醋麻油及切成段的葱白葱叶而食之。我家每做榆钱糕成,全家上下聚在院里,站在阶前分而食之。比《帝京景物略》所说"四月榆初钱,面和糖蒸食之"还要简省。仆人吃过一碗两碗之后,照例要请安道谢而退。我的大哥有一次不知怎的心血来潮,吃完之后也走到祖母跟前,屈下一条腿深深请了个安,并且说了一声:"谢谢您!"祖母勃然大怒:"好哇!你把我当做什么人?⋯⋯"气得几乎晕厥过去。父亲迫于形势,只好使用家法了。从墙上取下一根藤马鞭,高高举起,轻轻落下,一五一十地打在我哥哥的屁股上。我本想跟进请安道谢,幸而免,吓得半死,从此我见了榆钱就恶心,对于无理的专制与压迫在幼小时就有了认识。后院东边有个小院,北房三间,南房一间,其间有一口井。井水是苦的,只可汲来洗衣洗菜,但是另有妙用,夏季把西瓜系下去，隔夜取出，透心凉。

想起这栋旧家宅，顺便想起若干儿时事。如今隔了半个多世纪，房子一定是面目全非了。其实人也不复是当年的模样，纵使我能回去探视旧居，恐怕我将认不得房子，而房子恐怕也认不得我了。

哀枫树

我每至西雅图，下榻士燿文蕾家。我楼上寝室有两个窗子，从南窗远眺，晴朗时可以看到高一万四千余呎的瑞尼尔山峰清清楚楚地浮现在天空中，山巅终年积雪，那样子很像日本的富士山，而其悬在半天空的样子又有一点像是由我们的岳阳楼之遥望君山。西窗外，则有两棵大树骈立，一棵是杉，一棵是枫，根干相距约有十呎，枝叶则纠结交叉，相依相偎如为一体。两棵树都高约五丈，虽非参天古木，亦甚庄严壮观。尤其是那株枫树，正矗立在我窗前，夕阳西下，几缕阳光从树叶隙处横射过来，把斑斓的叶影筛到窗幕上面。窗外的树，窗内的人，朝夕相对，默然无语。

枫树的种类很多，据说在一百五十种以上。我们这棵枫树是最普通的一种，自阿拉斯加至南加州一带无处无之。是属于大叶枫的一类。叶厚而大，风过飒飒作响，所以此字从木从风。能制枫糖的是属于另外一种。"霜叶红于二月花"的枫则又是一种。我们中国诗人所常吟咏的是丹枫，又名霜枫，亦谓江枫。张继的《枫桥夜泊》，"月落乌啼霜满天，江枫渔火对愁眠"，以及刘季游的《登天柱冈诗》，"我行谁与报江枫，旋摆旌旗一路红"，都是有名的诗句。其实红叶不限于枫，凡是树根吸取土中糖分过多，骤遇霜寒即起化学作用而呈红色，既非红颜娇艳取悦于人，亦非以憔悴病容惹人怜惜。落叶乔木，到了季节，叶子总要变色脱落的。西雅图植物园里枫树很多，入秋红叶缤纷，有人认为景色甚美，我驱车往观，只是有一股萧瑟肃杀之气使人不快。我们这棵枫树，叶子不变红，变黄，一夜北风寒，黄叶纷纷落。我曾有好几个秋季给它扫除落叶。接连十天八天，叶子扫不尽。一早起来，就发现很厚的一层黄叶遮盖了一大块草地。我用大竹篾做的耙子，用力地耙拢成堆，装进小车，送往院角落处的一只大木箱，让它腐烂成堆肥。从土壤里来的东西还让它回到土里去。扫叶工作相当累人，使人遍体生温，和龚半千扫叶楼的情景不大相同。扫叶楼是南京名胜之一，是我于一九二六年最喜欢盘桓的一个地方。那里庭院不大，树也不大，想半千居士所扫的落叶也不过是一种情趣的象征而已。我扫枫叶乃纯粹的劳动，整理庭除，兼为运动。

枫树不仅落叶烦人，春天开的小花，谢后散落如雨，而且所结的果实有翅，乘风滴溜溜地到处飞扬，落到草地上、石缝里、道路边、承溜中，随地萌芽生长，若不勤加拔除，不久就会成为一座枫林。易经说："天地变化，草木蕃。"枫树之雄厚的蓄息力量，正是自然之道。不过由萌芽而滋长，逃过多少灾难，然后才能成为一棵几丈高的大树，其间也许有宿命存在。枫树在我们需要阴凉的时候，它给我们遮阳，到了冬天我们需要温暖的时候它又迅速地脱卸那一身的浓密大叶，只剩下干枝光干在半空寒风中张牙舞爪。它好知趣，它好可人！

《物类相感志》："岭南多枫，遇雷雨则瘦长三五尺。"我不相信，不过枫树多瘿却是事实，而且瘿落成疤，浸假而成窟窿，也是有之的。窟窿扩大，腐蚀了树心，形成了树穴，也很常见。我们这棵枫树就有很深的一个穴，我凭窗正好看到一两只松鼠拖着大尾巴进进出出。它用两只前爪抱着一个什么干果在咬。我们有时也喂它一点东西，它渐渐不怕人，有时候还会抓红襟鸟，有时候没有东西吃还到我们厨房后门来拍门。

但树也有旦夕祸福。我这次到西雅图回来，隔窗一望那棵枫树不见了！再探头望下来，一块块的大木橛子、大木墩子，横七竖八地陈列在木栅边。一棵树活生生地被锯成了几十段！那棵杉，孤零零地立着，它失掉了贴身的伴侣，它当比我更难过。

原来是今年春天，树该发芽的时候，这棵枫树突然没有发出芽来，有气无力地在顶端冒出几片小叶。请了三位树医，各有不同的诊断。一位说是当年造房子打地基伤了树根，一位说是草地施肥杀莠使它中了毒，一位说是感染了无名的疾病。有一点三位完全同意：树已害了不治之症。善后是必须立即办理，否则枯树碍难久立，在风雪怒号之中它会訇然仆地。邻居测量形势，所受威胁最大。于是三家比价，以二百五十元成交，立即伐木丁丁了。言明在先，只管锯成短橛，不管运走。木橛的最大圆周是八呎有余，直径约二呎半。唯一用途是当柴烧，分期予以火化。可是斧劈成柴，那工程不小，"买臣安在哉？"不知道应该怎么办？怕只好出资请人把它一块块地运走了。

　　现在我的窗前没有东西遮望眼，一片空虚。十年树木，只能略具规模，像这棵枫树之枝叶扶疏，如张巨盖，至少是百年以上物。然而三千大千世界，一切皆是无常，一棵树又岂是例外？"树犹如此，人何以堪？"